rororo

«Er lässt die Dinge vorbei, versetzt ihnen eins von hinten, und dadurch zerfallen sie wie auseinandergenommene Spielzeuge.»

(Robert Musil)

rororo

Alfred Polgar, geboren am 17. Oktober 1873 in Wien als Sohn eines Musikers, übersiedelte 1925 nach Berlin, wo er für die Wochenschriften «Weltbühne» und «Tagebuch» das Theater-Referat übernahm. Seine von Geist blitzenden Kritiken füllen vier in den Jahren 1928 bis 1932 erschienene Bände. Polgar schrieb auch, alleine oder mit Egon Friedell, selber für die Bühne; nachhaltig berühmt wurde er aber für seine kurzen Prosastücke, die schon den Zeitgenossen als «menschlich, geistig, schriftstellerisch vom ersten Rang» (Oskar Loerke) galten und auch heute noch durch ihre sprachliche Meisterschaft und ihren Witz entzücken. Aus dem nationalsozialistischen Deutschland emigrierte Polgar nach Österreich und 1940 über Frankreich und die Pyrenäenpfade nach Amerika. Alfred Polgar starb am 24. April 1955 in Zürich. In der Reihe rororo liegt neben den «Kleinen Schriften 1–3» (rororo 23807, 23808 und 23809) außerdem «Das große Lesebuch» (rororo 23806) vor.

Alfred Polgar
Kreislauf
Kleine Schriften
Band 2

Herausgegeben von
Marcel Reich-Ranicki
in Zusammenarbeit mit
Ulrich Weinzierl

Rowohlt Taschenbuch Verlag

1932

Neuausgabe
Veröffentlicht im Rowohlt Taschenbuch Verlag,
Reinbek bei Hamburg, September 2004

Texte aus «Taschenspiegel» mit freundlicher Genehmigung
des Löcker Verlags, Wien
Umschlaggestaltung any.way,
Barbara Hanke / Cordula Schmidt
(Foto: ulltein bild)
Druck und Bindung Clausen & Bosse, Leck
Printed in Germany
ISBN 3 499 23808 x

Kreislauf

Inhalt

Der abgeschiedene Freund

WENN man lange genug lebt, gewöhnt man sich ans Sterben. Ja, dieser Ton des Ins-Schloß-Fallens der nie mehr zu öffnenden Türe fügt sich sogar harmonisch in die Symphonie der Welt. Es ist wie mit dem Schlagwerk im Orchester. Man darf der Pauke nur nicht zu nahe sitzen.

Das Gefühl der Freunde aber sitzt nahe, wenn der Freund stirbt. Was hieße sonst «Freundschaft»?

Niemand hatte Grund, sich über Donalds Tod zu freuen. Daß er aus Brot kleine Figürchen zu kneten verstanden, mit lustiger Charakteristik der Brotgesichter ... nun, es ist ja bitter, ein Talent beim Freund zu wissen. Aber deshalb Groll übers Grab hinaus?

Der erste, der Donalds Tod erfuhr, war Doktor Kurzbein. Er trat ans Fenster und sah in den rosigen Abendhimmel. Ein Durcheinanderfließen kalter und wärmerer Strömungen war in seinem Herzen. Er zündete eine Zigarette an, sog die Nüstern voll mit Rauch und spürte: «Ich rauche!» Nie im Leben hatte er beim Rauchen so stark das Bewußtsein gehabt: «Ich rauche!»

Fuchs und Reder spielten Domino, als die Nachricht kam. Reder warf vor Schreck einen Dominostein um. Fuchs erhaschte das, indes er sich jählings zum Katastrophenmelder wandte, mit einem in die jähe Wendung interpolierten Blick von der Dauer einer tausendstel Sekunde. Es war der Doppel-Blaß.

Michael dachte sofort: «Ich werde heute abend Swedenborg lesen ...»

Die Kellner wurden angeregt durch Donalds Tod. In den Sumpf ihres Sommerdaseins fiel die Botschaft bewegend, belebend. Es war immer wieder derselbe Kitzel, wenn man sagen konnte: «Herr Doktor, wissen Sie schon? . . .»

Beim Abendessen herrschte gedrückte, aber intensive Stimmung. Wie ein kräftiges Gestirn stand die Nachricht von Donalds Tod über dem Freundeskreis. Man rückte näher zusammen. Man kuschelte sich eng aneinander im warmen Dunst der Traurigkeit. Die Lebenden schlossen eine Kette, ralliierten sich gegen ein ungewisses, finsteres Etwas.

Dem Doktor Kurzbein fällt plötzlich das Wort: «Abgekratzt!» ein. Donald hatte die Gewohnheit gehabt, sich beim Sprechen das Kinn zu kratzen. Mit Anstrengung hält Kurzbein das Wort, das ins Freie begehrte, zurück. Doch kann er nicht verhindern, daß der unterdrückte Scherz als Grimasse in sein Antlitz tritt.

Frau Kurzbein hängt sich auf dem Nachhauseweg in Reder ein. «Armer Junge!» sagt er und streichelt ihre Hand. «Wird er seziert?» fragt sie und schiebt ihren Arm ein wenig tiefer in den seinen.

Fuchs meditiert: «Ich führe ein elendes Dasein, aber immerhin ein Dasein. Das Dortsein . . . wer weiß von ihm? Pilsner Bier bleibt Pilsner Bier.»

Michael freut sich auf Swedenborg.

Wie sie so nach Hause gehen, wirkt die Beschäftigung mit dem toten Freund, das Denken um ihn herum, als ein Motor, der ihnen fast die Mühe des Gehens abnimmt. Alle wandern um eine Schwebung elastischer, und der Weg ist zauberisch verkürzt.

Donald war wirklich gut gelitten. Wenn er kam, rief

man: «Oho, Donald!» Er war heiter und machte die andern heiter. Er war ein braver Junge, und jeder wünschte ihm das Beste. Er konnte zuhören und ja sagen und erhöhte das Lebensgefühl der Freunde. Noch da er um die letzte Ecke bog und verschwand, tat er so.

Leonhard hat ein Erlebnis

NACH dem ersten Akt war zehn Minuten Pause. Er benutzte sie zu einem Spaziergang im Foyer, auf und ab zwischen den zwei großen Spiegeln, die immer glauben machen, ein fremder Herr komme da entgegengeschritten. Ein Spazierstöckchen aus Rhinozeroshaut tänzelte zwischen seinen Fingern. Es war von flockig-lichtgelber Farbe, sah aus wie eine Stange gestockten Honigs.

Die heutige Aufführung gefiel ihm nicht besonders. Es war die vorletzte der Saison, und die Leute auf der Bühne schienen gleichsam schon in Reisekleidern zu spielen. Sie waren nur mehr halb bei der Sache, ihr Geist schwebte schon um Bergeshöhn oder streckte sich im Dünensand.

Als Leonhard im Zwischenakt auf und ab spazierte, freute er sich seines Glückes, Besitzer eines Parkettfauteuils zu sein. Wenn man die andern sah, die aus dem Stehparterre kamen, mit roten Gesichtern, Schweißperlen auf der Stirne und zerknüllten Kragen, wenn man sah, wie sie mit Seufzern der Erleichterung ihre Beine geradestreckten, dann empfand man erst recht die eigene Parkettwonne. Die Menschen im Stehparterre, oder die, die mit verrenkten Gliedern über Galeriebrüstungen hängen, die kommen gar nicht dazu, sich des

Theaters zu freuen, so voll Neid sind sie über den vielen freien Raum, den die Leute auf der Szene zur Verfügung haben.

Eine Glocke ruft das Publikum in den Zuschauerraum. Das Foyer wird leer. Der Portier lehnt seinen goldknopfigen Stab an die Wand, holt ein Glas unter dem Sessel hervor, trinkt lange, setzt schnaufend ab und streicht mit zwei großen, befriedigten Gebärden die Schaumreste aus dem Schnurrbart. In einer Ecke steht ein Mädchen und liest im Textbuch.

Hat sie das Klingeln überhört? Auf die Galerie gehört sie jedenfalls. Sie ist nicht parkettmäßig gekleidet.

Leonhard tritt auf sie zu: «Fräulein, Sie müssen sich beeilen, es hat schon einmal geläutet!» Sie sagt: «Ja, ja.» Eben läutet es das zweitemal, und Leonhard geht zu seinem Sitz.

Im nächsten Zwischenakt begegnet er wieder dem Mädchen.

«Fräulein, Sie haben Ihren Sitz wohl auf der Galerie?» sagt er.

«Ich bin nicht auf der Galerie.»

«Wo sitzen Sie denn?»

«Ich bin überhaupt nicht im Theater drin.»

«Ah, Sie warten auf jemand?»

«Nein!»

«Verzeihen Sie, daß ich Sie so ausfrage, – aber was tun Sie denn im Foyer, wenn Sie niemand erwarten?»

«Ich höre zu.»

«Von außen?»

«Ja. Der Billetteur kennt mich. Er läßt mich gern bei der Türe stehen und zuhören.»

«Hört man denn hier die Musik so deutlich?»

«Ich lese im Textbuch mit und denke mir alle Stellen der Musik dazu, die ich nicht deutlich höre.»

Er schämte sich seiner Parkettbehaglichkeit. «Nun, wie sind Sie mit der Vorstellung zufrieden?» fragte er.

«Sehr!» antwortete sie, «es ist wunderbar.»

Es läutete zum Aktbeginn.

Wie richteten die Leute den dritten Akt zu! Diese Elsa mit den gedunsenen Armen! Dieser König Heinrich, der ein König Gambrinus war! Diese lächerlichen Mannen mit schlecht geklebten Bärten! Leonhard schloß die Augen und dachte an das Mädchen im Foyer. Die hat leicht «Wunderbar» sagen. Die liest sich ihre vollkommene, fleckenlose Vorstellung aus dem Textbuch heraus, mit einer wirklichen Elsa und einem wirklichen König und einem wirklichen Lohengrin, der von Monsalvatsch kommt und nicht von Brünn. Und wie? Sollte man am Ende nicht so das ganze Leben leben? *Von draußen?!* Sicher vor Enttäuschungen, in einem verklärenden Beiläufig des sinnlichen Bemerkens? Aber die Menschen sind glücklich, wenn sie einen Sitz in der ersten Reihe haben, und auch da noch schauen sie durch Operngläser.

Nach Schluß der Oper ging Leonhard speisen. Vor den Fenstern des noblen Restaurants standen ein paar Mädchen, sahen mit neidischen Blicken auf das Tableau im Schaufenster, in dessen Mittelpunkt ein toter Fasan glückselig lächelte, als freue er sich unendlich darüber, bald mit Preiselbeeren gegessen zu werden. Die Mädchen machten kehrt und gingen über die Straße zum Würstelmann.

«Diese Von-draußen-Logik haben immer nur die, die drinsitzen», denkt Leonhard.

Das ergreift ihn sehr. Er will etwas Gutes tun. Er schenkt dem Pikkolo sein honiggelbes Spazierstöckchen.

Und wie er dann so ißt und auf die Glanzpünktchen seiner Lackschuhe starrt, sieht sein inneres Auge das kleine Mädchen vor sich, vierzig Jahre später, wie es seinen Enkelkindern mit verträumter Stimme erzählt: «Kinder, . . . einmal, in meiner Jugend . . . und dieser Herr hatte die feinsten Hände, die ihr euch denken könnt . . . Und er sagte kein Wort, verbeugte sich nur stumm . . . niemals habe ich ihn wiedergesehen . . .»

Der Andere

Er trug einen Ring am Finger, einen schmalen Reif aus geschwärztem Stahl, in dem ein Feueropal glühte, dieser seltsame Halbedelstein, der so beunruhigend in seiner Mischung von Roheit und Zartheit, von Farbebekennen und schillerndem Heimlichtun, von Blut und Wasser ist. Dieser Ring war schuld an allem Verhängnis.

Hans, der Ältere, der Verzichtende und Verstehende, blickte starr auf den Ring an Peters Finger. Gewiß tat er ganz unabsichtlich so, und es war Zufall, daß an dem straff gespannten Strahl seines Blicks das Auge des Fräuleins unwillkürlich hinabgleiten mußte – bis zu dem Feueropal im stählernen Reif.

«O Peter! Was für einen aparten Ring tragen Sie da!»

Peter errötete, zog die Hand zurück. Hans schlug bekümmerte Falten in seine Stirnhaut und blickte ahnungslos.

«Ja, er ist ganz hübsch, ein wenig absichtlich originell vielleicht. Ich denke, jetzt fahren wir, ehe es regnet.»

Peter hatte das Gespräch zu brüsk gewendet, die Kurve zu scharf genommen. Seine Stimme schwankte unsicher. Das Fräulein blickte zum klaren Himmel: «Regen? O, woher denn?» Hans leckte sich die Lippen. Er spürte von fernher aufziehende Tragödien. Noch war das Wölkchen ganz klein, weiß, harmlos. Aber Hans hatte schon den ganzen Gewittervorgeschmack. Er liebte Gewitter. Er konnte stundenlang zusehen, wie die Menschen naß wurden, flüchteten, gegeneinander rannten, totenblaß im Feuerwerk des Wetters.

«Ja also, woher haben Sie denn diesen netten Ring?»

Peter schluckte ein wenig. Dann log er: «Von einem Kollegen, von einem Amtskollegen; er schenkte ihn mir zum Namenstag.»

Zur Bestätigung kopfnickte Hans. Er ist nicht einer, der Freunde in Not verläßt.

Das Fräulein wurde nachdenklich: «Jedenfalls ein origineller Mensch, warum stellt ihr mir ihn nicht vor? Warum ist er nie in eurer Gesellschaft? Bringen Sie ihn morgen mit, Peter. Wir langweilen uns ja ohnehin schon ganz gehörig zu dritt.»

«Weiß Gott, ja», rief Hans und machte seine Stimme weich, schmiegsam, wärmend. Peter aber meinte: «Jetzt sollen unsere schönen Abende durch fremde Menschen gestört werden?»

«Also bitte, dann nicht!» Die Dame, indem sie so sprach, knöpfte ihr Jäckchen übertrieben energisch zu, als wolle sie sich vor den beiden Herren enger abschließen. Dabei machte sie ein Gesicht, in dem fabelhafter Hochmut lag und gleichzeitig aller Schmerz einer mißhandelten Gefangenen.

«Eine schlechte Technik, Peter, glaube mir! Principiis

obsta! Das heißt: Erfülle die Wünsche der Freundin sofort, ehe sie Zeit haben, fixe Ideen zu werden.» Hans sagte das, als sie ohne die Frau heimwärts gingen, in seinem leicht spöttischen, preisgebenden Ton, der wie ein Schwamm über den Ernst von Situationen wischte und ihn tilgte: «Eine schlechte Technik!»

Peter, erbittert: «Ich bin kein Techniker.» Er versank in Mißstimmung, schritt mit hastigen, wie erbosten Schritten weit aus. «Jetzt wird sie sich in diese dumme Marotte verbeißen und mich zur Verzweiflung bringen.»

«Es hätte dir auch was Gescheiteres einfallen können, als der Amtskollege. Warum hast du nicht lieber gestanden, daß du den Ring von deiner ehemaligen . . .»

«Das hätte dir gepaßt! Weil du ganz gut weißt, wie eifersüchtig sie auf ihre Vorgängerin ist.»

Hans blinzelte gekränkt. Wie man ihn mißverstand. Wollte er denn was? Stand er nicht freiwillig zurück von jeder Werbung um die Frau, die auch er liebte und vielleicht inniger als der, dessen Beute sie geworden war?

Am andern Abend setzte das Gewitter sofort ein. «Wo ist Ihr Freund?» «Krank.» Hans rief bedauernd: «Tj! Tj!» Und da das Fräulein merkte, wie quälend das Thema für Peter war, ließ sie den ganzen Abend nicht locker. Immer wieder kam sie auf den kranken Freund zu sprechen. Wie er heiße? Wie er aussehe? Wess' Geistes er sei?

Peter erfand aus dem Stegreif einen kompletten Menschen. Erst log er stotternd und stockend, dann immer freier, schließlich mit einer Art verbissener Lust am Schwindeln. Das Fräulein wurde angeregt und lebhaft, sie wippte in ihrem großen Korbsessel, schnupperte den süß-herben Duft neuer erotischer Verwicklungen. Beim

Verlassen des Restaurants kaufte sie dem Blumenmädchen einen Strauß ab, gab ihn Peter. «Bringen Sie das Ihrem kranken Freund von mir.»

Eine Woche lang blieb der Freund krank. Peter überlegte, ob er ihn nicht sterben lassen solle. Er fand aber nicht den Mut dazu. So genas der Kranke allmählich. Grüße zwischen ihm und dem Fräulein gingen durch Vermittlung Peters hin und her, der allmählich Angst bekam vor dem selbst erschaffenen Gespenst.

Hans meinte, sie müßten es ihr doch endlich eingestehen. Peter, bleich: «Du wirst doch nicht?»

«Wie kannst du nur so etwas denken? Aber einmal muß man ihr doch sagen, daß der Mann gar nicht existiert.»

Die Abende wurden furchtbar. Ihre Neugier kreiste um den Unbekannten. In jedem Danebensitzenden witterte sie ihn, der sich heimlich angeschlichen habe, da man ihn anders nicht zu ihr lasse.

«Verstehst du, Hans, wie sie sich in einen nie erblickten Menschen verlieben konnte? Denn sie ist direkt verliebt in das von mir erfundene Geschöpf.»

«Er ist nicht da! Deshalb! Kennst du die Weiber? Je nichter einer da ist, desto mehr ist er da. Der Andere hat immer recht, einfach weil er der Andere ist . . . er braucht sogar nicht einmal auf der Welt zu sein! Den sie nicht hat, der hat sie.»

Peters Herz krampfte sich vor Eifersucht wider einen, der nicht lebte, wider ein Gespenst. Und mit Entsetzen merkte er, daß sie von der Umarmung des Gespenstes bereits ein Kind unterm Herzen trüge: ein kleines Hysteriechen.

Deshalb erfand er schleunigst eine Braut des Mannes in Südamerika, zu der der Freund, mit Hinterlassung von Schulden und ohne auch nur Adieu zu sagen, abgedampft sei.

Das traf. Sie blickte stumm und haßerfüllt auf den Erzähler.

«Liebst du ihn denn? Sag's doch!»

«Ich habe nur ihn geliebt, immer nur ihn, vom ersten Augenblick an nur ihn, ich habe ihn geliebt, ich liebe ihn, ich werde ihn immer lieben.»

Peter zog den Ring, den er seit jenem ersten Abend nicht mehr getragen hatte, aus der Tasche und steckte ihn, bebend vor Wut, an den Finger.

Schweigend saßen beide, untergetaucht in Not und Verwirrung. Der dritte, Hans, zischelte leise: «Immer den Andern, du Treue, dir selbst Getreue!» Er merkte aber, daß der Freund vor Erregung zu platzen drohte. Und so war es Zeit, Ventile zu öffnen. Hans brauchte bei seinen erotischen Abenteuern immer einen, der ihm die Unbequemlichkeiten der Beziehung abnahm, er konnte Peter nicht entbehren. Für sich reservierte er: die unglückliche Liebe mit Gelegenheits- und Zufallsgenüssen. Die Beschwer des Glücks aber, das ganze grobe Gepäck ließ er neidlos den keuchenden Andern schleppen. So langte er nun über den Tisch hinüber nach Peters Hand, drückte sie, begann, in einem halb ironischen, halb dunklen Ton von der hohen Solidarität der Männer zu sprechen. «Es wäre eine gute Sache», sagte er, «einmal zu schildern: wie eine Frau zwei Männer für sich und gegen einander aufreizt. Wie sie mit einem Blick den einen, mit einem Druck ihres Knies den andern zu vergiften trachtet, wie aber die Gefühle der Männer, vom Instinkt der Abwehr wider den gemeinsamen Feind geleitet, in einem heimlichen Händedruck sich treffen, einem Händedruck, zwischen dem das Weib einfach zermalmt, auf Null reduziert wird.»

Und hierbei ruhte seine linke Hand herzlich auf jener Peters – von der giftig der Feueropal schielte –, indes seine rechte, hinter den breit herabhängenden Rändern des Tischtuchs geborgen, die kühlen weißen Finger der Frau streichelte. Betrübten Auges und froher Seele sah er vom Nachthimmel des Liebeskonflikts sein eignes Sternchen verheißungsvoll herablächeln.

Der verlogene Heurige

So gestaltet sich nämlich meistens das Schicksal des wirklich gerechten Mannes, der die Sache ernst nimmt. –

Er war riesig dick, trug ein weiches Hemd, enorme, verhatschte Schuhe, einen schmierigen Filzhut. In seiner karierten Krawatte glänzte ein sehr großer, aus Perlmutter geschnitzter Hundekopf. Er hatte gewaltige, rote Hände und schnaufte wie eine überhitzte Maschine. Auf dem Antlitz schimmerte eine unendlich gutmütige Fröhlichkeit gleich einer Schicht Pomade, und die Augäpfel schwammen sanft in kleinen weißgrauen Pfützen.

Ich weiß nicht, ob er schon betrunken hierhergekommen. Jedenfalls war er es bereits, als ich ihn bemerkte. Und ich bemerkte ihn, weil er mit der Faust kräftig auf den Tisch schlug und schrie: «No an Wein, no an Wein, no an Wein will i hab'n.»

Er bekam den Wein und war dann eine Zeitlang ruhig, damit beschäftigt, sein Glas so einzustellen, daß die Reflexlichter der Gasflammen möglichst breit übers Tischtuch züngelten. Bis die Sänger aufs Podium kamen und mit einem Tonfall, der an Wärme, Innigkeit und Sehnsucht ausgereicht hätte etwa für «Sterben für dich ist Seligkeit», sangen: «Denn ich schwärm' nur für Bier und Wein . . .» Hier gerieten gleichgestimmte Saiten in des dicken Mannes Brust ins Mitschwingen. Er machte einen ziemlichen Lärm und gab seiner Teilnahme an jener Schwärmerei nur für Bier und Wein so kräftig Ausdruck, daß alle sich nach ihm umsahen und mit Interesse den Tempi seiner wild umherschwimmenden Arme und Hände folgten.

Ein Herr im Zylinder machte «Pst!»

Es waren mehrere Herren im Zylinder da. Und Damen mit flachen Strohhüten, die wie ungeheure, gelbe, gerippte Palmblätter in einem Winkel von fünfundvierzig Grad an der Frisur klebten. Manche Herren waren glattrasiert und glaubten, sie sähen aus wie Engländer; aber sie sahen nur aus wie glattrasierte Mährisch-Schlesier. Die ganze Gesellschaft saß ziemlich weit rückwärts, weil vorn, bei der Musik, kein Platz mehr war: dort hatte der dicke Mann den besten Tisch besetzt. Vor ihm standen ein paar donauwassergrüne Flaschen; er hatte sie in Reih und Glied aufgestellt, und weil er immer so kurze kommandoartige Rufe ausstieß und manchmal fluchte, schien es, als ob er mit seinen leer getrunkenen Flaschen exerziere.

Jedenfalls fühlte er sich außerordentlich wohl; auf das «Pst!» kehrte er sich nur halb um und schrie: «Ich hab' niemanden beleidigt.» Er sagte dies ein bißchen oft, dreißig-, vierzigmal, wobei seine Stimme immer indignierter und vorwurfsvoller klang. Erst als die Musik «Toni, bleib' da!» begann, erlosch die Erinnerung an das kränkende «Pst!» in seinem Bewußtsein, und er half emsig den Sängern, Toni zum Dableiben zu bewegen.

Es war eines jener Lokale, deren ganzes Geheimnis in den zwei Worten steckt: Keine Pause! Hört die eine Kapelle auf, so setzt augenblicklich die andere ein. Nicht zur Besinnung kommen lassen, das ist das Wichtigste. Solcher Lokale gibt es viele in unserer frohen Stadt. Sie sind bis zum Rande mit Musik gefüllt, als lebentragendem Plasma. Wie nur ein wenig die Tür geöffnet wird, rinnt ein Stückchen Musik auf die Straße, packt den Passanten wie der Plasmafortsatz einer organischen Zelle das Futter und schleppt ihn ins Innere des Lokals. Dort wird die Stimmung der Gäste auf einen soliden, fest aneinandergekitteten Unterbau von musikalischem Lärm gesetzt. Es gibt keine Ruhelücken, über welche die Stimmung stolpern und ins Wackeln kommen könnte. Man muß gleich weggehen, wenn man es nicht aushält, oder sich dem Lärm, der Atmosphäre darwinisch «anpassen». Ein Kampf ums Da-Sein. Man muß sich mit Alkohol imprägnieren, bis man lärmdicht ist, muß sich einen Rettungsgürtel von künstlicher Fidelität umschnallen . . . Aber der dicke Mann brauchte wahrhaftig keinen Rettungsgürtel; der war Naturschwimmer. Er soff unermüdlich, und der Rhythmus der Musik stieß ihn hin und her wie ein gefügiges Pendel. Manchmal, wenn der Rhythmus zu kräftig war, fiel der Mann vom Sessel. Auf dem Boden angelangt, verlor er nichts von seiner herrlichen Laune, sondern paschte gemütlich weiter. Seine riesigen Flossen rutschten zwar aneinander vorbei wie zwei unsicher bediente Tschinellen, aber einen Ton gab es doch.

So oft er vom Sessel herunterfiel, spähte gleich die

hinten dislozierte Gesellschaft, ob der vordere Tisch schon endgültig frei sei. «Möchten S' nicht schon ham geh'n?» fragte der Wirt.

Vielleicht wäre er gegangen. Aber droben sang man: «Jetzt trink'n ma no a Flascherl Wein, es muß ja nicht das letzte sein.» Und das zog den auf dem Boden herumkriechenden Mann fast augenblicklich in die Höhe, stellte ihn auf die Beine, verhalf ihm zu einem entschiedenen Willen. Die Melodie kam wie zu seinem Entsatz herangesprengt. «Jetzt trink'n ma no a Flascherl Wein», erklärte er. Ja, man spürte eine höhere Identität zwischen diesem Menschen und den Heurigenmelodien. Er und die Musik, das war gleichsam: die Materie und die belebende Idee. Und niemand könnte sagen, was früher dagewesen. Diese sentimentalen, verduselten, gutmütig-rohen Weisen schienen ein musikalischer Abguß seiner Natur, und seine Natur schien nach dem Rezept dieser Texte und Melodien zubereitet. Sein Rausch aber und das folgende Unheil waren: die Geburt der Tragödie aus dem Geist der Musik.

Neue Gäste kamen. In der sanft bergaufsteigenden Straße, die zu dem Heurigengarten führt, trabten Fiaker an oder Automobile stürzten mit funkelnden Azetylenaugen durch das Gittertor. Der Hauptwitz war, daß in allen diesen Gefährten mehr Menschen saßen, als darin Platz hatten. Manchmal saß einer verkehrt auf dem Bock, oder einer stand im Wagen. Meistens war das ein Leutnant ... Und es wurde immer schwerer, die Gäste im Garten unterzubringen.

Inzwischen hatte der dicke Mann ein Weinglas an der Tischkante zerklopft. Direkt infolge Aufforderung der Musik, die «Heut' hau'n wir alles z'samm» spielte.

«Also jetzt geh'n S'», sagte der Wirt. «Sie san ja schon b'soffen.»

«Heut' hab' i schon mei' Fahnl, heut' is m'r alles ans», antwortete das Quartett für den Dicken.

Aber so schamlos verleugnete der Wirt seine Musik, daß er grob sagte: «Ihnen wird nix mehr eing'schenkt, weil S' ka Geld mehr hab'n», während die Duettisten oben prinzipiell erklärten: «Es is alles ans, ob ma a Geld hat oder kans.»

«I zahl', was i trink'», schrie der bedrängte Gast, stierte in seinen Taschen herum, grub eine Krone aus und hieb sie auf den Tisch mit der freimütigen Erklärung: «Da habt's mein letztes Kranl!» So sehr vertraute dieser kindliche Idealist den Dogmen der Heurigen-Weltanschauung.

«Marsch!» sagte der Wirt und packte ihn am Arm.

«Rühr'n S' mi net an – i bin a Athlet!» rief der Bedrängte und versuchte, seinen Bizeps Parade tanzen zu lassen. O, das wurde sein Verhängnis. Denn jetzt hatte man den Henkel, an dem man ihn greifen und hinauswerfen konnte. Man holte einen Polizeiagenten, und der Wirt erklärte sich für «tätlich bedroht». Der Polizeiagent, der Wirt und zwei Kellner packten den frohen Zecher und trugen ihn im Eilschritt fort. Nichts nützte es ihm, daß er unaufhörlich, fast weinend beteuerte: «Ich hab' niemanden beleidigt.» «Geh ham zu deiner Alten!» höhnten die Kellner, während die heuchlerische Musik ermunterte: «Laß dei' Alte Alte sein!» Draußen war er.

Da habe ich also einmal den legendären Mann gesehen, dem wirklich alles eins ist, der bedenkenlos seine letzte Krone hergibt, der seine Alte ruhig Alte sein läßt, der nur für Bier und Wein schwärmt, der gern bereit wäre, der Welt eine Haxen auszureißen, der immer noch ein Flascherl Wein trinkt, weil es ja nie das letzte sein muß, der heut' erst übermorgen früh nach Hause kommen will, der eventuell entschlossen ist, alles zusammenzuhauen, weil er einen Schampus haben muß, der es «scharf» angeht, dem ein Räuscherl viel, viel lieber ist, als eine Krankheit oder ein Fieber, und dem kugelrunde Tränen in die Augen rollen, wenn er daran denkt, daß es einen Wein geben, er aber nicht mehr sein werde. Ich habe das personifizierte Wiener Volkslied aus der ersten Dekade des zwanzigsten Jahrhunderts gesehen, den Mann, der sich mit naiver Genauigkeit an die Regeln der Lebensfreude hält, die in zahllosen Lokalen und Gärten Sommer und Winter unermüdlich und eindringlich gepredigt werden. Und was war sein Schicksal? Man hat ihn schmählich hinausgeworfen ...

Jetzt war der Tisch frei und die Gesellschaft konnte nach vorn avancieren ...

«Heut' trink'n ma no a Flascherl Wein», sagte ein korpulenter Herr, der einen Zwicker trug und einen unangenehmen Teint hatte. Er war blaß, trotzdem er eigentlich rot war, und sah aus wie eine anämische Paradeis. Er bestellte Veuve Cliquot, demi sec, nicht zu kalt, und «gesalzene Mandeln». Doktor Spitzer, der in der Gesellschaft war, verlangte vom Primgeiger: «George, spiel' einen Lanner-Walzer.» Er war mit ihm per du. «Mein bester Freund», sagte er. Das warf so einen bohemischen Schimmer um sein Haupt und karessierte das Gefühl der bürgerlichen Damen. «Ich liebe Lanner, er ist gleichsam der Höhepunkt nobler patrizischer Heiterkeit. Der musikalische Extrakt des besten Wiener Bürgertums.» ... «Wie seltsam», dachte das Fräulein, «daß er für Lanner schwärmt! Krakauer und Rosenzweig müßten ihm doch organischer sein.»

Der korpulente Herr aber ließ sich beim Wirt einen Tausender wechseln. Und dann ließ er sich für fünf Gulden Kronen geben. Und dann stapelte er die Kronen zu einem Häufchen vor sich auf, und dann sang er zehnmal hintereinander, indem er die Münzen einzeln auf den Tisch hinschmetterte: «Da habt's mein letztes Kranl!»

Die Dinge

Ich bewohne ein kleines, stilles Quartier. Ich weiß nicht, wer nebenan, wer über und unter mir haust. Ruhige Leute jedenfalls; denn außer der verworrenen Unruhe der Straße dringt kein Geräusch in die Wohnung, aus der die Einsamkeit nie weicht. Wie ein Tier liegt sie lauernd in der Ecke. Ich liebe die Einsamkeit, aber die Einsamkeit meines Zimmers liebe ich nicht. Weil ich ein tiefes Mißtrauen gegen die Dinge in ihm, gegen Wände, Möbel, Bilder habe und mich ihnen ausgeliefert fühle. Es sind viele gegen einen. Ich spüre, daß sie mich anstarren und ahne Zeichen der Verständigung zwischen ihnen und pfeife sorglos, um ihnen zu zeigen, daß ich mich gar nicht fürchte.

Niemals öffne ich nachts, heimkehrend, die Wohnungstür, ohne ein wenig absichtlichen Lärm zu machen. Ich will nicht überraschen, besser: ich will nicht überrascht werden. Wurde meine Abwesenheit vielleicht von den Dingen benützt, um Unfug zu treiben, so sollen sie, rechtzeitig von meiner Nähe unterrichtet, noch Zeit haben, wieder in ihre gewohnte dreidimensionale Ordnung zurückzuschlüpfen. Ich will nicht erfahren, daß es den Dingen, wenn sie unbeobachtet sind, am Ende möglich wäre, aus der Disziplin der Naturgesetze zu springen. Ich verlasse einer Reise wegen meine Wohnung für längere Zeit, versäume den Zug, kehre noch am selben Abend heim, statt, wie geplant, erst nach einem Monat. Und ertappe mich, wie ich den Schlüssel ins Schloß stecke, dabei, daß ich von einer unerklärlichen Beklemmung gepeinigt bin; von der Furcht, meine Wohnung, die mich ja für lange Zeit weg glaubt, in flagranti zu erwischen! Wie ein Ehemann, der bei allzu früher Rückkehr dunkel sein Schicksal ahnt, das nun erfahren zu müssen, was er, so wissenswert es auch sei, doch lieber niemals wüßte. Alles ist, wie ich es verließ, aber meinem mißtrauischen Gehirn scheint es, als ob noch der letzte Hauch eines jäh verstummten Lärms durchs Zimmer flöge. Wie der Lehrer, wenn er sich rasch umwendet, in den plötzlich erstarrten Gesichtern seiner Buben noch ein Zucken der Grimassen wetterleuchten sieht, mit denen sie ihn hinter seinem Rücken gehöhnt haben.

Nun ja, es ist Unsinn. Aber mein Mißtrauen gegen die Dinge ist nicht von heute. Es hat seine Tradition. Als Kind quälte mich die Vorstellung, daß die Dinge, sobald ich mich nur abwende, diesen Mangel an Kontrolle gleich zum Aufgeben ihrer Starrheit benützten und irgendwie mit einer geisterhaften Welt in Verbindung träten. Was sollte den Tisch – so überlegte meine Angst – hindern, sich ein wenig umzutun im Raum, die Stühle, sich wie Igel einzurollen, das Bild, Fratzen zu schneiden, wenn sie nur die nötige Flinkheit besäßen, sich gleich wieder, sowie mein Auge auf sie fiele, in der alten Ordnung zu präsentieren? Und diese kindische Furcht fand später eine wunderbare Rechtfertigung, eine Art philosophischer Vertiefung in der Lehre, daß nur in uns als bemerkenden Subjekten die Dinge existent seien, und die Welt in ein dunkles Indefinitum verfließe, wenn nicht ein Gehirn sie einfasse und belichte. Die seltsame Furcht des Knaben dämmert jetzt wieder auf, wenn ich allein in meiner Wohnung bin. Kälte strömt durch das Rückenmark bei dem Gedanken, daß den Dingen vielleicht einmal die Laune kommen könnte, gar nicht auf die Abwesenheit meiner Blicke zu warten, um sich metaphysisch zu betragen. Wie, wenn ihnen plötzlich einfiele, daß man sich vor einem Schwächling keine Zurückhaltung aufzulegen brauche? Vor den Menschen beschuldigt, würde man *ihnen* glauben, die stumm und unbeweglich die Harmlosen spielen, und mich für närrisch halten.

Die Lampe erlischt. Und nun werden die Dinge schamlos munter. Jetzt rettet vor dem Grauen nur das Bemühen, alles rätselhaft Herumschweifende in die Schlinge eines logischen Zusammenhangs zu kriegen. Dieses Zeitungsblatt, das plötzlich zu Boden raschelt, hing wohl schon allzu weit über die Tischkante, sank lautlos immer tiefer und erzählte durch den hörbaren Schlußteil seiner Bewegung, daß es in Bewegung war. Dieses Knistern im Kasten – wahrscheinlich ist er schlecht verschlossen. Dieses Krachen der Tür – wohl ein Sprung im morschen Material. Dieses Pochen – ein Wurm im Holz. Wie erquickend, wenn eine ursächliche Verknüpfung hergestellt erscheint, wenn etwa das Geschirr im Kasten klirrt, weil unten ein Wagen über das Pflaster rumpelt! Das schmeckt dem Hirn wie reine Harmonie. Sanft ruht es sich im Frieden der heiligen Allianz zwischen Ursache und Wirkung.

Eben diese Allianz scheint in der nächtlichen Einsamkeit der Wohnung gestört. Die Zimmer sind voll von mysteriösen Geräuschen, von Knistern, Klirren, Zittern, von scharfen Lauten, als wenn Papier zerrisse, von Tönen des Zerbröckelns und Polterns, von spitzen Klängen und leise zischenden, als würden kleine Flammen durch kleine Wassertropfen gelöscht. Endlich kommt der Schlaf. Und ich träume von einem Mann, der, durch Ahnungen übersinnlicher Dinge gepeinigt, in seiner einsamen Wohnung bange den Tag herbeisehnt. Da hört er rätselhafte Geräusche im Nebenzimmer. Der Boden knarrt, wie wenn behutsame Füße darüber hintasteten, die Türe wimmert pianissimo, als würde sie mit ungeheurer Vorsicht geöffnet. Nein, dieses Ächzen des Bodens, dieses Lamento der Tür ist jenseits aller Mechanik. Ein letztes Aufgebot an Willenskraft, er dreht den Hahn der elektrischen Lampe: wahrhaftig – in der geöffneten Tür steht ein Mensch. Ein echter, leibhaftiger, fremder Mensch ist da, ein Dieb offenbar, ein Einbrecher, ein Mörder vielleicht. Und im Augenblick ist die Furcht des Überraschten geschwunden, macht einem Gefühle förmlichen Wohlbehagens Platz. Die Sache wird irdisch. Lieblich wie der Mond geht die Kausalität auf und strahlt friedvoll in alles Unerklärliche. Ein Mensch ist da, ein lebendiges Wesen, mit dem es die Beziehung der Sprache gibt, ein Kamerad gegen alles, was Nichtmensch ist, ein natürlicher Bundesgenosse gegen die schleichenden Geheimnisse und Launen der Dinge!

Die Mutigsten lernen das Fürchten, wenn sie durch einen nächtlichen Wald müssen: überall geheimnisvolle Lebendigkeit, das Gefühl, von unsichtbaren Händen betastet, vom Atem naher Wesen gestreift zu werden, trübes Licht, das nicht Licht zu sein scheint, sondern das blinzelnde Auge der Finsternis. Das Leben des Neurasthenikers ist ein beständiger Gang durch solches nächtliche Waldinnere. Das Lebendige ist für ihn überlebendig, das Tote regt sich, das Lautlose bekommt Stimme, der Schatten Körper, die Dinge Blick und Atem. Ach, schickt den Neurastheniker nicht in die Einsamkeit und verschafft ihm nicht «Ruhe». Das heißt, ihn von den Menschen befreien, um ihn den Dingen auszuliefern!

Drei unnütze Dinge

I.

Ich besitze einen Browning.

Seit ich ihn besitze, fühle ich mich von Mordbereitschaft, Blut und Männlichkeit umwittert. Ich spanne Muskeln, die ich nicht habe, und stürze mich ohne Hemmungen in mancherlei Haß, den ich nicht empfinde. Seit ich eine ungeheuere Energie in meines Schreibtischs Lade schlummern weiß, lache ich der Ohnmacht in meines Herzens Schrein.

Mein Browning ist gedrungen, grauschwarz glänzend. Ich ließ ihn beim Waffenhändler tüchtig einfetten; er sieht seither viel jünger und unternehmungslustiger aus. Sechs messinggelbe Patronen hat er stets in seiner stählernen Backentasche. Wenn man ihn mit dem entsprechenden Griff angeht, schnappt er zu, eine messinggelbe springt in den Schlund ... Ich erklärte einmal dem Freunde am ungeladenen Revolver den Mechanismus. Als der Schuß in die Mauer fuhr, erbleichte er. Aber nicht so, wie man in Altenbergschen Skizzen erbleicht, sondern vor Angst. Sein Tod hätte mich sehr betrübt. Er hält mich für ein Genie.

Manchmal setze ich den geladenen Browning, Finger am Hahn, an die Schläfe. Wollüstig erfühltes Mißverhältnis: zwischen der Winzigkeit der Bewegung, die jetzt genügte, . . . und der Größe der Gewißheit, daß ich diese Bewegung nicht tun werde.

Mein Browning schläft, mit vollen Backentaschen, auf einem Stoß von Briefen der geliebten Freundin. Tückisch schweigend ruht er auf seinem zusammengedrückten, papiernen Kissen, fettglänzend vor Selbstzufriedenheit mit seiner Kälte, seinem Eisengrau und seiner Härte. Und träumt doch gewiß Warmes, Rotes, dicktropfig Sickerndes.

Durch das kleine, runde Loch, das ihm Auge, Maul und After in einem ist, sieht man in seine Seele. Sie ist schwarz, leer, kalt und eng.

Oft spielen meine Gedanken um die zierliche Todesmaschine. Ich gehe nachts auf einsamer Straße. Ein unheimlicher Mensch nähert sich, böser Pläne voll. Ich lasse ihn herankommen; dann hebe ich blitzrasch die Hand, und das Auge meines Browning stiert den Kerl an. Wie er läuft! Aber wenn er nicht liefe? Wenn er doch näher käme? Würde ich schießen? Ich glaube fast, eine Hand ohne Browning, aber zum Schuß entschlossen, ist eine bessere Waffe, als ein Browning in zögernder Hand.

Oft kommt mir der Verdacht, mein Browning sei wirklich nur ein Briefbeschwerer – weil er eben *mein* Browning ist.

II.

Ich besitze eine Geliebte.

Die schenkte mir mein Freund, der Buchhändler, der ohnehin schwer magenleidend ist. Aber mir tut eine

Geliebte not. Von Geldsorgen allein kann ein Mensch nicht sein ganzes Elend bestreiten. Meine Geliebte hat außerordentlich viel Ähnlichkeit mit meinem Browning. Sie ist klein, blank und gefährlich. Sie liebt es, sich einzufetten, und sieht dann viel jünger und unternehmungslustiger aus. Sechs Projektile hat sie stets parat, zum Teil ebenfalls in ihren Backentaschen. «Selbstmord» heißt das eine, «Verlassenheit» das andere, «Träne» das dritte, «Du liebst mich nicht» das vierte, «Ich tue, was ich will» das fünfte, «Und die Opfer, die ich dir gebracht habe?» das sechste. Ihr Auge ist dunkelglänzend wie Pistolenmündung. Ich erklärte sie einmal meinem Freunde. Da ging der Schuß los und traf ihn in den Unterleib. Er erbleichte, wie man in Altenbergschen Skizzen erbleicht. Heute kennt er den Mechanismus schon besser als ich.

Manchmal ziehe ich meine Geliebte ans Herz und küsse sie auf den Mund. Wollüstig erfühltes Mißverhältnis: zwischen der Empfindung unendlicher Liebe ... und dem sicheren Bewußtsein ihrer Endlichkeit!

III.

Ich besitze einen Willen.

Den habe ich von meinem Vater, der ein edler Mann war, nie seine Chance nützte, Recht tat und Unrecht duldete, sein Talent verdorren ließ und denen diente, die nicht wert waren, ihm zu dienen.

Mein Wille macht einen invaliden Eindruck. Aber das ist begreiflich. Kaum eine Niederlage meines Lebens, bei der er nicht dabei war, in den hintersten Reihen fechtend, als erster auf der Flucht, am längsten im Spital, am eiligsten bei der Kapitulation.

Das sind drei nichtsnutzige Dinge: mein Browning, meine Geliebte, mein Wille.

Aber, wenn sie einmal im richtigen Augenblick zusammenträfen, könnte es doch ein Feiertag werden!

Einsamkeit

DIE Einsamkeit Tobias Klemms, ja das war Einsamkeit!

Er lebte in einer Stadt von zwei Millionen Menschen; aber es war so gar keine Beziehung zwischen ihm und ihnen, daß er sich diese zwei Millionen nicht als eine Summe von Einzelwesen denken konnte, sondern nur als eine formlose Masse, gehüllt in einen ungeheuren Nebel von Atem und Ausdünstung.

Er war Schreiber in einem kleinen Amt, verabscheute heimlich seine Kollegen und wurde von ihnen nicht beachtet. Keiner sprach ein überflüssiges Wort zu ihm. Bei einer alten Frau, die in Häuser waschen ging, logierte er. In dem trübseligen Zimmerchen standen Möbel, die aussahen wie die Leichen von Möbeln. Jedenfalls hatte Klemm auch zu ihnen keine Beziehung. Wenn sein Bett unter ihm knarrte, empfand er das als einen feindseligen Akt. Die Kerze, die ihm des Abends leuchtete, brannte verdrießlich und unwirsch, als ob es sie ärgere, ihm zu dienen. Der Spiegel erblindete absichtlich, um Klemms Gesicht nicht deutlich wahrnehmen zu müssen.

Klemm war fast fünfzig alt. Seit etwa zwanzig Jahren lebte er so, ohne Freund, ohne Frau. Niemand kümmerte sich um ihn. Einmal wurde er als Zeuge eines Tramwayunfalls vor Gericht geladen, und an diesen Tag dachte er noch lange. Denn da fragte man ihn, wie er heiße, und wo er wohne, und wann er geboren sei, kurz, seine Existenz hatte für irgend jemand Bedeutung an diesem Tage. Im Wirtshaus, wo er seit zwanzig Jahren speiste, war er der Niemand. Kein Mensch setzte sich an seinen Tisch, kein Kellner tat vertraulich. Er hing dort in seiner Ecke wie die Spinnenfäden, die ziemlich zur selben Zeit mit ihm in die Wirtsstube eingezogen waren, in der ihren: ein grauer Fleck mit etlichem Leben mittendrin. Etwas, das bestand, nur weil die Umwelt zu faul oder zu gleichgültig war, es wegzuputzen.

Eines Tages las er in der Zeitung, die Frau des Ingenieurs Robinson, Maria, habe sich erschossen, und der verzweifelte Gatte wisse nicht, warum. Robinson war Klemms Schulkamerad gewesen, und Klemm hatte um seine Liebe geworben. Aber vergeblich. Und als in späteren Jahren doch etwas wie eine Freundschaft zwischen den beiden zustande kommen wollte, da war Frau Maria dazwischengetreten und hatte den Freund für sich genommen. In der Nacht, die der Selbstmordnachricht folgte, träumte Klemm absonderliche Dinge. Er sah sich als Ursache von Frau Robinsons Selbstmord, und in der verworrenen Logik des Traumes spannen sich Fäden zwischen diesem Vorfall und Klemms einstigem Werben um den Jugendgefährten. Das war ein schöner Traum! Der Träumer sah sich am offenen Grabe Marias stehen, und über die klaffende Erde hinüber, in die die Tote hinabgesenkt worden war, reichte ihm der Freund die Hand, ihre Stirnen berührten einander, und ihre Tränen flossen in die Gruft. So standen Chingachgock und Lederstrumpf über Inkas, des letzten Mohikaners, frischem Grabe! Und dann hob Robinson das Haupt und sah Klemm mit Augen an, in denen das Naß einer zwiefachen Rührung schimmerte: der Trauer und der Freundschaft. Und da erwachte er. Er lag in seiner feindseligen Stube, und es war das Auge des winterlichen Morgens, das ihn anstarrte, kalt und böse.

An diesem Tage schrieb er Robinson einen Brief, in dem er sich der Schuld an Marias Selbstmord bezichtigte. Er hatte sich hierzu eine komplizierte, romanhafte Erzählung ausgedacht, redete von Klemm in der dritten Person und ließ den Brief ohne Unterschrift, so, als ob ihn ein Fremder geschrieben hätte. Der Einsame, den keiner mochte, warb um ein Stückchen Haß. Er trug den Brief zur Post und wartete, was nun kommen würde. Oh, jetzt dachte wohl jemand seiner! Jetzt war er nicht mehr einsam, war das Ziel von jemandes Neugier und Zorn! Er wärmte seine Seele an diesem Zorn. Er fühlte sich von ihm bestrahlt und überallhin verfolgt, wie die Gespenster auf der Bühne von ihrem Lichtkegel. Er patrouillierte vor Robinsons Haus und freute sich auf die Begegnung, auf die schreckliche Zwiesprache, auf den Faustschlag ins Gesicht und den warmen Regen der Schimpfworte. Aber Robinson ging, am Arm eines wachsamen Herrn, stumm vorbei, mit leerem Blick und einem schiefen Lächeln. Andern Tags las man in der Zeitung, der Ingenieur sei über den Verlust seiner Frau wahnsinnig geworden.

Das war ein harter Schlag für Klemm! Nun stand er wieder da und hatte nichts. Nun gerannen Tage und Nächte wieder zu einer breiigen Masse, die schweigend vor ihm auseinanderwich und hinter ihm sich schweigend wieder schloß. Er selbst war nur ein Klümpchen verhärteter Zeit, bestimmt, sich allmählich und spurlos in die Unendlichkeit aufzulösen.

Er sah Gedränge auf der Straße und mischte sich unter

die Leute. Eine Frau klammerte sich an seinen Arm, und ein Mann stützte sich auf seine Schulter, um besser zu sehen, was vorgehe. Klemm hatte einen guten Augenblick. Er fühlte mit Behagen die Hände, die ihn als Stütze gebrauchten. Die Leute schrien aufgeregt, und er schrie mit, ohne zu wissen, weshalb man schrie. Dann sah er berittene Polizei herankommen. Das Geschrei schwoll zu einem Heulen an, und Klemm heulte, daß ihn Kehle und Lunge schmerzten. Jetzt fielen Schüsse. Der Menschenknäuel, von Angst erfaßt, wurde um und um gewirbelt, in Stücke zerfetzt und die Fetzen nach allen Windrichtungen auseinandergeblasen.

Klemm landete in einer Nebengasse, keuchend, ohne Hut und Stock. Er hinkte in ein kleines Wirtshaus, das voll gepfropft war von Aufgeregten. Alle sprachen von dem Vorgefallenen. Klemm hörte zu, sprach dazwischen, trank und schlug mit der Faust auf den Tisch und trank. Es war ihm, als hätte er hier auf seiner langen Wanderung durch Öde und Dunkel eine sichere Zuflucht gefunden. Die ganze Nacht blieb er, schreiend und trinkend. Dann verzogen sich die Gäste, und draußen schlich schon das Tageslicht um das Haus, feindselig durch die Fenster lugend, ein Scherge der Einsamkeit, die ihren Gefangenen wiederhaben wollte.

Als Klemm heimwärts ging, sah er am Fenster eines Zeitungsladens die «Illustrierte Tageszeitung» hängen. Ein großes Bild schmückte ihre erste Seite... War er betrunken oder verwirrt? Das konnte doch nur Trug und Täuschung sein! Von der ersten Seite der «Illustrierten» herab lächelte sein eigenes Bild die Vorübergehenden an. Sein Jugendbild mit dem kurzen, runden Vollbart, wie er es daheim über dem Bett festgenagelt hatte. Und unter dem Bild stand mit fetten Buchstaben: Tobias Klemm.

Fünfzehn Jahre lang wohnte Klemm in seiner Stube, und während dieser ganzen fünfzehn Jahre war er nicht ein einziges Mal über die Zehnuhrabendstunde ausgeblieben. Als es in jener ereignisreichen Nacht elf und zwölf geworden, lief die besorgte Wirtin zur Polizei und meldete den Abgang ihres Mieters. Man sagte ihr, bei den Straßenkrawallen sei ein Mann erschossen worden, auf den ihre Schilderung des Vermißten so ziemlich zutreffe. Dann setzte man sie in einen Wagen, und der Detektiv fuhr mit ihr in die Totenkammer. Die gute Frau zitterte vor gruseligem Behagen beim Gedanken an die Möglichkeit, daß ihr Zimmerherr der Tote sein könne, und, alle Wonnen der nachbarlichen Neugier und des Aufsehens und der vielen erregten Debatten vorschmeckend, waren in ihrem Bewußtsein der Tote und Klemm längst eins geworden, als der Wagen vor der Totenkammer haltmachte. Sie sah auch kaum auf die Leiche hin, fiel in einen Stuhl, band mit zitternden Fingern das Kopftuch locker, schluckte vor Aufregung und rief einmal um das andere Mal: «Freili is er's . . .» und: «Na so was!» und noch viele Male: «Na so was!» Und diese Nacht würde die Gute ohnedies nicht mehr geschlafen haben, auch wenn nicht der unerbittliche Reporter der «Illustrierten Zeitung» bei ihr erschienen wäre und sich ein Bild des toten Klemm ausgebeten hätte.

Solcherart also erfuhr Klemm aus der «Illustrierten», daß er gestern totgeschossen worden war, als Opfer im Kampfe um Freiheit und Recht. Er kaufte noch andere Zeitungen. Klemm, überall Klemm! Dem Vorkämpfer für Freiheit und Recht wurde schwach zumute; er mußte in eine Branntweinstube treten und Schnaps trinken. Wovon sprach man in der Schenke? Von Klemm, dem Opfer im Klassenkampfe. Und wie man von ihm sprach! Mit Ehrerbietung, mit Wärme, mit Rührung. Und bei den Zeitungskiosken, um sein Bild mit dem kurzen Vollbart geschart, standen die Leute und sagten: «Ja, ja.» Gestern noch ein Nichts, eine Bakterie im Kot der Großstadt, heute ihr Held, der Gegenstand des Interesses von Hunderttausenden. Als ob eine unsichtbare Riesenglocke ‹Klemm› schmetternd durch alle Straßen läute, so dröhnte die Stadt von diesem Namen. Und Klemm, wonnig betäubt von dem Gedröhne, beschloß, die Seligkeit noch ein Weilchen auszukosten, vorderhand nicht nach Hause zurückzukehren und tot zu bleiben.

In den folgenden Tagen, da er sich, ohne Geld, als Vagabund und Bettler, fortbrachte und in Asylen nächtigte, in diesen Tagen sah er seinen Ruhm gewaltig anschwellen. Die Kollegen im Amt hatten den Zeitungen viel von ihm erzählt, und Klemm war sehr ergriffen, wie nett sie sich über ihn äußerten. Die Wirtin war unermüdlich in der Beibringung kleiner Züge seines großen Charakters. Er selbst, Klemm, hockte in der Branntweinstube und erzählte gerührt von Klemm, den er so gut gekannt hätte wie kein anderer. Die Augen gingen ihm über, und die vielen Falten und Fältchen seines alten Gesichtes waren wie ein System von Kanälen, das dem Bartgestrüpp Bewässerung zuführte. Als er bestattet wurde, stand er in der vordersten Reihe der Leidtragenden. Viele Menschen füllten die breiten Wege zwischen den Gräbern. Auf einer schwarzbehängten Kiste stand ein Mann und schrie: «Denn er war unser!» Alle weinten, und Klemm schluchzte so laut, daß die Umstehenden ihn ansahen und sich zuflüsterten: «Der muß ein naher Verwandter von ihm gewesen sein.» Ja, das war er nun allerdings.

Den Höhepunkt erreichte Klemms Karriere, als im Parlament der Abgeordnete aufstand und sagte: «Wir rufen dem Herrn Minister nur ein Wort zu, ein Donnerwort: Tobias Klemm!» Damit war Klemms Schicksal entschieden. Er beschloß, die Stellung eines Donnerwortes dauernd zu behalten, seine frühere Stellung als leerer Schall nie mehr wieder einzunehmen. Ins Leben zurückkehren, das hieße ja für ihn sterben, und tot sein, das hieß für ihn leben.

Eigentlich war Tobias, dem erbarmungslosen, innersten Gesetze seiner Existenz zufolge, jetzt noch einsamer als zuvor. Früher hatte er doch sich selbst gehabt, sein trübes Ich. Das hatte er jetzt auch nicht mehr. Früher hatte er einen Namen gehabt. Jetzt war der Name verloren. Er war von ihm gefallen, in Glorie zwar und Herrlichkeit, aber immerhin, er war fort. Und was blieb übrig? Ein entklemmter Klemm, ein geschundener Bettler, ein leeres Gerüst armer Menschlichkeiten. Und allmählich geschah es, daß in Klemms namenloser Vagabundenseele Neid und Groll gegen den ermordeten Tobias aufkeimten. Er fing an, wie früher großartige, so jetzt bösartige Geschichten von dem Toten zu erzählen. Da ging's ihm aber schlecht. Prügel und Hinauswürfe und böse Worte lohnten die Lästerung. Solches Unglück nährte seinen Haß, wie der Haß sein Unglück nährte. Er fühlte sich betrogen und bestohlen von dem anderen, dem großen Klemm, und schmähte sein Andenken, wo er nur konnte. Als man ihn am Friedhof erwischte, wie er das Reliefbild auf Klemms Grabstein – es stellte einen idealisierten Männerkopf mit kurzgeschorenem Vollbart dar – unflätig bespülte, wollte man ihn einsperren. Er behauptete aber so hartnäckig, mit dem Grabstein könne er machen, was er wolle, denn er sei ja der, der drunter liege, daß man ihn ins Irrenhaus brachte.

Wen traf er dort? Robinson, den trauernden Witwer. Er kniete vor einem Stuhl, das Haupt in den Rohrsitz gepreßt, die Arme zärtlich um die Stuhlbeine geschlungen. Klemm wurde feuerrot vor Eifersucht, wollte den Stuhl zertrümmern. Die Wärter sperrten ihn ins Isolierzimmer.

Als die Epidemie durch die Stadt ging, kam sie auch zu den Irren und holte sich einige, unter ihnen Klemm. Er wurde mit Genossen auf einen Tisch in die Totenkammer gelegt, und tags darauf sollten sie in ein gemeinsames Grab versenkt werden. Vorher aber erschien der Arzt und suchte sich Klemm für sein Seziermesser. Man brachte den Toten in die Anatomie, klappte ihn auf, stöberte ein Weilchen neugierig in seinem Bauch herum wie in einer aufgesprengten Geheimtruhe, erkannte neuerdings den hohen Wert der Autopsie als diagnostisches Hilfsmittel, klappte Tobias wieder zu und schaffte ihn dorthin zurück, von wo man ihn hergenommen hatte. Seine Genossen waren inzwischen schon begraben worden, und den Leichenträgern hatte es gleich so geschienen, als fehle einer. Wie sie nun Klemm dort liegen sahen, mokierten sie sich über seine zeitweilige Abwesenheit.

«Hoho», sagte der eine Spitalmensch, «der hat sich unsichtbar gemacht!»

«Die Gesellschaft war ihm halt zuwider.»

Und sie begruben ihn allein.

Feinde

ALS Doktor Tschirowsky, Arzt in der bulgarischen Armee, wieder zu sich kam, waren Schlacht und Tag bereits verstummt. Er starrte zu den Sternen hinauf, ihr Licht verschwamm seinem nassen Blick, es schien ihm, als wäre der Himmel mit einem Gewirr feuriger Schriftzeichen bedeckt wie mit unenträtselbaren Zaubersprüchen eines bösen Magiers. Schmerz und Durst peinigten den Verwundeten. Doch der Zweck, um dessentwillen er das alles erdulden mußte, war ihm entglitten. Er verspürte nur ein dumpfes Haßgefühl gegen die Überlebenden, die mit warmen Worten seiner gedenken und hierbei herrlich Flüssig-Kaltes in ihre gesunden Mägen schütten und wonnigen Tabaksrauch in ihre unzerschossenen Lungen einziehen würden.

Nebenan stöhnte es.

Der Doktor, den Revolver schußbereit, kroch zu der Stimme hin. Da lag ein rumänischer Offizier, die Hände in die klebrige Erde verkrampft, als wollte er sich an ihr festhalten, um nicht in den Himmel entführt zu werden. «Wasser», bat der Rumäne. «Es ist genug für zwei in meiner Flasche.»

Der Doktor nestelte die Feldflasche vom Riemen. Er trank und gab dem Feind zu trinken. Der schlug die Augen auf, sah die bulgarische Uniform. «Danke ... Feind ...»

«Ich spucke auf die Feindschaft. Haben Sie eine Zigarette?»

«Leider nein.»

Sie schwiegen. Dann sagte der Bulgare: «Doktor Tschirowsky, Arzt in Sofia.»

«Kohnescu, Handelsschulprofessor in Jassy.»

Der Doktor murmelte: «Unterleib», stellte gleichsam seine Wunde vor.

«Rechte Kniescheibe», erwiderte Kohnescu mit einer kleinen Verbeugung in der Stimme.

Pause.

«Was sagen Sie?»

«Der Teufel hol's!»

«Amen . . .»

Sie lagen stumm, stöhnten zuweilen.

Aber Blutverlust und Schwäche schufen um ihre Nerven allmählich eine schützende Zone, durch die der Stachel des Schmerzes nicht hindurch konnte. Es kam wie Gleichgültigkeit über sie, die alle Zufallsfarbe von der Seele wischte und den Alltagsmenschen freilegte. Nicht der bulgarische Offizier und der rumänische Offizier lagen jetzt verwundet nebeneinander, sondern der Arzt und der Handelsschulprofessor. Sie waren bürgerlich beisammen, in einer Herberge: «Zum blutigen Schlachtfeld». Sie wälzten sich so nahe als möglich zueinander, Schulter an Schulter, fühlten solidarisch gegen Nacht, Kälte, Tod.

«Schmerzen?»

«Nein, aber meine Wunde ist tödlich, das weiß ich. Und Sie?»

«Das Knie ist hin.»

«Ich habe x Fälle von Knieschüssen gesehen, die glatt ausgeheilt sind. Wenn Sie nur rechtzeitig ins Spital kommen.»

Der Rumäne schüttelte den Kopf. «Ins Spital gehe ich nicht. Wenn mich die Unseren von diesem verfluchten Fleck hier noch lebend fortschaffen, lasse ich mich mit dem ersten Krankentransport nach Hause schicken. Henderson wird mich gesund machen. Kennen Sie Henderson?»

«Ist das ein Arzt?»

«Ein Arzt? Gottlob, nein. Das ist ein amerikanischer Naturheiler. Ein Prachtmensch. Versteht hundertmal mehr als alle Ärzte.»

«Naturheilerei ist Schwindel . . .»

«Verzeihen Sie, ich bin überzeugter Anhänger dieses Schwindels . . .»

«Und ich bin Arzt . . .»

«Dann reden wir also nicht mehr darüber.»

«Das wird das beste sein.»

Pause.

Sie lagen nicht mehr Schulter an Schulter. Der Frost schüttelte sie, und die Schmerzen kamen wieder.

Der Doktor delirierte. Er sah die Szene, wie vor ein paar Jahren die Naturheiler seine Versammlung gesprengt hatten . . . Es fiel ihm schmerzhaft ein, daß gegen sein Votum im Sportklub die Auflassung der Boxerkurse beschlossen worden war . . . Er dachte mit Ingrimm daran, daß die Freundin an jenem Nachmittagsspaziergang justament den roten Federhut getragen, obschon er sie gebeten hatte, den mit der blauen Schleife zu nehmen . . . Viele Episoden seines bürgerlichen Daseins glitten vorüber, in denen er Unrecht behalten, in der Minderheit geblieben, zur Seite geschoben, besiegt worden war . . . Er erinnerte sich einer Wahl, bei der seine Kandidatur erfolglos geblieben war. Warum habe ich den andern damals nicht ermordet? dachte er, und es fiel ihm ein, daß in allen Konflikten, die er je bestanden hatte, stets seine erste, unwillkürliche Idee gewesen war: den

Gegner zu töten, zu vertilgen. Nur im Krieg wollte sich die Mordlust als Reflexbewegung nicht einstellen.

Aber daß er sich die Frau wegschnappen ließ! Und ein anderes Mal den Preis! Und damals das Amt! . . . Er atmete heftig.

«Haben Sie Fieber?» fragte der Rumäne. Am Klang der fremden Stimme verfing sich des Doktors Gedankenkette, riß. Ein Stück der Bruchstelle sprang dem Feind ins Gesicht.

«Alle Weiber sind Bestien!»

Kohnescu starrte verwundert auf den Schreienden.

«Haben Sie so schlechte Erfahrungen gemacht?»

«Sie wohl nicht? Sie sind wohl Romantiker? Das paßt zur Naturheilerei!»

«Ich bin Handelsschulprofessor», sagte Kohnescu, «also kein Romantiker.»

«Sind Sie Boxer?»

«Nein. Wie kommen Sie jetzt darauf?»

«Lassen Sie nur, lassen Sie nur . . .»

Der Doktor wälzte sich auf die Seite, soweit als möglich fort von seinem Leidensgenossen.

«Sie hassen mich, ich merke es schon . . . Natürlich, weil ich ein Rumäne bin! Das konnten Sie nur für Augenblicke vergessen . . . Sehen Sie, da haben wir den Krieg verleumdet, und nun zeigt es sich, wie naturgemäß er ist. Ich bin Rumäne . . .»

«Ein Trottel sind Sie! Eine Trottelei ist der Krieg!»

«Genug, mein Herr! Wenn ich gesund bin . . .»

Tschirowsky grinste. Wenn du gesund bist, oh la la! In seinem Hirn versammelte sich alles, was ihm an Widerspruch, Verneinung, Haß im Blute kreiste. Das Leben warf seine Kerntruppen, seine sichersten Reserven dem anrückenden Tod entgegen: die Feindschaft gegen das andere, die Feindschaft gegen alles, was nicht «ich» ist.

Der da neben ihm, der war das andere. Der würde gesund werden, nicht sterben wie der Doktor. Der hatte eine schmale Nase, keine dicke wie der Doktor. Der war jung, nicht alt wie der Doktor. Der schwärmte für Naturheilerei und betete die Frauen an. Der war der gestrichene Boxerkurs, der rote Federhut jenes Nachmittags, der siegreiche Kandidat im Studentenverein.

Fern wuchsen die Silhouetten von Reitern aus dem Hintergrundgrau des aufdämmernden Tages.

«Endlich! Geben wir ein Zeichen . . . ich habe keine Patrone mehr . . . Sie?»

Der Doktor nickte.

«Schießen Sie. Rasch . . . sie schwenken schon ab . . .»

Doktor Tschirowsky hatte den Revolver in der Faust. Unerträglicher Schmerz schnitt rasiermesserscharf durch seinen Leib, von der Wunde her, nach oben.

«Mensch, so schießen Sie doch!»

Da drückte er los. Gerade zwischen beide Augen traf er ihn. Der Rumäne riß den Mund auf, sagte aber nichts mehr.

Jetzt war das Rasiermesser beim Herzen angelangt. Schnitt mittendurch.

Die Patrouille, an ihrer Spitze ein Stabsoberst, hielt. Die Situation war klar: der tote Rumäne mit der frischen Blessur zwischen den Augen, der tote Bulgare mit dem noch rauchenden Revolver in der starren Faust. Ein Mann mit rotem Kreuz auf der Armschleife sprang vom Pferde, tastete den Doktor ab. «Noch ganz warm.» Dann nestelte er die Erkennungsmarke aus dem Rockfutter des

Toten, las: «Doktor Tschirowsky, Regimentsarzt, 11. Infanterie-Regiment.»

Der Oberst nahm die Kappe ab, und alle taten's ihm nach.

«Meine Herren Kriegskorrespondenten», sagte er, «erzählen Sie Ihren Lesern, wie ein Bulgare stirbt. Dieser Mann war kein Soldat von Beruf und doch ein Held, Krieger bis zum letzten Atemzug. Selbst auf den Tod verwundet, nützte er noch seinen letzten Augenblick, einen Feind des Vaterlandes niederzustrecken. Ehre dem Tapferen.»

Ein Morgenstrahl traf die Warze an des Obersten Backe, daß sie wie Karfunkel glühte. Alle standen schweigend. Und Süßigkeit schwabberte in ihren Herzen, die unter der Zigarettendose den Rhythmus des Lebens klopften.

Missa

Durch alle Türen zwängt sich der Menschenstrom. Wie wenn Wasser ins Bassin eingelassen wird, braust und brodelt es.

Die Spieler prüfen ihre Instrumente. Musik im Schmelztiegel. Ein Spritzen und Blasenwerfen von Klangmaterie, ehe sie in die vom Meister bereitete Form gegossen wird.

Der Kontrabaß räuspert sich, in der Pauke rollt ferner Donner, die Orgel tut einen tiefen, dröhnenden Atemzug: ihre Lungen sind in Ordnung.

Auf den höchsten Podiumstufen hat sich der Chor niedergelassen, ein schwatzender Vogelschwarm.

Vorn sitzt das Solisten-Quartett. Die Altsängerin ist eine Dame mit jungem Gesicht und grauem Haar. An den innigen Stellen ihres Gesangs wirft sie das Haupt zurück, schließt die Augen, streckt das Notenblatt waagrecht den Hörern entgegen. Als sagte sie: da habt ihr mein Gefühl! Nehmt! Als präsentierte sie ihr Herz auf papierener Tasse.

Der Primgeiger hat die Geige aufs Knie gestützt und mustert die Leute. Er ist der Nächste zum Kapellmeister. Ich beneide ihn, wie ich in der Schule den Vorzugsschüler beneidete, der nahe dem Lehrer sitzen durfte. Sympathie und Vertrauen schwebte zwischen ihnen: da war Unterordnung süß.

Der Kapellmeister klopft: Stille! Zweihundert Augenpaare hängen an seines Taktstocks Spitze, man sieht fast die Fäden. Wenn er jetzt den Arm langsam höher streckte, würde er die zweihundert Augenpaare mitnehmen, daß sie, losgelöst aus ihren Höhlen, wie kleine Fischchen am Angeltaktstock zappelten.

Sodann bricht der D-Dur-Akkord durch die Wolken.

Stimmen von oben und aus der Tiefe rufen. Demut, Zerknirschung, Hoffnung sprechen sich in Klangsymbolen aus. In Tonfluten spiegelt sich majestätisch die heilige Latinität.

Die junge Frau hört andächtig zu, den Kopf zurückgelehnt und die Augen geschlossen. Sie läßt die Musik über ihr süßes Antlitz rieseln wie im Sommer die bräunende Sonne. Manchmal wacht sie auf und gähnt zufrieden.

Musica sacra. Nur die Alten, die schon an den Tod glauben, sind ihr in Bangigkeit aufgetan. Denen, die noch ans Leben glauben, stärkt der hohe Klang niedrige Zuversicht (das ist schon so bei Musik). Angeweht von der Botschaft: Alles ist eitel, halten sie doch Wunsch und Willen fest, wie man den Hut im Winde festhält.

Manche trifft die Musik ins Herz, andere ins Rückenmark, die Kritiker ins Ohr. Durch die meisten aber geht sie hin wie ein Gespenst durch Mauern, spurlos, unbemerkt. Doch wer Kontakt mit Geistern hat, wenn auch keinen mit Partituren, spürt die Heimsuchung, schauert unterm Atem des Höheren, der ihn streifte.

Viele weinen. Gefühl, daß sie was fühlen, durchdringt sie ganz, schmerzhaft und beglückend.

Der Chor singt: «Agnus Dei, qui tollis peccata mundi . . .»

«Miserere nobis» setzt die Altistin fort und reicht auf papierner Tasse ein Schälchen Herzsaft dar.

Kleine Welt

MEIN Friseur zählte vor Beginn des Krieges 56 Jahre. Jetzt ist er siebzig; und darüber.

Er hatte einen Gehilfen, der war kein Gehilfe, sondern ein Meister. Er seifte ein, daß es wie Liebkosung um Kinn und Wangen war. Er handhabte das Messer so mild wie stark. Er kratzte den Bart nicht ab, sondern schmeichelte ihn mit sanfter Entschiedenheit von der Haut herunter. Er gab das Öl nicht wie die andern ins Haar, sondern betupfte mit geölten Fingerspitzen die Kopfhaut, sie solcherart mit Fett nährend und gleichzeitig massierend. Er brauchte alles in allem fünf Minuten. Er sprach nur das Notwendigste mit dem Gast. Ehre seinem Andenken. Bei Limanova zahlte er den Zoll.

Der nächste Gehilfe verliebte sich in die Kassiererin.

Das machte seine Hand unsicher. Die Kassiererin hatte es auf den Sohn des Chefs abgesehen, der, kriegsuntauglicher Landsturmmann, zuweilen im Laden aushalf. Der Gehilfe und der Sohn gerieten in Streit. Der Gehilfe wurde entlassen, der Sohn heiratete die Kassiererin. Im Drange der geschichtlichen Ereignisse wurde er jählings kriegstauglich. Sein Grab ist am Isonzo. Die Kassiererin hatte wochenlang verweinte Augen.

Der neue Gehilfe aber hieß Christian und lehrte sie wieder lächeln.

Er diente in Treue etliche Zeit. Dann nahm er, der eintönigen Arbeit und Liebe satt, die goldene Uhr des Friseurs und grußlosen Abschied. Seither kann es dem Chef und seiner übellaunigen Schwiegertochter kein Gehilfe mehr recht machen.

Ihrer dreißig zirka verbrauchte der kleine Laden im Lauf eines halben Jahres. Die Preise kletterten in die Höhe, die Gäste blieben aus, die Kassiererin schwoll an, und im gleichen Maße das Gesicht des kleinen Lehrbuben. An ihm entlud sich die ganze grimmige Schwermut der jungen Witwe und des Meisters machtloser Zorn gegen ein Schicksal, das die propre, feine, von so vielen Doktoren als Stammgästen besuchte Rasierstube zu einer Stätte des Zanks, der Armut, der schlechten und uneinträglichen Arbeit gemacht hatte.

Der letzte Gehilfe war ein alter, überaus langsamer Mensch, der beim Einseifen Selbstgespräche murmelte und, wenn er sich gebückt hatte, immer eine kleine Pause einlegen mußte, seine Kreuzschmerzen zu überwinden. Er blieb relativ lange in Diensten meines Friseurs. Zehn Tage. Am zehnten Tage aber trank er in der Zerstreutheit aus einer Flasche Shampoon-Ersatz, wurde dabei von der Kassiererin überrascht, die ihn einen alten Saufbruder nannte, erwiderte mit einem halblaut gemurmelten «Schlampen» und daß er in seinem Leben schon was Besseres getrunken habe als das stinkende Seifenwasser, worauf die Kassiererin sagte, für seinen Saumagen sei es noch immer gut genug. Hierüber bekam er vor Ärger Kreuzschmerzen und einen asthmatischen Anfall, hieb dem Lehrjungen eine herunter, nahm seinen Rock und verließ das Lokal. Die Kassiererin schimpfte ihm nach, beutelte den Lehrjungen tüchtig bei den Ohren und blieb bei dieser Beschäftigung, bis der Meister erschien, «hat der Mistbub schon wieder was angestellt?» sagte und dem Lehrjungen ein paar Ohrfeigen gab. Dann sperrten sie den Laden, weil Mittagspause war.

Von nun ab bediente der alte Herr selber. Er reaktivierte sich aus dem wohlverdienten Ruhestand. Aber es ging nicht mehr. Vor Müdigkeit und Atemnot mußte er noch längere Pausen mitten in der Arbeit machen als der letzte Gehilfe, und seine Versuche, über die Pause den Eingeseiften durch politisches Gespräch hinüberzuhelfen, erzeugten bei diesen höchste Ungeduld. Nur einer, ein ehemaliger Baron, war's zufrieden. Er schimpfte über die Russen, während er sich den Schnurrbart schwarz färben ließ, und über die Amerikaner, während ihm die Glatze gesalbt wurde.

Eines Tages hörte man – der alte Herr arbeitete mit dem Brenneisen an des Barons Lippenborsten – unterdrückten Zank im andern Zimmer des Ladens und bald hernach kam der Lehrjunge heraus mit knallroten Ohren und Backen und von Schluchzen gestoßen. Der Meister ließ das Brenneisen sinken, hielt sich ein Weilchen stöhnend die Hüfte und murmelte: «Na wart, du Mistbub, dir werd' ich's zeigen.» Der Baron besah seine käsige Visage liebevoll im Spiegel und sagte: «Die Buben muß man streng halten, sonst werden's Bolschewiki.»

In mir wuchs ein edler, wenn auch sentimentaler Entschluß. Ich sagte dem roten Lehrjungen: «Gustav, kannst du schon rasieren?» – «Ja.»

«Also rasiere mich.»

Er rasierte mich.

Der alte Friseur ließ ihn in der Folge auch auf die andern Gäste los und erklärte, er nehme überhaupt keinen Gehilfen mehr, höchstens noch einen zweiten Lehrjungen.

Das geschah auch. Es kam ein zweiter Pikkolo, ein ganz kleinwinziges Menschenkind.

«Sind Sie mit Gustav jetzt zufrieden?» fragte ich den Alten ... «Er arbeitet recht brav ...»

«Sehen Sie, man muß mit den Jungen gütig sein, sonst werden sie scheu und boshaft ...»

Ja, er macht dem in seine Jugend gesetzten Vertrauen Ehre, der kleine Gustav.

Sowie er nur eine freie Minute hat, nimmt er den noch kleineren neuen Lehrjungen bei den Ohren, knufft und reißt ihn und sagt: «Na wart, du Mistbub, dir werd' ich's zeigen!»

In drei Jahren wird er Gehilfe. Die Kassiererin trägt das Haar seit kurzem onduliert.

Derzeit ist sie nicht im Laden. Sie hält Wochenbett daheim. Sie hat einen Buben bekommen. Christian heißt er.

Der Dienstmann

MEIN Dienstmann ist alt und bucklig. Er trägt große Röhrenstiefel, einen dicken grauen Schal und Wollhandschuhe, die durch eine um den Nacken gelegte Schnur miteinander verbunden sind. Sozusagen: kommunizierende Handschuhe. Er hat eine rote, aufgequollene Nase und einen schwarzen Schnurrbart, dessen struppige Bürste die Oberlippe ganz verdeckt. In seinen wässerigen, runden Augen spiegelt sich unbedingte Treuherzigkeit.

Sein Standplatz ist an der Straßenecke. Vor der Apotheke. An den drei andern, durch die Straßenkreuzung gebildeten Ecken stehen auch Dienstmänner. Ein glattrasierter, ein langer, ein rotblonder Durchschnittsdienstmann. Die drei sind miteinander gut Freund, meinen Buckligen mögen sie nicht. Er hat ihnen kaum was Böses getan, aber er ist billig. Er drückt die Preise. Nicht um den Kollegen schäbige Konkurrenz zu machen, sondern aus kaufmännischem Zartgefühl. Niemals wird er auf die Frage: «Was bekommen Sie?» anders antworten als: «Was der Herr meinen.»

Mein Dienstmann ist ein Muster an Takt. Kürzlich holte er mir die Uhr aus dem Versatzamt. Ich wartete beim Friseur. Er kam mit der Uhr und sagte laut: «So, da ist sie. Der Uhrmacher meint, jetzt wird sie schon richtig gehen.» Ich fragte: «Was haben Sie dafür gezahlt?» Er, vor Verlegenheit und so leise wie möglich: «61 Schilling.» Der Friseur empörte sich: «Na, so was! Jetzt kost' eine Uhr reparieren so viel wie früher a neue. Gauner, miserablige.» Der Dienstmann stimmte lebhaft zu, und die beiden sangen ein Klagelied auf die schlechten Zeiten. «Was bekommen Sie?» . . . «Was der Herr meinen.»

Er hatte ein hölzernes, schwarz und hohl gesessenes Bänkchen. Das stand tagsüber vor der Apotheke, nachts genoß es Gastfreundschaft in ihr. Es ereignete sich, daß dieses Bankdepot meines Dienstmanns abhanden kam. (Ich hatte gleich den Glattrasierten in Verdacht!) Der Apotheker schenkte meinem Freund als Ersatz einen alten Holzschemel aus der Küche. Der Dienstmann benutzte ihn zwei Tage lang, dann stellte er das Geschenk dem Spender zurück. Warum? Auf der Bank war oft neben dem Dienstmann der närrische Bettler gesessen, die Hände um den Griff seines Knotenstocks und den grauen Vollbart auf die Hände gelegt. Verstehen Sie? Der Schemel hatte nur für *einen* Platz. Vor der Sentimentalität, selbst zu stehen und den Bettler sitzen zu lassen, scheute der geschmackvolle Dienstmann zurück. Das Umgekehrte wiederum vertrug sein gutes Herz nicht. Also schaffte er den Schemel ab. Der Held eines Hamsunschen Romans hätte nicht feiner handeln können.

Eines Tages anno diaboli 1918 war mein Dienstmann fort. Die Zeit verging, er kam nicht wieder. Ich dachte: Gewiß ist er tot. Er war ja schon sehr elend, der alte Bucklige. Oft, wenn er unter einer Paar-Kilo-Last keuchte, sagte er: «Ich taug' gar nichts mehr.» Wie alt mag er gewesen sein? So zwischen vierzig und hundert. Die Patina der Mühsal und Entbehrung auf solchem Antlitz macht eine Altersbestimmung schwer. Gewiß ist er tot. Gewiß hat ihm der Herr, der die Spatzen nährt und die Lilien kleidet und dafür sorgt, daß die Dienstmänner nicht in den Himmel wachsen, gesagt: Vierhundertneunundzwanziger, glaubst du nicht, daß es an der Zeit wäre, deinen Standplatz mit einem Liegeplatz zu vertauschen? Und der Dienstmann 429 hat natürlich geantwortet: «Wie der Herr meinen.»

Aber er war nicht zu den himmlischen Heerscharen eingerückt, sondern zur k. k. Infanterie, was freilich auf dasselbe hinauskam.

Eines Tages stand plötzlich wieder sein abhanden gekommenes, schwarz und hohl gesessenes Bänkchen vor der Apotheke. Und darauf saß, breit, der Glattrasierte. Und neben ihm an der Wand lehnte der Bettler mit dem Knotenstock. Und durfte sich nicht niedersetzen!

So ist das Leben.

Die lila Wiese

Soundso viele Meter über dem Meeresspiegel liegt die Kleewiese. Seit mindestens zweimal hunderttausend Jahren schon. Die Nacht wirft ein dunkles Tuch über sie, der Tag zieht es wieder fort. Die Wolke weint sich an ihrem Busen aus, der Sturm bestürmt sie, das Lüftchen plaudert mit Gräsern und Blumen. Der Nebel stülpt eine silbergraue, von schwachen Rauchfäden durchwirkte Tarnkappe über die Wiese, der Frost reißt ihr die Haut in Fetzen, die Sommersonne kocht sich ein Ragout aus Duft und Dunst.

Der Wiese ist das alles ganz lila. Kalt oder warm, feucht oder trocken, Leben oder Tod . . . sie duldet es in vollkommener Gleichgültigkeit. Das liegt schon so in der Natur der Natur.

Daß die Kühe sie berupfen, treten und düngen, scheint der Wiese nicht wesentlich. Auch nicht, daß Menschen sie ansehen und sich Verschiedenes dabei denken.

Viele kommen vorüber, achten ihrer nicht. Viele bleiben stehen, ziehen einen kräftigen Schluck Bergwiese in die Seele.

Die Bergwiese liegt da, läßt sich geruhig abweiden von Kuhmäulern und Menschenaugen.

Sie gibt jedem das Ihre, das das Seine ist.

Einer kommt gerade vom Friedhof: da ist es ein Brocken Schwermut, den er auf der Wiese findet.

Einer vom Mahl, Verdauungsglück in den Eingeweiden. Ihm rauschen die Gräser: Der Mensch ist gut.

Einer vom geschlechtlichen Exzeß: ihm predigt die Wiese sanfte Wonnen des Verzichts.

Einer aus dem Kaffeehaus, taumligen Herzens, vergiftet von Nikotin und Koffein und Nebenmensch-Atem. Ihm bietet die Wiese einen Splitter vom Stein der Weisen, der heißt: Natur!

Einer von der Landpartie mit der eigenen Frau; da ist es ein anderer Splitter vom Stein der Weisen und heißt: Fiche-toi de la nature!

Dabei kann der eine auch ganz gut immer derselbe sein.

Jeder Wanderer glaubt, die Stimme der Kleewiese zu vernehmen; aber er vernimmt immer nur seine eigene. Am gründlichsten in diesem Punkt täuscht sich der Dichter. Wär' er's sonst?

Jahreszeiten und Wetterlaunen der Menschenseele läßt die Wiese so gelassen über sich ergehen wie Sonne, Schnee, Nebel und den munteren Sausewind. Seufzen und Lachen hört sie, das Tirilieren der Zärtlichen, die Debatte der Botaniker, die Fachgespräche der Bauern, das innere Geschrei des Lyrikers. Publikum!

Den Dichter aber wurmte es, als Publikum genommen

zu werden wie die andern. Es paßte ihm nicht, daß er ein Verhältnis zur Wiese hatte, die Wiese aber kein Verhältnis zu ihm. Und dann: was hat denn ein Dichter von seiner Beziehung zur Natur, wenn niemand weiß, daß er sie hat?

Deshalb entschloß er sich, für die Kleewiese etwas zu tun.

Abends sagte jemand: «Schön ist der Überzieher des . . .» – «Nein», rief der Dichter, «schön ist die Bergwiese!» Er belegte sie für seine Begeisterung, wie man einen Platz belegt im Eisenbahnkupee.

Zu Pfingsten stand die Wiese, in freie Rhythmen verwandelt, auf den Buchhändlerregalen: «Die lila Wiese.» Davon hundert Exemplare auf Bütten, handsigniert.

«Die lila Wiese kann sich alle Gräser ablecken», sagten die Leute, «daß sie solchen Erklärer und Verklärer gefunden hat.»

«Ich kaufe mir noch heute eine Photographie.»

«Der Kleewiese?»

«Nein, des Dichters.»

Mehrere Forstadjunkten zogen in die Stadt, um beim Verfasser Natur zu hören.

Ein Rabe, mokant wie Raben sind, gratulierte der Wiese. «Sehr nett ist das, was Sie da über den Dichter gedichtet haben», sagte er.

Der junge Rechtsanwalt aber schenkte das Buch dem goldhaarigen Fräulein Hilde.

«Ich bin ganz heiß geworden bei der Lektüre», flüsterte sie, das Haupt an seine Schulter schmiegend. Behutsam legte der Anwalt die Hand auf die Hand des geliebten Mädchens, sagte leise des Dichters Namen, nichts sonst, wie Werther in gleicher Situation nur gesagt hatte: «Klopstock!»

Gewitterwolken standen über dem Kurhaus. Die Kapelle spielte: «O Katharina.» Und der Rechtsanwalt hauchte einen Kuß auf Hildes kurz geschnittenes Haar, hinten, wo es in ganz kleinen Borsten steht und schon wieder seine natürliche Farbe zeigt.

Rothschild-Gärten

Am Ende der «Hohen Warte» sind die Rothschild-Gärten.

Die «Hohe Warte» ist eine Villenstraße im Westen Wiens. Dort wohnen reiche Leute. In allen großen Städten schichten sich Wohlleben und Kultur westwärts, Elend und Roheit nach Osten. Das muß was zu bedeuten haben.

Dort also, auf der «Hohen Warte», sind die schönsten Privatgärten der Stadt. Hinter edlen schmiedeeisernen Gittern ruhen sie wie kostbare Stücke Kunst-Natur, von einem Spezialisten der Schöpfung handgewebt und -gemalt.

Ich glaube, diese Gärten werden jeden Tag abgestaubt. Und die Käfer in ihnen mindestens zweimal des Monats gewaschen, die stahlblauen Laufkäfer (Carabus cancellatus) mit Sidol geputzt.

Sie haben was Hochmütiges und Ablehnendes, diese Gärten. Wenn sie reden könnten, würden sie durch die Nase reden. Sie spielen das Naturspiel nicht mit: für dergleichen sind sie viel zu gut angezogen.

Sie haben was von einem prämiierten Windhund, der in der Sonne liegt und vor Verachtung nicht einmal mit den Ohren wackelt, wenn ihn ein Gattungsgenosse beschnuppert.

Die Rothschild-Gärten aber sind überhaupt nur zum Anschauen da.

«Rothschild», das klingt wie ein Indianername. Oder auch wie ein Name aus der germanischen Heldensage. Und die Legende dazu wäre beiläufig die: Irgendein Gott der Finsternis hatte es auf den herrlichen Recken Soundso abgesehen. Deshalb schickte er seine drei unwiderstehlichen Diener wider ihn: Krankheit, Sorge, Zweifel. Der Recke, waffenlos, hatte nur seinen Schild aus rotem Golde zur Wehr. Er hielt ihn den drei Gesellen entgegen, und die, vom Schildglanz geblendet, konnten nichts wider ihn ausrichten.

Eine feste Burg ist unser Gold, ein' feste Wehr und Waffen.

Die Rothschild-Gärten auf der «Hohen Warte» aber sind eine gewaltige Allegorie: Huldigung der internationalen Flora vor dem Besitz. Festzug der Natur zu Ehren der Milliarde. Der Tanz um den goldenen Menschen.

Vielverschlungene Wege ziehen durch den mächtigen Park. Pfeile deuten die Richtung, die der Besucher zu gehen hat, Ketten sperren die zu meidenden Pfade. So ist das Leben! möchte ich sagen, wenn das einen Sinn hätte.

Von der Hügelhöhe des Parkes blickt man weit hinaus in den Heiligenstädter Bezirk. Aus langen Schornsteinbronchien zieht der schwarze Atem der Fabriken. Du merkst an seinem stoßweisen Kommen, wie's innen keuchen mag. Die Eisenbahn spuckt Ruß und Schlacke. Arbeiterviertel. Man sieht, wie's unten stinkt. Hier oben aber streicheln balsamische Düfte Herz und Nasenschleimhaut. So ist das Leben.

Die Wiesen im Rothschild-Park glänzen samtig. Kostbares Edelfell der Erde. Der Kies auf den Wegen ist so fein, als wäre er aus dem Zuckerstreuer hingeschüttet worden. Allenthalben Glashäuser, fashionable Gewächssiedelungen, größere Villen für speziesreiche Geschlechter, zierliche Einfamilienhäuser für den Hochadel der Pflanzenschaft.

Tretet ein und sehet: Wunder der Pflanzendressur!

In Orchideenhainen: danse tourbillon der Farben und Formen. Abenteuerlichste Blumenkleidermuster, gefleckt, getigert, gestreift, gepunktet. Üppigste und lieblichste Phantasien aus einer Wiener Werkstätte der Natur. Auf Blütenblättern Orgien in Tunkpapier- und Batiktechnik. Ein feiner süßer Duft von Verwesung streicht her.

Azaleen schmettern die wildeste Symphonie in Rot. Eine Zirkusnummer geradezu! Übermäßig wiederholte Lieblichkeit fließt da zu was Großartigem ineinander. Tausend Fuchsien läuten Unhörbares. Schneeball, Viburnum, baut ungeheure Pyramiden aus weiß- und rot- und blaßblauen Blütenkugeln. In Palmenhäusern dampft es tropisch, der Kaktus kramt seine lächerlichen Absurditäten aus. Die seltsamsten fleischfressenden Pflanzen sind da. Wenn sie auch einen Sprung nach Heiligenstadt riskieren wollten ... wer weiß, ob sie fleischfressende Menschen sehen könnten.

Das Schönste aber sind die Glashäuser mit den Obstkulturen.

Da hängen Trauben, die sehen aus wie Bündel riesiger Glaskugeln, jede mit einer zarten Wachsschicht überzogen. Kirschen vom sanftesten Karmin bis zum schwärzesten Rot. Die protzige, geschwollene, saftüberfressene Ananaserdbeere, die repräsentative Kriegsgewinnerfrucht. Und die Ananas selbst, schon hoch duft- und aromaschwanger. Von der Decke baumeln die schlanken Sicheln der Edelgurken, Melonen runden aus Blätterdickicht ihren süßen Wasserkopf hervor, der Kürbis hat seine gelbliche Walze fast ausgeformt. Er muß nur noch die grünen Flecken ein wenig nachfärben.

Um all das schwimmt eine Atmosphäre feuchter Hitze. Die Fenster transpirieren. Das Glashaus ist voll schweigenden Lärms. Man hört das schwere Atmen der gekäfigten Natur, wie sie sich, unter der Hitzepeitsche, tummelt.

«Der Baron kann im Winter jeden Tag Trauben essen», sagt jemand. Ja, das kann er, wenn er es übers Herz bringt, in diese unwahrscheinlichen Glaskugeln hineinzubeißen.

Armer Baron! Er hat die Jahreszeiten verloren, wie Peter Schlemihl seinen Schatten. Ihm reift und blüht alles durcheinander. Er muß auf nichts warten. Wenn er will, setzt er sich am 1. Februar in den 15. August. Und hat Gurkensalat zu Weihnachten. Seine Ernte ist unabhängig von Klima und Wetter. Sein Garten auf der «Hohen Warte» mißt nur ein paar Joch und erstreckt sich doch über sämtliche Breitengrade. Sein Döbling liegt am Äquator. Er hat immer Schnittlauch. Und Ribisel zum Passahfest.

Und wenn seine Kinder singen: «Komm, lieber Mai, und mache . . .», so tun sie das nur aus Wohlerzogenheit. Denn sie sind auf den Mai nicht angewiesen.

Ist das nicht traurig und komisch, daß einer den Mai nicht braucht? So hat, gottlob, auch der Reichtum seine betrübenden und lächerlichen Seiten.

Landwirtschaft

DER alte Landwirt ist von fünf Uhr früh bis neun Uhr abends auf den Beinen. Um diese Stunde geht er schlafen, aber der Schlaf ist nicht gut, weil die Beine schmerzen. Außerdem halten den müden Mann die Sorgen wach. Entweder liegt das Heu noch auf den Feldern, oder es liegt schon auf den Feldern. Das eine ist aus diesem Grunde unvorteilhaft, das andere aus jenem. Es gibt keine agrarische Tatsache, die nicht an einem beklagenswerten «Schon» oder «Noch» kränkelte.

Übrigens sind zwei Kühe unpäßlich – wann sind jemals alle Kühe gesund? – und ein Pferd hat die Räude, und das Wetter ist zwar einesteils günstig, aber anderseits ungünstig – wann gibt es jemals landwirtschaftliches Wetter ohne «Anderseits»? – und mit den Knechten hat man seine Plage. Dick hängen die Äpfel, aber ärmlich hängen die Pflaumen. Wann will einmal das ganze Obst sich korrekt benehmen? Ja, und so wird es – der Landwirt wälzt sich gemartert auf die andere Seite seines kissenreichen Pfühls – so wird es mit der Schnapsbrennerei heuer nicht viel werden.

Der Landwirt ist fast siebzig Jahre alt. Er hat strotzende, rotgegerbte Backen und noch ein paar tüchtige Zähne im Mund, mit denen er Mengen von Fleisch und Kartoffeln, Gurkensalat und Brot klein zwingt. Das Essen schmeckt ihm. Sein hochgefüllter Teller wandert so leer in die Küche zurück, als hätte ihn die Katze sauber geleckt.

In der Küche schaltet die Frau Landwirtin. Sie hat noch wehere Beine als der Mann, ist ganz dürr, von unablässiger Arbeit förmlich ausgewunden, zu einem Geflecht aus Haut und Sehnen zerdreht.

Aber sie wie der Mann denken nicht ans Ruhen, Ausruhen, Altergenießen. Sie könnten's tun. Haus und Feld sind schuldenfrei, die Kinder «versorgt», in der Sparkasse Geld genug. Wozu plagen sich die Alten, keuchend unter Alters- und Arbeitslast?

Sie sind nicht einmal habgierig. Sie sind nur arbeitsgierig. Ihr Organismus ist mit Arbeit vergiftet.

Irgendwer muß es ihnen gesteckt haben: Von der Stirne heiß rinnen muß der Schweiß.

So lassen sie's rinnen, bis ihre Seele drin ersäuft. Bis der Todesschweiß ihnen die Arbeit des Sterbens lohnt. Sie bohren sich in einer unendlichen Spirale, seit fünfzig Jahren, langsam grabwärts. Das ist ihr Leben.

Sind sie glücklich? Nein. Sind sie unglücklich? Nein. Zufrieden? Nein. Unzufrieden? Nein. Was sind sie also? Tätig! Sie «sind» überhaupt nicht, sie «tun». Allerdings etwas höchst Nützliches. Ihre Arbeit wirkt in einfachen, unverrückbaren, klaren Zusammenhängen zwischen Zweck und Mittel. Sie trägt, in des Wortes Sinn, Früchte. Sie ist schöpferisch in unmittelbaren Diensten des Schöpfers und seiner Schöpfung. Sie ist nicht so zweifelhaften Wertes wie die hunderttausend lächerlichen Tätigkeiten der Stadt, wo Getriebe ist um des Getriebes willen, wo irgendein dummer Zweck mühevolle Beschäftigungen zeugt, die bald, ihrer läppischen Herkunft vergessend, das Gehaben ernster Pflichten annehmen, selbst zu Zwecken werden und wieder Beschäftigungen zeugen, Enkel jener primären, vielleicht längst abgestorbenen und verwesten Dummheit.

Fünfzig Felder gedeihen, das einundfünfzigste will nicht recht. Dieses einundfünfzigste beschattet das Gemüt des Landwirts. Von einer Belichtung durch die fünfzig gedeihenden zeigt es kein Strählchen.

Er arbeitet. Seine Frau arbeitet. Die Knechte arbeiten. Das Vieh arbeitet. Die Unterschiede sind relativ gering.

Nein, sie sind groß. Wenn das Vieh müde ist und gefressen hat, liegt es ruhig und atmet tief und leckt sich die Schnauze. Wenn der Landwirt müde ist und gefressen hat, liegt er da und kränkt sich über das einundfünfzigste Feld, das nicht gedeihen will.

Wenn eine seiner Sorgen glatt und gut erledigt ist, platzt sie wie eine reife Schote und streut Keim und Samen neuer Sorge in sein Herz. Er wandert rüstig auf ein Ziel los, das rüstig mit ihm wandert. Bleibt er stehen, steht es. Setzt er sich in Bewegung, tut es desgleichen. Nie wird der Abstand zwischen Ziel und Wanderer kleiner.

Jeder Seufzer der Erleichterung verwandelt sich dem braven Landwirt noch im Schlund – «enchromatisch», wie die Musiker sagen – zu einem Seufzer der Beschwernis.

Er ruht nie von getaner Arbeit. Er ruht immer nur für zu tuende Arbeit.

Er ist dumpf, unfroh, schwer wie das im Joch über die Schollen stapfende Rind. Der lustige Bauer ist Erfindung, genau wie der tragische.

Der bukolische Dichter sagt: «Gott am nächsten ist der Landwirt.»

Das mag übertrieben sein; immerhin, der Gutshof ist eine «Welt», fraglos.

Der Hahn springt auf die Henne, und nicht immer auf dieselbe. Die sanfte, gute Taube wird geschlachtet. Der Ochse zieht und bekommt Prügel und Tritte. Die Gans sitzt in einem engen Verschlag und produziert – ein Künstler, der aus dem Innersten sein Werk schafft für die Nachwelt – Gansleber.

Im Stall geht der Landwirt von Vieh zu Vieh und tätschelt es auf Kopf und Rücken.

Dem herzigen Lämmchen kraut er sanft das Haupt und steckt ihm, mit guten Worten, Maisstauden ins Maul.

Andern Tages schneidet er dem herzigen Lämmchen mit einem herzigen Messer die Gurgel durch.

Und so hat der bukolische Dichter in gewissem Ausmaß doch recht, wenn er sagt, daß der Landwirt Gott nicht ferne sei.

Gespräch

STERNENHELLE Nacht. Die Luft ging milde. Alles wurde weich und locker unter ihrem sanften Hauch.

Die vier Freunde – der fanatische Literat, der philosophische Kopf, der überlegen Kluge, und der vierte, ein schlichter Mann – schritten durch die nacht-stumme Straße. Sie hatten noch kein Verlangen nach Einsamkeit. Sie gingen die Straße wiederholt hin und zurück, kreuzten sie im Zickzack und trennten sich erst, zu Füßen des Doms, als schon Morgenfahlheit um das Turmkreuz spielte. Das Gespräch legte die gleichen Strecken zurück. Zwischen dem Mechanismus des Gehens und dem des Sprechens bestanden Zusammenhänge. Die Rede war gleichsam der Dampf, der, ausströmend, die Bein-Maschine in Bewegung setzte.

Der Fanatiker, mit immer feuchten Augen, schwärmte.

«Schön», sagte der Philosoph, «aber dann erklären Sie . . .»

«Erklären . . .?» fiel der Kluge ein (er liebte seine Klugheit, besessen von ihr, überzeugte sich ohne Unterlaß, angstvoll und gierig, ob sie vorhanden sei), «erklären? Wie kann man das? Wie soll der Musiker dem Unmusiker erklären, warum er fis eben als fis hört und nicht anders?»

Der Philosoph zuckte. Aber er wollte dem andern nicht die Freude gönnen, daß er zucke. Er lachte warm, von plötzlicher Sonne durchhellt, überließ es den Gefährten, diesem Heiterkeits-Zwischenspiel einen Sinn unterzulegen.

Der vierte, der schlichte Mann, nahm an dem Gespräch nicht teil. Er war von der Debatte mitgeschleppt worden wie einer, der gerade zufällig in der Gondel gesessen, als das Flugschiff hochging. Immerhin hatte er die Empfindung, daß es Geltungssache sei, in so hochzielendem Gespräch mitzutun, sich nicht in die Rolle des verloren-verlegenen Schweigers drängen zu lassen. Er lauerte auf den Augenblick, irgendwas dazwischen zu sagen, das ihn weder bloßstellen noch zu weiterer Rede verpflichten sollte.

In einer Atempause warf er, ruhig und milde, hin: «Ich bin mir über diese Fragen längst im klaren.» Als es draußen war und kein Echo kam, wurde ihm unbehaglich.

Der Kluge nahm das Wort und gab es nicht wieder her. Er redete unablässig Kluges.

Plötzlich rief der philosophische Kopf, wie von einem Spezialflug seines Denkens eben landend, unvermittelt: «Ein kolossal begabter Mensch, der M . . .!»

Das war Vergeltung für den Unmusiker von vorhin! Es hieß erstens: Während du mich im Bann deiner Beredsamkeit glaubtest, war ich ganz anderswo. Zweitens:

Indes ich dir zuhöre, wird mir klar, wie begabt ein anderer ist.

Der Fanatiker hörte den Namen des M. zum erstenmal. Kopfnickend bekräftigte er: «Begabt, jawohl.» Dann, von einem peinlichen «und wo bleib' ich?» zuinnerst gequält, bekannte er sich in starken Worten zum unbedingtesten Genie-Kult.

Der schlichte Mann gähnte, krampfhaft-verstohlen, durch die Nase. Stumm, das Haupt gesenkt, schritten der Philosoph und der Kluge.

Am Ende hält der Esel die Stille für «ergriffenes Schweigen», dachten sie.

Den Fanatiker überfiel Angst: Gilt Genie nicht mehr bei den Jungen?

«Was suchen die Herren eigentlich?» fragte ein mißtrauischer Schutzmann die vier Dauer-Spaziergänger.

Der Philosoph antwortete: «Die Wahrheit.»

Der Kluge gab dem Schutzmann eine Zigarette. Sodann gingen die Freunde nach Hause.

Daheim fiel der Fanatiker fiebernd ins Bett. Literatur kochte in ihm. Ein Bekenntnisbuch gärte. Ein Schauspiel warf Blasen. Ein Roman sickerte von vielen Seiten heran. Fülle des zu Sagenden sprengte fast die Seele.

Der Kluge prüfte, angstvoll und gierig, seine Klugheit. Eine falsche Behauptung von vorhin wurmte ihn. Doch was ist falsch? Es kommt auf den Elastizitätsgrad einer Behauptung an, nicht auf ihren Inhalt.

Dem Philosophen verrammelte Traurigkeit das Tor zum Schlafe. Er hatte eine Vision: Nebel, das All durchwogend, genährt von Dämpfen, die, dünn und dick, aus Millionen offener, wie Opferschalen hingestellter, menschlicher Hirnschalen aufqualmen.

Der Schlichte murmelte, ehe er sanft und rasch entschlief: «Öde, so ein Abend ohne Frauen.»

Des Feldherrn Traum

DER Feldherr lag ausgestreckt, blaß und fertig, ein auf dem Felde der Ehre Gestrauchelter.

Aber er lag auf seinem Diwan und war nur seelisch verwundet.

Ja, wenn man vor fünfundzwanzig Jahren dem damaligen Kriegsminister gefolgt, die Zeugungs- und Gebärpflicht statuiert hätte! Dann würden jetzt nicht die lumpigen zwei Millionen Menschen fehlen, die notwendig wären, feindlichen Kanonen den Schlund zu stopfen.

Aber jetzt war ins feindliche Lager der Kurier unterwegs, der den entscheidenden Versöhnungsbrief in der Tasche trug: der war gestützt auf die Argumente alles bezwingender Friedens- und Menschenliebe.

Der Feldherr blies aus einer langen Pfeife – die in Ermanglung von Tabak mit zerpulverten Lorbeerblättern gefüllt war – Rauchringe. Sie kreisten über seinem Haupt und zerflossen.

Er versank in schwermütiges Grübeln. Für die Zunft der Schlachtenlenker dämmerte eine sonderbar chancenlose Zeit herauf. So muß den Scharfrichtern zumute gewesen sein, als die Todesstrafe abgeschafft wurde. Oder den Nachtwächtern, Gespenstern und Laternanzündern, als durch ein neues, um die Erde wirkendes Sonnen-Spiegelungs-System das Tageslicht in Permanenz erklärt war.

Der Gedanke an eine Welt, die mehr im Zeichen der

Wasserspritzen als der Flammenwerfer stehen sollte, hatte wenig Freundliches.

Des Feldherrn Blick fiel auf den Wandgobelin, der darstellte, wie der Engel mit feurigem Schwert Adam und Eva aus dem Paradies trieb. Ein Wunder, dachte bitter der General, daß nicht sie den Engel davonjagen! Und er barg sein Haupt in das Schlummerkissen, auf dem mit roter in blauer Seide ein Vierundzwanzig-Zentimeter-Mörser gestickt war.

Plötzlich stand ein scharf bebrillter Mann vor ihm. Wellen des Vollbarts stürzten ihm auf den Schlußrock hinab.

Der Mann sagte: «Mein Name ist ... aber das tut nichts zur Sache. Ich bin ordentlicher Professor an der Universität zu ... Ich bin Literarhistoriker. Spezialgebiet: der Minnesang ...»

«Mir ist nicht minnesängerisch zumute», sagte der Feldherr.

«Mir auch nicht», sprach der Vollbart. «Wahrlich, ich habe seit Beginn der großen Zeit meine Gedanken auf anderes gerichtet. Ich hätte nichts dagegen, die Manessische Handschrift zu Gewehrpapierpfropfen verarbeiten zu lassen. Der Endsieg ...»

«Sprechen wir nicht von ihm! Es war ein Traum! Unser Kurier mit dem Friedensangebot ist schon unterwegs ins feindliche Lager.»

«Aber ...»

«Kein Aber! Ich bin für Verständigung, Gerechtigkeit, Demokratie und gegen jeden Sieg, der auf Gewalt gegründet wäre. Nicht aus Schwäche oder feindlichem Druck unterliegend, nein, meine Herren von der Presse, aus tiefer Überzeugung von der Unsittlichkeit jedes Gewaltfriedens haben wir ... ach, entschuldigen Sie, ich glaubte einen Augenblick, vor den Journalisten zu sprechen.»

Der Professor setzte sich auf die Brust des Feldherrn, seine Brillengläser wurden groß und blitzten wie Scheinwerfer. Er hob einen Zeigefinger, der war lang wie eine Kavalleristenlanze. «Ich habe eine Maschine erfunden, die hundert Kilometer weit mit einer Streuung von zehn Kilometern tödlichen Giftstaub aussprüht, der in einem Kreis, dessen Durchmesser jene zehn Kilometer sind, alles Lebende augenblicks verenden macht.»

«Nein!!» rief der Feldherr.

«Ja!!» rief der Professor.

Er schlang seinen Schlußrock, wie Mephisto den Mantel um Faust, um die Schultern des Feldherrn, sie stiegen hoch und segelten durch die Lüfte. Auf offenem Felde wurde gelandet. Dort reckte ein mörserähnliches, metallenes Ding das Maul in die Lüfte. Ein Telephonapparat war anmontiert. Der Professor drehte eine Kurbel, ließ los, die Kurbel rotierte sausend rasch zurück, und aus dem Rohr stieg mit mattem Knall eine lichtgrüne Wolke, himmelwärts entschwindend.

Fast im selben Augenblick läutete das Telephon.

«Hören Sie», sagte der Professor, «es ist mein Gehilfe.»

Der Feldherr vernahm: «Hier Sammelstelle der gestern festgenommenen Deserteure, hundert Kilometer von Ihrem Standort. Sämtliche Insassen sofort infolge Einwirkung der neuen Giftfernkanone gestorben. Heil und Sieg!»

«Mensch!!» schrie der Feldherr, «warum sind Sie nicht zwei Tage früher gekommen? ... Aber noch ist es nicht zu spät!»

Und schon war er in seinem Quartier und diktierte Telegramm auf Telegramm.

«Der Kurier an den feindlichen General sofort aufzuhalten!»

«Parlament augenblicklich schließen! Verdächtige Abgeordnete in Haft nehmen!»

«Reformversprechungen sofort rückgängig machen. Zensur verschärfen!»

«Erlasse an Heer und Volk, daß Krieg mit doppelter Energie weitergeht!»

«Schroffste Abweisung des Friedensgedankens durch entsprechende Regierungserklärung!»

«Proklamierung neuer Kriegsziele, und zwar fordern wir . . .» Dieses Telegramm hielt der Feldherr noch zurück. Er befürchtete, in der Eile vielleicht irgendwas zu vergessen.

«Das führende Blatt der Residenz hat sofort sanfte Tonart einzustellen. Krieg, Sieg, Durchhalten!»

Dieses Telegramm war aber unnötig. Denn die führende Zeitung, dank ihren glänzenden Informationen, hatte schon von der neuen Kriegsmaschine Kenntnis und bereits aus Eigenem im Abendblatt geschrieben: «Das Volk will den Sieg. Das Volk drängt sich zu den Fahnen. Das Volk opfert freudig seinen letzten Tropfen Bluts. Das Volk verachtet, die zum Frieden raten.»

Und dann sah sich der Feldherr, wie er in den Saal der vorbereitenden Friedenskommission trat, wie sein Schwert dröhnend auf den Tisch klirrte, daß die Tintenfässer, Schwarzes erbrechend, umherkollerten, und die Politiker zitternd unter die Stühle krochen.

Er aber ritt schon, den Schimmel spornend, die Front der neuen Giftfernschleuder-Batterien ab und rief:

«Guten Morg'n, Kinder, nu woll'n wir sie aber mal dreschen!» . . .

*

. . . «Exzellenz», meldete der Diener, «die Journalisten.»

Der Feldherr, jählings von lichten Traumgipfeln in den finstern Abgrund der Wirklichkeit gestürzt, blickte auf den Engel mit dem Flammenschwert, der die ersten Menschen aus dem Paradiese jagte. Er konnte mitfühlen, wie ihnen ums Herz gewesen sein mochte.

Er trat unter die Journalisten, drückte jedem einzelnen – ein Soldat darf nicht zimperlich sein – die Hand und sprach:

«Ich bin für Verständigung, Gerechtigkeit, Demokratie und gegen jeden Sieg, der auf Gewalt gegründet wäre. Nicht aus Schwäche oder feindlichem Druck unterliegend, nein, meine Herren von der Presse, aus tiefer Überzeugung von der Unsittlichkeit jedes Gewaltfriedens haben wir . . .»

Simmeringer Hauptstraße

Die Simmeringer Hauptstraße ist die traurigste Straße Wiens. Sie beginnt mit Kaserne und Krankenhaus und endet mit dem Friedhof. Dazwischen: Fabriken, ein Kino, Pferdefleischhauereien. Zuchthaus ist keines auf der Simmeringer Hauptstraße.

Sie ist lang, entsetzlich lang. So lang, wie eine schlaflose Nacht. So lang, wie vergebliches Warten auf einen geliebten Menschen. So lang, wie die Zeremonien vorm Galgen. Die Simmeringer Hauptstraße hört nicht auf. Sie ist eine chronische Straße.

Sie ist der ausgezogene, gradgestreckte Darm der Stadt. Wenn der Wiener Fäkalie geworden, muß er durch.

Ganz kleine Häuser stehen rechts und links der Straße. Kleine Häuser, nicht Häuschen. Skrophulose, zurückgebliebene, zwerghafte, anämische Häuser. Es ist noch Großstadt, aber unterernährte Großstadt.

In der Nähe des Friedhofs wird die Gegend ländlich. Die Häuserkette reißt, und in die Lücken schieben sich Flächen grauen Erdreichs.

Zur Sommerzeit wächst struppiges, häßliches, lustloses Gras auf ihnen. Gras, das sich weigert, grün zu sein.

Jetzt stehen, ein wenig im Hintergrund, Militärbaracken auf diesen Plätzen. Haufen von alten Landsturmleuten in Uniformen, die an das Gras erinnern, das zur Sommerzeit hier wächst, stehen beschäftigungslos herum und erfüllen so ihre Pflicht gegen das Vaterland.

Die Pferdefleischhauereien auf der Simmeringer Hauptstraße sind geschlossen. Pferdefleisch ist rar. Viel rarer jedenfalls als Menschenfleisch.

Wie traurig, daß die Pferdefleischladen geschlossen sind! Ich entsinne mich, wie traurig mir seinerzeit im Frieden ein offener Pferdefleischladen geschienen hat.

Um zwölf Uhr mittags strömen aus den Fabriken der Umgebung die Arbeiter und Arbeiterinnen und Arbeiterlein auf die Simmeringer Hauptstraße. Gespenster im Tageslicht. Halbverdaute lebendige Nahrung des Menschenfressers: Arbeit, der, ewig wiederkäuend, seine Speise um zwölf Uhr mittags ausspeit und sie um zwei Uhr nachmittags wieder schluckt, ihr noch ein paar Tropfen Nervensaft und Muskelkraft zu entkauen.

Man unterscheidet fast die Männer von den Frauen

nicht: so formlos, farblos hängt das Lumpenzeug der Kleidung an ihnen. Schuhe trägt fast keiner und keine. An deren Stelle sind abenteuerliche Kompositionen aus Holz, Strick und Tuchfetzen getreten. Ich weiß nicht gleich, was mir, abgesehen von der Elendstracht und dem Hunger – der in den hohlen Wangen sein Symbol nachbildet: leere Teller –, ich weiß nicht, was mir an dieser aus der Fabrik hastenden Arbeiterschar so besonders verändert scheint. Es fehlt etwas. Sie sahen ja auch im Frieden abgerissen, grauhäutig, schlecht ernährt aus, aber jetzt . . .

Nun weiß ich, was fehlt: die Pfeife mit dem schlecht riechenden, doch froh glimmenden und dampfenden Knaster. Die fehlt. Der Arbeiter hat keinen Tabak mehr.

Seht ihr aus der Tasche seines Fetzenrocks das zerbissene Hornmundstück der kriegskalten Pfeife gucken? Wieviel Wut, Verzweiflung, Unzufriedenheit hat er da hineingebissen, wieviel Revolution hat er sich, mit dem Pfeifenrauch aus den Nüstern, von der Seele geblasen? Wieviel Herzensqualm zog mit dem Pfeifenqualm ins Freie? Wieviel Ärger verrauchte da?

Wohin jetzt damit? Achtet auf die Ventile! Manometer 99!

In der Simmeringer Hauptstraße gibt es keine schönen Leichenzüge mehr, keine langen, vielgliedrigen Karossenketten, durch die Straße sich schlängelnd wie Trauerbandwürmer, taenia macabris.

Um so häufiger kriechen die kleinen Würmer, die städtischen und militärischen Totenwagen, dem Friedhof zu. Vier Särge haben in solcher schwarzen Schachtel Platz. Auf dem Bock hockt ein Mensch in Dieneruniform, hat Hunger und eine kalte Pfeife und denkt über das traurige Kutscherlos nach, immer wieder Passagiere führen zu müssen, die kein Trinkgeld geben.

März. Der Frühlingswind krabbelt im Staub der Simmeringer Hauptstraße. Es riecht nach Unrat und feuchter Erde. Die Kirchenglocken der Stadt läuten Mittag. Ehemals Essenszeit. Mit scharfem Licht spaltet die Sonne das Graue und wärmt, voll himmlischer Sympathie, einem Trupp alter Landstürmer den Buckel, den ihnen die große Zeit herunterrutschen kann.

Die Leni

Zu Weihnachten war ihre große Zeit. Sie stand in der Küche, briet und backte. Eigentlich sollte es heißen: buk, aber die Leni war eine einfache Person. So ein vornehmes Imperfektum würde gar nicht zu ihr passen.

Die Kinder sitzen im dunklen Kabinett und warten erregt. Sie kriechen auf den Knien zur Tür und lugen durch den Spalt zwischen Tür und Boden ins Zimmer, wo der Christbaum steht.

Dann wird die Tür geöffnet und die Mutter ruft: «Herein!» Das gilt auch der Leni.

Die Leni sagt: «Na, da komm' i schon», schleift die fetten Hände – einmal den Handrücken, einmal die Handfläche – an der Schürze ab, schlägt sie gleich darauf andächtig ineinander und macht «Ah».

Das längliche Paket ist für sie. «Stoff auf ein Kleid», wie alle Jahre. Die Leni sagt: «Ah! Ah! Ah!» und küßt so viele Hände, wie sie in der Erregung des Augenblicks erwischen kann.

Eine Mütze ist für den Knaben da. Handschuhe für das Mädchen.

Praktische Geschenke. Was man den Kindern ohnehin kaufen müßte, bekommen sie zu Weihnachten als «Geschenk».

Deshalb machen sie saure Gesichter und freuen sich gar nicht.

Der Vater sagt: «Ihr seid ein paar saubere Fratzen!» Er ist böse, daß die Kinder nicht verlogen genug sind, die Glücklichen zu spielen.

Die Leni rettet die Situation. «Na, das *schöne* Mützerl!» und «Hörst, die warmen Handschuh'!», sagt sie. Und macht einen Hanswurst vor, indem sie sich die gekerbte Orangenschale zwischen Lippen und Zahnfleisch klemmt. Es sieht aus wie ein furchtbares rotes Gebiß.

Und darüber können die Kinder nicht aufhören zu lachen, wie die Leni sich die Finger abschleckt und mit den nassen Spitzen die Flämmchen der Weihnachtskerzen zu Tode quetscht und bei jedem so tut, als hätte sie sich weiß Gott wie verbrannt.

Ja, die Leni! Wenn man die nicht hätte!

Sie war Dienstmädchen bei der Großmutter. Sie weinte vor Rührung, als die Mutter heiratete. Sie weinte vor Glück, als Elise Herrn Kohn die Hand zum Bunde reichte, obwohl das im Tempel geschah. Sie weinte herzbrechend, als das Kindchen kam.

Sie weinte überhaupt gerne. Streit gab es niemals mit ihr. Wenn ihr was nicht recht war, setzte sie sich in die Küche und weinte. Dann ging der Vater und die Mutter und die Kinder, eines nach dem andern, zu der Alten und streichelten sie und sagten: «Leni, sei gescheit!» Wenn sie zwölf Stunden geweint hatte, war sie wieder gut.

Sie konnte Patience legen; das hatte sie von der Großmutter gelernt. Ihre Patiencen gingen immer aus. Sie legte die Karten, wie sie sie brauchte, ob es nun nach der Regel war oder nicht.

Mit allen, ausgenommen der Großmutter, war sie per Du. Aber sie setzte hinzu: «gnädige Frau» oder «junger Herr», oder sonst eine geziemende Ansprache. So wie man in der österreichischen Armee sagte: «Du, Herr Hauptmann.»

Als es schon gar nicht mehr mit der Arbeit gehen wollte, zog sie zu ihrer Nichte und lehrte dort die kleinen Kinder, wie man sich aus Orangenschalen ein furchtbares Gebiß machen kann.

Von Zeit zu Zeit kam sie auf Besuch, trank ein Täßchen Kaffee am Familientisch, und wenn man ihr sagte: «Willst du noch ein Stück Zucker?», weinte sie; und wenn man ihr sagte: «Der Max fährt nächste Woche nach Berlin», so weinte sie, und wenn man ihr sagte: «Der Max fährt nicht nach Berlin», so weinte sie auch. Aber wenn man ihr sagte: «Leni, warum weinst du denn?», so weinte sie erst recht.

Ihr Dasein war Arbeit und Rührung. Als es mit der Arbeit nicht mehr ging, nur noch Rührung.

Dann legte sie sich eines Tages zu Bett, und das Leben ging so sachte aus ihr wie die Luft aus einem Kinderballon, in den man mit einer Stecknadel ein ganz winziges Lückchen gestoßen hat.

Jetzt ist sie tot, die Leni.

Und niemand mehr sagt «junger Herr» zu dem alten Mann.

So was wie sie gab's nur in grausilberner Vergangenheit, als Lemberg noch in unserm Besitz war.

Fabriksmädel

In der Offizin ist's gemütlich. Die Setzmaschine macht ein munteres, helles Geräusch, wie wenn Körbe mit Eßzeug geschüttelt würden. Und im Saal, in dem die Handsetzer arbeiten, klappert es, als schlüge Regen auf ein Blechdach. Oder als murmelten hundert metallische Bächlein hastige Selbstgespräche.

Das Gemurmel machen die dünnen Blei-Antimon-Stäbchen, wenn sie aus dem Setzkasten in den Winkelhaken wandern.

Allein sind sie gar nichts, nebeneinander können sie alles sein. Wenn man sämtliche Kombinationen der Stäbchen, die in den Fächern des Setzkastens sippenweise gesondert liegen, zusammenstellte, so müßte in ihnen alle Weisheit des Himmels und der Erde enthalten, alle Rätsel der Gott- und Menschheit restlos gelöst sein.

Das wissen offenbar die Setzer. Und darum sind sie eine so besonders selbstbewußte, Rechtens stolze und würdige Arbeiterkaste. Ihr Gruß ist: «Gott grüß die Kunst!» Und sie sagen, aus irgendeiner artigen Tradition her, nicht: «Entschuldigen!», sondern «Excusez!»

Zeitungssetzer hinter ihrem Setzkasten haben einen sonderbaren Misch-Ausdruck im Gesicht: gleichgültig, spöttisch, verdrossen schaut es drein.

Gleichgültig: das ist die Spiegelung der einen, durch die immer gleiche Tätigkeit glattgeschliffenen Facette ihrer Arbeitsseele.

Spöttisch: das kommt aus dem Machtgefühl (das die Schwarze Kunst verleiht), durch ein Winziges Sinn in Unsinn wandeln zu können.

Verdrossen: das fließt aus dem Empfinden von der Unwertigkeit dieses Meinunghaufens und Gedankenmülls, dem die Setzer ein Eintagsdenkmal aus Blei und Antimon bauen müssen.

Wenn aber das Fabriksmädel in den Saal kommt, schimmert über alle Gesichter etwas Freundliches, Väterliches, Gutes.

Das Fabriksmädel schleppt Klischees und dergleichen aus der Setzerei in die Gießerei.

Sie macht von früh bis abends Dienst, und die Setzer sagen ihr «Fräulein» und «Excusez!».

Die erste Empfindung, die man bei ihrem Anblick hat, ist: «Grau».

Ihr Kleid ist grau, ihre vertretenen Schuhe sind grau, ihre Hände sind grau, ihr Antlitz ist grau, ihre blonden Haare sind grau, ihre blauen Augen sind grau, ihr Lächeln ist grau, ihre achtzehn Jahre sind grau.

Die Arbeit hat sie so gefärbt, so durch und durch mit Grau imprägniert.

Die Setzer, die kluge und höfliche Leute sind, behandeln das Fabriksmädel wie die «Tochter der Setzerei». Sie fühlen sich geniert, daß das junge Ding ihr Männerschicksal teilen muß. Sie möchten lieber, daß sie ihnen etwas vorsänge und vortanzte, als daß sie Klischees in die Gießerei schleppt.

Da hätten beide Teile mehr davon.

Wenn das Fabriksmädel durch den Saal geht, machen die Setzmaschinen ein Geräusch wie Kettenklirren, und in der Handsetzerei murmeln die metallnen Bächlein einen giftigen Text.

Der Artikel über «Sozialreform», den der alte Schriftsetzer mit der Militärkappe auf dem kahlen Schädel gleichgültig, spöttisch, verdrossen in den Winkelhaken pfeffert, wird voll furchtbarer und lächerlicher Druckfehler sein.

Die Ringer

Es finden wieder Ringkämpfe in Wien statt. In einem Varietétheater. Nach griechisch-römischen Regeln. Die starken Männer im Trikot treten wieder an zum Klang des «Gladiatorenmarsches». Ihr Haupt ist kahl- oder zumindest kurzgeschoren – der lockige Ringer muß ein unerfüllter Mädchentraum bleiben –, ihre Nackenwirbel beschämen den Ichthyosaurus, ihre verschränkten Arme beben leise vor gebundener Kraft (wie ein stehendes, aber angekurbeltes Automobil), und unter ihrem Schenkelschluß müßte die Kokosfrucht krachend zersplittern.

Wenn die Ringer auf der Bühne stehen, machen die Zuschauer einen kläglichen Eindruck. Alle sehen gleich so schlapp, windig, dürr, gebrechlich, gering, so zum Wegniesen aus.

Jedenfalls führe deine Freundin lieber zu den Liliputanern als zu den Ringkämpfern.

Die Ringer haben herrliche Beinamen. Zumindest einen Meistertitel. Beliebt ist in Ringerkreisen das Adelsprädikat «der Löwe». Auch «der Riese» klingt schmuck. Keine republikanische Verordnung wird diese Nobilitierungen, die von ihren Trägern wahrhaft errungen worden sind, anzutasten wagen.

Diesmal soll ein ganz fairer sportlicher Wettkampf, ohne Schiebungen, ohne Abmachungen sein. Herr Direktor, gestatten Sie, daß ich das nicht glaube. Ich glaube vielmehr, daß wir einen Impresario und seine Truppe vor uns haben, eine Truppe redlicher Schwerarbeiter, die umso besser bezahlt werden, mit je mehr Laune, Originalität, Persönlichkeit und Wildheit sie uns das Schauspiel eines erbitterten Ringkampfes vormimen.

Besonders die Wildheit verdient Honorierung. Ohne wilde Ringer wird der faire sportliche Wettkampf langweilig und fade. Die wilden Ringer sind das Salz, der Sauerstoff, das Ferment, das Karnickel. Sie geben dem Publikum Gelegenheit, für die Tugend einzutreten und das Laster mit Hohn und Unwillen zu überschütten. Ein routinierter wilder Ringer ist mehr Geld wert als ein zahmer Weltmeister. Wenn er die Augen rollt, hört man's. Schon sein Gesicht bringt die Leute in eine für den Kartenverkauf der kommenden Tage lukrative Erregung. Es drückt aus: Lieber will ich auf beiden Ohren stehen, als jemals auf beiden Schultern liegen. Und am Ende liegt er doch! Welcher Jubel ob des bestraften Hochmuts, ob der gedemütigten Roheit, ob des Triumphes über die kraftprotzende Materie! Morgen: Ausverkauft.

Der wilde Ringer hat zornige Augenbrauen, und seine Wangensäcke babbeln unmutig. Er muß schnaufen. Er muß fluchen. Er muß, wenn ihm der Gegner, ein Sekündchen vor der Niederlage, entwischt, ein Gesicht machen wie der geprellte Teufel.

Ganz anders der Weltmeister. Über seinem Antlitz liegt es immer wie Schatten eines gewaltigen Gähnens. Das Ringen, ach, es langweilt ihn schon. Wenn er seinen Gegner um die Erde haut, daß der Arme halbtot liegen bleibt, so erledigt er das wie eine Gefälligkeit, die er nur höchst widerwillig erweise. Niemals sieht er den Partner an, stets an ihm vorbei: «quantité negligeable» spricht seine lässige Miene, obzwar diese quantité gelegentlich 150 Kilogramm beträgt. Es würde mich nicht wundern, wenn der Weltmeister einmal, während er seinen Widerpart mit dem Zeigefinger der linken Hand an den Boden festnagelt, mit dem Zeigefinger der rechten den jungen Mann heranwinkte, der sich mit Bäckereien durch den Zuschauerraum schlängelt.

Was zwischen Meister- und wildem Ringer, hat sich schlechtweg zu plagen, zu stöhnen und splendid zu schwitzen. Manche Kämpfer ächzen herzbeklemmend. – Das Publikum, das soeben gegen die Wildheit eines wilden Ringers brüllend sich ereifert hat, bleibt ungerührt. Von der Galerie fallen ermunternde Zurufe: «Patz' ihm ane eini!» oder «Schmier' eahm ane!» So sind die Menschen. Wenn die Gladiatoren brutal werden, werden die Zuschauer weich, wenn die Gladiatoren weich werden, gleich ist der Zuschauer brutal.

Aber schließlich: Ringen ist nichts für Sensitive. Wie der wackere Aimable einmal dem tadelnden Schiedsgericht zurief: «Nous ne faisons pas l'amour!»

Französisch ist die internationale Ringersprache. Wenn der Kampfrichter sich einmischt, knattert ein «Qu'est-ce que c'est que ça?» auf ihn herab oder hinauf. Zu übersetzen etwa mit: «Was wär' denn jetzt dös?» Was die Zumutung anlangt, den Fuß vom Gesicht des Gegners einen Augenblick wegzugeben, so scheinen die Ringer sich auf *eine* höhnische Wendung als Antwort geeinigt zu haben. Aimable sagte in solchem Fall: «Oui, je vais le mettre dans votre poche!» Noël le Bordelais hingegen zog die Variante vor: «Oui, je vais le mettre dans la poche de mon gilet.» Ich finde auch die Bordelais'sche Variante netter. Der Kampfrichter von damals sprach nicht viel französisch, aber ganz gut. Wenn ihm gelegentlich ein Vokabel fehlte, half er sich halt aus. Er sagte z. B.: «Non, Sie hab'n ihn beim Fuß g'habt.» Oder: «Dös gibt's nöt. Sie waren par terre.»

Das Französische versöhnt auch den ehrgeizigsten Ringer ein wenig mit der erlittenen Niederlage. Es ist doch was, wenn man mittelst «bras roulé en souplesse» hingelegt wird! Der Mann, der so viele Jahre lang Kisten schupfte und Lasten trug, hat sich's auch nicht träumen lassen, daß er einmal mit so was Noblem um die Erde geschmissen werden würde. «Bras roulé en souplesse!» . . . Wenn ich nicht wüßte, daß das ein Ringergriff ist, würde ich es eher für eine ganz vornehme, komplizierte Fleischspeise halten.

Es ist nicht leicht, sich zu orientieren, wenn zwei Ringer auf dem Boden sind, und in polemischer Absicht einen Knopf ineinander geschlungen haben. Die Sympathien der Zuschauer gehen da oft irre: Kaum freut man sich über die feste Position, die das Knie des einen Kämpfers eingenommen, muß man bedauernd erkennen, daß es der gekrümmte Daumen des anderen war. Um solchen Irrtümern vorzubeugen, engagiert eine umsichtige Direktion immer auch einen Nigger-Ringer. Da gibt's dann keine Mißverständnisse, sondern man hat die Position der Kämpfer schwarz auf weiß.

Der diesmalige Nigger-Champion heißt Zipps. Er erfreut sich – ich entsinne mich – einer wunderschönen Farbe. Nigger haben ja überhaupt eine schönere, natürlichere Farbe als die Weißen. Weiß ist degeneriert, künstlich, Tenor. Negercouleur ist männlich, Bariton. Wenn Zipps' Haut ein wenig transpiriert hat und leicht schimmert, glänzt sie wie Goldbronze. Er ist prachtvoll gewachsen. Keine Spur von Fett, kein Bauch.

Ja, der Bauch! Das ist das Ringer-Ende. Wie der Brustkasten das Ringer-Glück. Dieser fast quadratisch ausgeformte Ringerthorax ist ein ungeheurer Speicher von Kraft, Energie, Ausdauer. Aber unterhalb wölbt es sich schon dräuend: ein ungeheurer Speicher von Schwäche, Müdigkeit, Ohnmacht.

Fast zwei Dutzend Ringer, oder, zum Durchschnitt von 100 kg gerechnet, zirka 24 Meterzentner Manneszauber bewerben sich diesmal um den ersten Preis der Konkurrenz. Wer wird ihn heimtragen?

Wollen wir den Impresario fragen? Vielleicht, vielleicht weiß er es!

Der Hase

DER Schneidermeister Sedlak brachte Anfang November einen Hasen nach Hause. «Füttere ihn gut», sagte er zu seiner Frau, «auf daß er fett und stark werde und wir zu Weihnachten einen Braten haben.»

Ob der Schneidermeister «. . . auf daß» sagte, ist nicht sichergestellt. Aber dem Sinn nach lautete seine Rede so, wie ich sie hier wiedergebe. Frau Sedlak selbst hat sie mir gleich andern Tages, nachdem der Hase ins Haus gekommen war, berichtet.

Frau Sedlak ist die bravste Frau, die jemals für eine fremde Wirtschaft Sorge getragen hat. Sauberkeit ohne Fehl wirkt ihre geschäftige Hand, und Kleider, Wäsche, Schuh, von ihr betreut, sprächen, wenn sie reden könnten, gewiß: «Mutter» zu ihr.

Sie besitzt kein Kind. Aber als der Hase kam, da hatte sie eins.

Sie erzählte viel von seiner Possierlichkeit und seiner Zutraulichkeit, und wie er auf den Pfiff herbeikäme und mit welcher Neugierde und mit welchem Interesse er ihr mit den Augen folge. Und wenn er auch Schmutz und Arbeit verursache, sie trüge diesen kleinen Mühezuwachs gern um des Spaßes willen, den das Tier mit seinen Kapriolen und seiner nimmermüden Spiellust bereite.

Der Hase erhielt eine alte Kiste zur Wohnstatt und Abfälle von Küchenabfällen zur Nahrung. Die Küchenabfälle selbst kommen auf den Sedlakschen Mittagstisch.

Und der Hase gedieh. Er bekam einen Bauch und volle Backen. Frau Sedlak erzählte, ihrem Mann laufe das Wasser im Mund zusammen, so oft er das Tier nur ansehe. Ihr lief es in den Augen zusammen, wenn sie dachte, welchem Schicksal der Hase entgegenschwoll.

Daß er so mächtig Fleisch ansetzte, erfüllte sie wohl mit hausfraulichem Stolz, und daß dem Weihnachtstisch ein Braten gewiß, war ihr keineswegs eine unangenehme Vorstellung. Jedoch Frau Sedlak hatte auch ein Herz im Leibe, nicht nur einen Magen; und was des Magens Hoffnung, wurde des Herzens Not. Frau Sedlak vermutete, daß auch ihr Mann, obschon er's mit keiner Silbe und keinem Blick verriet, eine heimliche über-materielle Zuneigung für den Hasen im Innersten berge ... aber ich glaube, das redete sie sich nur ein, von dem unterbewußten Wunsch getrieben, es möchte der Schneidermeister das Odium der Rührseligkeit auf sich nehmen und den Hasen begnadigen.

Der Schneider dachte nicht an derlei. Er setzte das Datum der Schlachtung fest und verpflichtete den Hausmeistersohn, der die große Kriegsmedaille hatte, zur Metzgertat.

Von dem Augenblick an, da das Urteil über den Hasen unwiderruflich gefällt war, begann die brave Frau über ihn zu schimpfen. Sie sprach von ihm nur mehr per «der Kerl». Die ganze Wohnung stinke nach ihm, bei Nacht rumore er in seiner Kiste herum, daß man nicht schlafen könne – die Kiste würde längst dringend als Heizmaterial benötigt –, und soviel Kohlstrünke und Gemüsemist gebe es gar nicht, wie der Kerl auf einen Sitz verschlingen könne. Am Ende sei sie froh, daß nun bald Weihnachten käme und der lästige Wohnungsgenosse wieder verschwinde.

Auch über den Fleisch-Ertrag, den sie sich von dem Kerl verspreche, redete sie, doch mit so kummervollem Appetit in der Stimme, daß es klar war, sie übertreibe diese Einschätzung vor sich selbst, um mit dem Gewicht des köstlichen Hasenfleisches ihr Bangen zu erdrücken.

Dem Hasen selbst muß das Dilemma seiner Gebieterin aufgefallen sein. Oder gab ihm, der doch nun einmal dahin mußte, ein höherer Lenker, womit er der Frau für bewiesene Sorgfalt und Güte danken könne? Genug, er tat, der Hase, wie in solcher Lage ein psychologisch geschulter Hase auch nicht anders hätte tun können:

Er biß Frau Sedlak in den Finger.

Freudestrahlend berichtete sie: «Er hat mich in den Finger gebissen.»

Ja, gottlob, nun war unter das Todesurteil, es moralisch stützend, die todeswürdige Tat geschoben. Nun war das verpflichtende Freundschaftsband zwischen Frau Sedlak und dem Hasen von diesem selbst entzweigebissen. Nun war Appetit auf Hasenbraten: Gerechtigkeit. Fiat!

Sie schluckte trotzdem, die Schneidermeistersfrau, als

sie von des Hasen Ende erzählte. Sie warf einen scheuen Blick zur Seite bei der Erzählung, als spüre sie, was das heißt, ein atmendes Wesen, einen unbeschreiblich rätselvollen, kompliziertesten, mit Gefühl, Bewegung, Gesicht, Gehör, mit allen heiligen Wundern des Lebens begabten Organismus zu vernichten, damit er von anderer Wesen Mäulern zerkaut und zu Nahrungsbrei eingespeichelt werden könne.

Und es hing noch wie Schleier trauernder Liebe um das Lächeln, mit dem sie sagte: «Schön fett war er.»

Das Fell ist zum Trocknen aufgespannt; es hat seinen Wert. Ein wenig Fett ist noch in der Speisekammer als Superplus des Feiertagsbratens. Die Wohnung stinkt nicht mehr nach tierischem Exkrement. Kein nächtliches Rumoren in der Küche stört den Schlaf der braven Leute.

Aber die alte Kiste ist nicht zu Brennholz zerhackt worden. Sie bleibt Kiste.

Denn Herr Sedlak ist entschlossen, wieder einen Hasen zu erwerben.

Und Frau Sedlak wird, vermute ich, sich vom Fleck weg seelisch so auf ihn einstellen, als ob er sie schon gebissen hätte.

Verzaubertes Haus

Unablässig schaufelt die Drehtür Menschen ein, aus. In der Halle riecht es nach Kaffee, edlem Tabak, Parfüm, Leder-Klubsessel. Devote, schmeichlerische Möbel. On parle français. Si parla italiano. English spoken here. Auch Deutsch.

Ohne Pause fährt der Lift. Als wäre sein Auf und Ab mechanisch entscheidend für Gang und Sicherheit und Regelung der Hotelmaschine. Das Hinunterfahren ist eine Delice. Sacht und flugs, wie auf Schultern eines Riesenvogels, gleitest du abwärts. Es ist märchenhaft.

Das ganze Hotel ist ein Märchen. Ein Griff: heißes Wasser sprudelt in das porzellanene Becken. Ein anderer: warme Luft durchströmt lautlos die Stube, sie mit Behaglichkeit füllend. Ein Fingerdruck: Licht. Wenige Worte in das Hartgummiohr der Wand hineingesprochen: gleich steht die Silbertasse mit Köstlichkeiten wie Kaffee, Zucker, Sahne, weißem Brot auf dem Tisch.

Kleine Jungen in grünen, goldbeknöpften Jacken, ein Heinzelmännchenheer, sind treppauf, treppab geschäftig zu deinem Wohl. Der staubige Rock, vor die Tür gehängt, hängt nach Minuten blitzblank da. Die Stube, in Unordnung verlassen, prangt bei der Rückkehr sauber gefegt, geordnet, wohnlich. Das gebrauchte Handtuch ist fort: ein untadelig reines schwebt von der blitzenden Messingstange. Du brauchst nur zu wünschen: gleich ist der Wunsch erfüllt. Der Friseur? Schon ist er da, zu Diensten. Das Stubenmädchen, der Hausknecht, der Kellner, die grünen, goldbeknöpften Jäckchen . . . unablässig sind sie in Bewegung, damit du in Ruhe bleiben kannst.

Daß ein Troß von Menschen dienen, bedienen, hart arbeiten, sich müde laufen, früh aufstehen, spät schlafen gehen muß, damit andere à la Pascha ihres Daseins genießen können, scheint wider Natur und Recht. Aber im Märchen ist es eben so. Wenn der Niedriggeborene, von einem guten Zauberer zur Belohnung für irgendwas in einen Prinzen verwandelt, die Augen aufschlägt: was sieht er vor allem? Diener! Lautlose Diener harren seines Winks. Sie kleiden ihn, sie bringen den gedeckten Tisch, sie rüsten ihm das Bad, sie musizieren und tanzen ihm was vor, sie scheuchen mit Pfauenfächern die Fliegen von seiner Nase. Der Beglückte, der Erhöhte wird – das ist das unzweideutigste Zeichen seines Glücks und seiner Erhöhung – «bedient». Sein Teil am Fluch der Arbeit ist ihm abgenommen und auf andere Lebewesen verteilt. Der Schweiß seines Angesichts perlt auf anderen Stirnen. Diener ringsum: das ist Sinnbild der Macht und Würde. Im orientalischen Märchen.

Und in dem großen Hotel mit Funkellicht, Wärme, Behaglichkeit, Tischlein deck dich. Den Menschen ist nicht bange im Verzauberten Haus.

Obschon ja Märchen öfters so enden, daß der als Prinz im Daunenbett Entschlafene als Lump im Straßenkot erwacht und nur Ohrfeigen und Gelächter zur Antwort bekommt, wenn er nach seinem warmen Bad, nach seinem gedeckten Tisch, nach seinen Dienern ruft.

Gefahren der Presse

Der Maler Fragolati, der mit seinem bürgerlichen Namen Müller hieß, mußte in relativ jungen Jahren dahin: weil er starb, ehe er tot war. Er ging gewissermaßen an seinem Ableben zugrunde. Und das kam so:

Eines Tages stand im «Generalanzeiger»: «Der Maler Fragolati, der mit seinem bürgerlichen Namen Müller hieß, hat sich erschossen. Motiv unbekannt.»

Nun hatte sich aber gar nicht der Maler Müller-Fragolati erschossen, sondern ein ganz anderer obskurer

Maler Müller. Dem Reporter des «Generalanzeiger» war eine Verwechslung unterlaufen. Man kann ihm das nicht übelnehmen. Der Mann bekommt für jede bessere Leiche, die er noch warm apportiert oder reportiert, eine kleine Prämie, davon muß er leben. Kein Wunder also, daß der nach prämienreifen Nachrichten Dürstende, als er hörte: «... Maler Müller ... erschossen ...», verblendet von der scheinbaren Wichtigkeit des doch unwichtigen Geschehens, jene Falschmeldung in die Welt schleuderte.

Ein paar Tage später berichteten zwar die «Neuigkeiten» – froh, dem «Generalanzeiger» eins auswischen zu können –, daß nicht der berühmte, sondern ein gleichgültiger Maler Müller freiwillig aus dem Leben gegangen sei ... Aber da war es schon zu spät. Da hatte schon, sozusagen, der Donner den Blitz herbeigelockt.

*

Fragolati lebte fern der Stadt, die seinen Freitod bekopfschüttelte. Angenehm gruselte ihm, da er die Nachricht seines Selbstmordes las. Unbehagen jedoch weckte ihm die Meinung des «Mittagsblatt», Grund zur Tat sei wohl des Malers Einsicht in die Dürftigkeit und Enge seines Talents gewesen.

Auch die «Neuigkeiten» tippten, das Motiv des Selbstmordes ratend, auf: Erkenntnis der eigenen hoffnungslosen Unfähigkeit.

Die täglich um zwei Uhr nachmittags erscheinende «Abendglocke» jedoch glaubte, nicht so sehr das Bewußtsein seiner (den andern freilich längst evidenten) Unbegabung habe dem Armen die Pistole in die Hand gezwungen, als vielmehr die Mißachtung der guten Gesellschaft, die von ihm wegen seines unsauberen Lebenswandels nichts mehr wissen wollte.

Wohingegen die «Mitternachtsstimmen» vermuteten, der Verstorbene, dickfellig wie er war, hätte seine Talent- und Charakterlosigkeit ganz gut ertragen, aber nicht den Kummer über seine unglückliche äußere Erscheinung.

Der bilderreiche und fein satirische «Neue Nachmittag» schloß sich der Vermutung des «Mittagsblatt» an. «Auch wir meinen», schrieb er, «daß das Bewußtsein arger künstlerischer Unzulänglichkeit der Humus gewesen ist, aus dem die finstere Blüte des Selbstmordentschlusses sproß.» Immerhin, fügte der Nachrufer, gewissermaßen traurig lächelnd, hinzu, habe sich Müller «einen Namen gemacht»: den Namen Fragolati.

Des Malers Herz wurde durch die Lektüre seiner Nekrologe umdüstert. Er sandte die Magd um eine Flasche Kirschwasser und zwei geräucherte Bücklinge ins Wirtshaus.

Sie kam zurück: der Wirt achselzucke, nicht mehr kreditieren zu können. Herr Fragolati möge nur lesen, was die «Tägliche Post» in ihrem Donnerstagblatt schreibe. Im Donnerstagblatt der zweimal wöchentlich erscheinenden «Täglichen Post» stand nun allerdings, Fragolati sei, wie aus bester Quelle verlaute, in den Tod geflüchtet, um Verhaftung wegen betrügerischer Schulden zu entgehen.

Die verweigerten Bücklinge nagten an Jerobeams Seele. Noch mehr aber nagte an ihr der Gram seiner Schwester, die auf dem Sofa sich wälzte, mit Tränen den Absagebrief ihres Verlobten netzend. Er bedanke sich, schrieb Max, für den Anschluß an eine Familie, deren Oberhaupt – wie in den «Blättern für Kunst und Takt» zu lesen sei – offenbar nur aus quälender, durch das Schicksal zahlloser Ahnen väterlicher- wie mütterlicherseits wohlbegründeter Furcht vor den Folgen ererbter Rückenmarkskrankheit zur Selbstmordwaffe gegriffen habe.

Die Magd, die am Morgen kündigen wollte – sie hatte im «Sportblatt» gelesen, ihr Herr hätte das Leben fortgeworfen, weil seine Passion, schlafenden Dienstmädchen die Haare abzuschneiden, ruchbar geworden sei –, brachte die Kündigung nicht mehr an, denn sie fand Fragolati vor dem Spiegel liegend, den abgeschossenen Browning in der Hand.

Der «Generalanzeiger» leitete seine bezügliche Meldung mit den Worten ein: «Wie wir schon vor vierzehn Tagen zu berichten in der Lage waren . . .»

Prag zum ersten Mal

Leider währte der Aufenthalt nur vierundzwanzig Stunden.

Ich sah: das Prager Tagblatt, Sokoln mit schlanker Feder auf der Mütze, Moldau-Inseln, umstritten von Sonnenglut und Wasserfrische, Polizisten mit Riesenzeigefinger aus Vollgummi, das Grab Tycho de Brahes und die Geburtsstätte Egon Erwin Kischs, Würste und Butter, das Hus-Denkmal, das aussieht, als wäre es in der Sonnenhitze weich geworden und auseinander gelaufen, die Villa des Doktor Kramarsch, in einer Höhe mit der Königsburg, ein luftiges Wirtsgärtchen, irgendwo steil oben zwischen Fels und Laub eingenistet, den Grafen Sternberg auf der Promenade, die Steinplatten des verfallenen Judenfriedhofs, nicht in die Erde gesunken, sondern aus ihr hervorgewachsen scheinend und in ihrer gedrängten Schiefheit wie Chiffren einer geheimnisvollen plastischen Keilschrift, die uralte Synagoge und die urneuen Caféhäuser, den Denkmal-Sockel, von dem Radetzky in der Nacht des achtundzwanzigsten Oktober 1918 verärgert fortgeritten, die österreichische Gesandtschaft in der Krakowska ulice, den Platz, wo jene Mariensäule gestanden, die den «Umsturz» in des Wortes Sinn zu spüren bekommen hat, zwei Pilsenerbier-Spezialstätten, fatalerweise, weil gesperrt, nur von außen, die «Wildente» im Deutschen Theater und in einer Buchhandlungsauslage die Bücher des martialischen Pazifisten Machar, der vom Dichter zum General-Truppeninspektor hinaufgesunken ist.

Herrlich die Prager Häuser aus bereits «abgekämpften» Jahrhunderten, oft in ganzen Straßenzeilen still und stolz unter sich, oft wie Posten, die die Geschichte einzuziehen vergessen, stumpf und treu ausharrend im Gedränge der neuen Stadt, umwittert von Geschichte, Kunst, Moder, Tradition, Blut, Reichtum und Verfall, erhaben und leicht lächerlich im Hochmut ihrer steinernen Mienen.

Prag scheint eine Kreuzung aus Kapitale und Provinz. Es hat, von solchen Eltern her, Zug ins Mächtige und Zug ins Kleinstädtisch-Traute. Seine Transpiration an einem Hochsommer-Sonntag ist durchaus großstädtisch.

Eine ehrwürdige Stadt. Im Silberhaar. Aber mit roten Backen.

Die Menschen sind laut. Bewußt laut, als entschädigten sie sich endlich für jahrhundertlangen Zwang des Leise-Redens.

Was kann man in vierundzwanzig Stunden von einer Stadt wissen? Die oberflächlichste Kontur ihres Leibes. Nichts von ihrer Seele. Zudem verschleiert Fülle der Vorstellungen, dem Begriff «Prag» assoziiert, den Blick, deckt mit suggestiver Farbe Farben der Wirklichkeit.

Wenn ich nach dem vermuten darf, was in der Atmosphäre der Straßen, in Gang, Stimme, Gehaben der Bewohner, im Stundenschlag der Glocken, im Tempo der Spazierer, in der Munterkeit der Frauen, in der Loquacität der Prager Steine geheim mitschwingt: so hat Prag eine robuste Seele, zum Optimismus geneigt und Schwermut wie süße Speise schmeckerisch genießend.

Ob hier zu leben wäre?

Mit der Frau, die ich liebe, mit den Frauen, die ich liebe, mit den Männern, deren Wort mir hörenswert, ist Paris in der Wüste, ist Berg und Meer in der Zinshaus-Stube.

Was ist Stadt? Was Landschaft? . . . Du selbst . . . und die Menschen, zu denen Deine Fäden spinnen.

Wenn ich «Prag» sage, denke ich an die Moldau-Insel, umstritten von Sonnenglut und Wasserfrische, an den Gasthaustisch unterm schattenden Baumwipfel und an den beißenden Kren zum Schinken, der sie weinen und vor Weinen lachen machte.

Also ist Prag eine reizvolle Stadt. Allein der Hradschin schon, bitte!

Himmelfahrt

Am 26. März des Jahres 1827 war in Wien heftiges Schneegestöber, dabei donnerte und blitzte es. Sommer und Winter durcheinander. Als wollte die Natur dem sterbenden Beethoven eine Huldigung darbringen, der Ungewöhnlichkeit des Mensch-Phänomens, das da hinging, gemäß.

Während ein Blitz niederfuhr, das Sterbezimmer mit himmlischem Licht erhellend, trat ein Mann an Beethovens Bett und schrieb in das Gesprächsbuch, er sei gekommen, die Seele, wenn sie ihr irdisches Gehäuse verließe, in Empfang zu nehmen und aufwärts zu geleiten.

Beethoven, als er dies las, vermutete erst einen Streich seines Neffen Karl. Aber da sich der Bote – durch eine Eintragung ins Konversationsbuch über opus 106, die erwies, er begreife, was von keinem Erdgeborenen ganz zu begreifen ist – als Himmlischer legitimierte, befahl der Meister seine Seele in die Hände des fremden Herrn, und der Abschied vom Leibe wurde ihr leicht.

Jener Bote war während seiner Erden-Wandelzeit ein Wiener gewesen. So berichtete er dem zum ewigen Leben Neugeborenen, indes sie aufwärts stiegen, von der Schmackhaftigkeit des Mannas, das sie nun speisen würden, von den unerschöpflichen Freuden, die ihrer harrten, und daß in den himmlischen Gefilden der Sonntag nie ende. Beethoven fragte, ob er das Antlitz Gottes sehen werde. Nein, sagte der Engel, das bleibe auch den Seligen verborgen. Warum dem so sei, darüber werde im Himmel allerlei gemunkelt, und ein paar Berliner Literaten, die in der Sternenstoa, unablässig redend, auf und ab schwebten, verföchten sogar die Idee, Gott sei nur eine Fiktion, die der Teufel für die Menschen erfunden habe, um seine Herrschaft über sie zu sichern. Aber das wollte Beethoven nicht wahr haben.

Wie sie dem Sitz der Ewigen näher kamen, rollten Wellen überirdischer Musik heran, die Beethovens Seele faßten und zum Platz des himmlischen Gerichtes trugen. Dort harrte ihrer Bangigkeit und Bußfertigkeit große Überraschung. Denn es ist nicht wahr, daß sich der Mensch nach dem Tode zu verantworten hat, vielmehr wird ihm Rechenschaft gegeben, warum er gerade so und so gestaltet, warum Schmerz und Dunkel über sein Leben verhängt und das Böse wider ihn aufgereizt worden ist.

Als daher Beethoven den Geist, der ihm Pate war, zur Auskunft bereit vor sich sah, fragte er:

«Warum mußte ich taub werden?»

«Um deine inneren Stimmen desto lauter zu vernehmen!»

Diese Antwort befriedigte den Frager wenig. «Was ist das für ein guter Vater», rief er, «der seine Kinder verstümmelt, um sie schmackhafter zu machen? Kann die Schöpfung nicht anders als durch solche Kapaunen-Praxis ihre Zwecke mit uns erreichen?»

«Wie du dein Martyrium trugst», sagte der Geist, «und wie du trotz ihm Unsterbliches vollbrachtest, das wird den Menschen zum erhabenen Beispiel gereichen und für die Tugend, als deren Diener du dich in deinem mit Recht vielberühmten Heiligenstädter Testament selbst bekannt hast, erfolgreiche Propaganda machen.»

«Ich dachte», rief Beethoven, «in den tausend Stunden tiefer Versenkung in dich, o Geist, daß du anderes mit meiner Erschaffung bezweckt hättest, als dummen Menschen ein sittliches Exempel vorzuführen.»

«Das war ja auch nur Nebenzweck, liebe Seele! Deine Hauptaufgabe im Erdendunst hieß: Musik machen, den Sterblichen zum Trost über ihr Sterblichsein, und daß ihnen, deine Töne im Herzen, der Jammerweg durchs

Leben leichter werde. Diese Aufgabe hast du großartig erfüllt.»

Die Engel bliesen auf langen Pistons einen Tusch und die Schlagwerke klingelten goldenes Feuer dazwischen.

«Wenn man mit mir», fragte Beethoven, «hier oben so zufrieden war, warum dann die Häufung von Leiden auf mein Erdensein?»

«Zum Ersatz werden dir jetzt Freuden ohne Zahl gehäuft.»

«Das ist, dünkt mich, kein Ersatz. Die Ewigkeit dauert ewig und hat Raum für unendlich viel Unendlichkeiten. Aber das Leben währt eine knappe Spanne, ist ein einziges Mal und hat den kostbarsten Seltenheitswert, den die Ewigkeit nicht hat. Was da versäumt wird, ist wahrhaft versäumt. Nur den Unseligen dort unten bedeutet die Seligkeit was!»

Der Geist hatte keine Lust, sich in weitere Erörterungen einzulassen (oder er wußte nicht Antwort), und deshalb ließ er die Sterne klingen, und es hub ein gewaltiges himmlisches Konzert an. Der großen Musikanten-Seele gefiel es nicht sonderlich. Die Harmonie der Sphären schien ihr, die doch in diesem Punkt Kühnheit zu schätzen wußte, unerlaubt frei und bizarr. Sie staunte sehr, als der Führer-Engel sagte, die Kunst oben sei stets um hübsch ein paar Jahre jener der Erde voraus, und nach einiger Zeit werde man um den Stephansturm herum so komponieren, wie jetzt vorerst nur über ihm.

Dies und die Unterhaltung mit dem Geist stimmten Beethoven, unbeschadet aller ortsgemäßen Seligkeit, finster und revolutionär. Deshalb begann er, kaum in seinem astralen, von der Tochter aus Elysium bewirtschafteten Gartenhäuschen angelangt – rings breitete sich Berg und Wiese, das liebliche Gesicht der Badener Landschaft himmlisch imitierend –, mit der Niederschrift einer furchtbaren Posaunenstimme für das Jüngste Gericht, vor das dereinst die Geschöpfe ihren Schöpfer zitieren werden.

Klarinette

BEETHOVEN-SEPTETT, zweiter Satz. Die Klarinette bläst ein alter, glattrasierter Mann, der aussieht wie ein Landpfarrer. Gewissermaßen ist er ja auch ein kleiner Himmelsbeamter, denn totem Stoff haucht er Leben ein. Er kann Finsternis blasen, Helligkeit, auch beide ineinander verschwebend: Dämmerung. Aus seinem Grenadille-Holz blüht es honigsüß und sammetweich.

Mann und Frau sitzen in der ersten Parkettreihe, dem Klarinettisten gerade gegenüber. An der Brust der Frau leuchtet ein Schmetterling aus blauem Email. Der Mann denkt, es wäre begreiflich, wenn der Emailfalter vom Busen wegflöge und sich lieber auf die honigliche Klarinette setzte.

Und dann denkt er: Ob es dem alten Musiker wohl Freude macht, das Blasen? Ob er seinen Instrumenten Namen gibt? Ob jedes sein seidengefüttertes Etui hat? Oder stehen sie bei ihm daheim in einem Regal wie Tabakspfeifen? Hat er sie gern? Hat er einen Klarinetten-Komplex? Ist es nur Finger-, Wangen- und Lippenbewegung, Mechanismus Mensch angeschraubt an den Mechanismus Klarinette, der das Wunder wirkt? Oder mischt der Spieler seine Seele in das Spiel? Wenn ja, dann ist Klarinetteblasen, wie der Alte hier am ersten Pult es tut, ein gutes Leumundszeugnis. Und deshalb, denkt der Mann, daß der Klarinettist seinen Hund, falls er einen hat, gewiß niemals prügelt, daß er seinen alten ausgedienten Instrumenten ein geruhiges Verwittern im Etui-Sarge gönnt, sie weder an einen Klarinetten-Schleichhändler verschachert, noch erlaubt, daß mit ihnen Teppiche geklopft werden. Gewiß ist ihm die Klarinette ein Zauberstab, beschwörend den Dämon, nicht nur ein Stock, der ihn antreibt zu Arbeit und Erwerb. Und sicher stellt er am Geburtstag Beethovens drei Kerzen vor das Bild des Meisters: eine dem Genius, eine dem Märtyrer, und eine Spezial-Kerze für die Klarinett-Stimme im Septett.

Oder kann man herrlich Klarinette blasen und doch ein schlechter Kerl sein? Vielleicht! antwortet sich der Mann. Aber wie dem auch sei: mag es auf trübem Öl schwimmen, das Licht, es leuchtet doch.

Jetzt schweigen Bläser und Kontrabaß, und nur die drei Streicher murmeln etwas, im Pianissimo, wagen kaum zu atmen. In diese Stelle klingt ein Hornton, rund, neu, vom Himmel her. Es wurde etwas geboren, ein Kindchen kam zur Welt. Die drei atemanhaltenden Streicher sind drei Könige aus Morgenland, Kontrabaß und Fagott sind Ochs und Esel, und die Klarinette wird auch ihre Rolle haben im Krippenspiel.

«Bei dieser Stelle», flüstert sie ihrem Mann ins Ohr, «kommen mir immer die Tränen.» Dann setzt sie noch hinzu: «Sieh doch, was der Klarinettist für ungepflegte Fingernägel hat.»

«Deine Schuld! Warum willst du auch immer so weit vorne sitzen!»

Die Frau sagt: «Diese dumme Antwort ist ungeheuer

bezeichnend für dich und deinen ganzen Charakter.» Sie sagt das so laut, daß die Umsitzenden energisch «Pst» machen und es nachher in der Pause zwischen ihnen und dem Ehepaar Krach gibt. Denn der Mann verteidigt die Frau (wird sie angegriffen), auch wenn er ganz genau weiß, daß sie im Unrecht ist.

Orchester von oben

Auf dem Dirigentenstuhl sitzt ein berühmter Mann. Später einmal wird er tot sein, und dann werden die Leute, die ihn heute «Carmen» dirigieren sehen, sich erinnern, daß sie ihn «Carmen» dirigieren gesehen haben. Ich stelle mir vor, es sei schon so weit, fünfzig Jahre nachher. Wunschkraft der Erinnerung beschwört den heutigen Abend herauf. Ich erlebe ihn mit Farben und Geräuschen, als erlebte ich ihn eben jetzt. Töte den Augenblick und erweck' ihn wieder. Dann ist er, wie immer er sonst sei, zumindest durch das Wunder der Auferstehung wunderbar. Träume dein Leben!

Ich erinnere mich also ganz genau, daß ich vor vielen Jahren, im März 1926, in einer ersten Rangloge der Oper «Carmen» hörte. Der Diener sagte: «Küss' die Hand», aber das sagte er eigentlich nicht mir, sondern der Loge, die er bediente, und deren Zufallsbestandteil ich an jenem Abend war. Er hatte schneeweißes Haar und rote, gutmütige Trinkeraugen. Heute blühen wohl schon Gänseblümchen aus ihnen.

In der Loge nebenan gab es eine wunderschöne, ganz lichte Frau. Sie aß, einen dumm-entrückten Ausdruck im Gesicht, Pflaumen mit verzuckerten Nußkernen.

Vielleicht ist sie schon tot; oder hat einen Hängebauch; oder grast, sinnvoll inkarniert, als weiße Eselin.

Ganz deutlich entsinne ich mich noch des Orchesters. Ich sehe sie alle noch, die Gesichter und die Bewegungen, die Reflexe, die auf den Blechinstrumenten saßen, das Braun der schwirrenden Geigenkörper und der Riesenkäfer, die man Kontrabaß nennt. Ich sehe den Spinnenschritt der Violinistenfinger, die sonderbaren Raffgebärden, mit denen der Harfenist Töne aus seinem Instrument heranzog, und das feine Geflirr der Fiedelbögen. Wie lange Nadeln waren sie, die Musik nähten.

Der erste Geiger hatte einen dicken Schnurrbart im Mondgesicht. Eben während er dem Instrument etwas Süßes entschmeichelte, mußte er gähnen. Seine Seele war im Handgelenk beschäftigt: der verlassene Rest langweilte sich. Es war beleidigend. Wäre das Stäbchen des Kapellmeisters nur lang genug gewesen, ihn im Schlund zu kitzeln! Schreibtafel her! Ich muß mir's niederschreiben, daß einer Inbrunst machen und dabei gähnen kann.

Unter den Geigern war einer, der wollte ein widerspenstiges Notenblatt, ohne sein Spiel zu unterbrechen, mit dem Geigenhals bändigen. Das Blatt sprang, so oft er's auch festzuhalten versuchte, immer wieder hohl auf. Endlich hatte er Pause und die Hände frei. Aber er verschmähte ihre Hilfe, kämpfte weiter mit dem Geigenhals gegen das renitente Papier. So oder gar nicht! Ein starrköpfiger Charakter.

Die Trompeter kehrten in jeder Atempause ihre Trompeten um, daß die Spucke herausflösse. Unter ihren Pulten muß es im zweiten Akt schon ausgesehen haben wie mitternachts auf dem Fußboden des Café Central. Blechbläser sondern sehr viel Flüssigkeit ab.

Die drei älteren Herren, die Posaunen bliesen – daß das eine Lieblingsbeschäftigung für Englein sein soll! –, lasen Zeitung. Schweigend hing indes das Instrument am Seitenhaken des Pults. Wenn es wieder an ihnen war, zu blasen – sie fühlten mit Sicherheit den Augenblick nahen –, tasteten sie, ohne von der Zeitung aufzublicken, nach der Posaune. Die erste wieder zu blasende Note auf dem Notenpapier wurde mit dem linken Auge erfaßt, indes das rechte noch am Abendblatt klebte.

Das Horn aber schlief, wenn es Rast hatte, und drehte vorher immer die elektrische Birne über seinem Pult ab. Ein guter, sparsamer Hausvater.

Die Baßgeiger, in gleichen Abständen voneinander, wußten mit ihren Pausen nichts Rechtes zu beginnen. In Bewegung boten sie einen unbeschreiblich parallelen Anblick, als wenn wer an einem Schnürchen zöge, worauf acht Ellenbogen im selben Winkel ausfuhren und acht linke Hände eine bis auf das Millionstel gleich lange Strecke abwärts rutschten. Wenn man sich, der Abwechslung wegen oder aus blankem Übermut, die Ohren zuhielt und sie so betrachtete, dann waren sie die Gruppe aus dem Tartarus, geschmiedet an die Wand, für irgendwelche Erdenbosheit zur Strafe des Sägens verurteilt.

Von oben besehen, machten die Orchestermenschen überhaupt den Eindruck bewegter Mechanismen. Sie taten Zweckmäßiges, vielleicht wider oder zumindest ohne ihren Willen, aber so, als ob sie's wollten. Sie waren ein gutes Abbild menschlicher Geschäftigkeit. Sie bliesen die Backen auf und ruhten aus und sägten und machten gutes Spiel zur bösen Miene der Notwendigkeit und spielten pathetisch und langweilten sich dabei und dachten an das Ende und trommelten und schliefen und waren Solisten und doch aufeinander angewiesen und lasen das Abendblatt und dienten einem höheren Willen. Gestern einem andern als heute und heute einem andern als morgen, aber gestern, heute, morgen mit der gleichen, gähnenden Inbrunst und dem gleichen, teils von außen, teils von innen bezahlten Streben nach Vollkommenheit.

Die Flöte sang eine wundervolle Passage. Dann putzte sie mit einem rotpunktierten Taschentuch die Nase. Ich kann nicht sagen, warum das rührend war, aber es war rührend. Ich hätte im Tonfall neuerer Dramatik hinunterrufen mögen: O Mensch! O Bruder!

Mein Nachbar in der Loge schloß die Augen. «Ich will die Musik», sagte er, «nicht die Musikanten.»

Er war ein Unmensch, ein Bourgeois, ein feiger Genießer, ein Leben-Weglügner, ein Kapitalist und Logenabonnementinhaber. Er machte die Pupillen klein, wenn er glauben und lieben wollte.

Jetzt ist er wohl schon hin, und die Küchenschelle blüht aus seinen Augen.

Ich bin Zeuge

ICH bin Zeuge im Ehrenbeleidigungsprozeß.

Der Prozeß findet in einem feierlichen Saal vor Geschworenen statt, und die Zeitungen werden über ihn berichten. Vielleicht wird im Bericht hinter meiner Aussage stehen: (Bewegung) oder: (Heiterkeit). Vielleicht sogar wird mein Foto in der Presse erscheinen.

Jedenfalls habe ich mich sorgfältig für meine große Stunde präpariert. Ich bin auf jede Frage vorbereitet. Ich werde ohne Pathos antworten, in einem Tonfall, in dem Selbstbewußtsein und Bescheidenheit sich schmackhaft mischen sollen. Meine kurze Verbeugung vor dem Gerichtshof wird eine Würde haben, eine Unbefangenheit, eine nachlässige Sicherheit, die mir Ehre machen dürften. Ich will die Geschworenenbank und die Zuhörer mit einem Blick von interessierter Gleichgültigkeit streifen, der Distanz schafft, ohne herauszufordern. Ich werde den Präsidenten abwechselnd mit «Herr Präsident» ansprechen und mit «Herr Vorsitzender». Es wird sofort ein Stromkreis von Sympathie zwischen uns geschlossen sein.

Ich wähle zur Verhandlung meinen gewendeten blauen Anzug, sanft spiegelnd an Knie und Ellenbogen, aber frisch geplättet. Er drückt Schlichtheit aus und stolzen Mangel.

Eine halbe Stunde vor Beginn des Prozesses schlucke ich zwei Kola-Pastillen.

Ich bemerke, eintretend in das Haus meiner Triumphe, absichtlich den uniformierten Menschen nicht, der das Gerichtstor bewacht. Er hält mich an. Meine Vorladung springt ihm vor die Nase, ich rufe: «Zeuge!» Beschämt muß er die Bahn frei geben. Ich bin kein Niemand, der zuhören will; ich bin ein Jemand, dem zugehört werden soll.

Im Vorraum treiben sich Niemande herum. Publikum. Es sieht mir, der ich elastischen Schrittes dem Zeugenzimmer zustrebe, neugierig nach. Ich habe Lustgefühle, mit etwas Beklommenheit untermengt.

Das Zeugenzimmer ist ein trauriger Raum, kalt und grau. Der Kleiderrechen ist schief gebogen, das Stroh der Banksitze hängt durchgerissen, die Wände schimmeln feucht, es riecht nach Trübsal und Bangigkeit.

Wenn man alles Herzklopfen, im Laufe der Jahre hier geklopft, summieren könnte, welchen Donner gäbe das!

Das Fenster geht auf einen Hof des Gerichtsgebäudes. Es regnet leise. Ein Justizwachmann, Gewehr umgehängt, patrouilliert. Hinter dem leeren Schiebkarren schlägt er sein Wasser ab. In Raten, offenbar aus blanker Langeweile, um sich die Wachezeit zu kürzen. Sträflinge, jeder auf der Schulter einen Strohsack, dem die Eingeweide heraushängen, gehen über den Hof. Hinter ihnen der Aufseher, das Schlüsselbund an langer, um den Leib geschlungener Kette. Mir fällt ein, daß mir Dostojewskij nicht einfällt. Es regnet leise. Die Gefangenen schauen geradeaus, mit Blicken ohne Ziel und Inhalt. Sie gehen wie Blinde, die ihren Weg kennen. Der hinten schreitende Aufseher sieht zu Boden, als hielte er nur die vor ihm wandernden Beine in Evidenz. Warum hat er keine Flöte, wie es sich für Hirten, schreitend hinter der Herde, geziemt? Im besseren Staat werden die Aufseher Flöten haben und die Sträflinge Glöckchen um den Hals.

Ein Sträfling mit Kübel tritt auf. Allein, ohne Wächter. Offenbar ein Vorzugssträfling, der Vertrauen genießt. Er ist mir unsympathisch.

Eine lange Weile bleibt die Szene leer; bis die Gefangenen mit den Strohsäcken zurückkommen. Die Säcke sind prall und dick, wie vollgefressen. Und doch habe ich den Eindruck, daß sie den Schultern der Tragenden jetzt leichter wiegen, als da sie schlaff hingen. Gefühl überstandener Arbeit kompensiert vermutlich den Gewichtszuwachs.

Nun sperrt man sie wieder in ihre Käfige. Ich aber bin frei, kann gehen, wohin ich will. Mein Herz ist froh. Ich decke es rasch mit meiner Brüder Not zu, wie man den

Vogelkäfig mit einem Tuch zudeckt, um das Lebewesen drin zum Stillsein zu bringen.

Ich stelle mir vor, das Zeugenzimmer wäre Kerkerzelle und das Gewehr des Wächters für mich geladen, wenn ich entweichen wollte. Das gäbe eine Abwechslung, Kamerad Justizsoldat, wie? Ich denke mich zum Tode verdammt: morgen, in grauer Düsterfrühe, soll ich gerichtet werden. Ich wünsche mir intensiv, daß es nicht so sein soll – und es ist nicht so. Ich bin nur zu Kerker verurteilt. Ich bin nur zu Arrest verurteilt. Ich bin überhaupt nicht verurteilt. Ich bin Zeuge in einem Ehrenbeleidigungsprozeß.

Türen fliegen auf. Menschenschwarm schiebt durch die Menge. Was ist denn los? Unterbrechung?

Nicht Unterbrechung: Ende. Die Gegner haben sich verglichen, der Prozeß ist aus.

So war es immer. Niemals bin ich geprüft worden, wenn ich gelernt hatte. Niemals kam ich dran, wenn ich wohl präpariert war. Niemals bin ich auf meinen Höhepunkten ertappt, in meiner vollen Bereitschaft erwischt worden. Niemals kam es zum Schießen, wenn ich scharf geladen war. Was fange ich nun an mit meinen eingelernten glänzenden Repliken? Makulatur all der Reichtum, der mein Gehirn schwellen machte. Wo bleibt jetzt meine heimliche entente cordiale mit dem Vorsitzenden, mein elastisches Auftreten und Abgehen, mein über gierig starrendes Publikum leicht hinwischender Blick?

In der Vorhalle nimmt die Menschenmenge mich auf, Wasser den versprengten Tropfen. Ich fließe, kein Jemand mehr, in den Mischmasch der Niemande ein.

Es regnet heftig. Schwer wie ein schlaffer, aufzufüllender Strohsack drückt der leere Tag. Vor einer Stunde noch war er voll und wog leicht.

Auf dem Asphalt liegt ein gestürzter Wagen. Der Kutscher streitet mit dem Wachmann. Vielleicht könnte man einen Zeugen brauchen?

Der Wachmann sagt: «Gehen Sie weiter. Bleiben Sie nicht stehen. Da gibt es gar nichts zu schauen.» Vor dem Gerichtshaus fegen zwei Sträflinge den Straßenkot zur Kanalmündung. Mir fällt Dostojewskij ein. Er hatte einen schwarzen Bart und eine riesige Stirn und kannte das Strafhaus Welt, nicht nur die Zelle Rußland, den Prozeß Mensch contra Gott, die Kläger, den Beklagten, die Richter, die Zeugen, die wahren sowohl wie die falschen und die, die niemals aufgerufen werden.

Der Herr mit der Aktentasche

Die Kellner in diesem Wirtshaus sind flink. Aber wenn sie den Herrn mit der Aktentasche bedienen, sind sie noch flinker. Es ist ein elektrisches Feld von Fleiß, Tätigkeit, Energie um ihn, das Beschleunigung wirkt.

Seine Mahlzeiten sind eilig, er nimmt sie zu sich wie die Maschine ihren Heizstoff. Ein strenger Blick auf die Speisekarte: rasch sind Entschlüsse gefaßt, der Plan des Mittagessens bis ins Letzte mit knappen Strichen entworfen, die nötigen Befehle erteilt, das Zeitungsblatt entfaltet.

Der Mann mit der Aktentasche muß im Kriege befohlen haben. Er hat etwas Unbedingtes in seinem Wesen, etwas Disponierendes, Imponierendes. Sein Blick greift und greift an, die Schultern sind breit und wollen Verantwortung tragen. Die scharfe Grenze zwischen Haupthaar und Nackenwulst zeugt von strammer Führung. Zu Suppe, Fleisch und Süßspeise hat er die Beziehung eines

Vorgesetzten zu Untergebenen. Sie dienen ihm – und doch nicht ihm, sondern der Kraft, deren Exponent er ist: der Kraft, die das Getriebe in Schwung hält, das Geschäft, die Produktion, die Rechnung, den Um- und Absatz, kurz: das Leben.

Er ist der strikte Gegensatz zu dem andern Stammgast, der, ein bescheidener Untergebener seiner Mahlzeit, den vorgesetzten Braten wie den Vorgesetzten empfängt, das Auge treu und stark auf ihn gerichtet, Messer und Gabel, faustumklammert, als ehrenbezeugende Schildwachen auf den Tisch gepflanzt.

Ich weiß nicht, ob der Herr mit der Aktentasche Geschäftsmann ist oder Rechtsanwalt oder Mädchenhändler oder Regisseur. Er ist jedenfalls ein Mann der Praxis, der zweckvollen Arbeit. Er kennt die Ziele und kennt die Wege, kein Zweifel nistet in seiner Entschiedenheit. Er ist gesund, behaart, ökonomisch, Grundsätzen treu. Er liest, zeitersparend, während des Essens und tut gewiß auch so während der den Stoffwechsel abschließenden Funktion. Er ist bestimmt nicht wehleidig und erzieht seine Kinder zu Soldaten des Lebens, tauglich für Fern- und Nahkampf. Sein Gemüt, täglich mit kaltem Wasser gewaschen, ist immun gegen Schnupfen. Er hat Zeit zu allem und niemals Zeit. Er besitzt einen gewölbten Brustkasten, ein geordnetes Budget, eine feste Weltanschauung und eine Aktentasche.

Diese Aktentasche ist aus schwarzem Rindsleder. Und wenn er sie so, ins Gasthaus kommend, auf den Tisch wirft, ist es, als ob ein Krieger, Schlachtpause machend, den blutberieselten Säbel, oder ein Gefängniswächter sein Schlüsselbund ablegte. Sie ist ein Würdezeichen, ein Inbegriff von ihres Besitzers Können, Dürfen und Müssen, eine zusammenfassende Chiffre seines Wandels. Gewiß, wenn der Teufel ihm erschiene, der Unerschrockene zückte sie dem Verführer und Bedroher entgegen ... und dem heiligen Leder wiche der Böse.

Wie sie so daliegt, neben Salzfaß und Brotkorb, scheint sie ein drittes Symbol der Unterwerfung: das besiegte Leben reicht dem triumphierenden Menschen Brot, Salz und Aktentasche.

Ich weiß, daß man auch Speck und Wurst in ihr bergen kann, ein Nachthemd, Diebesbeute oder eine Flasche essigsaurer Tonerde oder ein Geduldspiel. Aber die Aktentasche meines Wirtshausnachbars ist solchen Leichtsinns nicht fähig. Sie nährt sich ausschließlich von Papier; und würde sich erbrechen, wollte man ihr anderes zumuten. Schwiele erfüllter Pflicht, Runzel nie rastender Anstrengung zieren die alte treue Haut.

Zwischen der Aktentasche und ihrem Herrn waltet das Gravitationsgesetz. Sie bindend, von ihr gebunden: so sind beide behütet vor dem Absturz ins Nichts und tönen, zweistimmig, in Brudersphären Wettgesang.

Der Mann hat sich eine Zigarre angezündet. Nun zieht Rauch aus dem Schornstein des Gebäudes, in dem nimmermüde geschaffen und gewerkt wird. Und wie er jetzt, die Aktentasche unter den Arm geklemmt, dasteht, dampfend, schwarz, unerschütterlich, weiß ich, was er ist.

Er ist die Schule. Er ist das Abiturium. Er ist die Kaserne. Er ist der Richter, der die Gesellschaft vor den armen Sündern schützt. Er ist das Amt. Er ist das Bureau. Er ist der Aufseher in der Katorga und der Mustersträfling in ihr. Er ist der Mann mit dem Stock, der die Kinder von der Wiese treibt. Er ist die Ordnung, die Pflicht, die genützte Minute und die Nachrede am Grabe: «Die XVII. Abteilung wird dem Dahingeschiedenen ein ehrendes Andenken bewahren.» Er ist das tätige Leben, dessen Rhythmus den Unmusikalischen alle Musik ersetzt.

Ich möchte aus seiner Haut eine Aktentasche haben.

Denkmal

IM Wiener Stadtpark steht ein Männlein ganz still und stumm, das hat von lauter Golde ein Röcklein um.

Nicht nur das Röcklein ist von Gold. Auch die Stiefel sind golden und die Hosen, das Gesicht, der Schnurrbart, das gekräuselte Haar, die Augen, die Ohren und die Hände. Der ganze Mann rundherum ist goldfarben. Er hält eine goldene Geige unters goldene Kinn geklemmt und einen goldenen Fiedelbogen zwischen goldenen Fingern.

Der goldene Mann ist Johann Strauß, der aus der populären Wiener Luft das feinste und duftigste musikalische Destillat hergestellt hat. Er steht da, wie er leibte. So groß war er, so schlank, so trug er den Schnurrbart und so kräuselte sich ihm das Haar. Was vergänglich war an ihm, zeitgebunden und äußerlich, erschien monumental festgelegt und festgestellt.

Wenn man das Denkmal sieht, muß man an mancherlei denken, nur nicht an Strauß-Musik. Wenn man aber Strauß-Musik hört, muß man an das Denkmal denken. Das ist eine böse Konsequenz der bronzegewordenen Liebe.

Ein anderes Denkmal des Walzerkönigs, jenes, das,

aere perennius, länger währt als Erz, steht bekanntlich schon längst überall, wo musikfrohe Menschen wohnen. Wenn er aber schon ein Denkmal hat, dauernder als Erz, warum dann noch eines, das höchstens so lange dauert wie Erz? Man sollte denen Denkmäler setzen, die sonst vergessen würden, nicht jenen, die schon ohnehin ihrer Unvergeßlichkeit sicher sein können.

Vielleicht sollte man überhaupt keine Denkmäler setzen. Aber das geht nicht wegen der Bildhauer. Die Antike errichtete ihren berühmten Männern noch bei Lebzeiten Denkmäler, zuweilen auch setzten die berühmten Männer solche sich selbst. Das hatte einen Sinn. Das hob das Ich-Gefühl und trug bei zur Popularität. Wenn Julius Cäsar Feiertag nachmittags mit seinen Tanten spazierenging, erlustigten sich die alten Damen daran, die Ähnlichkeit ihres Neffen mit seinen Bildsäulen zu kontrollieren, und Cäsar freute sich über die Freude der guten Frauen.

Späterhin verschluderte sich diese gesunde Praxis des steinernen Ruhms, und heute müssen verdiente Leute schon längere Zeit tot sein, ehe sie Denkmäler bekommen, von denen sie dann natürlich gar nichts mehr haben. Denn das sozusagen Geistige der Denkmäler verwittert ungemein rasch, viel rascher als das Materielle. Nach kurzer Zeit schon haben Denkmäler ihre Idee ganz verloren, ihr Inhalt rinnt aus, der Reiz zu Assoziationen, den sie anfangs übten, wird so schwach, daß er nicht mehr über die Bewußtseinsschwelle des Betrachters tritt, statt der unsterblichen Berühmtheit steht in starrer Pose eine gleichgültige Figur da, und bald ist die primäre Bedeutung des Denkmals ganz und gar überwuchert von seiner sekundären als Tramway-Haltestelle, Stelldichein oder Kinderspielplatz. Von allen Denksäulen, errichtet, um die Beziehung derer, denen sie gelten, zu dem weiter flutenden Leben aufrechtzuerhalten, erfüllen solchen Zweck nur die Litfaßsäulen.

Andererseits, auf ein paar steinerne oder bronzene Leute mehr, zu Pferd, zu Fuß, im Lehnstuhl, mit Buch, Fernrohr, Palette, Leier, Zirkel, Violine, ihre tote Grimasse in das lebendige Mienenspiel der Stadt mengend, kommt es nicht an.

Ich bin gegen Denkmäler, und es ist klar warum: Weil ich selbst keines bekommen werde. Mir sind die Monumente zu sauer.

Wenn die Sonne auf den goldenen Violinisten im Park scheint, funkelt er. Aber ich habe ihn kürzlich einmal im Regen gesehen. Ihr könnt euch nicht denken, wie traurig und arm-prunkvoll er aussah. Wie bemitleidenswert tot er da stand, der Unsterbliche.

Botanik und Zoologie

Maulbeerbaum

Ob es heute noch Maulbeerbäume im Prater gibt, weiß ich nicht.

Zu meiner Zeit gab es welche, im «Wurstelprater», dort, wo er romantisch wurde, in den Alleen, die von der Budenstraße abzweigten und in die Prärie führten, zu den Dschungeln und Indianerquartieren und den unendlichen Grassteppen, wo wir «Räuber und Gendarm» spielten und «Nationen», bei welchem Spiel schon damals keiner «Österreicher» sein wollte.

Das Charakteristische der Maulbeere ist, daß sie gestohlen werden muß, um zu schmecken. Gekaufte Maulbeeren, auf dem Teller gar, sind ein ganz poesieloses, langweiliges Obst. Man muß sie unter Herzklopfen, nach scharfem Spähen, ob kein Schutzmann in Sehweite, vom Baume schütteln: dann duften sie wie Urwald und schmecken wie Tropensonne und exotisches Abenteuer.

Noch eins gehört unerläßlich zur Maulbeere: Staub! Dicker, weißer Staub, von der abgestürzten Frucht mit roter Feuchtigkeit gesprenkelt, mit Tröpfchen süßesten Saftes, dessen ihr weicher, hyperämischer, purpurschwarzer Leib sich zum Platzen vollgesogen hat. Gewaschene Maulbeeren sind unappetitlich.

Der Maulbeerbaum war ein Mysterium. Gefahr, Heldentum und Heldentums süßer Lohn umwitterten seine weich-höckerigen Blätter. Er gehörte zu den Bäumen, die, von Knaben-Phantasie gesegnet, in den Himmel wachsen.

Ich glaube nicht, daß es noch Maulbeerbäume im Prater gibt. Ich glaube überhaupt nicht mehr, daß es Maulbeerbäume gibt. So in der vierten Gymnasialklasse etwa verschwinden sie von der Erdoberfläche. Spielen die Lausbuben noch Räuber?

«Nationen» spielen sie noch, leider!

Kastanie

Die Hauptallee des Praters gehört dem Kastanienbaum, lateinisch: Aesculus Hippocastanum, gemeiniglich: die Roßkastanie.

Geradezu: Diktatur des Kastanienbaums.

Obwohl eigentlich in den nordgriechischen Gebirgen

zu Hause, hat er hier längst das botanische Heimatsrecht erworben. Er ist der repräsentative Wiener Baum: er blüht weißrot, seine Fruchtschale trägt ganz weiche Stacheln, und seine Früchte sind ungenießbar. Sie sehen aus wie Mahagonimöbel-Extrakt. Wenn der Kastanienbaum nicht so gewöhnlich wäre, würd' er über alle Maßen ungewöhnlich sein. Wenn er sich nicht gemein machte, würde man Entree zahlen, ihn zu sehen. Alljährlich geht es mit ihm wie mit einer Melodie, die zu populär wird: von Originalität zur Vulgarität, unaufhaltsam! Wenn seine geöffnete Blätterhand die ersten Blütenbäumchen reicht, möchte das dankbare Herz vor Entzücken lobsingen. Ein paar Monate später möchte es weinen darüber, wie ordinär der gehäufte Zauber worden ist, der fad-weiße und der derb-rote. Tschindadra fürs Auge.

Im Mai blüht zu beiden Seiten der Hauptallee: Aesculus Hippocastanum.

Im August die Roßkastanie.

Flieder

Der Flieder wächst hinter Gittern; oder inmitten von Wiesen, die nicht betreten werden dürfen. Vornehme Wiesen, die von Sauberkeit glänzen, Galawiesen mit gewaschenem und geplättetem Gras. Die Käfer kriechen dort nicht, sie promenieren.

Der Flieder ist ein gemeiner Strauch aus der gar nicht vornehmen Familie der Oleaceen. Er heißt mit Recht vulgaris. Aber weil er so bezaubernd duftet – er riecht lila, auch wenn er weiß blüht –, hat ihn die Bosheit der Kulturmenschen, immer darauf aus, die Gratis-

Annehmlichkeiten des Daseins zu vermindern und Besonderheiten herauszuschinden, eingeparkt. Wenn sie könnten, möchten sie gewiß auch den eßbaren Schwämmen den Wald verbieten.

Wo des Flieders honigstarker Atem weht, dort ist die Wiese steif und distanziert. Die Landschaft sagt: Schritt vom Leibe! Eine höfische Zone breitet sich, die man nur durchschnuppern, nicht durchschreiten darf. Der Flieder hat übrigens eine ganz unheimliche Eigenart: entweder er wird erst blühen, oder er ist schon verblüht! Nie kann man ihn – Gott weiß, wie's kommt – in floribus überraschen. Nie in dem mystischen Augenblick, der zwischen Hoffnung und Erfüllung ist.

Wehender Flieder,
Lebst du noch nicht? Starbst du schon wieder?

So geht es überhaupt zu in meinen Gärten. Vergangenheit und Zukunft schneiden einander: die Gegenwart ist nichts, ein mathematischer Punkt. An Gestern schließt gleich ein Morgen. Das Heute, scheinbar das einzig Wirkliche, ist das eigentliche Metaphysikum. Nie erlebst du's. Nichts ist, was nicht Erwartung ist oder Erinnerung.

Und nur zwischen beiden doch blüht die Syringe.

Der Hahn kräht

Der Hahn kräht bei Sonnenaufgang. Aber das stimmt nicht ganz. Der Hahn zum Beispiel, den unser Hausmeister in der Bodenkammer hält, an der vorbei ich zu meiner Wohnung muß, kräht, wenn ich heimkomme, obschon da finstre Nacht ist.

Auch der Hahn, der jetzt im Bauernhaus mein Nachbar ist, kräht, wann er will, ohne Rücksicht auf die Sonne. Um zwei, um drei, um vier Uhr morgens. Vielleicht kräht er im Traum.

Hähnekrähen hat, wann immer es laut wird – das ist nicht zu leugnen – den Charakter eines Wachrufs, eines Weckrufs. In dem aufreißenden, durchschneidenden Klang dieser Tierstimme liegt das unabweislich Morgendliche, nicht in der beobachteten Tatsache, daß sie gewöhnlich um die Stunde des Sonnenaufgangs sich hören läßt.

Hahnenschrei ist die Ton gewordene Unbarmherzigkeit des Tageslichts: Es geht weiter! Heraus aus den Unterschlupfen Schweigen und Finsternis! Schleier vorm Antlitz der Wirklichkeit zerreißt.

Hahnenschrei klingt wie Mahnung, daß du bist und daß die Welt ist. Und wie Ablehnung gefühlvoller Einwände. Wie Refrain eines kosmischen Gassenhauers. Wie: verurteilt zu lebenslänglichem Leben! Und wie ein Jauchzer eben deshalb!

Das geschlachtete Kalb

Aus dem Gepäckwagen der kleinen Bahn laden sie für den Ortswirt an jedem Tag ein geschlachtetes Kalb aus. Da liegt es dann, die großen Kalbsaugen weit offen, auf der Erde und harrt seiner gepäckamtlichen Erledigung.

Es ist natürlich jeden Tag ein anderes Kalb, das ausgeladen wird, aber in der Idee immer dasselbe. *Das* Kalb. Wie man sagt: Der Mensch. Zum Beispiel: Der Mensch ist gut. Oder: Nichts gewaltiger als der Mensch.

Die Vorderbeine sowie die Hinterbeine sind zusammengebunden. Mit gefalteten Pfoten liegt es da. Der

Kopf ist tief ins Genick zurückgebogen; quer über die Gurgel läuft die rote Marke des Messerschnitts. Der Stationsvorstand, ein Bündel Papiere in der Hand, kriecht in den Gepäckwagen. Beim Hinabsteigen tritt er auf das Kalb. Da hebt es ein wenig die gefalteten Pfoten.

Ob es jämmerlich blökte, als der Todesengel zu ihm trat, in Röhrenstiefeln, das Messer in haariger Pranke? Ob ihm das Herz da in rasendem Rhythmus aufquoll und wieder schrumpfte, quoll und schrumpfte, viele Male in der Minute? Ob es um Erbarmen stöhnte zum Kälberzeus?

Warum durft' es nicht aufwachsen zum Ochsen oder zur junoäugigen Kuh? Rastend läge es jetzt im sonnendurchwärmten Graskissen, den schweren Leib hingebreitet auf harmonisch geknickte Beine, und verdaute, was es gekaut, und kaute, was es verdaut. Schmetterlinge, wahrscheinlich, umspielten es. Der Wanderer freute sich des Idylls.

Auch jetzt, wie es daliegt, hingemordet in der Kalbphase seines Erdenhüpfens, bietet es keinen üblen Anblick. Umschweben es nicht Schmetterlinge, so doch flatternde Visionen von Gebackenem und Gebratenem. Tot ist der atmende Leib, aber auferstehen wird das Filet, der Nierenbraten und das Schnitzel à la nature. Den rührend gefalteten Pfoten ist tröstliche Transsubstantiation in Kalbshaxen gewiß. Und die arme Haut wird edles Leder, weich umschließend die Bücher des wellenbärtigen Rabindranath Tagore, von denen einige schon in hundertvierzehnter Auflage erschienen sind.

Nur die Augen, die vorwurfsvollen, großen Kalbsaugen, sind durch keinerlei Zweckverwendung zu entsentimentalisieren. Wenn es mich nicht graulte, würde ich hingehen und dem Bruder Kalb die Augen zudrücken. Aber es grault mich.

So drücke ich meine Augen zu. Das ist auch eine Methode, über die Kreatur hinwegzukommen.

Wohlgeordnet ist die Schöpfung. Eines dient dem andern. Der Mensch ist gut, aber das Kalb schmackhaft.

Zoologie

Die Bremse

Die Bremse sieht aus wie eine große Stubenfliege. Nur ist ihr Leib schmäler, länger und grau, nicht schwarz. Sie hat einen Stachel (oder ist es ein spitzer Rüssel?), den sie gern in die Haut warmblütiger Tiere, also auch des Menschen, bohrt. Wo sie hingestochen hat, dort schwillt eine weißliche, rot geränderte Blase auf, die heftig juckt. An Schlaflosigkeit Leidende wissen diese Schwellungen zu schätzen, denn sie des Nachts zu kratzen ist ein wohlig irritierender Zeitvertreib und ersetzt phantasievollen Individuen die Geliebte.

Eine ganz arge Plage in der heißen Jahreszeit ist das Bremsenvolk für Pferde. Der schändliche Mensch stutzt den Pferden aus fluchwürdigen ästhetischen Gründen die Schweife, und der verstümmelte Wedel hat einen zu kurzen Aktionsradius, als daß er überall hintreffen könnte, wo die Bremse sitzt und sticht und saugt. Mitleidig steigt der Kutscher ab, schlägt dem Roß mit flacher Hand auf Bauch, Lenden, Rücken. Seine Finger triefen dann von Pferdeblut aus zerquetschten Bremsenleibern.

Die Menschen haben es leichter, sich der Bremsen zu erwehren. Ihre Hände an den langen, beschwingten Affenarmen treffen jeden Punkt des eigenen Körpers, nach dem sie zielen.

Schwimmern freilich macht die Bremse trotzdem arge Beschwer. Gerade hier aber ist sie zu entschuldigen. Sie hat sich zu weit übern See hinausgewagt . . . wohin anders nun, um nicht zu ersaufen, sollte sie sich setzen als auf die bewegliche Menschenfleisch-Insel?

O Freundin! Es ist nicht Bosheit, es ist nicht Liebe, es ist Angst vorm Verlorensein im hoffnungslosen Ringsum, die die qualvollsten Anhänglichkeiten wirkt!

Die Maus

Meine brave Frau Sedlak ruft: «Um Gottes willen, eine Maus! Da läuft sie!»

Da lief sie, huschte huschelig hinter den Kasten. Scharf in die schmale Finsternis zwischen Wand und Kastenrücken lugend, sahen wir die Maus, die uns sah und, von der greulichen Erscheinung der zwei Riesengeschöpfe in Herz und Gedärm getroffen, einen Posten schwarzer Punkte auf den Boden sprenkelte.

Frau Sedlak bestand darauf, sofort den Hausbesorger zu verständigen..

Der Hausbesorger meinte, in einem Köfferchen könne sie mitgebracht worden sein, von der Reise. Oder im Kohlenkorbe aus dem Keller. Komplizen habe, seiner Ansicht nach, unsere Maus keine. So eine Maus sei oft plötzlich da, niemand wisse, woher.

«Verschwindet sie auch wieder so? Plötzlich? Niemand weiß, wohin?»

Eine Mausefalle wäre, folge man ihm, immerhin rätlich.

Ich wollte von Gewaltmitteln absehen. Möge die Maus, bis sie, vom Hunger benagt, die Nagende, nach üppigeren Gegenden auswandere, das Heim mit mir teilen. Doch die Hausgehilfin stellte kurzweg die Wahl: «Ich oder sie.»

Die Mausefalle wurde herbeigeschafft.

Ich tat, was ich immer als erstes tue, wenn eine neue, der Wissenschaft zugängliche Erscheinung neue Fragen in mein Leben wirft: ich schlug nach im Konversationslexikon.

Mein Gast führt, wie ward mir da, den Kosenamen mus musculus. Etwa «Mausmäuschen». Also selbst die Wissenschaft sagt Mausi. Und ein Wesen, mit dem sogar die Latinität zärtlich ist, das sogar von der Hand der Forschung gestreichelt wird, soll ich morden lassen?

Lächerlich sind die Anklagen des Lexikons gegen das Geschlecht der Hausmäuse. «Sie wird durch ihre Naschhaftigkeit, mehr noch dadurch lästig, daß sie wertvolle Gegenstände, namentlich Bücher, benagt.»

Meine Maus soll Bücher haben, so viel sie will. Sie kann sich den Verlag aussuchen.

In die Falle lockt ein stark duftendes Stück geräucherten Specks. Endlich sehe ich einen nicht metaphorischen Speck, mit dem man Mäuse fängt. Daß es das wirklich gibt, was doch nur in der Sprache lebt! Es hat sein Ergreifendes, solches Zurückgleiten des Bildes in die Realität, solche Heimkehr der Phrase ins Vaterhaus.

Manchmal höre ich Knabbern und Knistern aus der Zimmerecke. Das ist die Maus. Ich habe mich an sie gewöhnt. Ich möchte nicht mehr sein ohne sie. Sie beschäftigt mich, wenn mich nichts beschäftigt. Ihre geheimnisvolle Lebendigkeit durchtränkt wie ein zartes Fluid die Luft der Stube. Sie macht das Zimmer um ein Nuancechen heimlicher und um eines unheimlicher. Wo sitzt sie, was treibt sie, was plant sie? Wie gefällt es ihr bei mir? Hat sie Angst? Ist ihr bange nach andern Mäusen, oder schätzt sie, unsozial, die Einsamkeit? Ich möchte nicht, daß sie in die Falle geriete, ausgeliefert werden müßte ihren Henkern. Nein, das soll keinesfalls geschehen. Eine leichte Knickung der schicksalhaften Metallfeder ... Frau Sedlak kann sich's nicht erklären, wieso der Speck immer fort und die Maus nicht in der Falle ist.

Siebenmal holte sie sich den Speck, dann kam sie nicht wieder. Sie verschwand, wie sie gekommen war.

Kein Knabbern, kein Rascheln mehr. Es ist ganz still in der Stube, mäuschenstill geradezu. Warum ist sie nicht geblieben? Es ging ihr doch gut bei mir. Sie hatte Speck und Bücher und war sicher vor einer Welt, in der die Katze lauert, das Schweinfurtergrün und die biologische Versuchsanstalt.

In der Nachbarswohnung ist ein Exemplar von mus musculus gesichtet worden. Nicht die unsrige, eine viel kleinere.

Es gibt also Mäuse im Haus, Mäuse?!

Der Plural löscht alle Sympathie für das Einzelwesen. Die Natur mag es halten, wie sie will – meine Liebe gehört dem Individuum, nicht der Gattung. Dies gilt, was mich anlangt, für alle warmblütigen Tiere, nicht nur für Mäuse.

Deshalb habe ich die schicksalhafte Metallfeder wieder grade gebogen. Wenn nochmals eine Maus sich her verirrt, wird sie dran glauben müssen.

Ich gehe keiner mehr in die Falle.

Tod eines Leibfriseurs

DER Leibfriseur des Millionärs ist ertrunken. Er war erst tags zuvor aus der Stadt gekommen. Abends badete er im See, schwamm etwa zwanzig Meter weit vom Ufer weg. Plötzlich fing er zu strampeln an, hob ein verzerrtes Gesicht aus dem Wasser und ging unter. Retter sprangen in den See, tauchten, suchten: aber sie fanden ihn nicht mehr. Später erschien ein mit Stangen, Seilen und Haken ausgerüstetes Fischerboot auf dem Platz. Eine Stunde lang mühten sich, ohne Erfolg, die Männer.

Darüber brach Finsternis herein, und man mußte den Friseur liegen lassen, wo er lag. Allen, die dem Vorfall Zeugen gewesen, war der See jetzt sehr unheimlich. Lächelte er sonst freundlich, so jetzt boshaft; und sein leichtes Aufschäumen ans Ufer war wie ein befriedigtes Rülpsen nach der Mahlzeit. «Mathilde», sagte der Sommergast, «du schwimmst mir nicht mehr so weit hinaus!» Mathilde schüttelte sich. «Wenn man so im Wasser mit dem Fuß plötzlich an die Leiche . . . Hu!»

Vom anderen Ufer kamen Klänge heiterer Musik. Wie tönende Irrwische hüpften sie überm Wasser, auch wohl über der Stelle, wo der Friseur lag. Blauschwarz, von goldenen Pünktchen durchwirkt, wehten Schleier der Sommernacht.

Er hatte eine Braut in der Stadt, der Ertrunkene, erzählten die Dorfleute. Und wie sie sein Geschick beklagten, priesen sie das Geschick der Braut, die nun von dem Millionär gewiß eine pietätvolle Menge Geldes bekommen würde.

Wäre der Leibfriseur des Millionärs etwas anderes gewesen als der Leibfriseur des Millionärs, so lebte er noch. Aber wär' er nicht als Leibfriseur des Millionärs ertrunken, sondern als gewöhnlicher Friseur, so hätte seine Braut nun ihren Unterhalt nicht gesichert.

Also die Sache wies zwei Seiten, je nachdem man sie betrachtete.

Überhaupt kommt es bei der Einschätzung plötzlicher Todesfälle durchaus auf den Winkel an, unter dem man sie sieht.

Am Waldrand stand ein «Marterl» (so nennen sie im Lande die Gedenktäfelchen für Ertrunkene, Erschlagene oder sonstwie jäh ums Leben Gekommene), auf dem in knappem Chronikenton erzählt wird, daß der Bauer Thomas in seinem zweiundzwanzigsten Jahr von einem stürzenden Baum zu Tode getroffen wurde. Und Klage wird erhoben, weil die Vorsehung ihn so früh von dannen gehen hieß. Nicht weit von diesem Gedenktäfelchen steht eines, am See-Ufer, für das Kind Ludmilla, das schon im dritten Jahr seines Lebens in den See fiel und hierdurch verstarb. Und die Vorsehung wird gepriesen, die es so früh von dannen gehen hieß. Die Vorsehung weiß wirklich nicht, wie sie es den Menschen recht machen soll. Dem Wanderer zum Trost sind diese Gedenktäfelchen zumeist schon alt und verwittert. Es sind über hundert Jahre her, daß dort, wo sie stehen, ertrunken, ins Eis eingebrochen oder in den Abgrund gefallen wurde. Deshalb läßt uns, was damals dem Thomas und der Ludmilla passierte, so gleichgültig, wie es ihnen wohl selbst seither geworden ist. Aber mit dem Friseur steht die Sache noch nicht so trostreich. Er ist noch nicht lange genug tot. Seine Lebenslinie läuft, in Verzweigungen, noch ein Stückchen weiter.

Er war kerngesund, als er starb, und dreißig Jahre alt,

und wäre heute, hätt' er nicht im See gebadet, kerngesund und dreißig Jahre vierzehn Tage alt. Wenn man ihm ein Marterl setzen wollte, müßt' es auf diesem in des getragenen Wortes Sinn heißen: «Er kam zu sterben . . .» Er löste eine Fahrkarte in den Tod, als er seine Fahrkarte nach dem Sommersitz des reichen Mannes nahm. Sicherlich empfand er es als großes Glück, in Dienste des Millionärs zu kommen, und gerade dieses große Glück war sein großes Pech. Er hatte die Chance, bei dreißig Grad Lufttemperatur im kühlen See baden zu dürfen, und an dieser Chance ging er (das Wort paßt hier zwiefach): zu Grunde. Die ganze Geschichte enthält gewiß eine Moral, aber wie immer ich sie drehe und wende, ich komme nicht darauf, welche.

Andern Tags fischten sie den Friseur. Eine uralte, verhutzelte, nur zu diesem Zweck noch in den Ortsbetrieb eingeschaltete Frau wusch den Leichnam, obgleich er lange genug im Wasser gelegen war, und bekam von dem reichen Mann das größte Trinkgeld ihres wunderbar jahrereichen Lebens. Man begrub den Ertrunkenen auf dem kleinen Friedhof, der so idyllisch daliegt, daß für die gesunden Lebenden, die zwischen seinen blumigen Gräbern lustwandeln, der Tod keine Schrecken hat.

Tage kamen, Tage gingen. Es lächelt der See und ladet zum Bade. Mathilde schwimmt sehr weit hinaus. Ruhig schläft ihr Gatte im durchsonnten Ufergras, Libellen umflattern ihn.

Nur die verhutzelte Frau aus dem Dorf denkt noch des Friseurs. Sie vernimmt es gern, daß am Strande bei Millionärs munteres Badeleben herrscht.

Der Sandwichmann

SANDWICHMANN heißt nicht einer, der belegte Brötchen frißt, sondern ein Mensch, dem vorn und hinten eine Reklametafel am Halse hängt. Er ist zwischen ihnen wie der Schinken, die Wurst, das Ölsardinchen zwischen den Brotscheiben. Daher hat er seinen Namen. Die Bezeichnung «Sandwichmann» hat sich dann auf alle übertragen, die einen Dienst als lebende Affiche, als wandelnde Geschäftsanzeige versehen.

Durch die Straße spaziert ein Mann in mittelalterlicher bunter Heroldstracht. Er trägt Kniestrümpfe, Schnabelschuhe, Pluderhosen (jedes Bein von anderer Farbe), geschlitzte Ärmel und ein Barett mit Feder auf dem Haupt. In seiner Hand ruht eine mannsgroße Füllfeder aus bemaltem Pappendeckel. Manchmal macht er Front zum Bürgersteig, grätscht die Beine, hält mit gerecktem Arm die Füllfeder wie eine Hellebarde auf den Boden gestemmt.

Ob die einzelnen Teile der Tracht stilgerecht zusammenpassen, weiß ich nicht. Auch das Jahrhundert ihrer Modegeltung könnte ich nicht genau bestimmen. Unzweifelhaft ist, daß das Gesicht, das unter dem Barett hervorguckt, dem zwanzigsten Jahrhundert angehört.

Es ist ein hilfloses Arme-Leut-Gesicht, schlecht genährt und schlecht rasiert, das gar keinen schauspielerischen Versuch macht, die Tracht in seinen hageren Zügen fortzusetzen, einen richtigen Herold zu mimen. Vielmehr scheint es sich um eine vollkommen farb- und tonlose Gleichgültigkeit des Ausdrucks zu bemühen. Der Mann blickt mit einem Blick, der gar nichts sieht, nirgendwohin; er tut das, vermute ich, in der heimlichen

Annahme, durch dieses Nichtschauen ein Nichtgeschautwerden zu erwirken. Oder tut er es, um nicht zu sehen, daß man ihn sieht? Er hat kein verlegenes, sondern ein ins Nichts entrücktes Antlitz. Vielleicht schämt er sich, sich zu schämen. Warum sollte er auch? Seine Menschenwürde ist nicht angetastet. Er hat seinen Leib als Kostümträger vermietet wie ein anderer seine Hände als mechanischen Apparat oder sein Hirn als Schreib- und Rechenmaschine.

Als Herold einherzugehen und der Stadt eine Märchenfüllfeder zu präsentieren: ist das Verschwendung von Arbeitszeit und -kraft? Die Firma sagt nein. Sie weiß schon, was sie tut, wenn sie den Herold wandeln heißt. Der Zusatz von Mensch macht die Anpreisung wesentlich saftiger, gewärmt an des Sandwichmanns Herzen spricht sie wärmer zu den Passanten, von seinem Atem kommt Wind in das Segel der Reklame.

Es ist ein Akt des Vampirismus, den die Füllfeder am Sandwichmann übt. Sie nährt sich von seinem Lebenssaft. Wenn sie das lange genug fortsetzen könnte, würde der Mann vielleicht völlig blutleer werden und aus der pappendeckelnen Riesenfeder rote Tinte fließen.

Ich möchte gern wissen, was sich der Herold denkt, wenn er des Morgens die purpurrot-ockergelben Beinkleider im Schnitt des sechzehnten Jahrunderts über seine zerrissenen Unterhosen Fasson 1927 anzieht. Und was er sich denkt, wenn er so, im geschlitzten Wams, unter der heiligen Sonne wandelt, zwischen Menschen mit Stock oder Regenschirm, er, der einzige Mensch mit Riesenfüllfeder. Kommt er sich lächerlich vor oder tragisch oder nur amerikanisch? Ist ihm philosophisch, aufrührerisch, symbolisch oder gar nicht zumute?

Seit einiger Zeit trägt er andere Kleider, moderne. Frack, Zylinderhut und eine weiße Weste mit riesigem Tintenklecks auf ihrem Weiß. Solche Tintenkleckse vermeidest du, spricht die Füllfeder, wenn du dich meiner bedienst.

Ich sah ihn kürzlich, den Mann, wie er gerade Arbeitspause machte. Er stand an den geschlossenen Flügel eines Haustors gedrückt, und seine gigantische Füllfeder lehnte in der Torecke. Er ist recht blaß, scheint schon ziemlich viel Blut an seinen Quälgeist abgegeben zu haben.

Welches Gebreste der Zeit kündet solches Tagesgespenst? «Es taugt nicht alles, ich vermute was», sagt Hamlet. Und später: «Es gibt Dinge zwischen Graben und Kohlmarkt, von denen eure Schulweisheit sich nichts träumen läßt!»

Gesang mit Komödie

Von der Stimme des Fräuleins sage ich nur so viel: «Eigentlich ist sie ein Mezzosopran.» Das kann man ohne besonderes Risiko von jeder Altistin sagen.

Hingegen erachte ich die Dame für eine geniale Schauspielerin. Ihr Talent offenbarte sich in des Wortes Bedeutung schon im ersten Augen-Blick. Wie sie mit sanfter Pupille den Saal überschaute und doch hierbei allen Bekannten quittierte, daß sie ihr Vorhandensein erfreut wahrgenommen habe, das zeigte schon die Könnerin.

Auch der zweite Augen-Blick der Sängerin war eine Meisterleistung. Er galt dem bebrillten, schüchternen, jungen Mann am Klavier und sagte nicht nur: Los! sondern auch: Wir Künstler! Und nicht nur: Fangen wir in Gottes Namen an!, sondern auch feierlich: Betreten wir, o Freund, den Hain!

Von dem Begleiter wäre zu sagen, daß er diskret begleitete. Das ist so wie mit dem Mezzosopran.

Mit den Zugaben waren es zwoundzwanzig Lieder, die das Fräulein in den Saal schüttete. Blümchen, kunterbunt entrupft dem Irrgarten der Gefühle. Melancholie und Neckisches, Liebe, Tod, Freuden der Wanderschaft und das Kindlein im Sarge, Lenz-Tirili und Wintergrausamkeit, Hoffnung und Verzweiflung, Natur, einsames Stübchen, Donner des Wasserfalls und der Mutter Schlummerlied. Mühelos sprang die Sängerin von Stimmung zu Stimmung, aus dem Warmen ins Eisige, von Schwermut zu Übermut, aus italienischem Sanguinismus mitten hinein in deutsche Herzensnot.

Wenn sie Lenz sang, blühte ihr Gesicht, die Augen zwitscherten, und um den Mund spielten Sonnenreflexe.

Wenn sie sich in den Winter begab, wurde das Antlitz um viele Grade härter, die Schultern rückten fröstelnd näher zueinander, der Blick ging nicht in die Ferne, blieb zu Hause, hatte keine Lust, durch den Schnee zu wandern.

War das Lied traurig, war es noch viel mehr die Sängerin. Falte des Grams schnitt zwischen ihre schönen Brauen, die Wimpern gingen auf Halbmast, das Haupt fiel in den Nacken zurück, in ein unsichtbares Kissen der Schmerzen.

Hingegen sang sie Schalkhaftes – das Gesicht ein weites, schimmerndes Lächeln – mit vorgebeugtem Oberkörper, näher, vertrauter heran an die Hörer, gleichsam: niemand braucht es zu wissen, als ich und du.

Es war, sage ich, bewundernswert, wie die Sängerin von Lied zu Lied ihr Antlitz umbaute, wie sie alle Genres mienenspielte und den Schauplatz solchen Spiels – o höchst regulierbares Auge! – in mancherlei Stärkegrad belichtete oder abdunkelte, wie sie im Sturm des Liedes wankte, auf seinem sanften Lüftchen sich wiegte, Held war und bleiche Mutter und Fischerknabe und une drôle petite fille.

Auch meine Altistin ist gewiß durch die labyrinthische Hölle der «Methoden» gegangen, hat bei ein paar verdammten Narren und Närrinnen Geheimturnkünste der Bauchmuskulatur gelernt, das Singen aus den Schulterblättern, die Tongebung vom Zwerchfell her, das Luftsaugen in der Beckengegend, das Anlegen von Atemreserven in der Nasenmuschel, das Polieren des Klanges durch Wälzen über die s-förmig gebogene Zunge. Aber alle diese verruchten Fakirkünste deckt ihr schauspielerisches Talent. Man sieht nicht, wie sie's treibt. Das Gesangstechnische ist restlos eingebaut ins Mimische, in zweckvolle, scheinbar nur dem lyrischen Ausdruck dienende Leibesbewegung.

Ihre darstellerischen Höhepunkte jedoch erklomm das Fräulein während der klavieristischen Nachspiele. Diese Nachspiele sind eine Peinlichkeit. Die Sängerin ist schon fertig, aber sie darf ihre Miene noch nicht entspannen. Sie muß den inneren Ton halten, bis der Pianist ausmusiziert hat. Der Dank der Hörer hat schon die Arme geöffnet, die Sängerin ist bereit, hineinzustürzen, aber sie muß noch ein Weilchen in der Luft schweben bleiben. Und überdies hierzu ein entrücktes Gesicht machen, als stünde sie ganz im Bann des Liedkunstwerkes, das da in mehr oder weniger Takten klavieristisch veratmet. Keine Kleinigkeit, sich mit Takt aus diesen Takten zu ziehen!

Das Fräulein benahm sich während dieser Nachspiele, dieser schweren Pausen, die ihr auferlegt waren, dieser mystischen Luftleere, in der sie zu verharren hatte, musterhaft. Sie begab sich mit dem Blick in eine Ferne, wohin ihr keiner folgen konnte. Sie entschwand geistig und ließ nur ihren Körper als Pfand dafür zurück, daß sie nach Klavierschluß wieder komplett dasein würde. Ihre Mienen glätteten sich mit einer so exakt ausgemessenen Allmählichkeit, daß sie genau beim letzten Ton des Klaviers den Normalpunkt erreichten. Sie war während des Nachspiels selbst entrückte Hörerin, bescheidene Partnerin des Kameraden am Klavier. Sorglos kreditierte sie dem Publikum noch die paar Takte lang den Beifall, sicher, daß er durch solch kurze Verhaltung an Stärke nur gewinnen würde.

Ich weiß nicht, ob dem Fräulein der Rang einer großen Sängerin zukommt. Der einer großen Schauspielerin gewiß.

Die Stimme? Die Stimme ist eigentlich ein Mezzosopran.

Sprung ins Freie

EINE Schauspielerin, wohlbekannt und wohlgelitten, hat ihrem jungen Leben freiwillig ein Ende gesetzt.

Sie hieß . . . aber was ist jetzt ihr Name? Der Inhalt einer Leere.

Eigentlich hieß sie Agnes, hergeleitet von agnus, das Lamm.

Alle Frauen heißen so, die von der Liebe Erlösung hoffen aus ihrem erdrückend weißen Nichts- und Langeweile-Idyll. Manchmal finden sie Trost in den Seidenbändchen, die man ihnen um den Hals knüpft. Oder sie werden rechtzeitig Schafe, spendend Wolle und Wärme und trauten Stallfrieden.

Oder der Wolf beißt ihnen die Kehle durch.

Sie hatte braunes Haar, von Klugheit und Heiterkeit sprühende Augen in dem dunkelgetönten Gesicht, den Körper eines feinen Knaben. Ihr Gang war leicht, ihre Grazie unsüß, ihre Stimme dunkelfarben wie ihr Antlitz. Ihr ganzes Wesen schien Natürlichkeit. Es war wie Geruch von Sonne, Regen, Walderde um das erfreuliche Geschöpf.

Sein Herz hatte es einem Manne geschenkt. Der gab das Geschenk nach etlicher Zeit zurück. Wollen wir ihn verurteilen? Das Leben ist kompliziert und die Liebe komplizierter als das Leben. Es spricht nur gegen ihn, daß sie sich umgebracht hat. Ein Mann von Wert ist kein frauliches Selbstmordmotiv. Fatzkes, Shimmychampions, Tenoristen sind der Lämmer Tod.

Wie dem immer sein mag: er gab das Geschenk zurück – und sie wußte mit dem Wiedergegebenen nichts mehr anzufangen. Das Herz fügte sich nicht wieder an seine Stelle. Es blieb ein Kaltes, Fremdes im eigenen Heim. Wie ein böses Stiefherz schlug es unablässig die, in der es schlug.

Eines Nachts entlief sie. In den vierten Stock des Wohnhauses, von dort, durch das Fenster, auf die Straße.

Das Leben hatte keine Lockung mehr für sie. Nichts

bedeuteten ihr die kommenden Wahlen, nichts das expressionistische Theater, nichts der Gedanke, die Menschen mittels Sowjets zu erlösen.

Fenstersturz: symbolisches Ende für Frauen, ganz und gar bedürftig des Armes, der sie hält und trägt. Gestorben an der unbarmherzigen Anziehungskraft der Erde, Opfer der Schwere. Ob sie zu retten gewesen wäre auf jenem letzten Weg zum hoch gelegenen Fenster? Durch das zufällige Dazwischentreten einer verständigsten, zartesten Güte? Durch Blick und Wort von solcher Wärme, daß der starre Entschluß hätte hinschmelzen müssen in Tränen? Aber auch der Heiland kommt als Leid-Tragender nur zu Begräbnissen. Nur die Toten rettet er vom Tode.

«In Sinnesverwirrung» ging sie fort.

Unverwirrten Sinnes sind, die, bange sorgend um Verdauung und Schlaf, zeitunglesend entgegenharren dem Darmkrebs, dem Tumor oder der langsam würgenden Sklerose.

Es gibt aber auch freundliches Sterben. Zum Beispiel jener gepflegte Finanzmann, der verschied nach siebenundsiebzig der Gemeinheit hingegebenen Lebensjahren auf der Schwelle seines Zimmers Louis quinze, eben als er vom Souper mit den kleinen Mädchen kam, der rüstige Alte! Schmerzlos und im Nu war er hinüber. Seine Leiche lächelte.

Brüder, überm Sternenzelt muß ein guter Vater wohnen. Ohne seinen Wink fällt kein Sperling vom Dach und kein armes Menschenkind aus dem Fenster der vierten Etage.

Gott will damit Gott weiß was. Wir werden's nie ergründen.

Teich

DER Teich ist klein. Aber wenn man, die Handflächen als Scheuklappen um die Augen wölbend, das Gesichtsfeld verengt und so die Ufer wegschneidet, kann man träumen, er sei unendlich groß. Auf das Träumen allein kommt es an.

Am klügsten wäre vielleicht, die Augen ganz zu bedecken.

An einer Stelle biegt der Teich, sich verjüngend, um den Hügel, spielt: einsame Küste. Hier wäre ein hübscher Ort zur Zwiesprache mit Gott, wenn man ihm irgend etwas zu sagen wüßte, und wenn er Lust hätte, zu hören und zu antworten.

Eine schmalästige Föhre schüttet unermüdlich ihr Spiegelbild in das Wasser. Ein Brückchen macht anmutig kreuzhohl über der unermeßlichen Tiefe, die einen halben Meter beträgt.

Laßt uns an diesem stillen Ufer das Kanu verankern, die Ruder einziehen und, rücklings gelagert, von Grillen rings umzirpt, vergessen, daß die Welt ist, wie sie ist, und daß sie überhaupt ist.

Zwei Schwäne gleiten vornehm spazieren, in tiefem Nachsinnen. Wächter der Schweigsamkeit. Teich-Heilige. Manchmal tauchen sie die Schnäbel mit priesterlicher Gebärde ins Wasser; wie in Weihwasser.

Auch ein Storch ist da. Sachte schlägt er mit den Flügeln, fächelt sich Luft zu. Wie einen Zollstab kann er die mennigfarbenen Beine biegen und strecken. Unendlich langsam und vorsichtig, als ginge es über millimeterdünnes Eis, stelzt er durch das Wiesengras.

Am Ufer dösen schmutziggraue Enten. Sie blicken den

weißen Schwänen nach und murmeln: Es wird ein Schwan sein, und wir werden nimmer sein. Schwäne werden nämlich sehr alt, viel älter als Enten. Es gibt welche im Laxenburger Park bei Wien, die erinnern sich noch, wie Kaiser Ferdinand ihresgleichen mit Semmelkrumen fütterte. Deshalb erhielt er von der vaterländischen Geschichtsschreibung den Beinamen: der Gütige.

Kürzlich wurde einer der Schwäne, ein Greis von neunzig, nachts ermordet und aufgefressen. Er soll gesungen haben in seiner Sterbestunde.

Aber ich glaube, es war der abendbrotselige Mörder, der gesungen hat.

Vom Ufer führt ein ganz schmaler Steg ins Wasser. Rechts und links schaukeln Boote. Ihre Namen klingen flink, anmutig, fliegefroh:

Eines heißt: «Möwe». Eines: «Pfeil». Eines: «Libelle». Und ein hellblaues heißt sogar: «Lisl».

Lob der Mansarde

Bis zum fünften Stockwerk sind die Wände der Hauskorridore meterhoch mit etwas verkleidet, das wie Marmor aussieht. Es wohnen auch nur feine Leute da. Im sechsten Stock wird der Marmor durch gesprenkeltes Muster der Mauertünche angedeutet. Das ist viel gemütlicher als der glattpolierte Kalkstein. Auch hält der Hauswart in der Bodenkammer Hühner. Wenn ich nachts heimkomme, weckt das den Hahn und er kräht. Die Nachbarn halten ihn deshalb für besonders matinal.

Bis zum sechsten Stock sind hundertundzweiundachtzig Stufen. Doch gibt es einen Aufzug. Er macht ein wenig Lärm. Aber nur, wenn er im Betrieb ist.

Sonst ist es sehr still in der Mansarde des sechsten Stocks. Von der Lautheit der nahen Straße dringt wenig herein, von weither mancherlei Geräusch, nur dem Höhenbewohner vernehmbar. Lokomotivenpfiffe, dünn und fein, gleich Tonraketen hoch in Luft zerfließend, Schlag von Turmuhren, Läuten von Kirchenglocken, hell die kleinen, im Baß die großen, wie Gespräch zwischen Vater und Sohn. Der Wind bläst oben viel windiger, der Regen ist noch gut geordnet und beisammen, wenn er die Fenster des sechsten Stockwerks passiert, die Sonne geht dort oben später unter, und die Lichtreklame der Sterne kommt besser zur Wirkung. Unrast der Stadt stört in der sechsten Etage den Frieden des Zimmers nicht, sondern unterstreicht ihn. Und von Gerüchen aus dem Wirtshaus im Erdgeschoß erreicht die Mansarde nur ein schwacher Hauch von gebratener Zwiebel.

Der Hochwohner, wenn er will, hat eine schöne Aussicht. Weit hingebreitet seinem Blick liegt die Stadtschaft. Dächer, nichts als Dächer, Gebirgszüge von Dächern, vielzackig gegipfelt, braun, rostrot, malachitgrün. Und besonders grau, in allen Spielarten. Auf Dächern wächst mancherlei: Blitzableiter, Antennen, fromme Türme, spitzfingrig und beharrlich gen Himmel zeigend, dem man in der Mansarde immerhin um sechs Stockwerke näher ist als im Parterre. Auf manchen Flachdächern gedeihen kleine Wiesen, und überall Schornsteine, das trauliche Hauptstück der Dach-Vegetation. Aus ihnen dampfen Rauchopfer den Göttern der Arbeit, der Wärme und der Nahrung.

Berge sind schön, aber die hundertfarbige Dachkette,

winkelreich in den Horizont geschnitten, hat ebenbürtigen Reiz. Wem sie seit langem vertraut ist, dem scheint es, obgleich von Menschenhand hingestellt, ein Stück Natur, selbstverständlich wie diese. Haus- und Berggipfel kleidet der Schnee gleich vorteilhaft, mit Tuch aus demselben samtartigen Stoff deckt beide die Nacht, und mit gleichem Sprüheffekt wie an der Fläche des Sees zerbricht am Kupferdach des Doms der Sonnenstrahl zu Milliarden Glitzerteilchen.

Die Phantasie kommt auch nicht zu kurz. Ja, ihr bringt der Blick auf Dächer üppigere Nahrung als der auf Berge. Was wacht, was schlummert in diesen? Bestenfalls Erze. Hingegen unter Dächern, da wirken Energien, fähig, die Welt zu verändern, da spielen Leidenschaften, gegen deren Spiel das der Elemente ein Kinderspiel ist, da hausen und schaffen Kobolde aller Gattungen der Koboldenrei, und immerzu neu bildet sich das Material, aus dem der Mensch seine Waffen schmiedet gegen die Götter.

Es gibt, die Bewohner des sechsten Stockes wissen das, ein Alpenglühen der Dächer, das an trostvoll schwermütiger Schönheit dem im Gebirge gleichkommt. Und wie Höhenfeuer, die von Almen herunterglimmen (aber nichts sagen, als daß sie eben glimmen), leuchtet von den Dächern der Stadt in Glühbuchstaben Schrift, den schweifenden Sinn auf Preiswertes lenkend. Das Schäumen des Regenwassers in Dachrinnen ähnelt den Musiken des Wildbachs, der zu Tal sprudelt. Und eine nahe akustische Verwandtschaft besteht zwischen Teppichklopfen auf Dächern und dem Donner der stürzenden Lawine.

Sechs Stockwerke sind ein langer Weg. Doch Fernblick, Stimmung und das Gefühl «über dem Gewühl» lohnen den Aufstieg.

Wenn die Freundin kommt, hat sie den Lift. Wenn der Lift nicht in Betrieb ist, kommt sie doch. Das ist Liebe. C'est la guerre.

Luftballon

DAS Kind des Hauses hatte einen Luftballon. Er war mit gewöhnlicher atmosphärischer Luft vollgeblasen, hatte also wenig Auftrieb. Er war nur ungemein leicht, phantastisch leicht, beglückend schwerlos. Er war hellgrün. Licht, das durch ihn schien, machte ihn zauberisch. Er sah dann aus wie der Mond im Märchen.

Der Ballon stammte aus dem Nachtlokal. Er hatte dort, mit einer Schar vielfarbiger Brüder, zum Spaß der Trinkenden und Tanzenden gedient. Der Herr warf ihn der Dame zu. Das hieß: «Willst du?» Die Dame warf ihn dem Herrn zurück. Das hieß: «Na, ob ich will.» Und wenn sie ihn auch nicht zurückwarf, hieß es doch dasselbe. Mancher Bruder Ballon starb in jener Nacht. Der eine geriet an eine brennende Zigarre, der andere wurde an Fräuleins Stelle von einem Eifersüchtigen totgeschlagen, dem dritten schlitzte ein Gentleman aus blankem Übermut das Bäuchlein auf.

Diesen hellgrünen hatte die Mama des Kindes heimgebracht. Einesteils des Kindes wegen, andernteils wegen der Erinnerungen, die um ihn schwebten. Er lag des Nachts neben der Puppe, und der große Andersen hätte die beiden gewiß ein Gespräch führen lassen. Tagsüber hatte er wenig Ruhe. Wer ihn sah, gab ihm einen Schubs, warf ihn hoch und fing ihn wieder oder wog ihn zumindest in hohler Hand und hatte Lustgefühle ob des kaum merklichen Gewichts dieser großen grünen Kugel.

Einmal kam der Ballon in das Zimmer, in dem die Erwachsenen um den Teetisch saßen, die Zeit gesprächsweise verrinnen ließen und in die Zeit verrannen. Der Ballon war gleich Mittelpunkt des Kreises. Zu nett, wie er zwischen Gläsern und Porzellan tanzte, selbst das Gebrechlichste nie gefährdend. Er was so leicht, daß er auf der Blume in der Vase sitzen konnte, ohne den Stengel auch nur um ein geringes hinabzubiegen. Ganz wie ein Schmetterling.

Unter Gelächter und Erhitzung war alles mit ihm beschäftigt. Man spielte Kopfball oder rollte ihn wie eine Kegelkugel oder ließ ihn über Arm und Schulter laufen oder warf ihn einfach einander zu. Einer ließ ihn auf emporgestellter Fingerspitze balancieren, stieß ihn hoch, daß er wieder auf der Fingerspitze landete. Es war eine Laute vorhanden, und wenn man den Ballon auf ihr tanzen machte, gaben die Saiten geheimnisvollen Flüsterton. Wenn er aber auf der Schüssel ruhte, sah er aus wie eine Riesenbeere.

Eine inhaltreiche, genußvolle Stunde. Das aufgeblasene Stück glasgrüner Haut übte Faszination. Das Leben wurde leicht, die Versammlung Schulklasse, das Zimmer Wiese.

Es war wie Erlösung von der Schwere durch einen Luftballon. Das ist ja schließlich, schon im mechanischen Sinn, Luftballons Mission.

Leider geriet der Grasgrüne an die scharfe Kante eines Metallrahmens. Seine Seele, sich dem All vermischend, fuhr aus der Haut, die, nun ein elendes Stück Runzelzeug, wandabwärts zur Erde kroch.

Alle trauerten um den Verlust des Spielzeugs, schämten sich aber ihrer Trauer. Nur das Kindchen war ehrlich und mutig genug, laut zu heulen. Es wurde deshalb auch streng angefahren und aus dem Zimmer geschafft.

Jedermann

In der steinernen Villa lebt der reiche Mann, der ganz reiche Mann. Er wird von Tag zu Tag reicher. Sein Vermögen mehrt sich auf jede erdenkliche biologische Art, durch Spaltung, Aufnahme, Kreuzung und Assimilation. Es ist bereits unübersehbar, unkontrollierbar. Es treibt und wächst und schwillt aus Eigenem. Bett und Abfluß muß ihm gegraben werden, damit es dem armen reichen Mann nicht über den Kopf schwemme.

Dennoch hört er nicht auf, das Wachstum seines Vermögens mit Überlegung, Tat und Einfall zu fördern. Statt daß er den ganzen Tag am Seeufer stünde und Brillantringe ins Wasser würfe, um die Götter zu versöhnen, telephoniert er, was der Draht hält, mit der Hauptstadt, werkt in dem Treibhaus, in dem das Geld zu tropisch-üppigem Blühen gezwungen wird und ohne Unterlaß die Milliarde reift.

Ich möchte gerne wissen, was und wohin er eigentlich will. Sein Besitz ist auf jener Höhe, wo nur mehr das farb- und duftlose Noch gedeiht. Noch eine Milliarde, noch ein Haus, noch ein Auto, noch ein Frauenzimmer, noch ein Noch! Was gäb' es denn für neuen Reiz in dieser Region der restlosen Befriedigungen?

Vielleicht hat er Launen. Himbeeren ohne Würmer kann auch er nicht auf seinen Tisch bekommen, vielleicht aber sind es bei ihm, infolge einer komplizierten und kostspieligen Aufzucht, Glühwürmer.

Wenn er Launen hätte und die teuersten Möglichkeiten zahlte, sie zu befriedigen, wann sollt' er sich der Befriedigung freuen, da er unablässig telephoniert und Geschäfte seinem Hirn entwälzt? Was taugt ihm der Besitz, wenn er seine seelische Kapazität, die vom Besitz was haben könnte, verbraucht um des Besitzes willen?

Nun, er mag das halten, wie er mag. Mir gehen seine Schicksale nicht nahe. Das wäre noch schöner, wenn die Reichen nicht nur reich wären, sondern auch was davon hätten, daß sie's sind!

Die Dorfbewohner sehen mit Scheu und Ehrfurcht auf den Mann. Mythos spinnt um ihn, und den Naturmächten scheint er ihnen verwandt. Wenn die langen, dicken Nebel um den Berggipfel kriechen, sagen die Landleute: «Jetzt raucht der Herr eine seiner Importen.» Knattert sein Vielpferdekräftiges vorüber, so ziehen sie den Hut wie beim Begegnen eines Leichenzuges. Und wenn die furchtbaren Scheinwerfer seines Mercedes das nächtliche Dorf aufreißen, anzündend Baum und Straße, schlägt der Bauer ein Kreuz, wie er's tut, wenn der Blitz niederfährt.

Als der Kutscher des reichen Mannes vom Auto gerädert worden war, sagten sie im Dorf: «Der arme Herr! Sein Kutscher ist ihm überfahren worden!»

... Kürzlich aber war er in Salzburg, bei «Jedermann». Das Spiel vom Sterben des reichen Mannes, darin gezeigt wird, wie nichtig die irdischen Güter und wie dumm die Menschen sind, die ihr Herz an Geld und Besitz hängen, schlug ihm ins Gemüt. Die seine Züge beobachteten, merkten, wie es ihn ergriff und beschäftigte. Man konnte geradezu die Schritte hören, mit denen er in sich ging.

Es heißt, daß der reiche Mann erschüttert heimgefahren sei von Salzburg in dem Auto mit den furchtbaren, nachtaufreißenden Schweinwerfern. Er soll sich geäußert haben, daß man seines Erachtens die Aufführung von Moralitäten à la «Jedermann» großzügig organisieren müßte und auch könnte, wenn man nur genügend Geld hineinsteckte, das sich, nach oberflächlicher Errechnung, griffe man die Sache kommerziell richtig an, bald hoch verzinsen müßte.

Vielleicht macht er's. Er täte ein gutes Werk. Und dieses würde, wie das Spiel von «Jedermann» lehrt, den reichen Mann in der Stunde des Absterbens, wenn alles und alle ihn verlassen, dunkelwärts begleiten.

Onkel Philipp

ONKEL Philipp ist tot. Als er merkte, es ginge ans Sterben, regte er sich darüber so auf, daß er verschied. Ich glaube, Onkel Philipp ist der einzige, dem Onkel Philipps Tod naheging. Die andern nahmen das Ereignis mit großer Fassung hin, und es ist ja auch wirklich nicht danach, viel Jammers und Klagens zu wecken.

Onkel Philipp war fünfundsechzig Jahre alt und während der letzten zwanzig Jahre seines Hierseins ein leidender, von argen Nöten geplagter Mann. Er brauchte Pflege und Wartung; also war sein Tod, wie man in solchen Fällen sagt, Erlösung. Alle um ihn atmeten auf, als er ausgeatmet hatte, und die Leiche selbst zeigte jenen Frieden im Antlitz, den gutmütige Tote gerne zeigen, um die Hinterbliebenen zu beruhigen. Als wollten sie mitteilen, es sei nicht gar so arg und der Schmerzenszoll an der Grenze nicht gar so hoch gewesen. Eine Art von Telegramm: «Reise erträglich, gut angekommen. Onkel Philipp.»

Onkel Philipp war ein würdiger Mann und nahm bescheidenen Nutzen. Er verkaufte Briefpapier, Tinte, Notizbücher, Schreibfedern und Kalender. War ein Stück Ware defekt, so sagte er dem Kommis nicht, wie andere Kaufleute dies wohl tun: «Leopold, trachten Sie, das Ding der Kundschaft anzuhängen«, sondern er sagte: «Leopold, legen Sie dieses Stück beiseite, damit Sie es nicht versehentlich einem Kunden geben.» So ein Mann war Onkel Philipp. Er wies auch zumindest zweimal im Tag, indem er jene Anekdote erzählte, darauf hin, daß er so ein Mann sei. Aber nicht aus Ruhmsucht tat er das, sondern wie ein Mensch, der gern ein bißchen in seinen Schätzen kramt.

Onkels Lebensführung war reell wie seine Geschäftsführung. Er nahm ein Weib und zeugte Kinder, die in die Schule gingen, Masern und Scharlach bekamen, vielen Kummers Ursache wurden, aber diesen Kummer dadurch lohnten, daß sie da waren. Genau betrachtet ist nämlich der Sinn des Kinderzeugens – abgesehen von den flüchtigen Annehmlichkeiten, mit denen es verbunden ist – dieser: Kompensationen zu schaffen für alle Sorge und Plage, die durch Schaffung jener Kompensationen heraufbeschworen werden. Man fügt sich gewissermaßen eine Wunde zu, um aus ihr Balsam für die Wunde zu gewinnen.

Onkel Philipp kannte keine Freuden als die häuslichen. Abends saß die Familie um den runden Tisch, nach dem Essen spielten Vater und Mutter Karten, die Kinder machten ihre Schulaufgaben oder machten sie nicht, die Köchin draußen sang traurige Lieder, und Onkel Philipp stand auf, ging ins Vorzimmer und schloß energisch die Küchentüre. Als Mutter gestorben war, legte Onkel Philipp nur mehr Patiencen. Die Kinder aber wurden groß, die Töchter gingen ins Konservatorium und die Söhne zu den Prostituierten. So wuchs, blühte und verblühte diese kleine Gemeinschaft wie hunderttausend andere auch, ein paar winzige Tupfen in den Milliarden Farbflecken, die zum Bild der Menschenwelt ineinanderfließen, wie Form und Farben der Buntblümchen zum Bild der Wiese.

«Ein Kaufmann muß solide sein bis in die Nieren», pflegte Onkel Philipp zu sagen. Und grade dort war er's nicht. Aber konnte er was dafür, der Arme, daß seine Nieren mit einem Male fallit wurden, den Betrieb nur noch kümmerlich, unter ärztlicher Zwangsaufsicht, fortführen konnten? Ich will Gottes Plane und Zwecke nicht verstehen wollen, aber die Spur eines Hauchs einer Antwort hätte ich doch gern auf die Frage, warum Onkel Philipp während seiner letzten zwanzig Lebensjahre so bitter leiden mußte. Er war so unbedeutend, so ganz und gar nicht würdig himmlischen Zornes. Er war ein bescheidenes Herz, ein demütiger Geist, der nie fragte, was ihn nichts anging, stillgehorsam ewigem und zeitlichem Gesetz. Er war ein Molekül, das stieß und gestoßen wurde nach den Regeln des Stoßes; Gnade des Bewußtseins, die dem Molekül zuteil geworden war, mußte es mit zwanzig Jahren grausamsten Schmerzes bezahlen. Vielleicht sollte Philipp geläutert werden? Aber es war an ihm nicht viel zu läutern, denn es war überhaupt nicht viel an ihm. Er, der Kleinsten einer, trug eine Dornenkrone, geflochten nach den Maßen eines Heiligenschädels. Kein Wunder, daß sie ihm kläglich-jammervoll über die Ohren rutschte. Der Schmerz machte ihn verstockt, dumm, bösartig. War Reinigung dieser Qualen Zweck, so waren die Mittel zum Zweck technisch untauglich, denn das Feuer des Leids fraß die Seele auf, die es hätte weißbrennen sollen, und zum Schluß war gar nichts mehr übrig, das zum Himmel hätte fahren können.

Des siechen Mannes Tod traf also die Familie nicht schwer, aber immerhin erschütterte er sie. Denn Onkel Philipp war doch ein Faden in dem Netz, das sie miteinander und mit dem Leben verspann, und als dieser Faden brach, schwankte das Netz leise, Unbehagen erzeugend durch sein Schwanken. Der Tod war in die Dreizimmerwohnung getreten, und es fröstelte die Bewohner. Aus diesem Grund zogen auch alle ihre wärmsten Sachen an, als sie auf den Friedhof gingen, und tranken ein Schlückchen von dem alten Sliwowitz, den Onkel Philipp schon lange nicht mehr hatte trinken dürfen. Ich blieb zu Hause. Denn meine Beziehungen zum Onkel waren sehr lockere gewesen. Wir hatten einander nicht verstanden. Er nahm ernst, was mir lächerlich schien, und mußte über Witze lachen, die keine waren, und wenn er von den Schriftstellern sprach, die er in seiner Zeitung las, sprach er immer metaphorisch von ihrer «Feder». Das konnte ich nun durchaus nicht vertragen. In der letzten Zeit redete er kaum ein Wort mehr, hielt die Augen geschlossen und war abwesend. Jedesmal sagte die Cousine: «Liegt er nicht da wie ein Toter?» Nur als er tot war, sagte sie: «Liegt er nicht da wie ein Schlafender?»

Nachdem sie ihn begraben hatten, setzten wir uns um den runden Tisch, an dem schon zweieinhalb Generationen gesessen waren, und plauderten mit gedämpfter Stimme von Onkel Philipp und seinen Tugenden. Das Bild des Verstorbenen hing über der altdeutschen Kredenz. Es zeigte ihn in der Blüte seiner Jahre, in der Fülle seiner Kraft, als das Papiergeschäft noch groß, die Kinder noch klein und die Nieren noch aktiv waren. Um jene Zeit hatte er einen schwarzen Bart, schwellende, dunkelkarminrote Lippen und eine dickgliedrige Uhrkette von Gold, die, durch das Knopfloch über den Hügel des Bauches gezogen, rechts und links in eine Westentasche mündete. Sein Blick, in die Ferne getaucht, schielte freundlich nach der Trauerversammlung. «Da seid ihr also, meine Lieben», sagte die Pupille, «oh, non frustra vixi. In euch bin ich, wenn ich auch nicht mehr bin.»

Wenn dir das wirklich ein Trost ist, Onkel Philipp!

Empörung im Stall

Im allgemeinen – sagen die praktischen Metzger – dürfe gelten, daß Schlachtvieh keine Todesangst empfinde. Besonders für Hornvieh, das als dumpf, dumm, dämlich bekannt ist, treffe dies zu. Wehen des Todesfittichs spürt es nicht, und Schatten des Fittichs kann es nicht sehen, weil der gütige Mensch dem Ochsen die Augen verbindet, ehe er ihm die Keule auf das Stirnblatt schmettert.

Also Schlachtvieh hat keine Ahnung, was kommt. Zu Kriegsbeginn ist der Beweis im großen Stil erbracht worden. Da sah man es fröhlich brüllend durch die Straßen ziehen und die Stirnen, der Keule verfallen, hoch tragen.

Es leben aber auch Metzger, die behaupten, dann und wann geschehe es, daß das dumme Vieh in articulo mortis sich benehme, als empfinde es Todesangst. Die meisten Ochsen betreten den Platz, wo an ihnen die entscheidende erste Handlung in der Reihe jener Handlungen vollzogen wird, die sie aus Lebewesen in einen Komplex von Eßportionen verwandeln, ruhigen Herzens, ohne Zeichen von Gemütsbewegung, und sterben so eines schönen, raschen Todes. Bei einem oder dem andern Stück Vieh jedoch trifft solche Erfahrung nicht zu: es gebärdet sich, als hätte es Beklemmungen, Ahnungen, Vorgefühle.

In der Stadt B hat sich jüngst, eines Winternachmittags, derartiges ereignet. Ich las darüber im Illustrierten Blatt, das auch von der Endphase des Vorfalls eine photographische Aufnahme zeigte. Es geschah in jener Stadt, daß ein Ochs sich vom Halfter, an den er gebunden war, losriß, mit den Hörnern gegen das hölzerne Stalltor, das hiebei aufsprang, anrannte und im Galopp durch die Straßen lief. Die Menschen sprangen zur Seite und brüllten wie die Ochsen, die Wachleute hoben die Hand und ließen sie resigniert wieder sinken, in den Gasthäusern stürzten die Leute kauend, die Gabel in der Faust, ans Fenster, und ein zufällig des Wegs schlendernder Zeitungsmann sah Feuer aus den Nüstern des rasenden Tieres sprühen. Ein paar Kilometer lief der Ochs, dann verschwand er im Wald am Stadtsaum. Erst zwei Tage später fand man ihn dort «gänzlich erschöpft», wie der Bericht meldet, «halb erfroren und sehr abgemagert». Er lag auf der Seite, geschlossenen Auges, und ließ mit sich geschehen, was die andern wollten. Um die Vorderbeine kam ein Seil, um die Hinterbeine kam ein

Seil; so schleiften sie ihn aus seinem Waldversteck ins Freie. Dann gruppierten sie sich um den Gefangenen, ein Mann hielt straff das rechte Seil, einer straff das linke, einer, ein kurzer Kerl mit Schirmkappe, dickem Schnurrbart und Arbeitsschürze, setzte dem Hingestreckten den Stiefel auf die Flanke, und dann kam der Photograph und knipste für das Illustrierte Blatt. Wahrscheinlich haben sie ihn hernach mit zweifachem Vergnügen geschlachtet, im Schwung des Beils nicht nur Arbeitspflicht erfüllend, sondern auch Rachlust befriedigend.

Ein genauer Kenner des Ochsen, von dessen Tat hier erzählt wird, behauptet, was das brave Tier zu ihr veranlaßt hätte, sei nicht Todesangst gewesen, sondern schlechtweg Drang nach Freiheit. Zuweilen nämlich komme es vor, daß auch diszipliniertes Vieh Enge und Ordnung des Stalls, in den es gesperrt ist, unerträglich drückend empfindet und bei gegebener Gelegenheit, wie die deutsche Sprachwendung so schön und anschaulich sagt, «das Weite sucht». Wie hoch der entlaufene Ochs die Freiheit wertete, beweise, daß er, obwohl «gänzlich erschöpft, halb erfroren und sehr abgemagert», nicht von selbst in den Stall zurückgekommen war. Das heißt: er schätzte die Freiheit höher ein als Wärme und Nahrung. Ja – behauptet der erwähnte Kenner weiter – es bestehe begründeter Verdacht, die Flucht des Tiers wäre keine vom Augenblick geborene Affekthandlung gewesen, sondern Folge eines Denkprozesses, der in seinem dicken Schädel stattgefunden haben mag. Nicht abzusehen, was alles passieren kann, wenn die Ochsen auf Gedanken kommen!

Die Riesen

Wo sind sie hingekommen, die Starken, das gigantische Geschlecht der Möbelpacker und Klavierträger, die friedvolle Seitendeszendenz Fasolts und Fafners, langsam und schwer und sicher, den Kindern und Mägden hold, nicht achtend der Zentner, dampfend von Gutmütigkeit und Wein und Schweiß und Knaster? Nicht mehr wuchtet ihr Stamm auf der Erde Rücken.

Es waren gewaltige Männer. Sie trugen blaue Schürzen und struppige Schnurrbärte und in der Hosentasche zweidezimeterlange Taschenmesser. Mit diesen sprengten sie Kisten und spalteten Bretter und schnitten Speck und kratzten den Pfeifenkopf leer. Sie hatten braune Glatzen und rote Stirnen und brummelten in einem ganz tiefen Baß vor sich hin. Oft unterbrachen sie das leichte Spiel ihrer schweren Arbeit und gingen frühstücken. Tropfenden Schnurrbarts kehrten sie wieder, die Stirn um etliches röter. Schwer dröhnte ihr Schritt. Mit Langmut duldeten sie, daß die Kinder sich im Fangspiel an ihren Beinen wie an Pfosten festklammerten oder sich mit den Möbeln hochtragen ließen.

Meistens hießen sie Karl.

Einem fiel, als er niesen mußte, das Klavier auf den Fuß. Er brummte unwillig. Der andere sagte: «Seit wann bist du denn gar so heikel?»

Sie hatten Bärenkräfte und Seehundsgesichter und den Paßgang des Elefanten und ein Bernhardinerherz und ein Menschenschicksal. Wenn sie ihren Knacks weg hatten und nicht mehr schleppen konnten, warf sie der Unternehmer hinaus, und die Fleischfresserin Tuberkulose biß sich an ihnen fest.

Dem Kinde waren sie Wesen aus Fabelland. Sie lebten gewiß nicht in Zimmern, sondern in Höhlen und hatten einen mächtigen König, dem sie die Feinde erschlagen mußten. Gewissermaßen stimmte das ja auch.

Wo ist es hingekommen, das Gigantengeschlecht der Möbelpacker und Klavierträger?

Es zog aus, seinem König die Feinde zu erschlagen und sich dabei von ihnen erschlagen zu lassen.

Von denen, die zurückkamen, sind ein paar in die Fremde gegangen und Ringkämpfer geworden und essen das schweißgetränkte Brot eines «Löwen von Barcelona» oder eines «Champion von Celebes».

Die anderen wollen nicht mehr in Höhlen wohnen und hinausgeschmissen werden, wenn sie den Knacks weghaben. Nicht die Riesen, das ganze Volk, das schleppt und zieht und trägt, brummelt unwillig.

Es muß ihm etwas auf den Fuß gefallen sein.

Worüber manche den Kopf schütteln und vorwurfsvoll fragen: «Seit wann bist du denn gar so heikel?»

Die Gebenden

Es zirkulierte, im engeren Kreise, eine Liste für die Hungernden. Jeder gab. Jeder hatte, bevor er gab, eine sachte Hemmung zu überwinden. In jedem dieser tätigen Mitleide steckte eine ganz winzige, bakterienkleine spekulative Idee. Die Rundfrage: Warum geben Sie?, in Redlichkeit beantwortet, wäre von Interesse.

«Ich gebe, weil die andern geben.» «Um mich freizukaufen vom Unbehagen, daß die Vorstellung jenes Elends weckt.» «Um im Kartenspiel zu gewinnen.» «Um meine Sittennote im himmlischen Klassenbuch zu verbessern.» «Um der Empfindung willen, gegeben zu haben.» «Als Unfallversicherungsprämie.» «Um mit der immerhin bedrückenden Sache irgendwie fertig zu werden; um mich ohne Bange meiner Tagesordnung widmen zu können.» «Um das Schicksal zu kaptivieren.» «Um der Wollust des Opfers willen.» «Um ein Alibi zu haben, falls die Richterfrage gefragt würde: Wo warst du damals?» «Um das Bauchzwicken los zu werden, das die Berichte von jenem Jammer mir Zart-Därmigen bereiten.» «Um Christi willen.» Es würde sich herausstellen, daß jede Gabe ein glatter Versuch ist, Gott zu bestechen.

Wenn es sich aber so verhält, wenn jedes Geben eine kleine geheime Spekulation ist, ein Moralgeschäftchen à la longue, eine Zinsen erhoffende Güteanlage, ein do ut des, wie erklärt sich dann folgendes Phänomen: Dem Bettler, der demütig-zerflossenen Gesichts, Klage murmelnd, trauerweidig hängend und bebend, an den Tisch tritt, gibt fast jeder. Dem ebenso armen Teufel, der noch einen Funken Stolz in seines Lebens Asche hütet, der deine Gabe nicht umsonst haben will, der einen Gegenwert bietet: Schuhriemen oder Zündhölzer oder Ansichtskarten oder Notizbücher oder Englischpflaster – den schickt jeder weg. Danke, ich brauche nichts. Aber *er* braucht, das siehst du doch.

Warum achtest du durch eine Gabe die Not des Bettlers? Und mißachtest den ebenso nötigen Verkäufer, der seiner Bettelei Larve des Kommerz umhängt? Warum gibst du, o Bruder Rechner-Mensch, jenem à fonds perdu? Und diesem nichts, obzwar du für deine Gabe ein Notizbuch empfingest? Oder ein Glückschwein aus Goldpapiermaché?

Ich erkläre mir das so: Der Kerl mit den Schuhbändern, mit den Zündhölzern, steht, weil er sich als Geschäftsmann maskiert, gewissermaßen auf deiner Ebene. Er tritt in den Kreis bürgerlicher Konvention. Er ist Nebenmensch. Aber der Bettler, der fordert, ohne zu bieten, ist ein Subjekt außerhalb deiner Welt. Ein Untermensch. Schwärzlich dräut um ihn, sei er noch so winselnd und zerknickt, acherontische Drohung! Mit seiner offenen Hand langt die Tiefe nach dir. Seine Ohnmacht spürst du, in der Magengrube, wie Kriegslist. Sein gebeugter Rücken ist auf dich zielender gespannter Bogen, sein Tierblick Dolch in der Scheide, sein Winseln verwehter Klang von Schlachtmusiken einer fernen, sehr furchtbaren Heerschar. Mein Lieber, aus Angst gibst du ihm. Aus blanker Furcht. Du kaufst dich los, du zahlst Lösegeld, du entrichtest Tribut. Du bestichst die Unterwelt. Wie du den Himmel bestechen willst, wenn du deinen lausigen Tausender in die Sammelbüchse tust.

Und manchmal scheint es ja wirklich, als hätte der höchste Richter keine reinen Hände mehr, als hätte er sich bei der Beschäftigung mit der Welt die Finger beschmutzt und bringe den Dreck nicht mehr fort.

Kreislauf

In der Wirtsstube steht ein Musikautomat. Wenn man Münze einwirft, fängt er zu schnarren an. Die alte Melodie, die in ihm schläft, erwacht, wimmert ein bißchen was, dann dreht sie mit einem leisen Krächzen sich auf die andere Seite und schläft weiter.

«Der Gassenhauer da im Automaten hat mir sein Leben erzählt», sagt der alte Klavierspieler. «Sie halten das, da ich nicht E.T.A. Hoffmann bin, für unglaubwürdig. Aber kennen Sie Steinhäger? Es ist ein schöner Schnaps in einer schönen Flasche aus Steingut. Er schmeckt wie flüssiger Wald. Und wissen Sie, wieviel Schnaps ein armer Musiker trinkt, der einsieht, daß er atonal nicht kann? Solcher Mensch macht sich dann auch – wie einer, dem die geliebte Frau den Laufpaß gegeben hat, seiner selbst nicht mehr achtend, zu den Mädchen der Straße eilt – mit Gassenhauern gemein.

Ja also, die verkommene Melodie hat mir ihr Leben erzählt. Eine traurige Geschichte! ‹Ach›, lispelte sie und schluckte, als wäre ihr Luft in das unrechte Intervall gekommen, ‹ach, wenn Sie mich gekannt hätten, wie ich einstens war, in meiner Noten Maienblüte! Oh, nom du nom du nom de Dieu! Ich bin nämlich Französin von Geburt, in Paris kam ich auf die Akustik. Mein Vater war ein armer Musikant. Trotzdem leistete er sich für mich eine noble Tonart: Des-Dur. Fünf B, bitte, standen an meiner Wiege! Ich habe meinem Erzeuger die Mühe vergolten, durch mich ist er reich und berühmt geworden. Später fiel er in Hoffart, schrieb Opern und derlei und hätte mich am liebsten verleugnet. Aber ich hing fest an Vatern. Die Leute sagten: Verzeihen wir ihm den Dreck, den er komponiert, weil er doch die Tralala gemacht hat. Das stürzte ihn in Verzweiflung. Er schnitt sich am Ende, aus Gram über meine Anhänglichkeit die Gurgel durch.

Damals freilich, als ich zum erstenmal vor die große Welt kam . . . Oh, was für Triumphe! Die Stadt widerhallte von mir, ich war in aller Leute Munde, man tanzte, wie ich pfiff, meine Popularität überlief den Erdkreis! Die tugendhaftesten Mädchen wurden schwach, wenn mein Atem sie streifte, die unglücklich Liebenden naschten noch einmal von meiner Süßigkeit, ehe sie sich ins Herz schossen, viele Ehen kamen durch mich zustande, viele zu Fall, die Geburtenziffer stieg, und es wurde den Köchinnen verboten, mich beim Kochen zu trällern, weil sonst die Suppe versalzen war. Alle Instrumente, vom Klavier bis zur Ophikleide, wollten mich für sich haben, ich wurde für alle Stimmlagen zurechtgemacht, ich wurde bearbeitet, paraphrasiert, auf hunderttausend Hartgummiplatten gepreßt, meine Notenköpfchen wurden mit Seide auf Sofakissen und Schlummerrollen gestickt, und einer ungarischen Dame fiedelten mich Zigeuner sogar in die Grube nach, denn so hatte sie sich's mit ihrem letzten Willen ausbedungen. In Deutschland allein wurden während eines einzigen Winters dreihunderttausend Sektgläser, mir zu Ehren, nach dem Takt, den ich angab, zerschmissen! Es war eine heroische Zeit . . . passé, passé!

Eines Tages, ohne daß ich es kommen gemerkt hätte, war ich aus der Mode. Die Großstadt ließ mich fallen. Kurzer Nachblüte in der Provinz folgte der jäheste Abstieg, der Sturz ins Dunkle, ja ins Gemeine. Erst fand ich noch in Sprechtheater-Zwischenakten und im Kino Verwendung. Dann diente ich bei Kurkapellen in kleinen Badeorten, in Speisesaal-Orchestern, bei der Banda, die im Zirkus aufspielt. Ich wurde Militärmusik! Ich trieb mich, arm und verschrumpft, als Seelchen in Spieluhren und -dosen herum. Schließlich bettelte ich, ein Drehorgelstück, um Pfennige . . . Aber tiefer als jetzt geht es nicht mehr. Nun verlasse ich wohl bald diese mißtönende

Erde, steige aufwärts in das goldene Fegefeuer, wo auch die geringste von uns eingeschmolzen wird für die Harmonie der Sphären.›

«Damit verstummte sie. Und es war kein Ton mehr aus ihr herauszubringen.

Aber denken Sie, vor kurzem bin ich ihr wieder begegnet, der Melodie. Als Schlagernummer der neuen Operette. Sie kommt schon in der Ouvertüre vor. Im zweiten Akt wird sie vom Komiker, der die Soubrette huckepack von der Bühne trägt, gepfiffen. Und in C-Dur geht sie jetzt!!

Ach, niemand ist vor oder nach seinem Tode glücklich zu preisen.»

Frühlingsrauschen

Es gibt ein Klavierstück von Sinding: «Frühlingsrauschen», ein gefälliges Stück, überall zu Hause. Eine klavieristische Butterblume, caltha palustris pianof. comm. Heimpianisten werten die Nummer hoch; sie versetzt Ellbogen wie Gemüt in beglückend weiche Schwingungen. Angenehm flutscht das von oben nach unten und von unten nach oben, schwillt an, schwillt ab, säuselt, stürmt, verhaucht und braust daher und dahin, . . . also kurz: Frühlingsrauschen.

Schwer ist die Nummer nicht. Immerhin muß man schon spielen können, um sie spielen zu können.

Irgendwo in meiner nächsten Nähe haust ein Wesen, das spielt manchmal in der Morgenstunde «Frühlingsrauschen». Halbe Monate verhält sich das Wesen ganz still. Dann kommt eine Tagereihe, da Morgen für Morgen der Frühling über die nachbarlichen Tasten rauscht. Ein paar Wochen Pause ... plötzlich, acht Uhr früh, das bekannte Rauschen ... und dann wieder viele Tage nichts.

Es ist, als ob das unheimliche Geschöpf nur manchmal auftauchte, einen tüchtigen Schluck Frühlingsrauschen zu sich zu nehmen, und dann wieder für längere Zeit verschwände.

Beunruhigend und verwirrend an dem Tun des seltsamen Menschen ist, daß er nie etwas anderes spielt als jenes Frühlingsrauschen. Er bringt nur dieses einzige Stück hervor. Er gibt keinen anderen Klavierlaut von sich. Und könnte es doch (da er dieses kann), wenn er nur wollte. Welcher Fluch lastet auf der beklagenswerten Kreatur, daß ihren Tasten tastenden Fingern alles zu Frühlingsrauschen wird?

Ich kann nicht genau bestimmen, woher der Klavierklang kommt. Jedenfalls aus einer Wohnstatt unter der meinen. Die rechts von mir hegt einen europabekannten Dichter, der nicht Klavier spielt, der nur die Leier schlägt, und dies mit Recht. Und links gibt es kein Quartier mehr. Erst zwei Stockwerke tiefer stößt das Haus an das Nachbarhaus. Über meiner Wohnung das Dach, drüber Dunst und Rauch, drüber atmosphärische Luft, drüber der reine Äther und über ihm, Brüder, muß ein guter Vater wohnen. Diese Gegenden kommen also nicht in Frage. Der Spieler sitzt tiefer, erdnäher. Vielleicht, wahrscheinlich, ist es eine Frau. Oder ein Irrer. Ein Geschöpf, durch schreckliches, durch süßes Erlebnis verfallen der Pièce ...

Warum, Unfaßbarer, immer nur das eine Stück? Warum niemals «Die Mühle im Schwarzwald»? Oder «Träumerei»? Oder «Blümlein traut, sprich für mich»?

Der Fall ist, wie immer betrachtet, problematisch. Es wird Leute geben, die sagen, er sei überhaupt nicht zu betrachten, er sei unbeträchtlich.

Aber ist das nicht gruselig, schmerzhaft, das Weltbild trübend, daß einer ein Klavier hat, spielen kann und seit acht Jahren niemals, niemals etwas anderes spielt als «Frühlingsrauschen»? Die Welt steckt gewiß voll Monomanen, z. B. Verdienern, die mit ihrem Geld alles mögliche machen könnten und doch mit ihm nichts machen, als wieder Geld verdienen, oder Liebenden, die ihre Phantasie jahrzehntelang zur Verklärung ein und derselben Gans mißbrauchen. Aber diese Traurigen expliziert zur Not das Wort: Leidenschaft.

Wie jedoch verstehe ich den musikalischen Dämon, der, in Menschenhülle gebannt, als einzige Nahrung die Butterblume kaut und wiederkaut?

Ich verstehe ihn ganz und gar nicht.

Er ist eine Pointe, zu der die Geschichte durchaus fehlt.

Sie hinzuzuerfinden, wäre leicht. Aber die Entwicklung geht ja dahin, den Leser von Bevormundung durch den Schriftsteller zu befreien. Dies ist wesentliche, vielleicht wesentlichste Forderung neuer Geistökonomie.

Der Eremit

Ich besuchte den Eremiten und fragte ihn ohne lange Faxen: «Wie werde ich glücklich?»

Er scheuchte ein Schwalbenpärchen aus seinem Vollbart, das dort nistete, und sprach: «Indem du den Wunsch, glücklich zu sein, aufgibst.»

«Das geht über meine Kräfte», sagte ich.

Der Greis lächelte. «Oh, mein Sohn, das ist das einfachste von der Welt. Wünschest du, ewig zu leben? Nein. Wünschest du dir, Weltmeister im Boxen zu sein oder Filmdiva oder Feldherr? Du wünschest dir das nicht, weil kein vernünftiges Wesen Wünsche hegt, die es als unerfüllbar erkennt. Es handelt sich also nur darum, einzusehen, daß du nicht glücklich werden kannst, damit du auch aufhörst, glücklich sein zu wollen. Ziele als unerreichbar erkennen und sich Mühsal der Wege zu ihnen ersparen: das ist aller praktischen Weisheit A und O.»

Ich warf ein: «Was ist es denn mit den Idealen?»

Er antwortete: «Gerade wer sie im Busen hegt, muß meine Lehre anerkennen. Nicht wahr, wer das Vollkommene ahnt, kann doch das Mittelmäßige nicht erstrebenswert finden?»

«Gewiß nicht.»

«Nun also! Die Mittelmäßigkeit scheidet als Objekt unseres Strebens aus, und das Vollkommene, weil es nie erreicht werden kann, ebenfalls. Unerreichbarkeit ist der erlösende Schönheitsfehler des Ideals – gepriesen sei er! –, der von der Pflicht, diesem nachzujagen, befreit. In meiner Jugend wollte ich Musiker werden. Bald erkannte ich, daß ich da zu ewigem Dilettantismus verurteilt sei. Ich ließ die Musik. Es erging mir in gleicher Weise mit den anderen Künsten, mit fremden Sprachen, mit Gelderdienen, mit sportlichen Übungen, mit der Liebe, mit hunderterlei Dingen, die in summa das Leben ausmachen. Überall stieß ich auf die hohe Mauer, über die es kein Hinüberkommen gab. Anfangs tat das weh, später hatte ich immer ein Gefühl großer Erleichterung, wenn die Mauer am Horizont auftauchte und mich legitimierte, umzukehren. Ich lernte, alles, was ich nicht verstand, und erst recht das, wozu mir jede verpflichtende Begabung fehlte, als Aktivposten in meiner Glücksbilanz zu buchen. Hat dir noch niemals eine Frau, die dir von ferne reizvoll schien, als sie näher kam, den behaglichen Schmerz, die angenehme Enttäuschung bereitet, daß sie es durchaus nicht war und du somit aller Plackereien als Wünschender, Werbender, die dir da drohten, mit einem Schlag ledig wurdest? Also auf diese Weise, das Unerreichbare als unerreichbar, das Erreichbare als zu gering ablehnend, wurde ich immer leichter, freier, heiterer. Noch quälte mich Bildungshunger. Ein Besuch in der Bibliothek des Britischen Museums befreite mich von ihm. Ich sah die unendliche Fülle der Bücher – wer könnte auch nur einen Bruchteil des zu Lesenden lesen, des zu Lernenden lernen? – und las nie eine Zeile mehr. Den größten Sprung zur vollkommenen Freiheit aber machte ich, als mir die Sinnlosigkeit des Denkens aufging, als ich erkannte, daß der Weg zu den Geheimnissen des Seins unendlich und das geringe Stück von ihm, das auch in angestrengtester Mühe zu durchdenken wäre, eine, wie die Mathematiker das nennen, ‹zu vernachlässigende Größe› ist. Seitdem denke ich auch nicht mehr, wie du ja meinen Reden schon entnommen haben wirst. Denken ist aller Übel Anfang und aller Zwecklosigkeit Inbegriff. Ein Mensch, der denkt, der durch Denken geistig zunehmen, also aus sich heraus etwas in sich hineinkriegen will, erscheint mir wie einer, der mit seinem Speichel seinen Durst zu löschen versucht. Noch übler sind freilich Menschen dran, die ihr ganzes Leben lang unter dem schweren seelischen Druck stehen, Gott ‹wohlgefällig› sein zu wollen. Rechtzeitig zu verspüren, daß man bei ihm unter allen Umständen durchfallen muß – ein Großteil der Menschheit glaubt deshalb, wie du weißt, an Seelenwanderung, also gewissermaßen an ein Repetieren der Klasse unter einem andern Klassenvorstand –, erleichtert die Daseinslast.

Merke: Mißgeschick, dessen du nicht Herr werden kannst, mußt du dir umdeuten, so zwar, daß dein Müssen weise Fügung wird. Das lernt sich rasch. (Es ist ja alles, glaube mir, einem alten, erfahrenen Einsiedler, Dialektik!) In diesem Punkt kann dir jene Seelenkunde, die deine Ängste als geheime Wünsche deutet, ungemeine Dienste leisten.

Aller besonderen Ratschläge und Fingerzeige aber kannst du entbehren, wenn du immer des Worts eingedenk bist, das ein großer indischer Kollege einem Schüler zur Antwort gab, der ihn auch, wie du mich, mit der Frage: ‹Wie werde ich glücklich?› bedrängte. Solcher Frage des Schülers erwiderte der indische Meister mit der wundervollen, das Problem wahrlich erledigenden Gegenfrage: ‹Was, o Knabe, hat der Mensch schon davon, wenn er glücklich ist?›»

Hier brach ich die Unterhaltung ab und gab dem Orakel eine Mark.

«Die Taxe ist zwei fünfzig», sagte es.

Ich äußerte Erstaunen über solche Habgier eines wunschlosen, beruhigten Philosophen.

«Geld», sagte der Eremit, «ist eine Sache für sich und hat mit Philosophie nichts zu tun. Über derlei einfachste Anfangsgründe der Weltweisheit dachte ich dich wirklich schon hinaus, mein Sohn.»

Semmering

Es wird niemanden interessieren, daß ich auf dem Semmering war. Das Ereignis ist so belanglos wie die Ermordung Kaiser Albrechts des Zweiten oder die Geburt einer Tochter im Hause Pollitzer oder sonst irgend was, was geschah, geschieht, geschehen wird. Außerdem ist der Semmering eines der bekanntesten ungarischen Komitate, und schwer fällt es, Neues über ihn zu erzählen. Die Poesie des winterlichen Berges aber hat Peter Altenberg – der Semmering gehört ihm – in dem Buch, das vielleicht sein schönstes ist, unvergleichlich zart widergetönt. Es ist reinste Übersetzung der Natur in Sprache. Stark und süß klingt da die Flöte, von Dichters und Berges Atem im gleichen Hauch zum Tönen gebracht.

Immerhin hatte ich einige Erlebnisse auf dem Semmering, nicht bedeutsam genug, um sie zu verschweigen.

Zum Beispiel die Pfütze. Auf dem kleinen Schlangenpfad hügelabwärts zum Hotel sperrt sie den Weg. Des Morgens ist sie von einem zarten durchsichtigen Eishäutchen verschlossen. Sie schläft, die Decke über sich gezogen. Wenn der Fuß nur leise an die Decke tippt, bricht sie wie Glück und Glas, mit einem ganz feinen silbrigen Märchenton: das ist Überwindung durch Gewalt. Wenn die Sonne ein wenig nur auf das Eishäutchen strahlt, vergeht es lautlos: das ist Überwindung durch Liebe. Im Effekt kommt es auf das gleiche heraus.

Dann ist das Kind da, ein etwa zwei Jahre altes Mädchen, diabolisch häßlich, dennoch voll übermütiger, jauchzender Daseinslust. Es läuft immerzu und fällt immerzu hin, muß hinfallen, denn mit dem ersten Schritt schon ist es aus dem Gleichgewicht und sein Laufen nur mehr ein Nichtstehenbleibenkönnen. Kaum hat man ihm auf die krummen Beinchen geholfen, läuft es wieder, stürzt sich immer wieder, unbelehrt, in den Strudel des Lebens. Unglückliches Mädchen, was harret dein! «Ein Teufel!» sagt die Mutter, indes ihre Miene spricht: ein Engel. Die Kinderfrau sieht mit falscher Freude und Zärtlichkeit dem Engelsteufelchen zu. Eines Tages fiel das Kind in die Pfütze und wurde von einem hübschen Liftjungen herausgeholt. Es troff von Schmutz und Tränen. Losgelassen, begann es sogleich wieder seine hoffnungslosen Sturzläufe. Die Kinderfrau dankte dem Liftjungen, aber der machte sich nichts draus. Da sagte sie: «Ekelhafter Fratz, kannst du keinen Augenblick Ruhe geben?!»

Nachmittags gehen alle in die Jausenstation, wo getanzt wird. Ich ging also vormittags hin. Es war niemand dort, nur die Klavierspielerin übte die Pièçen, die Trots und Shimmies, des Nachmittags. Sie war gar nicht mehr jung, ihr Spiel äußerst mangelhaft und das Piano auf den Tod verkühlt. Es tat mir leid, daß sie üben mußte, indessen draußen die Luft klang und leuchtete, von einem blitzenden Fächer bewegt, und die Sonne ein starkes Feuer hatte, daß aller Schnee, soviel seiner war, nicht reichte, es zu kühlen.

«Das Klavier ist verstimmt», sagte ich, um etwas Nettes zu sagen. Es machte jedoch keinen Eindruck auf sie.

Sie muß einmal sehr hübsch gewesen sein. Abends besorgte sie die Klaviermusik zum Kinodrama aus dem wilden Westen. Und da ich sie im verdunkelten Saal nicht sah, sah ich sie, wie sie gewesen sein mochte, als sie noch keine erfrorene Nase hatte und noch keine billige Brille darauf. Die Musik, mit der sie das Kinostück, frei phantasierend, begleitete, war erregend und gespenstisch. Liebe, Pathos, Rührung, aber von allem nur die Form ohne lebendige Substanz. Getrocknete Leidenschaft, verschrumpeltes Gefühl, Sehnsucht als Präparat, Plunder aus den Schubladen der Seele, der einmal feierlich war und glänzte. Die Herzkammern des alten Menschen sind Rumpelkammern.

Dann war der grausige Fund im verschneiten Walde. Ich trat in das dichte Koniferen-Geheg: dem Eintretenden bot sich ein schrecklicher Anblick. Unter verwesendem Nadelmüll eine alte ungarische Zeitung. Nichts Ungewöhnliches auf dem Semmering, gewiß, aber mich ergriff es doch, weil ich wenige Tage vorher den Film gesehen hatte: «Vom Baum zur Zeitung». Ein erschütternder Film. Er könnte auch heißen: «Von Stufe zur Stufe» oder «Vom Bäumchen, das andere Blätter hat gewollt», nicht mehr solche, die einmal im Frühjahr, sondern solche, die zweimal täglich erscheinen. Schicksal, Schicksal! Vor kurzer Zeit noch Tanne und heute ungarisches Tageblatt! Da lag er, der Wälder degenerierter Sproß, heimgekehrt zu den Vätern. Die Stämme bogen sich im Sturm wie heulende Büßer, und der Schnee knirschte.

Das stärkste Erlebnis aber war der Blick in den Nebel, der jedem Blick wehrte. Er kam in der Mittagsstunde, löschend alle Bergschrift von der Himmelstafel. Die Landschaft lag eingehüllt in graues Nichts. Aber die Seele, das Ewige ahnend, fühlte in *einem* Gefühl Nähe und Ferne, Endlichkeit und Unendlichkeit.

Die Orangenschale

Auf der Straße gab es zwischen zwei Männern Streit, in dessen Verlauf Worte fielen wie Strolch, Gauner, Tagedieb. Endlich kam auch jener Satz, der in allen Zungen zivilisierter Erde Sprachzeichen von unvergleichlicher Symbolkraft ist für Geringschätzung und jedes Gespräches Knoten so gut löst, wie der große Alexander den Knoten am Wagen des Königs Gordius gelöst hat (333 v. Chr.).

Nachdem dieser erfrischende Satz gefallen war, entfernte sich der eine Streitteil. Der andere konnte nicht folgen, denn er hatte keine Beine.

Diese nicht vorhandenen Beine gehörten einem Bettler, der, an die Hauswand gelehnt, auf der Straße saß und mit seiner fehlenden Beine Arbeit sich Lebensunterhalt erwarb. Er hatte ein cholerisches Temperament. Es empörte ihn, daß der junge Mensch Orangenschalen auf den Gehsteig warf, und er verwies ihm das mit heftigen Worten. So gerieten die beiden in Streit. Ich habe schon erzählt, wie sich das erledigte.

Vor dem aber, der kein Schlüsselloch einer Seele, an das ihn der Zufall führt, undurchlugt lassen kann, steht die Frage: Was denn eigentlich hat den Mann ohne Beine so erbittert? Woher seine Wut über die Orangenschale?

Die allereinfachste Erklärung wäre natürlich, daß die Orange als Symbol der Mutterbrust (kugelförmige Form mit kleiner Ausbuchtung oben) den Ödipuskomplex des Bettlers in Aufruhr gebracht habe. Gewiß hat er, als Wickelkind Zeuge des Liebeslebens zwischen den Eltern, einmal den Vater gesehen, wie er der Mutter eine Zärtlichkeit erwies, die sich dem Knäblein als Eingriff in seine Säuglingsprivilegien schmerzhaft ins Unbewußtsein brennen mußte, was dann Abscheu gegen runde, saftige Früchte überhaupt zur Folge hatte (Affektverkehrung). Ganz zu schweigen von einer Kreolin mit orangenfarbener Haut, die den Knaben in früher Jugend mißbraucht haben mag.

Aber diese Erklärungen wollen wir als zu billig und naheliegend ablehnen.

Vielleicht ist der Vorfall so zu verstehen: Der Bettler ohne Beine – kann sein, daß er deren Verlust der Unachtsamkeit eines Nebenmenschen zu danken hat – will die Beine der Vorübergehenden nicht gefährdet wissen. Seine Menschenliebe heißt ihn das Wegwerfen der Obstschalen rügen. Jedoch das gäbe eine allzu literarische Erklärung. Der unglückliche Krüppel, besorgt, daß die glücklichen andern nicht zu Krüppeln würden . . . das wäre eine Selbstlosigkeitsballade, wie sie im edlen Lesebuch, aber kaum im gemeinen Leben vorkommt.

Ihr Bestechendes hat die Deutung, daß der Mann sich ob der weggeworfenen Schale gar nicht aufgeregt, sondern nur die Gelegenheit wahrgenommen hätte, Monotonie seines Hierseins durch ein wenig Wortgeplänkel zu unterbrechen. Oder hatte er befürchtet, daß die Orangenschale auf dem Pflaster die Leute nötigen könnte, um seinen Sitzplatz einen kleinen Umweg zu machen? Bettel-Elend hat seine Streuung, in die das Mitleid geraten muß, soll es getroffen werden. Es hat seinen Aktionsradius und will sich den nicht verkürzen lassen.

Daß er die Straßenbeschmutzung peinlich empfunden hätte, die Verunreinigung seines Bureaus und Arbeitsraumes, hat wenig für sich.

Verführerisch hingegen ist die Annahme, den Armen

hätte die Orange als Luxussymbol erzürnt, und seine Wut über die weggeworfene Schale wäre nur Ablenkung jenes Zorns in eine andere Affektbahn gewesen. Seine Kränkung stürzte einfach durch die erste beste Türe, die ihr erreichbar, ins Freie. Aber lassen wir die Frage, warum des Bettlers Seele über die Orangenschale strauchelte, offen. Lassen wir den kleinen Vorfall, umblüht von psychologischen, sozialen, ethischen, kosmischen Perspektiven, ungedeutet. Da jedoch dergleichen Anlage um jeden Vorfall gebreitet ist, der sich im Himmel, auf Erden und zwischen ihnen ereignet, scheint die Frage nicht unberechtigt, warum gerade die Geschichte von der Orangenschale geschrieben werden mußte. Ach, was muß denn schon geschrieben werden! Es ist mein literarisches Credo, daß man eigentlich nichts schreiben dürfte, was nicht jeder Mensch noch eine Stunde vor seinem Tode mit Interesse und Teilnahme lesen könnte. Aber da bliebe nicht viel andere Literatur übrig als die Bibel und der Kurszettel.

Eines wäre noch mitzuteilen, nämlich: Daß ich nicht mit voller Sicherheit sagen kann, jener Bettler habe keine Beine gehabt. Es war schon ziemlich dunkel, als sich der Streit ereignete, und um die Orangenschale, den Orangenfresser und den Bettelmann stand eine Menschenmauer. Mir schien, er hätte keine Beine. Vielleicht aber hat er doch welche gehabt, was ich lebhaft wünsche. Für die Sache selbst ist es natürlich ganz gleichgültig, ob er Beine hatte oder nicht. Die Konklusionen sind gesetzt, die Prämissen haben sich ihnen zu fügen. Tun sie's nicht, dann werden sie – alle großen philosophischen Systeme halten es so – zu Hypothesen herabgesetzt, ohne daß sich an ihren Dienstverpflichtungen das Geringste änderte.

Es ist wie seinerzeit beim Militär, wenn einer nicht schwören wollte: er wurde doch ganz so behandelt, als ob er geschworen hätte.

Tiere

Der Wolf

Der Wolf geht rastlos auf und ab, das Gitter entlang, um das Wasserbecken herum, um das Wasserbecken herum, das Gitter entlang. Er scheint es nicht zu fassen, daß die Welt so enge Grenzen hat, er prüft unablässig, ob die Grenzen wirklich Grenzen sind. In seinem weichen Schritt klagt unerlöste Schnelligkeit. Die Gefangenschaft mag sein Wolfsherz weniger drücken, als daß er, der so laufen kann, nicht laufen kann. Er wird sterben an gebrochenem Tempo, wenn nicht zuvor der Messias kommt, der alle Käfigtore öffnet und spricht: Seid frei!

Stammgäste der Menagerie meinen, der Wolf streiche nur deshalb so ruhelos das Gitter entlang, weil er immer hoffe, die Zuschauer würden ihm was zu fressen geben. Aber wenn es selbst so wäre, wäre es vielleicht doch nicht so. Das mit der Gefräßigkeit der Tiere ist nämlich keineswegs so einfach, wie die Stammgäste meinen, sondern etwas sehr Rätselvolles und Dunkles. Den Hunden zum Beispiel, den Deszendenten des Wolfes, ist Fraß gewiß nicht nur Gierstillung, sondern auch Betäubung. Von dem Dackel «Krampus» weiß ich bestimmt, daß er sich befrißt (wie der Mensch sich besäuft), um über sein inneres Elend hinwegzukommen, um seine Leere zu füllen . . . nicht nur die des Magens. Er frißt mit resignierter, lustloser Unermüdlichkeit, als gehorche er einem Fluch, der auf ihm laste. Er frißt, als müsse er ein bestimmtes Quantum Fraß während seines Erdenwandels bewältigen, um der Erlösung teilhaftig zu werden. Wenn man herausbekommen könnte, was er gewesen ist, ehe er Hund wurde! Aber die Psychoanalyse geht leider nur bis zur Geburt des Individuums zurück. Die Traumata, die es in früheren Inkarnationen erlitten hat, läßt sie vorderhand noch unberücksichtigt.

Das Gürteltier

gehört zur Gruppe jener Tiere, die man sich nur in der Menagerie und nicht frei in der freien Natur denken kann. Es sieht aus wie in einem zoologischen Treibhaus gezogen, unwahrscheinlich und künstlich. Es hat Schweinsohren, kurze Füße und auf dem Rücken einen Panzer aus Knochenplatten. Die Naturgeschichte schreibt diesem Lebewesen ins Zeugnis: «Langsam, träge, harmlos und stumpfsinnig.» Trotzdem kommt es nicht in unseren Breitengraden vor, sondern in Südamerika. Da die Gürteltiere, wie gesagt, harmlos sind, hat man lange nachdenken müssen, bis man einen halbwegs reputierlichen Grund, sie zu jagen und zu töten, gefunden hat. Endlich ist man darauf gekommen, daß sie durch ihre unterirdischen Höhlenbauten die Wege für Reiter unsicher machen! Oh, *das* Vieh lebt nicht, das den Mörder Mensch in Verlegenheit bringen könnte.

Unser Gürteltier macht keineswegs einen trägen Eindruck. Es patrouilliert, wie die meisten Vierfüßler im Tiergefangenhaus, die Wände seiner Box unermüdlich ab, mit jener hoffnungslosen, sinnlosen, fiebernden Geschäftigkeit, die durch äußere Unruhe innere zu beschwichtigen trachtet. Lauter Elektras in den Käfigen der Vierfüßler!

Der Elefant

scheint über solche Haftstimmungen hinaus zu sein. Weil er ein Dickhäuter ist. Er hat wirklich was von einem indischen Weisen, in der Fülle seiner Gelassenheit, in der Gelassenheit seiner Fülle. Gleichmütig sieht er die Leute an, als wollte er sagen: «Ihr könnt mir alle ins Privatleben gucken, meine Lieben», und geht auf die Fiktion der Kinder, daß er sich gern altes Brot in den Schlund werfen lasse, mit onkelhafter Milde ein. Welche Bonhommie auf vier lederhäutigen Beinen! Wenn das ausgeglichene Tier, die Stirn in Falten gelegt, so hin und her spaziert, ist es, als ob der Elefant stumme Monologe halte, in solcher Zwiesprach mit sich Trost und Ruhe findend. In Nachdenken versunken, krümmt er manchmal mit dem Rüssel ein Fragezeichen, beantwortet sich die Frage selbst und setzt, gewissermaßen als Abschluß und Resultat des Denkprozesses, hinten einen schweren klatschenden Punkt hin. Ein Weiser.

Der Löwe

liegt heraldisch da, ohnmächtig und furchtbar. Ecce animal!

Der Fuchs

entpuppte sich beim näheren Hinsehen als zwei Füchse. Den einen sah man kaum, so dicht war er zugedeckt von dem anderen. «Schau, ein Fuchs», sprach die Mama. «Zwei», erwiderte das aufgeweckte Kind. Infolgedessen sagte die Mama: «Rasch, komm zum Dromedar!» Beim

Dromedar

sind solche Überraschungen (daß man eines übersehen könnte) weniger zu befürchten. Die Mama sagte «Dromedar», aber Dromedar heißt das einhöckrige Kamel. Das zweihöckrige, zu dem sie ihr Kindchen führte, heißt Trampeltier, der Dienstbote der Wüste. Ach, wie sieht unser Trampeltier aus! Zerlumpt und abgerissen, verwahrlost und schäbig. Von zehn Beschauern konnten neun die bittere Bemerkung nicht unterdrücken, daß sie da ein typisch österreichisches Kamel vor sich hätten.

Das wollige Fell hängt in Fetzen vom Leibe, Hautflächen von einem halben Meter im Durchmesser sind ganz nackt und kahl, auf den Schenkeln sitzen ein paar isolierte Haarstücke wie hingepickt. Ein trauriges Vieh. Auf Anruf reagiert es nicht; zu faul, mit dem Kopf zu schütteln, wedelt es nur mit dem quastigen Schweif ein fades «Nein». Es ist ein Tier für Christian Morgenstern. Er hätte dem Kamel vielleicht ein Nadelöhr hingehalten und es so näher zu sich herangelockt.

Überhaupt Christian Morgenstern. Auf Schritt und Tritt mußt du in der Menagerie seiner gedenken. Er hat das Lachen der nie lachenden Geschöpfe belauscht. Er hat das Übertier im Tier entdeckt. Er hat die Wissenschaft der Biokomik begründet.

Verkehrte Welt

DAS Leben ist mancherlei; unter anderem ein Gewebe, ein schwer verfilztes Gewebe von Ungerechtigkeiten. Der Weltenlauf ist geradezu ein amoralischer. Einmal ist das Laster oben, das andere Mal die Tugend unten. Der Schlechte, Rohe, Gemeine behauptet sich, der Brave wird geschunden.

Diese Zustände gehen seit langem empfindlichen Naturen auf die Nerven. Des öfteren schon bemühten sich Idealisten wie Praktiker, da ein wenig Ordnung zu machen, Ausgleiche zu treffen. Zu solchem Zweck wurden Religionen erfunden, insbesondere Religionen, die diesseitiges Elend zu einem Wechsel auf jenseitiges Wohlbehagen hinaufwerten. Aber seit meiner schlichten Entdeckung, daß das irdische Leben eben wegen seiner Endlichkeit einen außerordentlichen Seltenheitswert habe, wie er der Ewigkeit, die ja ewig dauert, nicht zukäme, und daß also wahrhaft versäumt sei, was in ihm versäumt würde . . . seit dieser Entdeckung hapert es bei meinem Leser mit den Tröstungen der Religion.

So bleibt als Zuflucht vor dem realen Leben, in dem die Gemeinheit siegt, nur noch die Dichtung, in der die Gemeinheit zuschanden wird.

Und der moralische Film.

Er, der Film, vermöchte in der Tat, für gesegnete Viertelstunden eine Welt vorzuzaubern, in der es Rechtens zuginge und ordentlich und wohlgefällig dem Sittengesetz in uns und dem gestirnten Himmel über uns, der seine Freude hätte, sich in solcher Welt zu spiegeln. Aber wie kläglich nützt der Film seine Macht der Entrückung in schöneres Sein! Er will bessern statt bezaubern. Erziehen statt genugzutun.

Zum Beispiel: «Im Sumpf der Großstadt.» In ihn geraten, geraten die Mädchen, nach kurzem schleißigen Glanz, in Elend und Schande. Solche Moralität wirkt nicht erhebend, denn sie kann es mit der Propaganda der Wirklichkeit nicht aufnehmen, die tausendfach lehrt, daß die Mädchen im Sumpf schön und rosig werden, seidig und wohlriechend. Noch als alte Damen schlenkern sie mit goldenen Retiküls ...

Der Film hätte es in seiner Macht, der beleidigten Seele jene Genugtuung an den Beleidigern vorzuträumen, die der gemeine Tag ihr weigert.

Und hierzu müßte man nicht einmal besondere Kinodramen erfinden. Um so beglückende Welt zu zeigen, brauchte der Kinomann sie nur, wie sie ist, zu drehen ... aber verkehrt!

Ich sah einmal einen Berliner Herrn am Ufer des kleinen Alpensees fischen. So einen mit dem Scheckbuch in der hintern Hosentasche, das die Wölbungen dort noch mächtiger sich wölben läßt. Neben ihm schnaubte sein Auto. Er trug ein Steirerkostüm, eine rotschwarz karierte Joppe, Schuhe von zermalmender Festigkeit, gebaut zum Treten und Zertreten. In den Schuhen, festgenagelt, stand die Form aus Lehm geballt. Die nackten feisten Knie und der feiste Schädel bildeten ein Dreikugelsystem, auf dem der ganze Kerl, horizontal gelegt, sich bequem rollen lassen müßte.

Dieser Gewaltige nun fischte. Stundenlang. Er fischte Fische, nein, Fischlein, Fischchen, oh, so ganz armselige, fingerlange, lächerlich magere Geschöpfe. Kein Gramm Fleisch an ihnen. Im Wasser waren sie gewissermaßen etwas, eine Bewegung, eine verflitzende, verfließende Ringelarabeske, ein Kreiselwellchenmittelpunkt, außerm Wasser waren sie gar nichts. Dutzendweise riß er sie in die schnöde Luft, zerschlug ihnen die Köpfe an den Holzpfosten und schleuderte die Toten auf einen Haufen ins Gras. Wenn er fertig war, nahm er die Fischleichen und warf sie ins Wasser zurück. Dann bestieg er das Auto, und Schatten des Geschäftes senkten sich über seine Stirn.

Da kam mir der innige Wunsch: es einmal umgekehrt zu sehen. Einmal den Fisch zu sehen, wie er dicke Finanzmänner angelt, sie eine Weile strampeln läßt, ihnen den Kopf knallend an das Holzpflaster schlägt, sie auf einen Haufen schleudert und dann wieder wegrudert, indes Schatten des Fischgeschäftes über seine Glotzaugen sich senken. Ich erinnere mich eines Bildes im Bilderbuch: der Hase, das Gewehr an der Backe, brennt dem davonlaufenden Jäger eines auf den Pelz. O tiefsinnige Konzession an das Kind als an das Wesen, dessen Rechtsgefühl von der Praxis der Welt noch nicht verwirrt ist. Aus einem Quell mystischer Ursittlichkeit springt die kindliche Freude an dem Hasen, der den Jäger jagt.

Und der große Swift, Ehre ihm, hat die Houyhams erfunden, die weisen Pferde, die den Menschen als Haustier halten. (Obgleich sein Geruch ihnen Übelkeiten erregt.)

Welche Aufgabe für den Film, die Welt zu verkehren, daß sie, in seligen Minuten der Kinoillusion, eben weil sie verkehrt läuft, richtig läuft! Zumindest im Film möchte ich einmal sehen, wie der Hund den Herrn prügelt, wie der Milliardär im Heizraum schwitzt und der Heizer auf Deck Shimmy tanzt, wie die Gans der Bäuerin Maiskörner in den Schlund stopft, daß sie eine fette Leber bekäme, wie der Filmunternehmer von seinem Statisten Vorschuß erbettelt und das Megaphon «Nein» brüllt, wie der Sträfling den Zuchthausdirektor wegen Frechheit in die Dunkelzelle schickt, wie die Schreibmaschine den Dichter klopft, und wie der sinnlos gepeinigte Mensch Gott vor seinen Richterstuhl zitiert.

Der Kapitän

Der Kapitän des kleinen Dampfers ist der Kapitän. Er ist aber auch der Steuermann. Er verkauft Fahrkarten und zwickt ein Loch in sie. Er hilft das Gepäck ans Land schaffen. Überdies gehört ihm der Dampfer.

Ein paar Haltestellen sind dem Schiffe Pflicht. An einigen – «Privatlandungssteg» sagt das Täfelchen – legt es nur an, wenn die Bewohner dort eine kleine Fahne hissen. Aus Coulance tut der Kapitän so.

Er steht auf der Kommandobrücke, das Steuerrad in harter Faust, und ruft durch das Sprachrohr hinab: «Vorwärts!» und «Stop!»

Im Bauch der «Helene» ist der Heizer tätig. Nachts, wenn «Helene» schläft, schimmert ein Licht durchs Kajütenfenster. Der Heizer wohnt im Schiff und bewacht es. Er schreibt Briefe oder liest Zeitung oder fettet seine Stiefel oder träumt oder döst nur vor sich hin oder hält Zwiesprach mit Gott, mit dem Teufel.

«Helene» hat ein Heck, einen Bug, einen Kiel. Alles hat sie, sogar eine Galionsfigur, einen hölzernen Triton mit Dreizack. Umwittert ist sie von dem kühnen, salzigen Wortschatz der Nautik. Sie hat einen Fahrplan und eine Flagge und ein Rettungsboot und kann pfeifen, und dem Kapitän klirrt ein Kompaß an der Uhrkette. Aber er brauchte ihn nicht einmal des Nachts; der gestirnte Himmel wär' ihm Wegweiser genug.

Der Kapitän ist fünfundfünzig Jahre alt. Er hatte eine Frau, die hieß Helene, betrog ihn, weil er ihr vertraute, ging unter, in die Tiefe. «Helene» steuert er nun mit harter Faust, kein blinder Passagier wird geduldet, ein verläßlicher Gefährte hütet ihr inneres Feuer und wacht wider die Gefahren der Dunkelheit. Im Frieden war der Kapitän Kapitän, ein richtiger Kapitän auf einem richtigen Schiff. Er war «Kapitän weiter Fahrt» der österreichischen Handelsmarine, und auf allen Ozeanen schrillte seine Befehlspfeife. Der Krieg und die Engländer erwischten ihn irgendwo in asiatischen Gewässern. Vier Jahre hockte er im Interniertenlager und träumte von Helene, die nicht von ihm träumte. Als er in die Heimat kam, war verschwunden, was er geliebt hatte: Helene, die österreichische Handelsmarine, Gin, der tröstende Schnaps, und das Meer. Das lag nun jenseits der Grenzen und der Möglichkeiten. Es war fort und fern, wälzte sich in fremdem Bett, spottete der verstorbenen österreichischen Handelsmarine. Gin gab es keinen.

Der Kapitän verfiel in Trübsal und schlechten Sliwowitz und lernte chauffieren. Eines Tages kam er an den schwarzgrünen, tief im Tal versteckten Alpensee. Dort faulte und rostete, außer Dienst, ein alter kleiner Dampfer namens «Franz Joseph I.». Der Kapitän kündigte seine Chauffeurstelle, blieb im Ort. Ein paar Dollar waren sein: die setzte er an den Kauf des verwitterten Kastens. Navigare necesse est. Ferner erwarb er den Dackel des Metzgermeisters und nannte ihn «Gin».

Den «Franz Joseph I.» aber taufte er «Helene II.». Der Kapitän weiter Fahrt ist nun Kapitän allerengster Fahrt. Vier Kilometer lang und drei Kilometer breit ist das Aquarium, darin der alte Seefisch sich tummelt. Es genügt ihm. Sein Leben hat sich nicht eigentlich verändert, nur, in geometrischem Sinn, «verjüngt». Es ist kleiner geworden, gedrängter, ein Bruchteil seiner natürlichen Größe, wie unter den Abbildungen der Lehrbücher steht. Alles ist noch da, Helene, Schiffahrt, Kapitänschaft, nur ein wenig anders, als es war. Aber das sind Nuancen. Fische springen im See, Menschen sind in ihm ertrunken. Wenn dicht verwebt und versponnen die Regenfäden überm Wasser hängen, nimmt das Auge keine Küste wahr, ins Unendliche läuft die graue Woge. Der Kapitän hat die Kappe mit dem goldgewirkten Anker fest auf die Glatze gedrückt, der Ozean singt im Aquarium, hinter dem Gespinst von Luft und Wasser wehen Ceylons Palmen.

So weit war alles gut. Bis das Motorboot des Sommerfrischlers kam. Das störte den Traum und zerriß die Illusion. Mit seiner Kielfeder zog es weiße Streifen über den See, strich ihn einfach durch. Es verriet die Entfernungen als Nähen. Eine seidene Phantasiefahne wimpelte vom Bug, der Mann am Steuer hatte eine Mütze mit doppelter Goldtresse. «Aladar» hieß das Boot. In koketten Schleifen schwärmte «Aladar» um «Helene II.» und flitzte ihr mit den Schnörkeln seiner leichten Lebensauffassung durch die Fahrbahn.

Der Kapitän haßte das Motorboot. Und liebte es.

Eines Tages wurde «Aladar» auseinandergenommen und verpackt. «Wir haben es ausprobiert», sagte der Besitzer, «und gehen nun ans Meer mit ihm.»

Dem Kapitän macht «Helene» keine Freude mehr. Er hat den Plan, sie anzustreichen, fallen lassen, die Galionsfigur einem Antiquitätenfälscher verkauft und die Fahrpreise erhöht. Er landet nur mehr, wo er muß. Vergeblich hissen die «Privatlandungsstege» das Fähnchen.

Er hat darauf verzichtet, Seemann zu sein, der Kapitän.

Denn «einmal stirbt die Sehnsucht doch», wie Peter Altenberg dichtete.

Das gute Essen

IM Wein liegt Wahrheit, im guten Essen Liebe. Der Betrunkene spricht, wie ihm ums Herz ist, der Begessene hat plötzlich ein Herz, das er früher nicht hatte. Nachsicht, Verstehensfreude, Lust zur Gerechtigkeit überkommen ihn. Brücken der Sympathie spannen sich ins Nahe und Weite, ein rosenroter Nebel verkürzt Entfernungen und verdeckt Abgründe, und der Mensch ist gut. Seine Zunge setzt die zugeführten Kalorien in Geschwätz um, anders als die Zunge des Trunkenen, die Inhalt verschüttet aus der vollen Schale des Bewußtseins und zum Vorschein bringt, was auf deren Grunde lag.

Die Gesetze der seelischen Wirkung guten Essens, die mit der körperlichen Hand in Hand (oder besser: Seele in Bauch) geht, sind rätselvoll und undurchdringlich, aber es gibt da immerhin ein paar stets wiederkehrende Grundtypen.

Panierte Schnitzel mit Gurkensalat, zum Beispiel, fördern die Entwicklung einer Art Gemüt-Klebestoffes, der die Tafelrunde zur symbiotischen Einheit verbindet. Mancher Esser spürt diese Einheit so stark, daß er das Bedürfnis hat, sie über die fliehende Speisestunde hinaus zu retten. Solcher Typus wird schon bei der Suppe von Menschenliebe heimgesucht, beim Braten hat er bereits alle Anwesenden zu sich geladen, beim Käse unverbrüchlichste Abmachungen für gemeinsam zu verbringende Ferien getroffen, und beim schwarzen Kaffee ist aus den Ferien schon das ganze Leben geworden.

Bekannt ist auch das Gegenstück zu diesem Typus: der pessimistische Gutfresser. Seine mürrische und bittere Stimmung entsteht durch sittliche Überkompensation des leiblichen Wohlgefühls. Dieser Typ fühlt durch sein Eßbehagen das moralische Gesetz in sich beleidigt und produziert, zwecks Genugtuung des Beleidigten, Trübsal. Er schämt sich, daß es ihm mundet, und hat die Tendenz, zu zeigen, wie schlecht ihm schmeckt, daß es ihm gut schmeckt. Fragt man ihn: «Wollen Sie Kompott oder Salat?», so erwidert er gallig: «Die Frage ist im Kommunistischen Manifest bereits entschieden» und nimmt beides.

Sehr merkwürdig ist eine andere typische Reaktion auf gutes Essen, die darin besteht, daß der Esser – ganz unvermittelt und ohne gereizt worden zu sein – zu verschiedensten Fragen, zu denen er gar keine Stellung hat, Stellung nimmt. Plötzlich, ohne daß eine Assoziationsbrücke ihn dorthin geführt hätte, sagt er etwa: «Die X. hat doch den schönsten Sopran von allen Konzertsängerinnen.» Es ist gar nicht wahr, daß die X. den schönsten Sopran hat, aber es ist auch gleichgültig; der Mann hätte ebensogut sagen können: «Sie hat den häßlichsten Sopran» oder «Sie hat den schönsten Baß». Denn nicht darauf kommt es ihm an, eine Meinung zu äußern, sondern nur darauf, *irgend was geistig zu kauen.* Hierbei erzeugt er eben Sprechgeräusche.

Ich erklärte mir anfangs solche Lust am Urteilen ohne Urteil, am Standpunkte-Fixieren ohne Standpunkt als eine Ausartung des durch gutes Essen gesteigerten Ich-Gefühls ins Pantheistische, als eine Variante von «Seid umschlungen, Millionen», als Folge erhöhter Vitalität, die ihre Überschüsse leichthin verausgaben will. Aber dann bin ich darauf gekommen, daß der wunderlichen Erscheinung ein einfacher psychophysiologischer Vorgang zugrunde liegt: ein schlichtes *Rülpsen des Gehirns.* Was so kuddelmuddlig drin herumschwimmt, wird von dem durch Fleisch und Süßspeise vermehrten Blutdruck nach außen und oben gerissen. Der Sprecher hat hierbei sichtliche Lustgefühle, wie sie gemeineren Naturen, nach gutem Essen, schon durch das gewöhnliche Aufstoßen, den bekannten singultus communis, bereitet werden.

Vor Weihnachten

NUN kommt bald Weihnachten. Man merkt das schon an Verschiedenem. Auf den Straßen liegen, in Haufen, geschlachtete Nadelbäume; getrocknetes Harz-Blut klebt an ihrer Rinde. Aus den Schaufenstern der Kunsthandlungen verschwinden die unzüchtigen Darstellungen, und die «Mitternachtsmette im Gebirge» erscheint.

Zwei zu zwei stapfen Bauern durch dicken Schnee dem Kirchlein zu, das Gebetbuch in schwieliger Faust. Der Weg, den sie schon gegangen sind, trägt die Spuren ihrer breiten Stiefelsohlen, aus dem Kirchenfenster fällt buttergelb ein Lichtstreifen über den beschneiten Pfad. Neben diesem, den Großstädter so ergreifenden Gemälde, hängen mancherlei Spezial-Weihnachten. Weihnachten des Leuchtturmwächters. Bahnwärters Christnacht. Kommerzienrats Tannenbäumchen. Weihnachten des Eremiten. Auf allen diesen Bildern tritt die Einsamkeitskomponente stark hervor. Es ist ja auch zur Weihnachtszeit, in der ein unruhvolles Bedürfnis nach Wärme und Anlehnung die Gefühle lockert, und der Schmelzpunkt, an dem sie in den Zustand der Liebe übergehen, tiefer liegt als selbst im Mai, es ist ja auch zur Weihnachtszeit besonders bitter, allein zu sein. Meine arme Freundin Elfriede, längst deckt Erde ihr zierliches Gebein, hielt auch sehr viel auf weihnachtlichen Zusammenschluß und wollte das liebe Zeremoniell des Festtages nicht missen. Dennoch geschah es am Abend eines vierundzwanzigsten Dezembers, daß sie keine andere Gesellschaft hatte als ihre beiden Hunde, die treue Dackelhündin Grete und den lebhaften Fox Rolph. Sie warteten in einem Nebenraum auf Einlaß in das Zimmer, wo das flimmernde Bäumchen stand und der Tisch mit den Gaben, zwei tannenzweiggeschmückten Knackwürsten. Elfriede setzte sich ans Klavier, Rolph und Grete auf die Hinterpfoten, und erst nach drei Strophen «Stille Nacht, heilige Nacht» durften sie zu den Würsten. Elfriede war aus Düsseldorf.

Eine Stimmgabel ist angeschlagen, eine Stimmungsgabel. Und die große Mehrheit weißer Menschen schraubt ihr Herz auf die gleiche Tonhöhe.

Die Kinderchen schreiben auf vierzeilig liniertem Papier Briefe an das Christkind, an das sie nicht mehr glauben, und beschließen die Schrift mit einem Tintenklecks wie mit einem Siegel holder Einfalt. Sie hegen die nicht unbegründete Befürchtung, «praktische Sachen» geschenkt zu bekommen, die man ihnen ohnehin kaufen müßte. Einige, von Neugier geplagt, stecken sich hinter die etwa vorhandene Hausgehilfin. Ist die Hausgehilfin hübsch, kann solches Verstecken hinter sie für das künftige Leben der Kleinen von großer Bedeutung sein. Sind sie doch im glücklichen Alter, in dem die Grundlagen der Komplexe gelegt werden, der seelischen Vexierbauten, die dann später einmal der Analyse so viel Anregung und Freude bereiten.

Indes also die Kleinchen von der Frage erregt sind: Was bekomme ich geschenkt?, sinnen die Erwachsenen der Frage nach: Was schenke ich? Oder eigentlich der Frage: Wo nehme ich das Geld her für Geschenke? Welch ein Friede wäre Weihnachten auf Erden und den Menschen ein Wohlgefallen, wenn zumindest die Erwachsenen gegenseitig sich das Schenken schenken wollten! Und einen Pakt schlössen, daß jeder nach seinen Möglichkeiten sich kaufe, was ihn freue und hierfür die Gesamtheit seiner Freunde – gefühls-kommerziell gesprochen – «erkenne». Allerdings: Geben ist seliger denn nehmen, sagt die christliche Lehre, dieser größte auf dem Gebiet irdischer Glücksspekulation je gewagte Vorstoß der Kontermine.

Nun kommt bald Weihnachten, und ein Golfstrom der Menschenliebe sendet warme Schauer über das frierende Land. Sogar die Presse kann sich dem innigen Gebot dieser Tage nicht entziehen. Sie rüstet die «Weihnachtsbeilage», das Weihnachts-Beilager für Literatur und Wissenschaft. In der Redaktion duftet es, zumindest metaphorisch, nach Fichtennadeln, Äpfeln, Wachskerzen und leuchtenden Kinderaugen, deren in diesen Tagen eine große Menge für die journalistische Arbeit verbraucht wird. Auch blasse, verhärmte Wangen sind in der kapitalistischen Presse zur Weihnachtszeit lebhaft gefragt. Am Luster aber hängt stumpfgrün das Gewirr der Mistelzweige, und wer unter ihnen den Chefredakteur trifft, darf ihn küssen.

Weihnachten ist das Fest der Überraschungen. Verloren geglaubte Söhne wählen gern den Weihnachtsabend, um plötzlich einzutreten, und ebenso richten es die Mitglieder des Vereins «Enoch Arden», die verloren geglaubten Ehemänner, womöglich so ein, daß sie am heiligen Abend ihre Frauen überraschen, wobei auch sie ihre Überraschungen erleben.

Übel dran zu Weihnachten sind die Menschenfeinde. An den Dämmen, die ihr Haß aufgerichtet hat, bricht sich das Meer von Liebe, das in diesen Tagen alle Küsten bespült, wo Christenmenschen und ihnen Assimilierte wohnen. Düster sitzen sie da in ihrer düsteren Isoliertheit und giften sich. Sind nicht auch sie unsere Brüder? Wie verhilft man ihnen zu einem relativ gemütlichen Weihnachtsabend? Tun wir was für sie! Menschenfeinden Freude zu machen, kann doch nicht schwer sein. Lassen wir sie hineinblicken in die Not der Glücklichen! In den Krieg des häuslichen Friedens! In die Langeweile der guten Ehe! In die Ehrgeizqual der Begabten! In die marternde Furcht der Angekommenen vor denen, die nachdrängen! In die klägliche Unfreude des Reichtums! In die trostlose innere Einsamkeit der Geselligen!

Festesahnung überall. Auch die Stimme der Natur, der treue Grundbaß zu all unseren Melodien, hat bereits ein unverkennbar weihnachtliches Timbre. Die Luft weht dämmergrau, als wolle sie helfen, die Geheimnisse, die alle Guten jetzt voreinander haben, zu verschleiern. Schnee ist auf die nahen Berge gefallen und bleibt dort in strahlender Reine liegen, aus Pferdemäulern dampft es wolkig, Weihrauch dem Winter, zwischen gefrorenen Ackerschollen beut das muntere Häschen sein Fell dem Rohr, und mit frohem Geschnatter kündet es die Gans, wie üppig schon ihre Leber den hohen Feiertagen entgegenschwillt.

Synkope

DER Mann, der hinter dem Schlagwerk der Jazzband sitzt, hält es durchaus mit den Schwächeren. Ein Freund der geringen, der unbetonten Taktteile ist er. Er tut für seine Schützlinge, was er nur kann, schiebt sie in den Vordergrund, rettet sie, mit markigen Schlägen den Rhythmus teilend, wenn sie in diesem untergehen wollen. Etwas Justamentiges, Revolutionäres ist in seinem Getrommel. Gegen den Strich trommelt er.

Sein Schlagwerk hat es sich zum Gesetz gemacht, dem rhythmischen Gesetz nicht zu folgen, dem die brave Geige und das brave Klavier bis zum letzten Hauch von Darm und Metall gehorchen. Es tut, was es will, zigeunert durch die Zeitmaße. Wenn die anderen vier Tempi machen, macht es fünf.

Ich kannte einen Jazzbandspieler, der schlug auf das gespannte Fell sieben Synkopen in den Viervierteltakt und verrührte sie drin, mit Hilfe der kleinen Trommel, wie man ein Ei in die Suppe verrührt. Er hatte eine Hornbrille, sprach das reinste Südamerikanisch, warf die Schlegel in die Luft und klopfte indes, ihr Herabkommen lässig erwartend, seinen Part mit den Füßen. Die Instrumente genügten seinem Klangbedürfnis nicht. Er schlug mit beiden Stäben auf den Klavierrücken, auf den Fußboden, auf den eigenen Kopf, auf das Weinglas; alles ward ihm Trommel, Schallgelegenheit. Er stäubte unregelmäßiges Geräusch von sich, wie ein Hund, der eben aus dem Wasser kommt, Tropfen. Er schneuzte sich in Synkopen. So entlud er sich, ein Glücklicher, aller Unzufriedenheit, die in ihm war, und förderte doch, ein Musikant, durch seinen Widerspruch die Harmonie, der er diente.

Die Synkope ist Salz und Würze der zeitgerechten Tanzmusik. Und nicht nur der Tanzmusik. Die Synkope ist ein Symbol unserer widerspenstigen Tage, das Symbol einer aus dem Takt geratenen Welt, die doch nicht aufhören kann und mag, in Brudersphären Wettgesang zu tönen.

Es macht sich allenthalben lebhafte Bewegung zugunsten der unbetonten Taktteile merkbar. Die Akzente verschieben sich, schwanken, stürzen.

Die kleinen Leute haben auch schon was mitzureden. Sie behaupten obstinat, daß sie da sind.

Der Rhythmus, nach dem die Himmelskörper kreisen, ist nicht so unverbrüchlich fixiert, wie wir dachten. Die Einsteinsynkope hat ihn auf ziemlich irritierende Weise gelockert.

Die Wissenschaft von der Seele legt auf das vom Bewußtsein nicht Betonte den gewichtigsten Ton. Die

Maler nehmen den Akzent vom Sinfälligen der Erscheinungen fort und legen ihn auf das Wesentliche.

Die Stückeschreiber liefern Stücke mit mehreren beweglichen Schwerpunkten, the syncopated drama.

Die Romanschriftsteller lassen die Kapitel ungeschrieben und schreiben das, was zwischen den Kapiteln steht.

Die Affekte werden, unter Obhut der Psychoanalyse, verschoben. Die Ware wird verschoben. Das Geld wird verschoben. Vom Sinn des Lebens ganz zu schweigen.

In der Hotelhalle sitzen die Damen und duften. Der Akzent des Gewandes ist dort, wo es nicht ist. Der Rhythmus des Kleides wird durch die Betonung der Nacktheit synkopiert.

Frau Goldstein spielt mit Herrn Goldstein taktvoll die Ehepièce. Der Ton aber liegt auf dem Skilehrer mit den eisblauen Augen. Ehen ohne Synkopen gab es vielleicht zur Walzerzeit.

Die Musik der Sphären wird von einer Jazzband besorgt. Und der Mensch muß ganz neue Schritte lernen, wenn er zu ihr mit Grazie tanzen will.

Dampfbad

WIRKLICHKEIT ist nichts, Einbildung alles, Zentralafrika weit und Dampfbad was Wundervolles.

Mittendurch geht der Äquator. Feuchte Hitze. Die Luft ist dunstig, verwischt alle Konturen, gedämpft jeder Laut. Auch das in nächster Nähe gesprochene Wort klingt von weit her, unwirklich, halb und flach, wie gerade noch knapp entronnen der Unhörbarkeit. Du bist in den Tropen. Gut verborgen zischt die vielgewundene

Schlange des Dampfrohrs, aus weißer Wolke prasselt Sturzflut warmen Regens. In der Ferne heult ein Löwe. Es klingt wie: «. . . die Ehre, Herr Generaldirektor.» Die Menschen, wie das in diesen Klimaten üblich, gehen nackt oder nur mit einem schmalen Schamtuch bekleidet. Ihr Breitegrad ist erheblich. Es sind durchaus Individuen männlichen Geschlechts. Die Weiber hocken wohl daheim in der Bambushütte, rösten den Maiskolben oder stauben die Kriegstrophäen ab.

Um das Becken des Warmsees sitzen Schweigende, offenbar eine Priestergruppe, hingegeben irgendwelchem Rituale. Unbeweglich hängen die Füße ins Naß, angeln nach ihrem Spiegelbild. Auf die Köpfe klatschen in rhythmischem Fall Tropfen Wasser gewordenen, dem Wasser entstiegenen Dampfs, vollendend den Kreislauf.

Wenn ich in das Heißwasserbassin steige, muß ich zwangsläufig an «die Jüdin» denken, nicht an die, an die ich sonst zwangsläufig denken muß, sondern an die von Halévy, an das unglückliche Mädchen, das der harte Kleriker, nicht wissend, es sei die eigene Tochter, in den Kessel voll kochenden Wassers werfen ließ. Vierunddreißig Grad sind schon eine Zumutung, die die Haut nur schwer erträgt . . . wie furchtbar weh müssen hundert Grad tun. Und dabei singt sie noch.

An Marter denkt auch, wer sich auf die Steinbank streckt, ausgeliefert den Vollziehern der Hygiene. Massage bietet zwiefachen Genuß, wenn du dir mit aller Einbildungskraft vorstellst, auf der Folterbank zu liegen, unterworfen dem peinlichen Verfahren. Es ist, als ob ein Engel seine Astralhand zwischen Henker und Opfer hielte. Liebliches Wunder! Du spürst den Schmerz . . . aber der Schmerz schmerzt nicht.

Ein behaglich stimulierendes Marterinstrument ist auch die «Eiserne Jungfrau», die den, der sich von ihr umfangen läßt, hundert spitze Wasserdolche in die Epidermis sticht.

Die Dampfkammer aber, die ist wie ein Vorhof zur Unterwelt. Hier lösen sich die Kadaver aus der Form, erfahren gleichsam eine erste Zurichtung fürs Schattenreich. Die Erscheinungen zerfließen gespenstisch. Keine hat Kopf oder Füße, nur Bäuche geistern durch den Nebel, trotzen, Symbole der Erdgebundenheit, am längsten der Vernichtung. O Bauch, herrische Trommel, rufend zu Lust und Streit, bestimmend den Takt der Welt und all ihrer Kriegsmusiken seit Urbeginn!

Sonderbar sind nackte Kulturmenschen. Man kann sie sich nicht denken, ohne an den Anzug zu denken, in den sie gehören, und von dem sie für eine Stunde beurlaubt sind. Wie abgehäutet sehen sie aus in ihrer natürlichen Haut. Wie herausgeschälte Kleiderkerne.

Wenn du schwankst, in welches Theater du gehen sollst, geh ins Dampfbad. Es ist billiger und gibt geistige Anregung, Sinnenfreude, Phantasiebeschwingung. Außerdem ist es ein Inbegriff praktischer Lebensweisheit. Denn durchgeknetet sei der Mensch, abgebrüht und kalt geduscht. Oder auch: mens sana in corpore sano, wie überm Tor des Dampfbads zu lesen ist.

Im Vorüberfahren

Das Auto fährt nicht rasch, Dreißig-Kilometer-Tempo. Einen halben Kilometer also in der Minute.

In solcher Minute macht die Kamera des Auges viele

Aufnahmen. Manche lohnten es vielleicht, daß man sie einer Dichterei zum Entwickeln gäbe. Ein halber Kilometer ist lange Zeit, die Minute ein unendlicher Raum, und das Nichtsgeschehen, bis zum Platzen voll von Möglichkeiten des Geschehens, über alle Maßen dramatisch.

Zum Beispiel ist es schon sehr aufregend, wenn sekundenlang kein Tier oder Mensch auf der Landstraße daherkommt, obgleich doch so viele daherkommen könnten. Dieses animalisch Leere des Gesichtsfelds hat etwas, das dein Herz beunruhigt. Erscheinung, die noch nicht da ist, zerrt an der Angel.

Dann taucht plötzlich ein Mann auf am Straßenrand und sieht sich nach dem Auto um, vorbei, vorbei, und die Schnur seines Blicks spannt sich immer straffer, wird immer dünner, reißt endlich ab. Gott weiß, was alles für Ströme durch diese Schnur gelaufen sind!

Ein Hase springt aus dem Feld, will über die Straße: er ist verloren. Im allerletzten Sekundenteilchen kann er den Lauf noch bremsen, für einen Augenblick hält er am Fleck, platt von Todesangst, dann kehrt er um, verschwindet im schützenden Gras. Dort hockt er jetzt, und sein Hasenherz schlägt gewiß so heftig, als hätte es dem Motor den Takt abgenommen.

Wir überfuhren einmal einen Hasen, es ist schon lange her, aber sein Jammerschrei, als ihn die Kotflügel des Todesengels streiften, hat ein unverwischbares Engramm (Semon: «Die Mneme») in meinem Organismus hinterlassen. Der Chauffeur stoppte, nahm den Schwerverwundeten bei den Hinterläufen, zerschlug ihm den Kopf am Kilometerstein (auch ein einprägsames Geräusch) und warf den Leichnam in den Werkzeugkasten. Wir übernachteten dann irgendwo, wir, der Herr, die Dame und ich, und des Morgens war mein erster Gang zum Wagen. Als ich, von einem kribbligen Unbehagen gestichelt, um den Werkzeugkasten schlich, kam sie, ganz in der gleichen kleinen, vielleicht nicht ganz lustlosen Not und Nötigung, ans Auto, und obgleich wir unbefangen nur guten Morgen sagten und kein Wort über den Hasen, fühlten wir uns doch einer vom andern ertappt, bei einer Schwäche, einer zweideutigen Empfindsamkeit, einer Heimlichtuerei der Nerven überrascht. Wie zwei Blicke, die sich durchs Schlüsselloch begegnen, beschämt und beschämend! So begann es. Wie alle Liebe und wie die griechische Tragödie: mit einer Schuld, für die man nichts kann.

Auf der Bank, am Flußufer drüben, sitzen zwei Menschen, Mann und Frau, und warten, daß es Abend wird, und altern. Vielleicht ist er ein schlechter Kerl und sie ein boshaftes, geldgieriges Weib. Vielleicht heißen sie Philemon und Baucis. Vielleicht denken sie was Tiefes, Gottnahes. Vielleicht denken sie gar nichts, bewegen nur mechanisch die Zehen im Stiefel. Ihr Schicksal bekümmert mich nicht, und doch spüre ich wie Versäumnis und Entgang, daß sie mir nur Figuren bedeuten, Püppchen am Straßenrand. Wie sieht das Leben aus, das sie spielen? Möchte die Frau den Mann schon tot haben, oder scheuert ihr der Gedanke an so was das Herz durch? Reift der Krebs in ihrem Unterleib, indes sie denkt: Was koche ich morgen? Das Laub der Bäume zischt, wenn unser Auto vorüberkommt. Sch ... sch ... sch ..., wie die Kinder, wenn sie Eisenbahn machen. Eine kleine Barfüßige läuft dem Wagen nach, bewegt von seiner Bewegung. Sie spielt mit der Schnelligkeit, möchte sie greifen.

Hügeloben halten ein paar furchtsame Häuschen, als wären sie vor dem Auto dort hinaufgeflüchtet. Im Weizenfeld steht der Tod mit der Sense, als Bauer verkleidet, und stiert dem eilenden, enteilenden Leben stumpf und teilnahmslos nach. Ein Heuwagen begegnet uns, der Kutscher schläft, aber die Pferde ziehen den Wagen, ohne daß es sie wer geheißen hätte, seitwärts. Sie haben einen leeren, wurschtigen «Im-Dienst»-Ausdruck in ihren Basedow-Augen und blicken gar nicht auf, da es ihnen ja ohnehin verboten ist, mit den Passanten zu sprechen. Ein Kerl mit Stock spaziert vorüber, ein Wanderer sozusagen, der, wie die Pferde, uns keinen Blick gibt. Es macht den Eindruck, daß er die Menschen nicht leiden mag und Martin heißt. Sein Schritt und seine Haltung sagen: Geh an der Welt vorüber, sie ist nichts. Ach Gott, Martin, wenn du glaubst, daß das jemand imponiert! Die Welt geht an dir vorüber, du bist nichts.

Im Staube liegt eine leere, zerbeulte Sardinenbüchse, silbrig glänzend wie Schuppen des Fischs und besonnte Meereswelle. Trotzdem behauptet der Chauffeur, die Leute legten absichtlich das Zeug auf die Straße, damit die Autoreifen sich daran wund schnitten. Eine Tafel zeigt «Zum Wasserfall». Wasserfälle liebe ich nicht. Sie haben so was Pathetisches, Geschwollenes. Als wenn die Natur deklamierte.

Auf dem Kurven-Ast jenseits der Wiese läuft ein Auto. Gleich wird es da sein. Sprungbereit spannt sich die Pupille, in der Sekunde des Begegnens möglichst viel Beute zu raffen. Eine Frau sitzt allein im Wagen, schmal und anmutig. Ein staubgrauer Schleier weht wie Rauch aus ihrem Haar, die Züge sind nicht deutlich zu sehen. Aber für die Dauer eines Sekundenteilchens fängt das

Auge die Welle ihres Blicks, der nackt ist und voll Geheimnis, verhüllt und schamlos, feindlich und bereit. Gott und Tier funken aus ihm und wecken Hunger in der futtergierigen Seele. O Königin, manchmal hat man die Empfindung, daß unter gewissen Voraussetzungen und Umständen das Leben doch relativ schön sein könnte.

Aber recht, trotzdem, hat natürlich Martin.

Der närrische Knecht

DEM Bauern nebenan dient ein Knecht, der aussieht wie eine Figur von Tolstoi. Nicht nur weil er einen Bart hat, langes strähniges Haar und eine slawische Breitnase, sondern auch weil er Augen macht wie ein primitiver Heiliger, um Vergebung blinzelnd, daß er vorhanden sei und mit seinem Gewicht auf Mütterchen Erde drücke. Schwer und langsam ist sein Schritt, und die Bewegungen, mit denen sein arbeitender Arm die Luft durchschneidet, sind so, als wäre die Luft zäh und hinge sich klebrig an den Arm, der sie teilt.

Geht aber jemand auf der Straße, die an den Acker grenzt, vorüber, so nimmt der Knecht die Mütze ab, hält sie in beiden Händen wie Opfergabe vor sich hin und verneigt sich tief. In solcher Stellung verharrt er, solange der Passant im Gesichtsfeld bleibt, und schaust du dich, schon fern, nach ihm um, so steht er noch immer unbeweglich da, das Opfer der Mütze reichend, Haupt und Rumpf wie in Frömmigkeit gebeugt.

Eine Bettelgebärde, wie man glauben könnte, ist das nicht. Es fehlte auch die technische Möglichkeit, dem Mann etwas zu schenken. Er steht mitten im Feld, viele

Meter weit weg von dem Wanderer, den er grüßt. Sein Gruß scheint gar nicht Gruß, sondern eine Art von Andacht. So stehen die Bauern, von schiefer Sonne beleuchtet, auf den Stimmungsbildern, die «Abendglocken» heißen oder «Angelus».

Dieser seltsame Knecht hat seit vielen Jahren kein Wort gesprochen. Er ist ein Trottel. Nicht in dem Sinn, wie wir das Wort gebrauchen, wenn wir von lieben Freunden und Bekannten reden, sondern in des Wortes ganzer pathologischer Richtigkeit. Vom Menschen hat er die Statur, das Aussehen, die Tracht. Sonst scheint er eher ein Haustier, das auf Zuruf kommt und geht. Er weiß von nichts und will von nichts wissen. Weite Räume trennen ihn von der Zeit, in der er ist, weite Zeit liegt zwischen ihm und allem rings um ihn. Seine Augen, hell wie Wasser, spiegeln gleich diesem die Dinge, und in solcher Spiegelung besteht wohl sein ganzes Verhältnis zu ihnen. Er wohnt in seiner Trottelei als in einer Wolke, wunschlos, undurchsichtig. Zum Geräusch der Welt trägt er keinen eigenen Klang bei, aber dieses Geräusch wäre doch nicht, wie es ist, wenn er nicht wäre. Er ist ein prinzipielles Stück Leben.

Doch wie kam er zu seinem merkwürdigen Gruß? Die Leute können darüber keine Auskunft geben. Er grüßt so seit dreißig oder mehr Jahren, kein Mensch hat es ihn gelehrt, es fiel ihm in die Seele und schlug dort Wurzel und ist nicht mehr aus ihr hinauszubringen. Ich kann mir seine Marotte nicht anders erklären, als daß er, durch seine geistige Trübung gesichert vor allem, was sonst Sterbliche bedroht, lockt und vor unlösbare Probleme stellt, daß er also dumpfes Empfinden des Mitleids mit den Mitmenschen hat. Er, der Gerettete, grüßt in Demut die dem furchtbaren Leben Ausgelieferten.

Ganz dunkel aber bleibt dieses: Warum beugt er sich *nur vor den Gutgekleideten*? Und übersieht die Leute in gemeiner Arbeitstracht? Sind sie ihm vielleicht, wie das Vieh, das um ihn weidet, wie Baum und Bach, ein wohlbekannter Teil der Landschaft, deren Teil er ist? Aber er grüßt auch die fremden Strolche und Vagabunden nicht, die vorüberkommen, außer sie tragen ein Tenniskostüm. Besitz imponiert ihm offenbar, obschon er ein vollkommener Trottel ist. Oder vielleicht eben deshalb?

Die Tauben von San Marco

EINEN «riesigen Festsaal mit Marmorparkett» nennt Griebens Reiseführer, nun schon in der sechsten Auflage, den Markusplatz. Also wird er das wohl sein.

Das ganz Besondere dieses Saales steckt in dem, was ihm zum Saal fehlt: im Plafond, den er nicht hat. Sein Fehlen gibt der Schwere Leichtigkeit, dem Strengen Anmut. In der Luft, die sie umspielt, löst sich zaubrisch der Steine steinerner Ernst.

Daß der Himmel die Decke abgibt, ist die wahrhaft himmlische Pointe dieses Festsaals und unterscheidet ihn sehr vorteilhaft etwa von den Sälen des Dogenpalastes, die bis zur Decke, und insbesondere an dieser, voll sind von lauter Robustis und Caliaris (bekannter unter den klangvollen Spitznamen Tintoretto und Veronese). Diese venezianischen Meister entwickelten eine Produktivität, die der größten Wände spottete (der alte Palma war auch nicht faul), und hätte der Markusplatz eine

Decke, so wären wir heute gewiß um etwa zehntausend Quadratmeter Tintoretto und Veronese reicher. Er hat aber keine. Die wechselnden Farben des Himmels leuchten und dunkeln über ihm, man muß sich nicht das Genick verrenken, um ihre Schönheit zu genießen, und ringsherum ist, von den Bildern in den Kaufläden abgesehen, gar keine Malerei, sondern lauter Architektur. Rechts die alten, links die neuen Prokurazien, wenn man sie verwechselt, macht es auch nichts, im Osten geht strahlend die Markuskirche auf, und die Wand im Westen hat der Baumeister mit genialischer Frechheit so hingestellt, daß sie den Platz einfach zumacht. Der Decke, die dem riesigen Festsaal fehlt, danken wir auch die Tauben, die ihn und den Fremdenverkehr so prächtig beleben. Mit den Tauben, ganz im allgemeinen, ist das eine eigentümliche Sache. Man verzärtelt und man frißt sie, man fühlt und man füllt sie, sie sind das Symbol der Sanftmut, des Friedens, der Liebe, und man tötet sie, wettschießend, zum sportlichen Vergnügen. Die Tauben von San Marco drücken über diese Gemeinheiten des Menschen ein Auge zu und verkehren mit ihm in herzlichster Unbekümmertheit. Es sind sonderbare Tiere, denen vor gar nichts graust. Sie setzen sich den widerwärtigsten Gesellen und den häßlichsten Weibern auf Schultern und Haupt und lassen sich mit ihnen photographieren. Sie verstehen jede Kultursprache, außerdem auch Sächsisch. Sie selbst geben keinen Laut und, wie es scheint, auch sonst nichts von sich, so verlockend es für sie sein mag, wenn sie auf dem Schädel solch eines strammen Reisebruders sitzen, der sich nicht an die Wimpern klimpern und auf den Kopf machen läßt, eben dies zu tun. Täten sie so, auch dann bliebe es noch immer rätselhaft, daß nicht tagtäglich eine Campanile aus Taubenguano auf dem Markusplatz wächst.

An dem sonnigen Septembervormittag, an dem ich die Freude hatte, die Tauben von San Marco zu beobachten, waren dort ihrer dreißigtausendsechshundertundvierzig Stück versammelt, ein paar Sonderlinge, die allein auf der Piazzetta spazieren gingen, nicht mitgerechnet. Plötzlich flogen alle mitsammen auf und flatterten in großen, schiefen Ellipsen stürmisch rauschend über den Platz. Und als sie zu Boden gingen, ein gewaltiger weicher Wirbel von Blau und Weiß und Grau, war es, als ob sie aus der Luft geschüttet würden, so dicht fielen und lagen sie zuhauf übereinander. Das, die Ellipse und den Wirbel, wiederholten sie dann noch mehrmals, ohne Anlaß oder Nötigung, als Produktion oder aus sportlichem Übermut oder irgendwelchem geheimen Taubenritus gehorchend.

Wenn es dunkel wird, beziehen sie Quartiere in den Rundbögen der Markuskirche, und wo immer die Fassade überdachten Platz bietet. Dort hocken sie müde, schweigsam, aufgeplustert, nur manchmal fliegt eine ein paar Ellipsen, vielleicht im Traum, vielleicht durch das Aufblitzen der Bogenlampen zur Meinung verführt, es sei schon Tag und der Dienst beginne.

Aber der Photograph von San Marco bringt das Paradiesische der Gruppe: Mensch und Tier zustande. Er schüttet dem Individuum, das sich, einen Ausdruck unbeschreiblich blöder Süße im Antlitz, seiner Platte stellt, Taubenfutter ins Haar. Die guten Tiere gehen auf den Vorschlag ein und holen sich Körner aus der Frisur. Es ist Fraß und sieht aus wie Idyll. Der Mensch hält den Atem an, rührt sich nicht: siehe, ich bin ein Futternapf! So lockt man die Kreatur, nicht nur die Tauben von San Marco, nahe, ganz nahe, stimmt sie zutraulich und kann sie streicheln oder ihr den Kragen umdrehen, je nachdem man gerade mehr zum Idyllischen oder zum Praktischen neigt.

Die großen Boulevards

EINS, zwei, drei, im Sauseschritt läuft die Zeit ... Lichterloh brennt das Leben oder was man so heißt, angefacht von den Blasebälgen Kommerz und Vergnügen, durch das breite Bett der Straße stürzt die Stadt Welle auf Welle, immer ist Sturm, hier kann niemand stehenbleiben (auch die Zeit nicht, das begreift man), er würde fortgeputzt vom Benzin, das Flecke wegbringt und vom Fleck bringt, und dessen Tag des Ruhms (werfen Sie nur einen Blick in den salon de l'automobile) gekommen ist, kurz wie der Frühling sind die Röcke, der Stab des Polizisten, ein weißer Riesenzeigefinger, macht das Auto-Meer stocken, hastig durcheilen Kinder Israels und anderer Ahnen die sichere Furt, aus den gestauten, gedrängten Kolonnen der Pferdekräfte bellt, schreit, gröhlt es ungeduldig mit hundert Hupen, wie vom Rennstart springen die Wagen, dürfen sie wieder, los, «L'Intran!», «Paris le soir!», rechts sind Bäume, links sind Bäume, um die meisten windet sich metallische Wand, und auch in dem diskreten Raum, den sie umschließt, strömt das Leben ohne Unterlaß, Schrift und Zeichen glühen von Dächern und Mauern, feurige Pfeile, Sterne, Räder, Trompetenstöße ins Auge, Menschenmassen, Wagenmassen, die Straße, so viel bewegt, scheint selbst in

Bewegung, eine Riesenschlange, hingewunden über Kilometer, Lebendiges, mehr als sie fassen kann, schlingend, schluckend, würgend, Menschengewimmel, Wagengewimmel, in Fäden aufgelöst, zu Knäueln geballt, umgequirlt von einem luftfarbnen Löffel zur kochenden, brodelnden Großstadtmasse, attention!, blauweiß-grün-rote Lichtaugen öffnen, schließen sich, zwinkern heran, auf, zu, auf, zu, vom Menschenstrom fließen Strömchen ab in die Schächte der Metropolitain, «Paris Sport!», Flamme schreibt in Zitterbuchstaben auf ein Dach, daß Monsieur Doumergue eine Rede gehalten hat, daß es morgen regnen wird, daß in Mexiko . . ., daß in China . . . und noch andere Dinge aus der fernen Welt, die nirgendwo näher liegt als bei Paris, vom Zeitungshaus schmettert der Radiotrichter Musik, mit Menschen und Stühlen, enggereiht, quellen die Caféhäuser breit ins Freie über, die Frauen sitzen lässig, konziliante Beine gekreuzt, Fairbanks, glühlicht-umfunkelt, zeigt, auf gewaltiger Affiche, sein herrliches Gebiß, jeder Zahn ein paar Dezimeter hoch (spectacle permanent von zwei bis Mitternacht), den Arm um des Mädchens Taille wandelt der Jüngling mit Apachenmütze durch verachtetes Bürgergewühl, die närrische Zeitungsverkäuferin singt Fistelkoloraturen um ihre Zeitungstitel, «Citroën» rollt hoch oben gigantische Feuerlettern, für fünfhundert Franken im Monat bekommst du schon ein Wägelchen, Schokoladeeis in Stanniolpapier reicht der Weißbeschürzte durch das offene Barfenster, «Paris Times!», die Gemüsewagen rücken schon an, von seltsam fremdartigen, langsamen, schweren Maschinen gezogen, sogenannten Pferden, der Mond steht am Himmel, aber er scheint nur in die Nebengassen, durch den roten Brodem der Boulevards kommt er nicht durch, in den Buden, wo von zwei Erdteilen hergewehtes Zeitungspapier bunt gestapelt liegt, bauen sich kleine Türme «Paris Soir», dritte Ausgabe, frisch vom Herd, noch ist die zweite nicht kalt geworden, ein Mensch wird überfahren, das kommt vor, Paris ist nicht wehleidig, daß hier Tag um Tag etliche nicht nur so, sondern auch in des Wortes Sinn unter die Räder kommen, das sind Spesen, die im Betrieb keine Rolle spielen, «Ta gueule!» schimpft der Chauffeur zum schimpfenden Passanten, den er fast niedergestoßen hat, fast, denn herrlich ist die Geschicklichkeit, Flinkheit, Sicherheit der Benzinkutscher, wurmgeschmeidig windet sich die tausendgliedrige Autokette, streckt sich, zieht sich zusammen, ballettleicht fliegt der Wagen um schärfste Ecken, in engsten Kurven, und vor dem plötzlichen Hindernis hält er so plötzlich, so mitten im Sprung gleichsam, daß man meint, er müsse jetzt auf Hinterbeinen stehn, bedächtig im Gewühl schreitet ein tunesischer Grande, Burnus und Turban, niemand sieht ihn an, nur die kleinen Mädchen, ach, in der Not gehen hundert auf einen Strich, lächeln ihm zu, der nicht zurücklächelt – da sind die Neger schon anders! –, es zeigen sich überhaupt viel fremde Typen auf den Boulevards, auch Angehörige wilder Völkerschaften, ich hörte einen sagen: «. . . nicht wegen der zwei Franken, aber man ist doch nicht gern die Wurzen», ein alter Kerl im Samtrock erzählt mit großen Gebärden, die Leute bleiben stehen und hören ihm zu, und er bietet ihnen selbstverfaßte Chansons zum Kauf, und da gehen sie wieder weiter, siehe, hier ist ein Triumphbogen, er trumpft zwar schon ein Vierteljahrtausend so mitten auf der Straße, aber es ist doch eine Überraschung, das Leben quetscht sich durch den Bogen wie das Heute sich durch das Gestern quetscht, es regnet, Menschenmassen, Wagenmassen, Lärm, Licht, Fülle, Bewegung ohne Ende – o Königin, die Kärntnerstraße ist doch schön! –, jetzt ist die Oper aus, Smokings in Rudeln strömen schwarz-weiß über den Platz, die Reihen der Gemüsewagen werden dichter, Tag endet, Tag beginnt schon wieder. Alles fließt, besonders in Paris, in zwei Jahren, die Zeitungen haben es ausgerechnet, wird die Zahl der Autos in der Stadt sich verdoppelt haben, wo, wie werden dann die Fußgänger, die armen piétons, durchkriechen, es regnet heftig, zwiefach hell im Nässespiegel leuchtet der Boulevard, ein winziges Ritzerchen nur auf dem Stern Erde, der mit Milliarden anderen um die Sonne kreist, die mit Milliarden anderen Sonnen im Weltraum kreist, der wahrscheinlich auch um etwas kreist, ein winziges Ritzerchen nur auf dem Stern Erde, eine haarfeine Linie, aber das Antlitz des Planeten wäre noch medusenhafter ohne sie.

Im Sauseschritt läuft die Zeit, Paris läuft mit.

Ludwig XIV.

KÖNIGLICHE Schlösser haben das Angenehme, daß man in ihnen, was die Bestimmung der kunstgeschichtlichen Stile anlangt, viel weniger leicht sich irren wird als etwa beim Antiquitätenhändler. Mit großer Wahrscheinlichkeit darf man in dem Zimmer, in dem erwiesenermaßen Ludwig der Vierzehnte viele Jahre gehaust hat, sagen: «Siehst du, mein Kind, das hier ist reines Louis quatorze.» Ich sah in jenem Zimmer das komplizierte Bett, in dem der gewaltige Monarch geschlafen, geträumt, geliebt und seinen letzten Atemzug getan hatte. Später sah ich auch die Wiege des großen Königs, nicht sie persönlich, aber ihr getreues Abbild auf dem Eßgeschirr des Pavillon Henri quatre, des bezaubernden Hotels in St. Germain. Die empfehlenswerte Gaststätte hat ein Recht, ihr Geschirr und ihre Speisekarte mit diesem so traulichen décor zu schmücken, denn unter ihrem Dach hatte die Wiege des Sonnenkönigs gestanden. Als er in ihr strampelte und sein Linnen näßte, was war er für ein herziges, harmloses Lebewesen! Nachher wurde er König, bekam eine stark gebogene Nase, ein feistes Doppelkinn, stampfte Versailles aus der Erde und sättigte sein Jahrhundert über und über mit Historie.

In diesem Haus, in dem die Welt das Licht Ludwigs des Vierzehnten erblickte, stand, nebenbei erwähnt, nicht nur die Wiege der französischen Größe, sondern auch die Wiege der österreichischen Kleinheit. Hier nämlich wurde – es ist keine dreißig Jahre her, und in der Luft des historischen Raums hängt noch die Spannung jener schweren Stunde – hier nämlich wurde der Friedensvertrag zwischen Österreich und seinen Besiegern im Weltkrieg I unterzeichnet. Der Erinnerung an dieses Geschehen ist keine marmorne Tafel gewidmet, sondern, österreichischen Verhältnissen angemessen, nur ein schlichtes Blatt Papier mit gemalter Schrift. Es hängt unter Glas und Rahmen an der Tür und sieht aus wie das Diplom eines Kaffeesieders oder die Preiszuerkennung an einen Sieger im Wettfrisieren.

Gleich daneben jedoch, neben dem Pavillon Henri quatre, lebt und atmet der vollkommen herrliche Park und Wald von St. Germain. Zur Zeit meines Besuchs lag Goldglanz der Oktobersonne über dem einsamen, verträumten Wald mit seinen uralten, herbstlich brennenden Bäumen. Ich hatte die Chance, dort einem Eichhörnchen zu begegnen. Es war tiefsamtbraun, hatte eine krumme Nase, reines Louis quatorze, und lief, jede Annäherung ablehnend, mit Grazie den Baum hinauf. Im Wipfel machte es Halt, sah befriedigt auf das Meer von Laub rundum, schnofelte ein wenig und sagte: «L'État c'est moi.»

Friedhof

DER Père Lachaise, nicht weit vom Zentrum der Stadt, wo sie am lautesten kocht und die buntesten Blasen wirft, ist von den Friedhöfen Paris' der mit glorreichem Gebein üppigst genährte. Unter den Gewesenen, die seine Tiefe birgt, sind viele Genies. Dicht beieinander zerbröckeln dort in lehmiger Erde die sehr berühmten Toten, und hart im Raume stoßen sich Bronze, Stein und Marmor, die aus solcher Saat erwachsen sind. Für lebendes Grün hat dieser Friedhof wenig Platz, es ist fast, als ob die Versammlung hoher Steine nur ungern so etwas Leichtsinniges wie Natur, wie Blatt und Blume, unter sich duldete. Auch findet der französische Totenkult unbegreiflichen Geschmack an Kränzen aus Porzellan und Sträußen aus Majolika. Das abscheuliche Zeug, toter als tot, atmet eine schlimmere Kälte aus, als der nackte Erdhügel es täte.

Arbeiter im Acker des Herrn schaufeln, die Pfeife im Mund, morsche Kränze, verweste Blümchen, zerbogenes Drahtgeflecht, Stücke von Gipsengeln, Müll aus feuchten Blättern, Papier und Scherben auf einen großen

Wagen. Sie wissen Bescheid über die Quartiere der berühmten Toten, aber wo Monsieur Balzac zu Hause ist, können sie nicht sagen, der Name ist ihnen fremd, der Herr bekommt fast nie Besuch. Mit Hilfe des Planes ist es schließlich doch zu finden, das vergessene Grab, geschmückt mit dem breitwangigen Löwenhaupt, das noch in seiner erzenen Ruhe voll unbändigsten Appetits auf Leben scheint.

Das sonderbarste Denkmal auf dem Père Lachaise hat der Journalist Victor Noir, der im Jahre 1870 vom Prinzen Pierre Napoleon, bei dem er als Kartellträger erschienen war, niedergeschossen wurde. Wie die Sache weiterging, und ob sie für den Prinzen Folgen gehabt hat, weiß ich nicht. Der arme Journalist liegt in Bronze auf seinem Grab, genau so wie er damals, von der meuchlerischen Kugel getroffen, hingesunken lag. Die Figur, lebens- oder eigentlich todesgroß, ist mit grotesk-naturalistischer Treue nachgebildet, die sich bis auf den Gummizug in den Stiefeletten, auf die Passepoils der Glacéhandschuhe, auf den herausstehenden Latz des geöffneten Hemdes erstreckt. Der absonderlichste Teil des Monuments aber ist der Zylinderhut, der, wie eben den Fingern entglitten, ganz allein, halb seitlich, mit der Höhlung nach oben, zu Füßen der Figur liegt. Oh, daß dieser bronzene Mann einmal, wie der steinerne Gouverneur Don Juan, dem Mörderprinzen als Gast erschienen wäre, seinen bronzenen Zylinderhut in der Hand! Unheimlicher und gespenstischer als Gerippe und Totenschädel ist so ein isolierter Hut aus Erz, ein Zylinder für die Ewigkeit, den kein Wind fortrollt und kein Regen beschädigt. Umgeistert von höchst eindrucksvoller Absurdität liegt er da, ein Stück unvergänglicher Vergänglichkeit, ein Zauberhut, aus dessen Höhlung alle Lächerlichkeit Lebens und Sterbens heraufsteigt.

Von Söhnen deutscher Nation ruht ein Großer in der Erde des Père Lachaise, Ludwig Börne. Das Grab, auf dem es keine Visitenkarten p.f.v. gibt (wie auf dem des Pariser Zeit- und Exilgenossen Heine im Cimetière Montmartre), ist geschmückt mit einer Büste des außerordentlichen Prosaisten von David d'Angers. Was für ein geistgesättigter, von Leidenschaft des Denkens und Sagens durchleuchteter Kopf! Seine Linien sind so edel, anmutig, frei, im Sanften noch energisch, wie das Deutsch, das er schrieb. Auch ein berühmter Engländer liegt hier, Oscar Wilde, schon ziemlich am Ende des Friedhofs liegt er, dort, wo noch ein wenig Platz ist für neue Gäste. Er hat ein umfängliches weißes Grabmal, gestiftet von einer nicht genannten Lady. Vorn an dem mächtigen steinernen Block klebt und schwebt ein stilisierter Todesengel mit ägyptischem Profil, hinten aber sind mit erhabener Schrift in den Stein gemeißelt alle Preise, guten Noten und Zeugnisse, die der Dichter während seiner Studienzeit in Kollegs und Instituten erhalten hat. Er war ein Vorzugsschüler und muß besonders seinem Griechisch-Professor viel Freude gemacht haben.

Mehr Dichter, Maler, Musiker, Denker sind im Père Lachaise versammelt, als nötig wären, der Gottheit Demut beizubringen vor Glanz und Glorie menschlichen Ingeniums. Mehr siegreiche Marschälle und Feldherren sind dauernd angesiedelt in diesem Friedhof, als nötig wären, die ganze Welt in einen Friedhof zu verwandeln, und mehr brillante Politiker, als nötig wären, die Vorbedingungen hierfür zu schaffen. Ein großartig vielstimmiges Konzert des Ruhms klingt auf von den Steinen der Totenstatt.

Aber das Zwitschern von ein paar lebendigen Spatzen übertönt es.

Das Gesicht der Autorität

DEN Präsidenten der französischen Republik begleiten bei jedem Schritt in die Öffentlichkeit zwei Dämonen. Sie folgen ihm auf seinem Wandel wie die Mutterliebe oder das böse Gewissen, sind aber weder gut noch schlimm, sondern durchaus neutral und heißen Pathé und Fox. So kenne ich, als eifriger Kinobesucher, das Gesicht des Präsidenten in Freud und Leid, bei Regen, Sonn' und Wind, in feierlichen wie in profanen Augenblicken, ernst, gemütlich, offen, verschlossen, aufmerksam, väterlich, freundschaftlich, gedankenvoll, vergnügt, widerspiegelnd mannigfache Gemütsbewegung. Es ist ein Gesicht, das immer genau in der Tonart des Anlasses geht, bei dem es sich zeigt. Man kann nicht sagen, der Präsident schauspielere oder posiere, man kann nur sagen, daß seine Mimik eine äußerst taktvolle ist, daß er zu jedem Spiel die zugehörige Miene macht. Von Selbstgefälligkeit, Würde-Dünkel oder dergleichen ist in diesem Antlitz keine Spur. Es trägt, in feiner Ausführung, das Wasserzeichen der Demokratie.

Der Präsident nimmt seine Repräsentationspflichten genau. Die Zahl der Grundsteine und Kränze, die er legt, der Denkmäler, die er enthüllt, der Feste und Feierlichkeiten, denen er beiwohnt, ist groß, und niemals hat man den Eindruck, daß der Präsident eine bloße Zeremonie erfülle, sondern immer den, daß die Sache ihn persönlich angehe, in seinen ganz speziellen Interessenkreis falle.

Der Präsident trug, so oft ich bisher im Kino das Vergnügen hatte, immer Jackett und Zylinder. Diesen meist in der Hand, den Deckel nach unten, so daß man, bei der herrlichen Schärfe moderner Filmaufnahmen, Glanz und Weiße des Futters merken konnte. Offenbar nimmt der Präsident jedesmal einen neuen Zylinder; sein Hüteschrank muß imponierend sein.

Bei der Eröffnung des Automobilsalons spielten auf dem Antlitz des Staatsoberhaupts, Mittelpunkt eines Kreises von Fabrikantengesichtern, durchaus fachliche Reflexe. Ein Gönner des Benzins, ein Freund und Versteher des Autos blickte den aufgeschlitzten Wagen in die Eingeweide.

Wie anders in der Blumen- und Gemüse-Ausstellung! Ein Gärtner der Nation eröffnete sie, ein Onkel lächelte den Kindern Floras, ein guter Landwirt sah befriedigt auf den üppigen Karfiol und die Gurken, krumm und lang wie Türkensäbel, ein milder Lehrer verhehlte nicht seine Freude an den Fleißaufgaben, die da brave Chrysanthemen auf dem Gebiet der Blüte-Entwicklung gemacht hatten. Der französische Präsident scheint eine wahrhaft gütige Natur zu haben, die französische Natur einen wahrhaft gütigen Präsidenten.

Während der Enthüllung eines Monuments für gefallene Krieger regnete es. In den Mienen des Präsidenten war zu lesen, daß das Wetter keine Rolle spiele, wenn man dabei eine so schöne Ansprache hören dürfe wie jene, die der General eben an ihn richtete. In der Ausstellung «Haus und Heim» (ich glaube, so ähnlich hieß sie) kamen hausväterliche Züge in das Antlitz des Staatsoberhauptes, etwas vom stillen Glück des Herdes und der Familie. Vor dem Grab des unbekannten Soldaten aber verharrte das Gesicht des Präsidenten in strenger Geschlossenheit, drückte aus, daß es keinen Ausdruck gäbe für die Empfindungen, die den ersten Mann der Republik an solchem Ort bewegen.

Herriot hingegen, das ist ein ganz anderer Fall. Dieser volkstümlichste Politiker Frankreichs hat den Habitus eines Gemeinderats aus der Vorstadt, derb, breit, solide, auf ganz bewußte, selbstbewußte Art gewöhnlich, einer von vielen, aber auch einer für viele. Er hat ein Gesicht, das immer sein wahres Gesicht zeigt, niemals Maske wird. Auf der Film-Leinwand ist er stets der Gleiche – und deshalb, wenn man auch gar nichts sonst von Herriot wüßte, kann man in die Rechtschaffenheit und Gradlinigkeit seiner Politik unbedingtes Vertrauen setzen. Wo und wie immer auch pathétiert oder foxiert, er ist immer derselbe, scheint stets wie eben von der Arbeit, nicht gern, aufgestanden, ungeduldig danach, sich wieder an sie zu setzen. Er trägt einen weichen Hut, Zylinder nur, wenn es durchaus sein muß, und in Uniform, die Herrn Lebrun nicht übel stünde, kann man sich Herriot kaum denken. Er repräsentiert ganz unrepräsentativ, und wenn er mit Leuten, denen er den Spaß oder die Feierlichkeit nicht verderben will, spricht, hat man immer die Empfindung, daß er nichts Konventionelles, Gleichgültiges fragen, sondern auch aus der leeren offiziellen Minute irgend etwas für die Arbeit und Aufgabe, die ihm am Herzen liegt, herausholen möchte. Als er geneigten Hauptes vor dem Grab des unbekannten Soldaten stand, dachte er, ihr könnt drauf schwören, weniger an die Glorie als an den Jammer, den es symbolisiert, und bei der Jagd in Rambouillet, als Gast des Präsidenten – ich hatte Herzklopfen vor Angst, jetzt auch ihn auf die vorübergetriebenen Hasen losknallen zu sehen – da saß er abseits auf einem Blätterhaufen, rauchte seine Pfeife. Gewissermaßen: obgleich bei der Jagd in Rambouillet, doch so ganz und gar nicht bei der Jagd in Rambouillet! Dem Wochenschau-Mann scheint das auch bemerkenswert vorgekommen zu sein, denn er läßt zu seinem Film die Text-Worte sprechen: indes die andern fröhlich jagen, sitzt Monsieur Herriot abseits «et fume pacifiquement sa pipe».

Die Handschuhe

Auf dem Waldspaziergang sagte die Frau plötzlich, daß sie auch einen Stock haben wolle. «Nichts leichter als das», erwiderte der Mann, «einen Augenblick.» Er legte seine Handschuhe auf den Boden und verfertigte aus einem abgebrochenen Zweig eine Art Spazierstock für die Frau. Dann gingen sie weiter, und als sie müde waren, legten sie sich ins Gras. Da bemerkte der Mann, daß ihm seine Handschuhe fehlten. «Sie müssen noch dort liegen, wo ich dir den Stock gemacht habe», sagte er; «ich hole sie. Gleich bin ich wieder da.»

Er ging nun den Weg zurück, den sie gekommen waren, und überdachte hierbei, gewohnt, «Fehlleistungen» zu deuten, was es mit dem Vergessen der Handschuhe für Bewandtnis haben möge. Sie waren ein Geschenk der Frau; also nichts wahrscheinlicher, als daß sich in ihrem Verlieren der heimliche Wunsch kundgegeben hatte, die Frau irgendwo liegen zu lassen. Indem der Mann diesen

Gedanken durchkaute, schritt er über den Platz, wo die Handschuhe lagen, ohne sie zu sehen, hinweg und fast bis zum Ausgangspunkt des Spaziergangs zurück.

Unterdessen hatte die Frau, besorgt, wo ihr Begleiter so lange bleibe, sich aufgemacht, ging selbst den Weg, auf dem sie dem Wiederkehrenden begegnen mußte – es kam kein anderer Weg in Frage –, zurück und fand die Handschuhe dort, wo er sie hätte finden müssen. Das konnte sie sich nun ganz und gar nicht erklären. War dem Manne was geschehen? In diesem friedlichen, harmlosen, von der Vormittagssonne durchhellten Wald? Hatte er den Weg verfehlt? Auf dieser breiten, nicht zu verfehlenden Promenade? Da sie sich den Vorfall nicht erklären konnte, bekam sie, wie das schon zu sein pflegt bei gebildeten Frauen, einen rechten Zorn auf den Mann und pumpte sich mit Ärger so ganz voll, daß sie, als sie des Daherkommenden ansichtig wurde, rief: «Also, das ist eine Gemeinheit von dir!» und ihm die Handschuhe vor die Füße warf.

Nun muß man wissen, daß der Mann, wie er so, in süße Träumereien versponnen, sich plötzlich am Ausgangspunkt des Spaziergangs sah – von einem rechten Schreck befallen, die Frau könnte seinethalben sich ängstigen –, den Weg, ohne weiter nach den Handschuhen zu suchen, zurückgelaufen war. Atemlos, erhitzt, zärtliche Worte, zum Herabfallen bereit, auf der Lippe, auf dem äußersten Rand der Lippe schon, so kam er an: da traf ihn die «Gemeinheit!». Er schwankte ein wenig, betäubt durch das ganz und gar Unerwartete, dann hob er mechanisch die Handschuhe auf, spuckte den zärtlichen Rest, der ihn auf den Lippen (wie ein von der Zigarette dort gebliebener Tabakfaden) genierte, fort und wandte sich, Richtung nach Hause. Sie ihm nach: «Jetzt bist natürlich du wieder böse . . ., und ich vergehe seit zwei Stunden vor Angst.» «Vor einer dreiviertel Stunde sind wir vom Hause weggegangen», sagte er schlicht. «Also, mir kam es länger vor als zwei Stunden. Wo warst du denn?» «Ich habe eine entzückende Blondine getroffen und sie ein wenig vergewaltigt . . . Übrigens, wieviel Trinkgeld, meinst du, soll ich dem Portier geben?» «Du hast eine Art, wenn dir ein Thema unangenehm ist, von ihm wegzugehen, die aufreizend ist», rief sie, «die Handschuhe . . .» «Wo waren sie denn?» «Genau dort, wo du sie hingelegt hast.» «Komisch, ich habe sie nicht bemerkt.» «Komisch nennst du das? Ich nenne es stupid.»

Hierbei gingen sie eben über eine kleine Brücke, unter der Wasser floß, und er warf die Handschuhe hinein. Diese für seine Verhältnisse leidenschaftliche Tat erschreckte die Frau so, daß sie liebevoll den Arm des Mannes nahm und lispelte: «Muschipuschi!» Nach einigem Schweigen setzte sie hinzu: «Wie boshaft du doch sein kannst! Warum sprichst du nicht? Warum zankst du nicht mit mir, wenn du böse bist? Warum haust du mir nicht eine herunter?»

«Ich will dir das erklären», sagte der Mann. «Wenn ich dir eine Ohrfeige gebe – tatsächlich oder metaphorisch –, so brennt meine Wange, und ich fühle mich geschlagen und gedemütigt. Wenn ich dir in der Wut was sage, um dich zu kränken, so empfinde ich meine Wut und deine Kränkung dazu, bin also doppelt übel dran. Ich kann dir nichts tun, ohne es mir zu tun. Vielleicht ist das Liebe, vielleicht Schwäche. Wenn ich nur einmal darauf käme, wie ich es machen soll, dir Schmerz zuzufügen, der mich nicht schmerzte. Ich glaube, die meisten

Männer bringen ihre Frauen nur deshalb nicht um, weil sie sie zu lieb haben! Und dann hast du mir ja das mit meinem Zartgefühl eingeredet. Du hast mir beigebracht, wenn ein guter, zarter, feiner Mensch wie ich ‹Nicht doch!› sage, sei das schon so wie von einem anderen ein Stoß in den Magen, und lächle ich kühl, so ist das in meiner subtilen Affektsprache schon eine unerhörte Brutalität. Also halte ich mich natürlich zurück, denn ich kann nicht riskieren, daß du, wenn ich dir ‹Dumme Gans› sage, gemordet umfällst. Ferner dein Temperament. Es kommt vor, daß du nach einem Streit auf der Gasse dich umdrehst und fortläufst. Himmel, was stehe ich da für Ängste aus! Nicht vielleicht, weil ich fürchte, du wirfst dich unter ein Auto, sondern weil ich fürchte, du gerätst unter eines, das du, ganz mit deiner Bosheit beschäftigt, übersiehst. Oh, dein Temperament! Ich habe gar keine Angst, daß du, wenn es entfesselt ist, dir was tust; aber ich habe Angst, daß dir dann was geschieht. Der Zufall ist immer gegen mich, und die heimlichen bösen Wünsche, die man so im Ärger hat, kommen auch in Betracht. Ich will dir jetzt etwas Furchtbares gestehn: Dich habe ich heute ins Wasser geworfen, nicht die Handschuhe.»

Pause.

«Schön waren sie ja ohnehin nicht mehr», sagte die Frau. «Ich kaufe dir morgen ein Paar neue, Muschipuschi.»

Ereignis

DAS Schiffchen, das Verbindung herstellt zwischen dem Ort und der am anderen Seeufer gelegenen Bahnstation, lag menschenverlassen und also friedevoll am Landungssteg, von niemand beobachtet als von einem kleinen Jungen, der in der Nase bohrte. Der Kapitän saß beim Stationsvorstand, und sie redeten miteinander, um nicht zu schweigen. Im sommerlichen Gras ruhten schwarz der Maschinist und der Kohlenträger, aßen Wurst und waren doch von Grillen rings umzirpt wie Lyriker. Die Matrosen schliefen in des Holzstapels Schatten. Einer hatte sich auf den Karren gesetzt, der das Gepäck führte, sah zu Boden und schlug an die Karrenwand mit seinen Stiefeln den Takt zu einem stummen Liede.

Der kleine Junge nahm den Finger aus der Nase, denn die Stahltrosse, die den Dampfer am Pflock festhielt, hatte sich gelöst, und langsam drehte das Schiff seewärts. Sachte, lautlos, wie einer, der heimlich entwischen will, schlich es vom Ufer weg. Noch ein geringes . . . und das transportable Brückchen, das den Pfad herstellt zwischen Land und Schiff, mußte ins Waser gleiten. Dies wartete der Junge noch ab, ehe er zur Station lief, strahlend vor Erregung und Wichtigkeit, und schrie: «Das Schiff schwimmt weg!»

Der Kapitän fluchte, während er im Schnellschritt ans Ufer ging, zu dem die «Louise» jetzt im rechten Winkel stand. Der Maschinist, seine Wurst kauend, lief auch zum Wasser. Gerade konnten die beiden Männer noch, die Beine kräftig spreizend, sich hinüberschwingen auf das Deck. «Himmelherrgott, wer hat ihn denn wieder so schlampert an'bunden?!» Der Kapitän sagte «wieder», obgleich sich ein ähnliches Ereignis nie zuvor ereignet hatte. «Na, i net», brummte der Maschinist. Er ging zu seinen Hebeln, der Kapitän ans Steuerrad, und nun manövrierten sie, «langsam vorwärts!» und «stop!» und «rückwärts!» und wieder «langsam vorwärts!» und «stop!» das Schiff in die Lage zurück, in die es gehörte: Schulter an Schulter mit dem Ufer. Der Stationsvorstand war indessen auch herangekommen. «Ja, ja, die Herren Matrosen!» sagte er. Er hat selbst zwanzigmal geflickte Schuhe und ein paar Kinder mit rachitischen Beinen; doch er sagte «die Herren Matrosen», ganz strenge und bitter, als wollte er andeuten, das komme davon, wenn arbeitendes Volk sich einbilde, es könne auch so tun, als ob. Er ist keine Unteroffiziersnatur, der Stationsvorstand, obgleich er eine rote Mütze trägt; aber es tut wohl, jemand schuld zu geben, wenn was geschieht. Deshalb haben ja die Menschen Gott erfunden, um bei Ereignissen, für die sich kein Verantwortlicher finden läßt, Hagelschlag, Pech im Spiel, Rheumatismus oder Liebe, jemand zu haben, den sie bezichtigen können. Und übrigens muß man doch den Mund auftun, wenn was vorfällt, man kann doch nicht nur grunzen oder sich den Kopf kraulen, man muß doch urteilen, meinen, Grundsätzliches herausziehen aus der Geschichte, ja man verdiente gar nicht, daß irgendwas Ungewöhnliches die fürchterliche Monotonie des Tagwerks unterbräche, man schreckte die Ereignisse direkt ab, sich zu ereignen, machte man nicht bißchen Wesens um sie.

Die Herren Matrosen standen mit belebten Gesichtern herum und erwogen den Fall. Wie konnte denn das geschehen? Schlecht angebunden war er eben! Nein, er hat sich losgerissen. Aber das gibt's ja gar nicht. Am Ende ist das Seil schadhaft? Wär' nicht schlecht! So ein Seil muß hundert Jahre halten. «Weil keiner von den Herren aufpaßt», brummte der Stationsvorstand. Der Kapitän aber knüpfte die eingefangene «Louise» eigenhändig an den Pflock, mit einem Schifferknoten, der fester hält als Treue. «Schämen's Ihnen», sagte er zu dem Matrosen, dessen Amt das Festbinden des Schiffes war. «Drei Jahre sind's jetzt bei der Marine. Schämen's Ihnen.» Bei der Marine, sagte der Kapitän. Der Matrose schämte sich. Es war jener, der auf dem Gepäckskarren gesessen und mit den Füßen den Takt zu irgendwas getrommelt hatte. Das ist es eben. Wer Musik im Leibe hat, taugt nicht zur Arbeit. Der Kapitän schimpfte, der Stationsvorstand schüttelte den Kopf ohne Text, die Kameraden lachten, der Matrose war mißmutig. Abends, daheim, wird er seiner Frau vielleicht eine herunterhauen, die er ihr ohne den Vorfall mit der Trosse nicht heruntergehauen hätte. Das sieht der kleine Karl und bekommt einen schiefen Vaterkomplex, und ein paar Jahre später bringt er den alten Schuster, bei dem er in der Lehre ist, um. Alles nur, weil damals das Seil nicht gehalten hat. Weiß man denn, wie die Dinge zusammenhängen, und von welchen Hebeln die Mechanik der Welt bewegt wird?

Das Ereignis hat aber allen wohlgetan. Es hat ihren Kreislauf und Stoffwechsel gefördert und ihrem Ichgefühl ein Etwas zugelegt. Da es in ihre Seelen fiel, das Ereignis, weckte es dort für ein paar Augenblicke Geschäftigkeit, rief vermischtes Klein-Lebendiges, das im psychischen Element träge haust, herbei, wie das Brotstückchen, das du in den See wirfst, die Schwärme der winzigen Fische lockt.

Sommerliche Mittagsruhe. Stationsvorstand und Kapitän sitzen wieder auf der Bank und schweigen, um nicht zu reden. Manchmal dreht der Kapitän den Kopf nach dem Dampfer; die Bewegung wird mit jedem Mal kleiner und langsamer, wie die eines Spielwerks, dessen Feder schon fast abgelaufen ist. Der Dampfer rührt sich nicht. Könnte er ein Gesicht machen, so wäre es ein verlegenes. An der Deckbrüstung lehnt der Schuldige und blickt verärgert auf die Stahltrosse. Schade, daß das Luder nicht lebendig ist! Maschinist und Kohlenträger liegen still im hohen, grünen Gras. Um die Wursthaut neben ihnen verwimmeln Trupps von Ameisen ihre kostbare Zeit. Die Herren Ameisen. Die Matrosen haben sich wieder ausgestreckt im Schatten des gehäuften Holzes, und während sie einschlafen, brummelt noch einer oder der andere irgendeinen Spruch zum Ereignis. Der letzte, ehe er sich auf die Seite dreht und die Augen schließt, sagt, nur mehr kaum vernehmlich, «Ihr könnt's mich alle . . .» Wie jener Schmetterling im Liliencron-Gedicht ist es, der um die Ecke fliegt, tschinbum, als allerletzter Nachzügler der Musike.

Natur

Ringsherum ist lauter Landschaft. Es grünt und blüht wie im Liede, der See haucht seinen angenehmen, aus kühl, tief und naß komponierten Atem in die Poren der Haut und der Seele, die sie umspannt, dunkle und lichte Berge schwingen ihre starren Wellen in die Luft, von weither tönt Geräusch des Orts, von naheher Vogelstimmen und die dünne Musik der kleinen animalischen Geschäftigkeiten in Baum und Gras.

Das nennen wir Natur. Der granitne Fels gehört auch dazu. Aber wenn er, in Würfel geschnitten, den Boden der Stadt pflastert, zählt er nicht mehr als Natur. Das Rind, großäugig sein Futter wählend, ist geradezu unentbehrlich in der Statisterie des Naturschauspiels. Noch wenn es zur Bahn getrieben wird, den vielverschlungenen Weg hinab, ist es Natur. Im Viehwagen dann schwindet so ziemlich das Naturhafte. Und über die Brücke zum Schlachthaus trabt das Rind bereits völlig denaturiert, als Ding des städtischen Kreislaufs, und niemand bemerkt, daß es großäugig ist.

Pflanzen behaupten auch in sechsstockhohen Zinshäusern relativ lange ihre Naturigkeit, besonders jene, die nicht gegessen, sondern nur angeschaut und gerochen werden. Das Mysterium holder Zwecklosigkeit schwebt um sie, wie es um verfaulenzte Stunden, um den stummen Gesang der Sterne, um die Funkelspiele des Lichts im Wasser schwebt, die wir auch im Blute spüren, wenn wir «Natur» sagen. Von Menschen gelten uns die naturverbunden, die auch dem Fremden gleich Du sagen, O-Beine haben und Hände wie Tatzen und auch im Hochsommer unter drei rotkarierten Federbetten schlafen, bis vier Uhr früh, und das Wetter, das kommen wird, vorauswissen, wenn auch nicht gerade jenes, das dann wirklich kommt.

Nach städtischem Sprach- und Gefühlsbrauch heißen Natur jene Partien der Erdoberfläche, die keine dichte menschliche Siedlung tragen. Also Berg, Acker, Wald und Wasser sind vorneweg Natur. Und dann das offene Tal, wo nur verstreut Häuser stehen und keine hohen, wo viel Luft ist zwischen denen, die sie atmen, und Baum, Feld, Wiese bequemen Platz haben, wo der Mensch sich in der Minderheit fühlt, wo er nur zwischendurch erscheint, nicht über allem dicht hingebreitet wie Pilz oder Flechte, wo er von anderem als menschlichem Leben, von Tier und Pflanze, in den Hintergrund gelebt wird, wo er nicht als Sinn, Zweck und Pointe des Ganzen gesetzt ist und sein übler Atem nicht Atmosphäre bildet. Deshalb sind zum Beispiel die sogenannten Sommerfrischen nur im Winter richtige Natur, im Sommer hingegen Sommerfrischen, also etwas ganz Zuwideres.

Natur blickt über den Menschen hinweg. Das ist ihre Würde, Größe und Majestät. Sie bemerkt dich nicht und hilft dir, dich selbst nicht zu bemerken. In deiner Stube magst du mit dir allein sein – Natur ist, wo du ohne dich allein bist.

Italisches Seebad

Der Sand

DER Sand heißt italienisch Sabbia, und so ist er auch. Wenn man ihn, den weichen und festen, durch die Finger rieseln läßt, spürt man mit Behagen das Doppel-B. In der Mittagssonne beträgt seine Temperatur, obgleich es schon September ist, fünfundfünfzig Grad Celsius. Die Salamander, die manchmal aus Verstecken unter der Badehütte hervorkommen und im Sande spazieren, glauben sich in ihrem glühenden Element, und mit nackter Sohle über ihn zu schreiten ist Feuerprobe, Gottesgericht, das nur der Badediener lächelnd besteht. Er ist allerdings fast hundert Jahre alt und hat Venedig gekannt, wie es noch romantisch war und noch nicht so viel Fremdsprachen am Lido gesprochen wurden wie jetzt.

Der Sand ist zahlreich gleich dem Sand am Meere. Milliarden Sanduhren – einstmals Attribut des Todes, jetzt nur noch, in patriarchalischen Wirtschaften, beim Eierkochen verwendet – könnte man mit ihm füllen. Die Kinder frönen am feuchten Sande ihrer Lust, zu formen und zu kneten, und werden so abgelenkt vom Nasebohren, das auch nur eine Betätigung jenes wunderlich früh erwachenden plastischen Sinnes ist, ebenso wie das Herauskratzen von Kitt aus Fensterrahmen oder das Drehen von Brotkügelchen. Die Erwachsenen lassen nachdenklich den Sand durch die Finger rieseln, damit die Zeit vergeht, oder graben sich ganz oder teilweise in ihn ein, oder errichten den Pfirsichkernen und Zigarettenresten, die sie weggeworfen haben, kleine Gedenkhügelchen.

Die vierjährige Maud baut aus Sand einen Negerkral zu Seiten der schönen Hügellandschaft ihrer schlummernden Mama, und der Herr in der Badehütte nebenan hat, fasziniert von dieser Landschaft, die Zeitung schon seit zehn Minuten verkehrt in der Hand.

Nacht

Jetzt ist niemand in den Hütten, das Ufer ist Meeresufer, nicht Badestrand. Das Dunkel hat die Menschen fortgeweht in beleuchtete Räume, wo es ihnen nichts anhaben kann. Die See ist flüssige Finsternis. Landschaft schläft des Nachts, aber das Meer ist ewig wach, und obgleich es unendlich viel Zeit hat, läßt es sich doch keine, sondern arbeitet rastlos, wie ein Verfluchter, der die Ewigkeit einholen muß.

Weit draußen fährt ein Schiff (immer fährt weit draußen ein Schiff), es sieht hold-phantastisch aus, umwittert von Ferne und Fremde und Lebewohl und erregender Ungewißheit.

Aus einer ganz leeren Badehütte treten plötzlich doch zwei, die darin waren; so hebt ein Naturgesetz das andere auf. Der Leuchtturm an der Inselspitze, sein großes Auge öffnend und schließend, blinkt Einverständnis.

Ans Ufer kommt eine Gruppe nichtitalienischer Herren. Die Herren bilden einen Halbkreis und singen, indes das Meer ohnmächtig ans Ufer schlägt, ein Lied in Kanonform: «Komm in den Wald!» Wenn sie in ihren heimatlichen Tälern Halbkreise bilden, singen sie gewiß: «Vieni sul mar!» Denn der Mensch muß eine Sehnsucht haben.

Noch eine Abendglocke nur, die Mammut-Atemzüge der See und verwehtes Geräusch von der Hotelterrasse her, auf der die Menschen nach dem Nachtessen etwas Nacht pure et simple zu sich nehmen.

Kino im Meer

Der Rahmen mit der weißen Leinwandfläche steht draußen im Meer, die Zuschauer sitzen auf freier, großer, übers Wasser hinausragender Terrasse, trinkend und rauchend, umfangen von Meer- und Filmzauber. Das einzige Kino sulla unda del mare, sagen die Affichen.

Ich sah in einer Augustnacht, die so heiß war, daß den Frauen das Rot von den Lippen schmolz, im Kino sulla unda ein Filmdrama, das im verschneiten Hochwald spielte. Schlitten mit Pferdchen, denen es wolkig aus den Nüstern dampfte, jagten durch den nordischen Winter in die südliche Sommernacht hinein, Schnee fiel ins Adriatische Meer, ein Eissturm riß Tannen um und bewegte kein Blättchen an den Oleanderbäumen, die einen halben Meter weit von den Tannen blühten, die Heldin des Films erfror auf einigen Quadratmetern tief unter Null bei achtundzwanzig Grad Hitze rundum, und die Wölfe, die sich ihr gefräßig näherten, achteten der Fledermäuse nicht, die, vom Scheinwerfer der Kinolampe angelockt, um das Haupt der Bedauernswerten schwirrten. Endlich kamen Retter und verscheuchten die Wölfe, die, aus der Leinwandfläche rasend, im Dunkel des Badestrands verschwanden. Dann senkte sich Schweigen auf die Schnee-Einsamkeit des nordischen Hochgebirgs, um das ein paar italienische Segelboote sich im Schlafe wiegten.

Führer durch einen Führer

Es ist ein Führer durch Venedig. Für deutsche Reisende. Sein italienischer Verfasser heißt A. de Carlo; als Herausgeberin zeichnet Luigia Alzetta, verwitwete Zanco; der deutsche Übersetzer . . . Aber was sind Namen! Venedig hat schon anderes überstanden als diesen Führer. Zum Beispiel die Trennung von Österreich, oder den Einsturz des Campanile, oder den Tonfilm: «Wenn die Gondel träumt . . .» Es wird also auch diesen Führer überstehen, dessen Besichtigung als sehr lohnend zu empfehlen ist.

Gleich beim Eintritt empfangen den Leser «nützliche Anmerkungen». Die erste lautet:

> «Man kann die wichtigsten Privatplätze nur dann besichtigen, wenn die Eigentümer nicht in der Stadt sind; sie liegen zu beiden Seiten des Canale Grande.»

Kein Wunder, daß die Palazzi verfallen, wenn die Eigentümer zu beiden Seiten des Kanals liegen, statt sich ein bißchen um ihre Häuser zu kümmern.

Die Kirchen besieht man am besten morgens. Denn, sagt eine jener nützlichen Anmerkungen:

> «. . . das Licht ist dann viel besser als später, und man braucht dem Pförtner kein Trinkgeld zu geben.»

Gewissermaßen: Man hat da mehr für das Geld, das der Besuch nicht kostet. Unser Führer vernachlässigt niemals über den ideellen Gesichtspunkten die materiellen. Als Fundamentalsatz stellt er auf:

> «Man muß in den Läden immer handeln.»

Und an der Markuskirche zum Beispiel imponiert ihm am meisten, was sie gekostet hat:

> «Die Markuskirche ist die kostbarste Kirche, welche überhaupt je existierte, ein Kunstschatz von unbezahlbarem Werte. Das Innere ist ein Kleinod nicht nur der Kunst, sondern auch in materieller Beziehung.»

Am Palazzo Vendramin rühmt der Führer die «*Kos*barkeit des Marmors», was aber gewiß «*Kost*barkeit» heißen soll. Kosbarkeit ist eine Eigenschaft, die an der Begleiterin wohl sehr schätzenswert sein mag, für Marmor aber eigentlich unerheblich ist.

In Venedig sind nicht nur die Menschen, sondern auch die Dinge höflich und wissen, was sich gehört.

> «Die erste Sehenswürdigkeit, welche sich Dir vorstellt, ist der Canale Grande.»

Er ist von zahlreichen Gondeln befahren, die so aussehen:

> «Nur ein kleines Zelt erhebt sich in der Mitte. Alles ist

> in Schwarz und verbreitet ein geheimnisvolles Dunkel über das, was einst unter diesen Zelten geschah»,

und gewiß auch über das, was einst unter diesen Zelten geschehen wird. Wunderlicher Zustand: Der Raum breitet geheimnisvolles Dunkel über die Zeit!

Zu beiden Seiten des Kanals gibt es Paläste mit natürlich

> «kostbaren Skulpturen, auf denen die Jahrhunderte ihren unnachahmbaren Eindruck hinterlassen haben»,

was die venezianischen Antiquitätenfälscher aber nicht hindert, ihn doch nachzuahmen. So reiht sich Palast an Palast. Keiner, in dem es nicht etwas Veronese oder Tiepolo gibt, besonders Tiepolo, der

> «seine fröhliche Natur verschwendete, sowohl in Farben als auch Linien».

Weniger freundlich äußert sich der Führer über Veronese, von dem er sagt:

> «Alle seine Werke tragen einen aufdringlichen Charakter von Genialität.»

Von Tizian gar nicht zu reden, der durch seine lästige Erhabenheit schwer auf die Nerven geht.

In vielen Palästen haben berühmte Männer gewohnt, zum Beispiel im Palazzo Mocenigo Lord Byron, der dort einige Gesänge seines «Don Juan» schrieb.

> «An dieser Stelle wendet sich der Kanal»,

was man ihm nicht übelnehmen kann. Er ist dem Führer bisher treulich gefolgt, aber jetzt hat er genug. So bleibt ihm erspart, Ruhmredereien anzuhören, wie etwa:

> «Die Bibliotheca Marciana ist durch eine komplette Sammlung aller modernen Bücher vervollständigt»,

(eine grausliche Vorstellung!), oder Renommagen, wie:

«. . . die Lagune, in welcher sich das Azur des lachenden Himmels in tausend Farbennuancen widerschillert . . .»

oder Bitterkeiten gleich dieser:

«Wie alles andere, so arten auch die Stile in Venedig aus.»

Wenn sie das Leben in der Lagunenstadt schildert, bekommt die Sprache des Führers solchen Schwung, daß sie aus dem Gleichgewicht gerät:

«Wer in der Dämmerung die Riva hinunterschlendert und sich auf der Ponte delle Prigioni ein wenig verweilt, vor ihm die Lagune»,

und ein bißchen hinunterschaut auf das Treiben um sich, der bemerkt zahllose Menschen. In dem Menschenwirrwarr aber,

«in dem Menschenwirrwar tummeln amerikanische Milliardäre».

Was? Offenbar sich. Aber warum tummeln sie sich? Wenn ich amerikanischer Milliardär wäre, würde ich mich nicht tummeln, sondern mir Zeit lassen und öfters das tun, was nach dem Führer die Fremden auf dem Markusplatz tun:

«Der Fremde bleibt erstaunt stehen. Dazwischen flattern die Tauben.»

Manchmal ist es auch umgekehrt. Ich selbst habe Tauben beobachtet, wie sie, beim Anblick von flatternden Fremden, erstaunt, ja konsterniert stehen geblieben sind.

Sehr wahr sagt zum Schluß der Führer:

«Abends steigert sich der Zauber zur Trunkenheit.»

Nur ist das keine Spezialität von Venedig. Das kommt auch in Grinzing vor.

Der Herr aus dem Publikum

Im großen Saal des Berghotels – auf dem Podium, wo sonst die Musikkapelle sitzt – gab der Zauberkünstler Doktor Camillo eine Vorstellung. Er ließ Karten verschwinden, goß Wasser aus der leeren Flasche, drückte mit der Hand auf den Bauch, worauf ihm ein Ei aus dem Munde sprang und immer noch eines (nach jedem Ei gackerte der Zauberer), knüpfte Knoten ins Taschentuch, zog es dann durch die hohle Faust, und da hatte das Tuch gar keine Knoten mehr. Er könne übrigens, sagte Camillo, irgendeinen Herrn aus dem Publikum dahin bringen, seine geheimsten Gedanken zu verraten. Während er zauberte, sprach der Künstler immerzu. Auch war er witzig, zum Beispiel erzählte er, daß ihm schon mancher eine große Summe geboten habe, damit er ihn lehre, wie man die Frau eins, zwei, drei, verschwinden mache – denn das könne er lehren –, aber seine eigene Frau habe ihm das Kunststück als unmoralisch verboten. Hierbei wies er auf seine Assistentin, die ihm schalkhaft mit dem Finger drohte und immer «ecco!» sagte, obgleich sie Miß Ellinor Goodwyn hieß und aus Prag war.

Die Zuschauer, in großer Abendtoilette, applaudierten. Sie waren milde, legten keine Maßstäbe an, hörten leutselig zu wie Erwachsene dem Kinde zuhören, das ein Gedicht aufsagt. Sommer, Land, Ferien ... Da zieht man gern auch zum großen Kleid den primitiven Menschen an und läßt sich geistig in schlichtere Zonen herab.

Frau Stein klatschte übertrieben lebhaft Beifall, Herr Stein warf ein süßes Auge auf die Rothaarige am Nebentisch, die des Werfers nicht achtete. «Emil», sagte Frau Stein, «tausche den Platz mit mir.» «Gern, mein Kind», antwortete Emil und streifte die Lebensgefährtin mit einem tief verheirateten Blick. Mit einem verwundeten Hirschblick. Ach Gott, ist das überhaupt ein Leben, dieses Leben?

«Darf ich jetzt einen Herrn aus dem Publikum bitten, sich heraufzubemühen? Er wird der Frau Gemahlin wieder unbeschädigt und franko zurückgestellt», rief der Mann von der Estrade. Die Herren, an die er sich mit einladender Geste wandte, zögerten, «Ellinor, sprich du!» «Ecco!» sagte Ellinor, «es tut ja nicht weh. Vielleicht ist der Herr dort so freundlich, der mit den blonden Locken.» Dabei zeigte sie auf Herrn Stein, der sein kurzes Haar à la brosse trug und schon eine kleine Glatze hatte.

Alle blickten nach dem Errötenden. «Nur Mut!» sagte der Zauberer. Die Dame am Nebentisch aber lachte und rief spöttisch: «Bravo!» Da ergriff es Emil wie den Ritter Delorges in der Schillerschen Ballade vom Handschuh und trug ihn auf das Podium.

Als er oben stand, das Gesicht von einem verzweifelten Lächeln gespalten, applaudierte die ganze Halle. Unwillkürlich verbeugte sich der arme Herr aus dem Publikum, der Applaus wurde stärker, Emil verbeugte sich wieder. Hierbei legte er die Hand aufs Herz, um das klopfende zu beruhigen, und diese Gebärde wurde seine Rettung. Denn die Leute nahmen sie als Selbstironie, als lustiges Eingehen des Herrn da oben auf den Spaß, der mit ihm getrieben ward, und aus ihrem Beifall wich die Farbe des Hohns. Er klang jetzt mit einem Mal freundlich, sympathisierend, machte Herrn Stein Mut, Mut zu haben. So kam es, daß sein Geist die Schwere überwand, ja sich geradezu von der Erde hob . . . eben als Frau Stein in sie, vor Scham über den lächerlichen Gatten, versinken wollte.

Dieses erste öffentliche Auftreten Emils geriet zur großen Viertelstunde seines Lebens. Er wurde da aus einem Niemand, der er zeit seiner Ehe gewesen, ein Jemand. Er stand im Mittelpunkt und die Welt war rund um ihn. Alle militante Frechheit, die seine Seele während zwanzig Jahren in geheimste Kammern hatte verdrängen müssen, brach aus ihren Schlupfwinkeln vor und parierte sieghaft die Anulkungen des Zauberers. Wie ihm das gefiel, sich einmal coram publico nichts gefallen zu lassen! Fülle nie gesprochenen Widerspruchs, die in ihm steckte und stockte, löste sich, stieg ihm auf die Lippe und zu Kopf, versetzte ihn in eine Art herrlicher, rauflustiger Trunkenheit. Oh seltenes Glück, er kämpfte, er wehrte sich, er schlug zurück, er machte lächerlich, die ihn lächerlich machen wollten. Das schmeckte, sich von allen Frauen angeschaut zu wissen und sie alle geradeswegs anzuschauen, er, der sonst nicht einmal *eine* anblinzeln durfte, und dem niemals auch nur ein Blickchen erwidert wurde!

Als Herr Stein abtrat vom Podium, gab es Ovationen für den Helden des Abends. Auch seine Frau, obgleich ihr das Ganze unheimlich und bedrohlich vorkam, konnte nicht anders, als auf ihn stolz sein. Dennoch, da er sich wieder mit dem Gesicht zur Rothaarigen setzte, die neugierig-freundlich herübersah, sagte sie: «Emil, tausche den Platz mit mir.» «Wozu denn», antwortete Herr Stein, «wir sitzen sehr gut so, wie wir sitzen . . .» Da schwieg die Frau betroffen, denn sie fühlte, daß eine höhere Gewalt die Zunge lenkte, die so sprach und wartete lieber, bis diese Gewalt sich verzogen hätte.

Nun, da mußte sie nicht lange warten. Der Zauberkünstler war mit seinen Produktionen fertig, auf der Estrade nahm wieder die Musikkapelle Platz, es wurde getanzt und kein Mensch sah mehr nach Herrn Stein. Er war aufgestiegen zu kurzem Leuchten, und wieder untergetaucht in Nacht und Dunkel. Aber wer einmal vom Ruhm gekostet hat und vom Glück des Sich-Ausleben-Dürfens und vom Beifall und von der Seligkeit des Stehens im Mittelpunkt, der findet nicht mehr so leicht zurück an die Peripherie, in der man ein Punkt ist unter Punkten. Deshalb nahm Herr Stein das Zauberer-Paar beiseite. «Morgen veranstalten Sie einen Abend im Palace-Hotel, wie ich auf dem Plakat gelesen habe. Ich werde dort sein. Nehmen Sie, bitte, diese 20 Mark. Wenn Sie einen Herrn aus dem Publikum brauchen, so . . .»
«Ich kann mir keinen besseren Partner wünschen», sagte der Künstler, und «Ecco!» sagte Ellinor Goodwyn.

Ein Glück, daß Emil Geschäftsmann ist und «zu tun hat». Er würde sonst dem Doktor Camillo nachziehen auf seiner Tour, von Sommerfrische zu Sommerfrische, durch alle Provinzen, und ein Vagabund werden, zu keiner bürgerlichen Arbeit mehr fähig. Denn dieser Camillo ist ein Zauberer, und er lügt nicht, wenn er sagt, daß er einen Herrn aus dem Publikum dahin zu bringen wisse, seine geheimsten Gedanken zu offenbaren, und daß man bei ihm die Kunst erlernen könne, eins, zwei, drei, die eigene Frau verschwinden zu machen.

Für ein Viertelstündchen zumindest.

Geschenke

Ich bekam Taschentücher, ihre Photographie, Bücher und einen Rasierspiegel.

Taschentücher

Das ganze Leben sozusagen geht in den Umfang eines Taschentuchs hinein. Man braucht es zum Wegtupfen der Träne. Um einen erinnernden Knopf hineinzuknüpfen. Zur Augen-Binde beim Blindekuhspiel oder bei der Füsilierung. Als Knebel bei Attentaten. Um es der Favoritin hinzuwerfen. Zum Zerbeißen in Wut oder Schmerz. Zum Winken beim Lebewohl. Als Pölsterchen zwischen Kinn und Geige. Als Pointe der Rocktasche oben links, aus ihr hervor blühend wie das Schneeglöckchen aus Wintererde. Als Notverband kleiner Wunden. Als Fliegenschutz überm Antlitz des Sommernachmittagsschläfers. Als weiße Fahne der Ergebung. Und, nicht zu vergessen, man kann sich auch mit ihm die Nase putzen.

Ihre Photographie

Sie blickt neugierig und doch interesselos. Gewissermaßen: mit gespannter Gleichgültigkeit. So blickt sie jeden an, den sie anblickt. Um den Mund schwebt ein vieldeutiges Lächeln. Warum lächelt sie, worüber? Es ist ein Lächeln, in dem nichts und etwas sich vermählen. Wer kann wissen, wie diese Mariage ausgehen mag! Der Kopf ist schräg geneigt, so zwischen ja und nein. Auf der Stirn spielen Reflexe ... ob von eignem Innen-, von fremdem

Außen-Licht läßt sich schwer entscheiden. Halb versteckt im Gebüsch des Haars lauscht das Ohr, wartet auf Stichworte, zu denen die Rolle sich dann schon finden wird. Ein Tüllshawl um den Hals schafft milden Übergang zwischen Luft und Erscheinung. Zart verschränkt ruhen die Hände im Schoß; sie sitzt da wie ergeben in ein Schicksal, das sie, so verrät es das energische Kinn, selbst zu gestalten entschlossen ist. Kurz, die Photographie ist ein getreues Bild aller Sicherheiten, die das Original bietet.

Bücher, Neuerscheinungen

Sie sind ziemlich schwer und reichen für zwei Hosen als Falten-Glätter. Waagrecht übereinandergelegt, bilden sie einen Hügel, auf den postiert man mühelos zu dem, was oben auf dem Schrank steht, hinlangt. Ein Band ist schmal genug, um zur Stütze des wackligen Tischfußes zu taugen. Die Lücken im dritten Regal des Bücherschranks werden sich jetzt, mit den neuen zehn Stück, schön füllen lassen, und die Literatur dort wird endlich, aus ihrer schiefen Lage befreit, gerade stehen können.

Rasierspiegel

Alles zeigt sich da in peinlicher Vergrößerung. Die Haut ist quadrilliert von tausend feinen Linien und Ritzen. Wie in einer Baumschule stehen die jungen Haare. Die Nase ist heraldisch groß und bedeutsam, und der Mund ein Lebewesen für sich, einer riesigen Nacktschnecke oder einer See-Anemone ähnlich. Die Stirn erinnert an das Bild eines Schlachtfelds aus der Vogelperspektive, zerfurcht von Schützengräben. Auf ihrer Wölbung ruht noch etwas Licht, indes im seichten Tal der Schläfen schon Abend ist und Schatten. Sehr merkwürdig sehen die Augen aus; Amphibien, die im Trockenen und im Feuchten leben können, unheimliche Wesen, gefangen im Liderspalt. Drüber die Brauen sitzen wie zwei gewaltige Fermate-Zeichen.

Je länger ich in den Rasierspiegel sehe, desto mehr Furcht und Abscheu bekomme ich vor dem, was da herausblickt. Und jetzt weiß ich auch, daß es Faustens eignes Antlitz war, das ihm entgegenstarrte (wahrscheinlich aus seinem Rasierspiegel), als er den Erdgeist zu sehen vermeinte, und das ihm den Angstruf entriß: «Schröckliches Gesicht!»

Das Kind

NUN das Kind zur Welt gekommen ist, haben alle, mit Ausnahme des Neugeborenen, große Freude. Verwandte und Bekannte blicken lächelnd auf das feuerrote, verrunzelte Stückchen Mensch, obzwar es doch eigentlich mehr Gefühl des Mitleids wecken sollte, denn da es ins Leben trat, trat es ja in den Tod, und mit jeder Sekunde, die es sich vom Augenblick seines Anfangs entfernt, nähert es sich dem Augenblick seines Endes. Vor neun Monaten noch unsterblich wie eine ewige Idee, ein göttliches Prinzip, ist es nun schon mittendrin im Sterben, hat von dem Zeitkapital, mit dem es sein Auslangen finden muß, vierundzwanzig Stunden schon verbraucht. «Me genesthai!» sagt der Weise, nicht geboren werden ist das Beste. Aber wer hat schon das Glück? Wem passiert das schon? Unter Hunderttausenden kaum einem.

Das Kind quiekt. Not und Unbehagen sind die ersten, die an die noch verschlossene Tür des Bewußtseins klopfen und das Kind durch ihr Klopfen im Schlafe stören. Schreiend erhebt es Klage, Anklage, daß es da ist. Die Erwachsenen, ausgepichte, eingewöhnte Sträflinge des Lebens, empfangen den Zuwachs mit verlegenem Humor. Heuchlerisch fragen sie: «Na, was iserl denn?», als ob sie nicht ganz genau wüßten, was es iserlt.

Der Vater fordert das Kind, dem wirklich nicht danach ist, mit singenden Schmeicheltönen auf, zu lachen. Er späht gierig nach diesem Lachen aus, als nach einem Zeichen, daß das arme Wesen sich mit dem Schicksal, dazusein, abgefunden habe. «Na, so lach' doch, so lach' doch ein bißchen» heißt soviel wie: Zeige doch, daß du mir verzeihst, dich in die üble Gemeinschaft der Lebenden gestoßen zu haben, Vaterliebe ist zum großen Teil Schuldgefühl gegen das Geborene. Aber natürlich ist dieses Gefühl in den Papas bis zur Unmerklichkeit verkapselt, zurückgedrängt vom Schöpferstolz, obgleich ja, an der mütterlichen Leistung gemessen, des Vaters kurze Arbeit zum Werden der Kreatur nicht gar so imponierend ist.

Haust schon eine Seele in dem planvoll organisierten Zellenhäufchen? Waren die lieben Feen schon da, die die Gaben, und die bösen Magier, die die ersten Komplexe bringen? Die kleine Maschine ist in vollem Betrieb; das Herz schlägt, das Blut wandert, die Drüsen sezernieren, die Lungen schaffen Kohlendioxyd ins Freie, und die winzigen Fingerchen, Zinken einer Puppenküchengabel, schließen sich um den Finger des gerührten Onkels. Das Kind greift nach dem, was ihm in die Hand kommt! Siehe, ein Mensch!

Wenn es zum ersten Male die Augen aufschlägt, da vollzieht sich Neugeburt des Alls durch das Neugeborene. Es öffnet der Welt Pforten, durch die sie einzieht, um zu sein. Der Ansturm ist so heftig, daß die zarten Tore immer wieder geschlossen werden. Premièrerummel! Nicht stoßen, alles kommt daran. Nicht drängen, es ist Platz genug.

Auge des Kindes: da blickt eine Welt *hinein*. Auge des erwachsenen Menschen: eine Welt blickt da *heraus*. Darum ist es so trübe wie ein Glas, an dem Millionen Spuren von Getrunkenem haften.

Das Kind schreit ohne Aufhören seinen Protest gegen das Leben, das ihm die Eltern «geschenkt» haben. Doch wenn es zu trinken bekommt, tut es einen ganz zarten Seufzer der Erleichterung, seine Züge entspannen sich, und mit jedem Schlückchen Milch saugt es ein Schlückchen Frieden in sein Antlitz. So wird der Mensch vom Beginn an durch Nahrung bestochen, seine wahre Meinung zu unterdrücken und Ruhe zu geben und herzig zu sein. Ach wie herzig ist das Kind! Alles Böse en miniature ist herzig. Auch die Hölle in Taschenformat und der Teufel, wenn er daumengroß erschiene, mit einem Mauseschwänzchen, wären herzig.

Die Mutter ruht blaß und erschöpft. Es ist ihr wunderlich zumute, so angenehm leer und so schmerzhaft verlassen, so reich beschenkt und so arg bestohlen, so fein gesegnet und so schmählich ausgenutzt. Und ihre Seele, die Gott dankt, ist heimlich gewärtig, daß er ihr danke. Darauf hat sie auch Anspruch. Denn der Schöpfer lebt nicht außer in seinen Geschöpfen, und jedes Stück neues Leben, das wird, ist seinem eigenen zugelegt.

Leise geht die Türe auf. Die Mutter wäre gar nicht erstaunt, wenn drei Könige aus Morgenland auf Zehenspitzen hereinkämen. Es ist aber nur der Onkel Poldi.

Muz

Muz ist eine kleine, schmale Parkettänzerin mit rotblondem Haar und neugierigen Augen. Im Gehen läßt sie die Arme nicht herabhängen, sondern hält sie ein wenig hoch, als hätten sie gar kein Verlangen nach dem Erdmittelpunkt. Vielleicht ist es eine Reminiszenz an Urahnen, die noch Flügel hatten; vielleicht ein Entwurf zu Urenkeln, die schon Flügel haben werden.

Wäre Muz auf diesem Stern ihm jemals begegnet, sie hätte gewiß einen Stoß zärtlicher Altenberg-Briefe im Schrank. Aber er war schon fort, als sie kam.

Muz hat einen kindischen Mund, dessen Winkel kleine schattige Buchten sind. In sie, nicht weiter, zieht sich ihr Lächeln zurück, wenn sie nicht lächelt. Es sitzt dort, wartet.

Ja, es hat den Anschein, als nähme Muz das Leben auf die leichte Achsel ... Aber auf welche soll sie es denn sonst nehmen? Sie hat eben keine andere. Wer die Achsel gesehen hat, wird ihre Weltanschauung verstehen. Die Linie der Muz, sanft gezogen über Berglein und Tal, fand sogar der Zeichner Boris tadellos; und Boris war in diesem Punkt, in dieser Linie, sehr anspruchsvoll. Er war ein Priester, der seinem Gott auf die Finger sah und ihm nicht den geringsten Fehler in der Arbeit durchgehen ließ.

Wenn die Schritte der Muz eine Spur hinterließen,

wäre der Boden nach dem Tanz mit der zierlichsten Fußschrift bedeckt. Entzifferte man die, so käme ein ganz kindlicher Text zutage, etwa: «Ich heiße Muz», oder: «Wer das liest, der ist ein Esel».

Ohne daß man sähe wo und wie, geht die Musik in die Tanzende über, fließt durch ihren Leib und macht ihn klingen fürs Auge. Der Rhythmus nimmt sie, sie gibt sich ihm, ohne Getue und Geziere, mit allem, was sie zu vergeben hat. Im Tango kommt eine Figur vor, bei der das Bein rückwärts schwingt: wenn die Muz das macht, ist es, als ob ein Lüftchen ihren Fuß nach hinten wehe.

Sie ist nicht eigentlich ein Tanztalent, sagen die Kenner. Aber es kommt beim Tanzen – zumindest mir, dem Zuschauer – gar nicht auf den Tanz an, sondern auf die Offenbarung des Leibes, auf dieses süßesten Instruments Naturklang. Wenn die Muz schlecht tanzt, so tanzt sie doch bezaubernd schlecht; und ich sehe ihr lieber zu als den Weibern, die peinlich gut tanzen.

Das Schönste ist ihre himmlische Gleichgültigkeit. Wie zierliches, vom Finger der Musik bewegtes Spielzeug schwirrt und kreiselt sie über den Boden hin, so herzig gar nicht bei der Sache, die ihre Sache ist. Sie macht ein Gesicht, als traumtanze sie wachend. Ihr Tanz ist Selbstgespräch des Leibes, in das die Seele sich nicht mischt. Die fliegt anderswo, über irgendwas, auf irgendwen.

Die älteren Herren nehmen Unterricht bei Muz, vergessen, an ihre Lehrerin geschmiegt, der Sklerose, wie der welke König David ihrer vergaß bei der blühenden Abisag aus Sunam. Sie werden ganz jung, und Knabenglanz schimmert in ihrem Auge hinter der Dioptrin. Muz aber, neunzehn Jahre alt, uralt wie Erda, geduldig, weise, teilnahmslos-mütterlich wie die, sagt gähnend zu jedem: «Wie geschickt Sie sich anstellen, also das hab' ich überhaupt noch nicht gesehen!» Der Mann am Klavier spielt zu solcher Tanzstunde einen Shimmy, zurechtgeschnitten aus dem Chopinschen Trauermarsch.

Ich habe Armand, den Partner, im Verdacht, daß seine Hand schwer lastet auf der kleinen Muz. Aber am Ende braucht sie das. Wie rasch ist so ein flüchtiges Geschöpf verweht, so eine Leichte fortgetragen vom Wind, der Teufel weiß wohin. Halte sie immerzu fest, Armand! Nicht gar zu fest womöglich.

Flocke

Das Theaterstück hatte fünf Akte, vier Zwischenakte also.

Er saß auf dem Ecksitz, sie zu seiner Linken und neben ihr ein fremder Herr im Festgewand. Der Herr war glattrasiert und hatte ein Etwas in Wesen und Haltung, ein tu-ne-sais-quoi, einen Kinnschnitt und Wimpernschlag, der die Echtheit seiner Perlenhemdknöpfe verbürgte.

Ecksitze sind angenehm. Sie gewähren nicht nur größere Freiheit des Sitzens, sondern auch des Gehens und Kommens, sie erhöhen das Selbstbewußtsein, sie geben Distinktion, ein Rangplus über gemeinem Publikum. Sie sind erstrebenswert wie Eckstücke von Kuchen. (Aber das gehört nicht zur Sache.) Beim Nachhausegehen geriet das Paar in Streit. Sie wurde böse und ihre Rede Essig. Weltanschauungen stießen widereinander. Im Turm von Babel, den jede Mann-Weib-Beziehung, Steinchen um Steinchen, im Lauf der Jahre baut, brach heillose Sprachverwirrung aus. Urfeindschaft der Aneinandergebundenen demaskierte sich. Sie gingen Seite an Seite, im Abstand eines Dezimeters tausend Meilen weit voneinander.

Um die kleine Spannung aus der Welt zu schaffen, sagte er, scheinbar noch im Schwung der Erzürntheit: «Dein Kleid ist provokant. Die Leute haben dich angestarrt.»

«Ich habe es bemerkt» – sachte schrumpften die Meilen – erwiderte sie scharf. Es war nicht mehr die Schärfe des Essigs, sondern die wohlig-gute Schärfe des Kölnischen Wassers.

«Wie der Mensch neben dir dich angeglotzt hat!» Er sagte das nur so, um ihr was Liebes zu sagen, in Geberlaune. «Förmlich betastet hat er dich mit den Augen.»

«Nicht nur mit den Augen ... Einmal bückte ich mich, um den hinuntergefallenen Theaterzettel aufzuheben ... da bückte er sich auch und versuchte meine Hand zu streicheln ... er war überhaupt frech, ich mußte mich ganz schief setzen, um seinem Knie zu entgehen.»

«Warum hast du mir das nicht gesagt?»

«Weil ich keinen Skandal haben wollte.»

Ach die herzige Schwindlerin! Skandal! Als wenn sie den hätte befürchten müssen! Als wenn sie ihren Freund nicht kennte! Ist er der Mensch, einem artigen jungen Mann Artigkeiten übelzunehmen? Ist er nicht selbst einer, der Fräuleins gern alle Höflichkeit erweist? Unterschätzt er das erotische Fluid der Nachbarin? Hat er noch nie, zärtlicher und kurzer Hand, aus dem Stegreif sozusagen, an das Luder in der Dame appelliert ... und sollte sich nun entrüsten, weil an seine Dame Appell gerichtet ward?

Was erwidert man auf so kindischen Einwand: Angst vor Skandal? Er erwiderte: «Du Süße!» Es ist eine Wendung, der im Gespräch mit der Geliebten eine Rolle zukommt, wie dem Telemarkschwung im Skilauf. Weitergleiten wird verhindert. Abgründe, das Gespräch umlauernd, sind um ihr Opfer betrogen.

Nachts aber fiel ihm etwas ein.

Nachts, im Übergang vom Wachen zum Schlaf, werden seinem Hirn immer die besten Erleuchtungen.

Nachts also fiel ihm ein, daß er zum Thema vom zudringlichen Nachbar noch zu fragen hätte: «Apropos ... warum hast du denn nicht mit mir den Platz getauscht, wenn der Mann dich belästigte? Es waren ja vier Zwischenakte?»

Das fragte er also beim nächsten Wiedersehen.

Sie antwortete: «Was hätte ich denn als Grund für das Verlangen nach Platztausch angeben sollen?»

«Nun, etwa, daß du von deinem Sitz keinen guten Blick auf die Bühne hast ... oder irgend sonst was ...»

Da sprach sie die gewichtigen Worte: «Ich kann nicht lügen.»

Dieser Satz traf ihn ins Herz. Er glaubte ja gewiß nicht, daß sie unfähig sei, zu lügen; aber die Vorstellung, wie es wäre, wenn es so wäre, bemächtigte sich seiner Seele und füllte sie mit Mitleid bis zum Rande. Der Gedanke, daß sie nicht lügen könne, wirkte auf ihn wie eine Angstvision, etwa als ob er sie ohnmächtig auf den Schienen liegen sähe und der Schnellzug brause heran. Ein tiefes Verlangen, Hilfe zu leisten, zu schützen, den Schirm seiner Zärtlichkeit über das Haupt der kleinen, wehrlosen, preisgegebenen Frau zu spannen, überkam ihn. Oh, er ertrug den Gedanken nicht, daß sie nicht lügen könne! Die Schöpfung hat ja vielerlei unzulänglich zum Daseinskampf gerüstete Lebewesen erfunden; aber einen Fisch, der nicht schwimmen kann, hat nicht einmal ihre phantasievolle Grausamkeit sich geleistet. «Ich kann nicht lügen», das klang, wie wenn sie sagte: «Ich habe kein Obdach» oder: «Ach, kein Stückchen Brot!» Herzzerreißend. Und kann sie denn lügen? Sie kann es so wenig, wie Tier und Pflanze es können. Hilflos sind die kleinen Listen ihres Verstands wider die triumphierende Wahrheit ihres Bluts und ihrer Nerven. Aber die dummen Männer werden wild, wenn sie dem Weib auf seine Unlüge draufkommen, wenn sie es bei seiner Wahrheit ertappen.

Er war sehr ergriffen und gab ihr sanfte Worte. Auch sie wurde weich. «Also das mit dem Mann im Theater ist ja gar nicht wahr», sprach sie, «ich habe es nur erfunden, um dich zu ärgern.»

«Ich habe es auch nicht eine Sekunde lang geglaubt.»

«Jetzt lügst du», sagte sie. «Was bist du doch für ein durchtriebener Lügner! Immer diese pathologische Bemühung, nur ja nicht der Dumme zu sein!»

«Und bin es doch immer.»

«Du bist es, weiß Gott. Ich sage es dir ja nicht gern, aber ich kann nicht lügen . . .»

Sie war so leicht und zart, daß er sie «Flocke» nannte. Wenn ich blase, fliegt sie fort, dachte er.

Darum hielt er auch in ihrer Gegenwart immer den Atem an.

Schnick

SCHNICK, das Hündchen des populären Schriftstellers Egon Friedell, ist gestorben. Es war ein liebes Tier, und wahr spricht die schöne Totenklage, die sein Herr und Freund ihm widmete, wenn sie sagt: «Wer ihn gekannt hat, wird meine Trauer um ihn teilen.» Dieser Hund war überall gern gesehen. Wo er hinkam, rief alles erfreut: «Halloh, Schnick! Guten Tag, Schnick!» Und kam Egon allein, rief alles beunruhigt: «Wo ist Schnick?»

Schnick kannte einige Kunststücke und hatte Drolligkeiten in sich, deren Charme keiner, der nicht ein ausgepichter Bösewicht, sich entziehen konnte. Aber wie wenig war er darauf aus, sich zu produzieren. Wie ungern ließ er sich bitten und nötigen, wie taktvoll hielt er mit seinem Können zurück, und wie ging es ihm wider das innerste ästhetische Gewissen, immer wieder und wieder den Leuten dasselbe Theater vorzumachen! Beifall schätzte er gering, nahm ihn mit spöttischer Teilnahmslosigkeit hin. Er lechzte nicht nach Publikum.

Dieser Hund hatte ein philosophisches Wesen. Man sah ihn oft allein dahinwandeln, Wolken, Stein und Gräser prüfen, Sinn und Zusammenhang der Dinge erwitternd. Er konnte auch stundenlang ruhig liegen, und es schien dann, als ob er nachdenke. Aber – als kluges Geschöpf, das er war – mag er bald zur Erkenntnis, daß er nur ein rezeptiver, kein produktiver Denker wäre, gekommen und ihm als höchstes Ergebnis seines Nachsinnens dessen Fruchtlosigkeit bewußt worden sein. Als redliches Tier zog er hieraus die Konsequenz, das Zusammengeschnüffelte bei sich zu behalten. Er war kein Philosoph für die Zeitung, die Plattheit will oder billige

Paradoxie. Er besah sich die Welt und hielt das Maul. Er verschmähte es, durch dünkelhaftes Getue mit dem, was er im Buche der Natur gelesen hatte, sich bei einer niveaulosen Hundeschaft in Ruf zu setzen. Popularität war ihm lästig, nicht beglückend.

Er war ein Charakter. Er gehörte nicht zu jener Rasse, die die dreckigste Hand leckt, wenn sie nur krault. Keinem bellte er nach dem Munde, und das Aufwarten, Apportieren, Stockspringen, womit sich seine Artgenossen in besseren bürgerlichen Kreisen so beliebt machen, lernte er nie. Er gehörte nicht zu jenen Hunden, die, wenn sie ins Zimmer gemacht haben, sich ahnungslos stellen, oder, werden sie überführt, den unreinlichen Akt als eine Tat angewandter Ironie gedeutet wissen wollen. Er war kein Gesellschaftshund. Die Kunst, nach Bedarf denselben Menschenfuß zu umwedeln oder die Hinterpfote gegen ihn zu heben, blieb ihm zeitlebens fremd.

Mich hat er nie leiden mögen und mir das auf eine kühle, höfliche Art gezeigt. Meine Sympathie und Achtung für ihn hat solches Betragen nur vertieft.

Schnick war klein, zart, in Lauf und Haltung von einer sonderbar windschiefen Grazie. Und obgleich er also durchaus der Gegensatz seines Herrn war, lebten beide doch in rührender Freundschaft miteinander, die das Gesetz der aus Kontrasten geborenen Harmonie eindringlichst bestätigte.

Dreißig Grad im Februar

(Etüde in C-Dur)

Noch ist der Frühling roh, aber schon genießbar. Die Luft schmeckt nach unreifer Hitze, und es riecht nach Blumen, die nicht da sind. Ein paar Schweinchen laufen übern Hof, froh der Bewegung. Noch dürfen sie, in der Vorfrühlingsphase der Schinken und Würste, deren wahrlich inkarnierte Idee sie sind, frei galoppieren. Der Tod persönlich, die Sense, das Messer, dem sie entgegenschwellen, im Stiefel, jagt sie mit Händeklatschen und freundlichem Scherzwort. Die Sonne probt, es geht schon ganz gut. Blank ist der Himmel, von der Farbe dünnen Glases, als wäre vorläufig nur eine erste Schicht Blau aufgetragen. Es ist warm kalt. Große Fliegen, verirrt in der Zeit, hineingefallen der Sommertäuschung, verhungern an Fensterscheiben. Über Baum und Strauch liegt ein Traum von Grünem; im neuen Moos, das den Waldboden deckt, wird er bereits smaragdene Wirklichkeit. Die Dorfstraße ist dicker, appetitlicher Kot, die Autopneumatiks haben lange Linien ihrer Ornamente in den nachgiebigen hineingedrückt. Wenn er hart sein wird, werden sie ihn zu Staub zermalmen: das ist das Los des Charakters auf der Erden. Überall strollen Hühner, neu in der neuen Sonne, lernen sich im Freien orientieren und die Gegend kennen. Gefrorene Pfützen, hier und da, warten auf das Unabwendbare. Wenn der Fuß ihr dünnes Eisdeckchen berührt, bricht es wie Glück und Glas: das ist Überwindung durch Gewalt. Wenn die Sonne es bestrahlt, schmilzt es hin: das ist Überwindung durch Liebe. An der Landschaft hängen Schneekrusten,

Fetzen und Fäden eines zerrissenen, fortgewehten winterlichen Überwurfs. Aus der Kotlache trinkt ein Ententrio. Immerzu trinkt es, das kann nicht Durstlöschen, das muß Beschäftigung sein oder Spiel, oder sie wollen dem Tümpel, in dem der Himmel sich spiegelt, auf den blauen Grund kommen. Die Gänse hingegen, weiß sind sie und wollen es bleiben, suchen das fließende Wasser, sie machen sich's kalt, dann haben sie doppelten Genuß von der unwahrscheinlichen Februarsonne. Die Jahreszeit ist aus den Fugen. Durch den Wald, noch offen nach allen Seiten hin, schwärmen Licht und Luft in heitrer Freiheit, nützen die Chance, von keinem Laubgitter abgehalten zu sein. Den Dorfkötern ist das Wetterwunder ins Herz gefahren, sie schnappen nach den Sonnenstrahlen, kauen warme Luft und wiegen sich beim Gehen, als sei ihnen absurd leicht zumute. Entblößt liegt die Erde, aufgedeckt vom Sturm, mit ihrem Schlaf ist's vorbei und zum Aufstehen doch zu früh. Und von der Wärme überrascht, indes ihr der Frost noch in allen Gliedern steckt, kramt sie zögernd Frühlingssachen aus. Der Mensch aber hat Kopfschmerzen und Gelüste. Rührselige Sinnlichkeit befällt ihn. Sein Gefühl setzt Knospen an, in seinem Mystisch-Inwendigen rumort es wie von Keim und Wachstum. Es ist, als fielen ihm ein paar Jahre von den Schultern, die nun leichter tragen. Beglückte Ruhe spiegelt sich in den Augen der Kuh, die zum erstenmal nach langer Pause im Freien spazierengeht. Blickt sie sonst sanftmütig-stumpf, so blickt sie jetzt entschieden freundlich. Ich glaube, in ihrer schwabbelnden Brust schwabbelt so etwas wie ein pantheistisches Weltgefühl, und hätte sie das Mimische heraus, sie würde lächeln. Wann denn auch sollen die Kühe lächeln, wenn nicht bei dreißig Grad im Februar?

Ein Antlitz

So rollt das Leben zwischen Aufgang und Untergang, oft wird es Tag, oft wieder Nacht, und manchmal ist es auch am Tage finster oder hell in Nächten, und viele Gesichter drücken ihre Spur in die registrierende Schicht deines Hirns, die bald so aussieht wie altes Löschpapier, bedeckt mit tausend Linien, Zeichen und Klecksen.

Aber plötzlich wirft der launenhafte Stern, der dir leuchtet und deinen Weg bestimmt, seinen Strahl über ein Antlitz ... und du weißt sofort, daß dies ein astronomischer Wink ist, dem du folgen mußt und wirst; auch wenn er dich ins Unglück führt.

So wohl tut das Antlitz deinem Blick, wie Ozon deinen Lungen. Und wie dein Gefühl es greift und in sich zieht, spürst du Verwandlung. Deine Beziehungen zur Schöpfung und zum Schöpfer nehmen eine radikale Wendung ins Freundliche. Neue Lebensmusik klingt. Leicht wiegen all' deine Ketten, scheinen mehr Schmuck als Last.

Und wenn das nicht der Alkohol ist, mein Freund, dann ist es die Liebe.

Vor diesem Antlitz springen alle Türen deiner Seele auf: es tritt ein und nimmt Besitz. Tief ritzt es seine Züge in das wehrlose Herz, jedes Blutkörperchen, das durchrollt, wird so geprägt, nimmt das Zeichen ab, trägt es überallhin durch die weite, enge Welt, die du bist.

Das Leben hat ein Gesicht bekommen: dieses.

Schmerz und Freude erscheinen nun in dieser Maske. In dieses Auge blickst du, blickst du dem Schicksal ins Auge. Alle Fäden, die dein Traum von Glück spinnt, weben das Antlitz. Unabweisbar bestimmt es deine Pläne und Wünsche, Hoffnungen und Befürchtungen.

Es ist dir, was der Kerze die Flamme ist, durch die sie lebt und an der sie stirbt. Es verursacht dir Schmerz, für den es kein Heilmittel gibt, als immer wieder ihn selbst.

Da gibt es nichts als Abwarten. Bis der Strahl des Sterns, der dir den Wegweiser abgibt, wieder fortwandert von dem Antlitz und ins Leere fällt. Der Tag, an dem dieses geschieht, wird dir Frieden bringen und ein schönes Gefühl der Freiheit und Leichtigkeit, ein Gefühl des Neugeborenseins fast. «Wie wunderbar!» wirst du zu dir sprechen, «meine Liebe, die doch eins war mit mir, ist tot, und ich bin es nicht!»

Natürlich kann man an derlei verhängnisvollem Antlitz auch zugrundegehen. Aber Statistik und Erfahrung lehren, daß die Chance, es heil zu überstehen, nicht unbeträchtlich ist.

Der Sternenhimmel

(Ein Schulaufsatz)

DER gestirnte Himmel, zumal in der warmen Jahreszeit, ist ein prächtiger und erhebender Anblick. Man hat ihn selten in der Gegend, wo wir auf Sommerfrische sind, weil es hier meistens regnet. Dann spielen der Papa und die zwei Herren aus der Nachbarschaft im Zimmer Karten, wogegen sie das bei schönem Wetter auf der offenen Veranda tun. «Das Vergnügen ist doppelt so groß», sagt der Vater, «wenn man im Freien tarockiert, über sich die ewigen Sterne.»

Kein Mensch bleibt von der Majestät des Sternenhimmels unberührt, ausgenommen die Blinden. Mein Hauslehrer kennt die Gestirne alle beim Namen, und Mathilde geht gerne mit ihm in den Garten, sich das Firmament erklären zu lassen. Oft sind sie so versunken in den himmlischen Zauber, daß man lange rufen muß, bis sie einen hören. Der Professor sagte, daß der Anblick des gestirnten Himmels dem Menschen Trost spende. Bei Zahnschmerzen, insbesondere bei Beinhautentzündung, wie ich aus Erfahrung weiß, versagt aber das Mittel. Mein Bruder, der im Krieg war, erzählt auch, daß ihn, als er mit einem Bauchschuß im feuchten Graben lag und auf die Sanitäter wartete, das Licht der über ihm funkelnden Sterne kalt gelassen hätte. Es scheint also, daß sie eine Freude nur gesunden und gut gelaunten Menschen machen. Aber denen macht ja bald etwas Freude, und der Regen lacht ihnen nicht minder als die Sonne.

Wir Knaben sehen den gestirnten Himmel sehr gerne; denn er deutet auf schönes Wetter am kommenden Tag. Der Junge bei den Booten, der die Badenden ans andere Ufer bringt, hat bedeckten Himmel lieber, weil der schlechtes Wetter verspricht, und dann kann er länger schlafen und hat weniger Arbeit. Menschen, die immer in der Stadt leben, bemerken den Sternenhimmel vielleicht überhaupt nie, denn die elektrischen Bogenlampen leuchten viel heller, und außerdem hören die Leute abends lieber Radio, oder sie haben gar keine Zeit, in den Himmel zu gucken und denken sich, die Sterne kommen ohnehin jede Nacht wieder, ob man sich nun um sie kümmere oder nicht. Eigentlich ist der Sternenhimmel also nur für Vagabunden da und für Nichtstuer und für Astronomen, die aber vor lauter Sternen den Himmel nicht sehen, wie andere vor lauter Bäumen nicht den Wald.

In der Sommerfrische, wie gesagt, blicken wir gerne dann und wann zu den Sternen auf und erfreuen uns ihrer Pracht. Onkel Siegmund, der neben mir die Stube hat, kommt immer, bevor er sich ins Bett legt, im Nachthemd auf den Balkon und sieht zu den Sternen empor. Er sagt, das brauche er, ein Blickchen voll Sterne vor dem Schlafengehen sei seiner Seele so unentbehrlich, wie seinem Magen eine Messerspitze voll doppelkohlensauren Natrons. Denn das Anschauen des Sternenhimmels, meint Onkel Siegmund, erfülle der Menschen Herz mit wundervollem Frieden, und eine Regung allumfassender großer Liebe durchdringe jeden verborgensten Winkel des Gemüts. Insbesondere der Stern «Adler», sagte er, habe es ihm angetan, er wisse selbst nicht, warum. Unser Hauslehrer korrigierte, das Sternbild, das der Schwärmer meine, sei nicht der «Adler», sondern der «Schwan», Onkel beharrte aber beim Adler, der andere bei seinem Vogel, sie gerieten arg aneinander, und Onkel Siegmund kam so in Wut, daß er schrie, wenn der Hauslehrer als Sternbild an den Himmel versetzt würde, so wäre das das Sternbild des Heuochsen. Infolgedessen kündigte unser Mentor, und Mathilde ging in den nächsten Tagen mit verweinten Augen herum.

Es ist wirklich sehr schön, auf dem Rücken im sommerweichen Grase zu liegen und, vorausgesetzt, daß man weder Zahnschmerzen noch einen Bauchschuß, noch Kummer, Sorge, Leid, Ärger oder trübe Erwartung hat, in den Sternenhimmel zu blicken. Die Großartigkeit der Erscheinung lenkt den Sinn auf Erhabenes, und wie in einer sanft und weit schwingenden Schaukel schwebt die Seele hoch und wieder zurück in beruhigende Erdnähe. Die vielen goldenen Punkte am nachtblauen Firmament, es werden ihrer immer mehr, je länger man hinsieht, sind Augen der Seligen, die auf uns herniederblinzeln, und ihr Glanz läßt uns ahnen, wie herrlich es da oben sein mag. Andere sinnreiche Vermutungen wären auch möglich, wie überhaupt die Sterne sehr geeignet sind zu schönen Vergleichen. Leute, die solche von Berufs wegen anstellen, heißen Dichter. Was aber den Frieden anlangt, den Onkel Siegmund vom Sternenhimmel bezieht, so glaube ich, daß es sich umgekehrt verhält, daß es der Friede seines guten Herzens und seiner guten Verdauung ist, den er auf das nächtliche Firmament überträgt und von dort wieder herunterholt. Was unsere Seele vom gestirnten Himmel abliest, ist nur ihr eigenes Spiegelbild in unendlicher Vergrößerung.

Als Kind glaubte ich, daß die Sterne Sterne seien, glühende Punkte, in Millionenzahl eingesetzt in die Himmelskuppel, damit des Menschen Aug' sich ihrer erfreue, und die Erde eine Decke habe, die von der Glorie ihres Bauherrn zeuge. Schreckliche Enttäuschung war es dann, als ich hörte, die Sterne seien nicht Tropfen Lichts, hingesprüht durch die Nacht, um zu leuchten, sondern riesige Klumpen gemeiner Materie, irdische Welt wie alles, was das Auge sieht, Träger vielleicht sogar von Lebendigem, unterworfen dem Gesetz, das allen Stoff bindet und bewegt. Nichts im Universum ist also um seiner Schönheit willen da, nichts ist da, nur um da zu sein, nichts leuchtet, nur um zu leuchten, nicht einmal die Sterne, und Mathilde hat recht, wenn sie von der ganzen Astronomie nichts mehr wissen will.

Amoralisches

EIN Jenseits von Gut und Böse kann man sich nur sehr schwer vorstellen, fast so schwer wie das «Jenseits», das par excellence diesen Namen trägt. Hingegen eine Weltanschauung, die zwischen Gut und Böse nicht aufgeregter unterschiede als zwischen blond und schwarz oder breit- und schmalhüftig, die kann man sich, mit etlicher Einbildungskraftanstrengung, schon denken. Da wäre dann das Böse nicht ein Übel, das bekämpft und beseitigt werden müßte, sondern eine Farbe im Weltbild wie jede andere. Und wer sollte so dumm sein, einer Farbe das Daseinsrecht abzustreiten, sie als *absolut* häßlich zu verwerfen? Sagt einer: «Lumpereien kann ich durchaus nicht leiden», nun, so ist das seine ganz persönliche Idiosynkrasie und gilt nicht tiefer, als wenn einer sagte: «ich hasse Gelb», oder «Speisen aus Butterteig widerstehen mir». Geschmackssache.

Man kann sich einen, sozusagen, ethisch luftleeren Raum denken, in dem Gut und Böse gleiche Fallgeschwindigkeiten hätten. Schwieriger ist es schon, eine Seele zu imaginieren, die in solchem Raum zu atmen imstande wäre. Doch behaupten Reisende durch die dunkelste neue Zeit, solche Seelen angetroffen zu haben, ganz betuliche Psychen, nur ihre Ausdünstung sei eine furchtbare. Aber duften denn die Guten immer gut?

Die Entwicklung, das ist offenbar, strebt dahin, Gut und Böse weniger als sittliche denn als farbliche Valeurs zu nehmen. Und die Mode, der wie alles andere auch das Moralische unterliegt, ist ganz deutlich gegen strenge Muster. Man trägt heute gern zum Charakter etwas Gemeinheit, ein wenig offene Filouterie steht dem freien

Mann nicht übel zu Gesicht, und etwas aufgelegte Schurkerei gibt seiner Geistigkeit einen pikanten Zug. Und nichts Seltenes ist es, daß sich einer eine geachtete Position als gemeiner Kerl macht. Es ist kein Wunder; denn die Menschen dieser so überreizten wie abgestumpften Zeit haben was übrig fürs Penetrante. Die Geruchsnerven sind, seit zehn Millionen Kriegerleichen die Luft der Welt verpestet haben, nicht mehr zimperlich, und so mit Recht verhaßt ist die sittliche Ordnung, die uns dahin gebracht hat, wo wir sind, daß jeder Wicht aus dem Titel: Diskreditierung dieser Ordnung sich revolutionären Kredit erschleichen kann. Der Zweck-Niedertracht, jener, die um eines Vorteils willen verübt wird, haftet ja auch heute noch ein gewisses Odium an. Aber die Büberei um der Büberei willen, begründet einzig und allein in der konstitutiven Gemeinheit dessen, der sie begeht, die hat ihr Würziges. Sie pfeffert die zähe Speise, an der der Mensch schon viele tausend Jahre kaut.

Solcher Reizwert der Gemeinheit um ihrer selbst willen, der Gemeinheit impure et simple, ist unbestreitbar. Und so wäre nichts gegen sie zu sagen außer dieses: daß sie das Leben unbequem macht. Denn wie ich dem Stuhl ohne weiteres traue, daß er halten, der Zimmerdecke, daß sie mir nicht auf den Kopf fallen wird, so dem Nebenmenschen, daß ich mich von ihm – es sei denn in der Sphäre des Theaters – keiner Tücke und Kanaillerie zu versehen habe. Die sogenannte «Anständigkeit», unter welchem faden Spitznamen alle Garantien gegen Gemeinheit summarisch gefaßt sind, ist, bis auf weiteres, nicht aus sittlichen, sondern aus *verkehrstechnischen* Gründen kaum zu entbehren.

Liebe und dennoch

Er saß auf dem Tabouret zu ihren Füßen und sah der geliebten Frau zu, wie sie eine Birne aß.

Folgendes ging, während sein Blick an ihrem Antlitz hing, in ihm vor (mit der Zeitlupe aufgenommen):

«Es schmeckt ihr. Schön, daß es ihr schmeckt. Wie sie den Bissen kaut und zurechtschiebt unter die leise mahlenden Zähne. Nun ist er praktikabel zum Abstieg, und jetzt gleitet er hinab in den Magen und legt sich dort im Dunkel hin, wird von Säften und Säuren verwandelt, zu Molekülen Agathe. Komisch, daß ich an so etwas denke. Doch ich muß wohl, sonst täte ich's ja nicht. Über Willensfreiheit läßt sich diskutieren, aber eine Willensfreiheit des Denkens gibt es ganz gewiß nicht. Da ist alles zwangsläufig, da fahren wir in Geleisen, und nur wo wir haltmachen und aussteigen wollen, nur das beschließen wir frei. Scheinbar. Wenn sie trinkt, blickt sie mit einem ganz verlorenen, leeren Ausdruck über den Glasrand weg. Sie trinkt wie die Pflanze, wie die Erde. Den kleinen Finger der Hand, die das Glas hält, spreizt sie graziös. Viel zu graziös. Sie hat nun einmal diese leidige Gewohnheit, und zuweilen möchte ich dem kleinen Finger zurufen: Leg' dich! Wenn sie eine Faust macht, hat sie den Daumen in der Faust. Warum mich das so rührt, möcht' ich nur wissen! Aus lauter solchen Winzigkeiten setzt sich Gefühl zusammen und Nicht-Lassen-Können. Sonderbar, daß die Menschen sich nicht schämen, voreinander zu essen. Ganz ungeniert machen sie ihren Gesichtsspalt auf und schütten mit Hilfe von Gerätschaften Verschiedenes hinein. Höchst lächerlich ist das anzusehen. Ein Leben ohne sie ... der Gedanke schon schafft Atemnot. Aber meine Freiheit! Ohne Last von Schuld Gefühl empfangen und verschenken dürfen. Kürzlich die bezaubernde, schmalfüßige Nachbarin in der Straßenbahn! Und das kleine Ding in der Pariser Kneipe, mit dem Spitznamen: moineau, so furchtbar betrunken und so vollkommen anmutig dabei! Mußte man es nicht lieb haben? ‹Und so ein schmutziges Gassenmädchen könntest du . . .?› sagte sie damals und wurde sauer. Wie der Götze der Gewißheit, schlingend das Opfer von tausend Möglichkeiten, lebt sie über mein Leben.»

Indem er solches dachte, fürchtete er, die Gedanken könnten sich verräterisch in seinem Antlitz spiegeln. Er verbarg es in ihrem Schoß.

Sie strich ihm übers Haar. Während sie so tat, ging folgendes in ihr vor (mit der Zeitlupe aufgenommen):

«Ein bißchen fettig rührt es sich an. Aber er hat recht, es so zu behandeln, denn Fett konserviert die Haare, und wenn schon grau, dann wenigstens keine Glatze. Liebes Haupt! Wie gern habe ich deine schöne Form. Der griechische Arzt letzthin auf dem Dampfer hatte eine ähnliche Kopfform. Und tanzte wie ein Engel. Xenophon Pagopulos. Komisch muß das sein, mit einem Mann im Bett zu liegen, der Xenophon heißt. Wie ruft man ihn? Xeni? Ach was, ein Name klingt, wie man ihn fühlt. ‹Albert› ist doch gewiß kein Nest für Zärtlichkeiten, und doch kann ich den Namen nicht denken, ohne weich zu werden. Merkwürdig fremd und leblos ist so ein Nacken. Wie ein Stück toter Schale. Auch die Partie hinterm Ohr ist unheimlich leer. Kein Ausdruck dringt dort hin. Pagopulos' Ohren liegen ganz enge am Kopf, wie aus dem Schädel herausmodelliert. Er hat den sinnlichsten

Mund, und . . . wär' ich's imstande? Nein, dazu habe ich Albert zu lieb. Glaube ich zumindest. So verrinnt das Leben, und immer habe ich Albert zu lieb. Ach Gott! Unsere Neigung . . . seltsames Wort: Neigung. Wir sind zueinander geneigt wie zwei Karten, die ein Dach bilden. Keine kann aus ihrer Position, ohne umzufallen und die andere zu Fall zu bringen. Manchmal glaube ich, er hat mich gar nicht mehr gern. Das würde ich nicht ertragen. Ein bißchen zuviel Brillantine tut er ins Haar, und mein blaues Kleid ist sehr heikel. Gemein, daß ich an so etwas denke. Was hat der Mensch doch in sich für Tiefen voll Erbärmlichkeiten.»

Hernach gingen sie miteinander zu Bett, Xenophon Pagopulos mit moineau von der Pariser Kneipe.

Nekrologie

GRABREDEN rühmen das, wodurch der Mann im Sarge seinen Nebenmenschen, wodurch er seiner Zeit, seiner Welt sich nützlich zu machen gewußt hat. Die gesellschaftliche Funktion, die er hatte, da er's Licht noch sah, wird ihm auf die Gruft gestellt, und ein gutes Abgangszeugnis bestätigt ihm, daß er bestanden hat in dieser oder jener Disziplin. Er war ein pflichtbewußter Beamter oder ein gewissenhafter Arzt oder ein leidenschaftlicher Revolutionär oder ein Mann, dem die Wissenschaft zu danken hat, oder eine Zierde seiner Kunst oder zumindest ein rechtschaffner Kamerad oder, wenn schon gar nichts anderes, ein wackerer Familienvater, oder, allerschlimmstenfalls, ein braver Mann schlechtweg und nur einer gewissen Gruppe von Menschen mehr. Hervorragenden Toten wird außerdem gern versichert, daß einiges von ihnen überleben werde, ein Buch oder eine Formel oder ein geschichtliches Faktum, das mit ihrem Namen verknüpft erscheint, doch auch niederen Leuten pflegt man in die Grube nachzurufen, etwas von ihnen würde bleiben, nämlich das sogenannte Andenken an sie. Nun ja.

In der Beziehung zu den andern also – das hören wir, wenn wir's nicht mehr hören können – bestand unser Wert, und als unsere Güte, Schönheit, Richtigkeit gilt das, was die andern Gutes, Schönes, Richtiges aus uns gewonnen haben. Das scheint mir aber (abgesehen davon, daß ein Großteil unserer «Leistung» aus trüben Quellen fließt, aus Zwang, Lüge, Ruhmsucht, Lebensangst, Geltungsgier, Machtverlangen, Not und Stumpfsinn der Fügung), das scheint mir unbillig gegen die Toten, weil es nur den Nutzeffekt, der ihnen abzuknöpfen war, rühmt, ihr Besonderes und Einmaliges jedoch, also ihr wahrhaft Wesentliches, als quantité negligeable behandelt. Jeder würde es als lächerlich empfinden, einem Kellner ins Grab zu attestieren, daß er niemals Sauce verschüttet und auf einem Arm sechs volle Schüsseln zu tragen vermocht hat, aber etwa einem Dichter nachzurühmen, daß er Romane geschrieben (und hierbei niemals die casus verwechselt) hat, genieren wir uns gar nicht, obgleich, aus der Perspektive des Grabhügels, zwischen jener und dieser Tätigkeit so viel wie gar kein Bedeutungs-Unterschied wahrzunehmen ist. In beiden Fällen wäre es ein Unwesentliches der Erscheinung, das wir festhielten, und verriete gar nichts von der menschlichen Substanz, die wir da in die kalte Erde oder in den heißen Ofen senkten. Weise und von feinster Feinfühligkeit war die Tante, von der die Anekdote erzählt, daß sie, da dem Toten niemand was Rechtes nachzurühmen wußte, mit tränender Stimme rief: «Mohnkuchen hat er so gern gegessen!» Daß er gern Mohnkuchen aß, sagt gewiß etwas Charakteristischeres und Persönlicheres von ihm aus, als daß er ein pflichtgetreuer Beamter oder ein wackerer Familienvater oder ein Mehrer des Firmenansehens war.

Ein vernünftiger Nachruf, wie ich mir ihn denke, wird also nicht der sein, der den Toten Zeugnisse ausstellt, sie in geltende Tugendkategorien einreiht und die Tätigkeit rühmt, durch die sie mit dem Leben der Nebenmenschen kommunizierten, sondern jener, der aussagt, wodurch der Gerühmte sich von allen, die sind, waren und kommen werden, unterschied. Aus Nachrufen, wie ich sie meine, scheidet daher von vorneweg alles aus, was den Hingeschiedenen den Zeitgenossen wert und wichtig erscheinen ließ (denn das wird immer das Typische oder das Erlogene sein), und in Betracht kommt nur, was für den Nebenmenschen nicht in Betracht kam, der Komplex von Einzelzügen, die, weil gar nicht nach außen und nur ins Innere des Individuums wirkend, eben hierdurch als wahrhaft wahrhaft garantiert sind. Etwas so:

«Mohnkuchen aß er gerne. Er trug nur weiche Hüte und fühlte sich erst wohl, bis sie recht zerbogen und verknittert waren. Zu schlafen pflegte er so, daß er das recht Knie (er schlief immer nur auf der rechten Seite) hoch zog, bis es fast das Kinn berührte, indes das linke Bein ganz gestreckt lag. Die eine Hand ruhte unter dem Kissen, die andere mit ausgebreiteten Fingern auf dem Herzen, nahm dessen Takt ab und nützte ihn als suggestiven Schlaf-Rhythmus. Er schrieb mit Kohinor 2 B und besaß keine Füllfeder. Seine Frau rief er ‹Kindchen›, ‹Schatzi›, ‹Krusperl› und ‹dumme Gans›. Er war dreiundzwanzig Jahr mit ihr verheiratet, ihr Bild als Braut stand immer auf seinem Schreibtisch, und die Briefe, die sie ihm noch als Mädchen geschrieben hatte, bewahrte er, nach dem Datum geordnet und mit einer Gummischnur zusammengehalten, im Wäscheschrank auf, zwischen den Unterhosen. Hingegen liebte er mit großer Zärtlichkeit sein Klavier. Wenn er von einer Reise heimkehrte, ging er gleich zu ihm und streichelte es wie der Reiter seinen treuen Rappen. Beim Spielen behielt er die Zigarre im Munde und oft fiel ihm Asche auf die Tasten. Er ging leicht vorgebeugt und, wenn in Begleitung, immer links, nicht aus Höflichkeit, sondern weil er sich rechts (ohne daß er einen Grund hätte angeben können, warum) nicht behaglich fühlte. Im Sprechen fügte er sehr häufig die Wörtchen ‹nicht wahr?› ein, und sein Lachen war seltsamerweise in der Tonlage zwei Oktaven tiefer als seine Stimme. Er sprach Tenor und lachte Baß. Er war astigmatisch und konnte sich nie merken, ob auf der Strecke Wien–Baden zuerst Guntramsdorf käme und dann Gumpoldskirchen oder umgekehrt. Kleingeld trug er in der linken Hosentasche, seine Kragennummer war 39, und sein Fluch: ‹Zum Teufel noch einmal›. Im Kino weinte er leicht, doch schämte er sich seiner Tränen und tat dann immer so, als schmerzten ihn die Augen unter der Brille (Dioptrin 2, ½). An den Rand des Notenpapiers, auf das er seine Partituren schrieb, zeichnete er oft Kreise und Fünfecke und schraffierte sie sorgfältig aus. Die Handbewegung, mit der er sich Gedanken von der Stirne strich, hatte viel Grazie, und in dem Zwinkern seiner Augen, wenn er gespannt zuhörte, verriet sich's, wie seine Skepsis das Vernommene augenblicklich angriff und zerteilte, gleichwie der Magensaft es mit Geschlucktem tut. Alkohol vertrug er in großen Mengen, und erst wenn die Ohrenspitzen sich röteten, durfte man ihn in die Vorhalle der Trunkenheit eingetreten wähnen. Oft hielt er die geschlossene hohle Hand vor das Auge und visierte durch sie, niemand wußte was, auch ließ er manchmal die Unterlippe fallen, niemand wußte warum, oder sagte leise: ‹Ja, ja, ja›, niemand wußte auf welche Frage, und war überhaupt voll Geheimnis und Rätsel. Im Familienkreis und im Dampfbad hielt er es nicht länger als zwei Minuten aus, Regenschirme waren ihm verhaßt, er glaubte, daß er an nichts glaube, und trug die Haare rechts gescheitelt. Wir werden sein Andenken stets in Ehren halten.»

Rigoletto

IM Provinztheater spielt man mit einem Gast aus der Großstadt «Rigoletto».

Im Parkett sitzen dreißig Menschen, auf der Galerie eine Frau mit Strickstrumpf und ein Feuerwehrmann, in den Logen niemand. Bei diesen wirkt die Unbesetztheit wie etwas Positives: sie sind gleichsam voll von Leere. In jeder Loge stehen vier rote Stühlchen und hängt ein Spiegel, schon halb blind, weil so wenig in ihn hineingesehen wird. Über den Logen sind, im Hautrelief, die Porträtköpfe von Dichtern und Komponisten angebracht. Sie haben schwarze Nasen, denn vor allem auf diese, die am weitesten aus dem Relief herausspringen, setzen sich Staub und Schmutz.

Vom Foyer-Erker des Theaters sieht man auf einen breiten Platz. Menschenleer. Eine Brunnenfigur, Amor mit dem Bogen, lädt Liebende zum Stelldichein. Niemand wartet beim Amor. Nur der Abend, wie alle Tage, wartet auf die Nacht.

Der Sitzanweiser sagt, die Stadt sei nur jetzt so still, in diesen zweifelhaften Spätherbsttagen, die sich nicht entschließen könnten zwischen kalt und warm, naß und trocken, grau und blau. Der Sitzanweiser riecht nach enger Stube, Bier und Gemeindepolitik. Die Fremden mag er nicht gerade nicht, aber sie gehen ihm auch nicht ab, wenn sie fehlen. Tagsüber hilft er im Milchgeschäft, und die Frau auf der Galerie ist sein eheliches Eigentum.

Rigoletto ruft mit schaudernder Stimme: «Der alte Mann verfluchte mich!» Dann begibt er sich zu seiner Tochter Gilda, um mit ihr und deren Aufsichtsfrau Terzett zu singen. Doch die Frau hat keine rechte Lust dazu; so wird es nur ein Duo. Bei Cis haben die beiden mit dem Orchester Rendezvous, aber in der Dunkelheit gehen sie nach C. Es kommen dann maskierte Höflinge und verschleppen, die Zurufe der Souffleuse mit unwilligem Murmelgesang ablehnend, die arme Gilda.

Im Zwischenakt weckte der Sitzanweiser seine Frau, sie ging fort, und jetzt gehörte die Galerie dem Feuerwehrmann ganz allein. Aber er hatte gar nichts davon.

Der dritte Akt zeigte Rigoletto, wie er gegen die unbarmherzigen Höflinge anlief. Sie stipsten ihn mit einer Bewegung des Ellbogens weg und eilten dann, unter Verzicht auf das ihnen zustehende Recht, zu singen, hinter die Kulisse. Im vierten Akt guckte Gilda durch ein Fenster, tat so, als sähe sie den Herzog in flagranti. Der aber saß gar nicht in der Stube, sondern vorn beim Souffleurkasten und schäkerte mit einer dicken Frau in Steirertracht, Sparafuciles Schwester. Dann klopfte Gilda an das Tor, aber es ging nicht auf, obgleich von innen heftig an ihm gerüttelt wurde. So schlängelte sie sich hintenherum ins Haus. Donna è mobile.

Das Ganze war lächerlich und doch beklemmend. Die dumpfe Stadt, das leere Theater, der graue Herbst, der arme Rigoletto! Wie mußte er sein Kind wiederfinden? Tot, in einen Sack getan und geringem Orchester hingeworfen, in der Kleinstadt, vor dreißig Besuchern und einem Feuerwehrmann. Was klagte weher aus ihm, sein gebrochenes Herz oder seine gebrochene Karriere? Eine blühende Tochter, beziehungsweise eine blühende Stimme waren einst sein gewesen ... hin alle beide. Gilda, oh Gilda! Einst starbst du mir vor vierundzwanzig ersten Geigen und acht Kontrabässen! Schrecklicher Sparafucile, hätte doch dein Mordmesser lieber *meine* Kehle getroffen, der selbst die Mittellage schon Schwierigkeiten macht. Ach, verbannt zu sein in das Elend der Provinz, in die Provinz des Elends!

Dazu war Gewitter auf der Bühne, und draußen netzte kleiner, mürrischer Regen einsames Pflaster, rechter Provinzregen für Städte unter zwanzigtausend Einwohnern. In den Logen ängstigte sich die Leere vor sich selber. Wie, mein Gott, wirtschaftet dieses unglückliche Theater? Rigoletto, armer Narr, hast du zumindest dein Honorar schon im Sack wie deine Tochter, oder mußt du auch um dieses zittern?

Er saß dann in der gemütlichen Hotelgaststube, ein noch junger Mann mit alten Zügen, trank Salvator-Bier, das dunkel ist und Schaum wie des Menschen Leben, und löste Kreuzworträtsel im Tageblatt. Ein Greis am Nebentisch wartete auf die Zeitung, und als er sie nicht bekam, ging er schimpfend fort.

«Der alte Mann verfluchte mich!» sagte Rigoletto traurig zum Pikkolo.

Girls

Girls nennt man Gruppen von jüngeren Frauen, die bereit sind, ziemlich entkleidet auf einer Bühne genau vorgeschriebene parallele Bewegungen zu machen. Der Zweck ihres Erscheinens und Tuns ist, Zuschauer erotisch anzuregen und diese hierdurch über das, was sonst auf der Bühne vorgeht, zu trösten. Darbietungen, die durch ein derart elastisches, möglichst langes, fleischfarbenes Band zusammengehalten werden, heißen Revuen und dienen, hierin unterstützt von den Darbietungen der Theater, dazu, den Leuten dieses abzugewöhnen.

*

Girls sind ein sogenanntes «plurale tantum». Das heißt, der Begriff erscheint sprachlich nur in der Mehrzahlform. *Ein* Girl gibt es nicht, so wenig, wie etwa *einen* Pfeffer. Zumindest in der Beziehung zur Bühne kann man nicht von einem Girl sprechen (hingegen kann man das ohne weiteres in der Beziehung zum Direktor). Girl neben Girl gestellt wie die Posten einer Summe machen noch lange keine «Girls», das macht erst die vollzogene Addition, die Verschmelzung der Einzelwesen zum Kollektivum. Mehrere, sagen wir etwa zwölf weibliche Wesen à zwei Beine ergeben noch keine Girls. Erst bis sie *ein* Wesen mit vierundzwanzig Beinen geworden sind, führen sie den Namen zu Recht.

*

Daß die Girls ein Kollektivum sind, macht ihren besonderen Reiz aus. Das Weibliche erscheint da gereinigt vom Menschlichen, «raffiniert» im chemischen Sinn des Wortes. Hier findet der Wunschtraum des Mannes, der von vielen Frauen in einer träumt, zumindest durchs Aug' Erfüllung. Vierundzwanzig Beine (mit allem, was dazu gehört) und doch nur *ein* Wesen, das sättigt die erotische Phantasie, ohne das vielleicht mitbeteiligte Herz oder Hirn zu überladen.

*

Ein girl-lose Revue, eine vegetarische Revue also, hat gar keinen Nährwert. Für den Zuschauer so wenig, wie für den Unternehmer.

*

Noch ein anderer Zauber als der erotische wirkt sich in Erscheinung und Tun der Girls aus: der Zauber des Militarismus. Dieses Einexerzierte, Parallele, Taktmäßige, dieses Klappen der Griffe und Bewegungen, dieses Gehorchen einem unsichtbaren, aber unentrinnbaren Kommando, das schöne «Abgerichtet»sein, das Untertauchen des Individuums in die Vielzahl, das Zusammenfassen der Körper zu einem «Körper» – also da steckt für den Zuschauer der gleiche Reiz, der ihm das Soldatenspiel, natürlich wiederum nur als Zuschauer, so schmackhaft macht. Vater Tiller, der Oberst der berühmten Tiller-Girls, hat auch für seine Truppe eine richtige militärische Organisation, auf allen größeren Revue-Kriegsschauplätzen fechten seine Kompagnien oder Züge, er speist sie, wenn Abgänge sind, mit Mannschaft, das heißt: Weibschaft aus seinem großen Ersatzkader daheim in Amerika, und assentiert zu dessen Auffüllung die Blüte der Nation.

*

Warum eigentlich Frauen ins Revuetheater gehen, verstehe ich nicht recht. Kein Ensemble von halbnackten Boys bietet ihnen Anregung, wie uns die Girls sie bieten. In den Revuen zeigt sich der Primat des Mannes noch unerschüttert. Für die Damen geschieht gar nichts.

*

Girls erscheinen in vielen Verkleidungen. Als Bridgekarten, Edelsteine, Blumen, Zigarrensorten, Schnäpse, Zeitungen, Schmetterlinge, Briefträger, Soldaten, Spielzeug, Volkslieder, Gemüse und dergleichen. Herren als Gemüse oder als Edelsteine könnte man sich nicht gut denken. Offenbar ist die Frau besser geeignet, *eine Sache* vorzustellen, als der Mann. Das Wichtigste aber, auch bei den Schnäpsen, Schmetterlingen und Zigarrensorten, sind die Beine, das eigentlich lebenswichtige Organ der Girls, der gliederreiche, in vielen, zarten Scharnieren bewegliche Sendeapparat, der erregende Wellen in den Zuschauerraum schickt. Um so erstaunlicher, daß Girls verhalten werden, ihn schutzlos zu lassen, ohne das zarte Futteral der Strümpfe.

Es geschieht aber so, weil, nach Revue-Glauben, Nacktheit und sinnliche Wirkung eng verknüpfte Begriffe sind. Wenn ich jene setze, wird diese erzielt, denken die Girl-Industriellen. Doch übt Nacktheit – immer angenommen: Nacktheit des schönen, jungen Körpers – um so stärkeren sinnlichen Reiz, je mehr sie als Überraschung, als scheinbares Geschenk des Zufalls, als Jagdbeute dem Auge zufällt. Und sie verliert an Reiz, je mehr sie den Charakter der Delikatesse (das Wort im doppelten Sinn verstanden) einbüßt und als optisches Hauptgericht, gewissermaßen als Fleischspeise, auf die Tafel der Szene kommt. Ein guter Revuekoch wird's in diesem Punkt dem Zuschauer nicht zu bequem machen.

Unbekleidet ist ja gewiß die Pointe aller Kleidung, das Figurenspiel der Kurven, Zylinder- und Kegelschnitte eines feingeformten Frauenbeins ein bezauberndes stereometrisches Vergnügen, und die schöne Nacktheit ästhetischer als das schönste Kostüm. Dennoch sagt man, wenn man einer Haut hofieren will, sie wäre wie Seide, aber noch nie hat jemand einer Seide damit zu schmeicheln geglaubt, daß er sagte, sie wäre wie Haut.

*

Gespenstisch an den Girls ist, daß sie auch Gesichter haben. Das menschliche Antlitz als Zugabe, als eigentlich sinnloser Annex von Büste, Bauch und Beinen ... das ist ein wenig unheimlich. Darum lächeln tüchtige Girls auch ohne Unterlaß, um, den empfindsamen Zuschauer tröstend, anzudeuten, daß ihre Physiognomien sich über die Nebenrolle, die ihnen zugewiesen ist, nicht kränken.

Verschiebung der Jubiläen nach vorn

Ich habe Mitgefühl mit den Älteren, um das körperliche oder geistige oder moralische Wohl ihrer Nebenmenschen sich verdient gemacht habenden Leuten (ein Jammer, daß es im Deutschen kein anständiges Participium Perfecti activum gibt), die gefeiert werden, weil die Zahl ihrer Lebensjahre durch zehn teilbar ist, oder weil sie irgend was schon akkurat fünfundzwanzig Jahre sind oder tun oder dulden. Denn solche Feier schafft dem Gefeierten Traurigkeit und Herzensnot, nicht nur, weil das Bewußtsein einer langen, dicken, kompakten Gewesenheit, zu dem er durch das Fest gebracht wird, schon an sich was Quälendes hat, sondern auch, weil das Zurückfallen aus dem Eintagsglanz wieder in das Alle-Tage-Dunkel sehr weh tun muß. Die Ruhe, aus der der Jubilar für kurze Zeit gerissen ward, rächt sich dann an ihm durch gesteigerte Quietät, die Vergessenheit, aus der er für ein, zwei Tage Urlaub bekam, begrüßt den wieder zu ihr Heimgekehrten mit der ganzen giftigen «Schön, daß du wieder da bist»-Bosheit, mit der die Frau den Mann empfängt, den die Kameraden ins Wirtshaus geschleppt hatten. Noch lange kriegt er's zu fühlen, daß er weg war!

Ein paar Tage schlug seine Uhr ins Leere, traf ihn nicht, nun schlägt sie ihn wieder mit jedem Schlag. Ein paar Tage war ihm die Welt schmeichelnder Spiegel, nun ist sie wieder graue Wand.

Da holen sie solch ein Jubelopfer aus der Peripherie näher zur Mitte, widmen ihm eine gerührte Pupille, etwas Telegramm, Topfblume, gequälte Zeitungsnotiz, Visitenkarte, Schulterklopf oder sonstige Hommage –

das einzige, was ihm wirklich Freude machen würde, Geld, gibt ihm ohnehin keiner, und freie Verfügung über die Jungfrauen des Landes auch nicht –, dann läßt man ihn wieder los, stellt ihn zurück dem Niemandstum und der Zentrifugalkraft. Zwiefach dumpf umrauscht nun das unendliche Wasser seine Insel. Das letzte Rauchwölkchen verweht am Horizont, wann kommt wieder ein Schiff? Wenn's gut geht, in zehn Jahren.

Ich bin deshalb dafür, daß man die Jubiläen und dekadischen Geburtstage nach vorn verlegt, den fünfzigsten Geburtstag spätestens am vierzigsten feiert und das Fest der fünfundzwanzigjährigen Tätigkeit zelebriert, wenn diese fünfundzwanzig Jahre beginnen, nicht wenn sie um sind. Erstens hat ein Vierziger viel mehr von seinem fünfzigsten Geburtstag als ein Fünfziger, begeht jedermann mit weit größerem Animo das Jubiläum seiner fünfundzwanzigjährigen Tätigkeit, wenn ihm deren Verblödungs- und Ermüdungsgifte noch nicht Hirn und Rückenmark angefressen haben; zweitens ersparte solche Placierung der Jubelfeste den Jubilanten das bittere Gefühl: Nun kommt nichts Rechtes mehr nach, nun führt der Weg hoffnungslos talab, das Jubiläumsbankett verlöre den fatalen Beigeschmack der Henkersmahlzeit, und der Gefeierte beginge in Morgenstimmung den Abend seines Lebens; drittens gestattete meine Methode freieste Wahl des Festdatums, denn beginnen kann man fünfundzwanzig Jahre wann man Lust hat, indes der Tag, da sie enden, ekelhaft fixiert ist.

Analogien für das Verfahren gibt's in Menge. Ein anständiger Unternehmer zahlt im vorhinein die Gage, ein Verleger, der Psychologie im Leibe hat, mein geliebter Ernst Rowohlt zum Beispiel, honoriert seinen Autoren bei Lieferung des Manuskriptes immer gleich fünfzig Auflagen. Oder denken wir an die «Sommerzeit». Da wurde auch, wie bei meinem Verfahren, die kommende Stunde vorausgenommen, ihr Ende rückte an ihren Beginn, und die Uhr schlug um elfe zwölf.

Und wie tun wir an frischen Gräbern? Wir versichern den in jeder Beziehung Hineingelegten, daß sie uns unvergeßlich sind, das heißt: Wir zahlen ihnen kapitalisierte Zukunft aus, wir überreichen den Strauß der Erinnerungen, die erst blühen sollen. Und jenen, den wir den Spitzennamen «Unsterbliche» geben, eskomptieren wir ja geradezu am ersten Anfang der angefangenen Ewigkeit schon die vollendete!

Anfang vom Ende

Nun lebten sie Tür an Tür in dem stillen Gasthof am See und genossen, wie man so sagt, das Glück des Alleinseins. Sie dachte nicht an ihren Mann, und er dachte nicht an seine Frau, denn er hatte keine, und das war das Feine an ihm. Die Liebe konnte ihn wohl wahnsinnig machen, aber nicht dumm.

Deshalb tat er auch das Mannesmögliche, mit der Geliebten nicht (wie die festliche erotische Formel lautet) «eins» zu werden, sondern «zwei» zu bleiben. Er nahm sie als Gast in sein gastfreundliches Leben, und das hatte unendliche Vorteile für sie, denn es sicherte ihr dauernd alle Ehre, Aufmerksamkeit und Rücksicht, die ein liebster Gast beanspruchen darf, und unendliche Vorteile für ihn, denn sein Leben blieb sein Leben, und in seinem Reich, so groß wie Zimmer und Schlafraum, ging doch die goldene Sonne der Freiheit nicht unter. Wenn er sich die Zähne putzte, schloß er zuvor die Tür, daß sie ihn nicht schäumen und gurgeln höre, nie hieß er sie beim Spazierengehen warten, um hinter einen Baum zu treten (Pollitzers Ehe war so auseinandergegangen), und wenn er in ihrer Gegenwart was Schmutziges dachte, machte er saubere Augen, damit die es ihr nicht verrieten.

«Kommst du, Liebling?»

«Gleich», sagte er durch die Türe, «ich muß mich noch einmal umkleiden. Mein Hemd ist zerrissen.»

Während er dann um Tabak für die Pfeife, einen freien Atemzug für die Seele und Borax für die Geliebte ins Dorf ging, nahm sie das zerrissene Hemd aus seinem Kasten und flickte es.

Er bemerkte gleich die Reparatur. Ein paar Sekunden starrte er gebannt auf die zwirnene Narbe. Sein Herz ging matt, und seine Miene war traurig.

«Nicht schön geflickt?» fragte sie liebevoll.

Da streichelte er ihr die Hände und sprach:

«Meine süße Freundin! Das hättst du nicht tun sollen. Dieser geflickte Riß bringt den ersten Riß in unsere Beziehung. Jeder Stich ein Stich in mein Nervensystem! Ich fühle mich von deiner Nähnadel aufgespießt à la papillon. Ach, du sollst nicht Gattin spielen, wenn dir unsere Liebe lieb ist. Bleib ein wenig fern, wenn du mir nah bleiben willst. Lohengrin verließ Elsa, nicht weil sie neugierig war, sondern weil er nicht leben konnte ohne Geheimnis, weil er sich nur hingeben konnte, wenn er sich behalten durfte. So ist der Mann. Deine weibliche Fürsorge erschreckt mich tief. Heute geht sie ans Hemd, morgen an die Haut, übermorgen unter die Haut. Wenn du anfängst, dich um meine Wäsche zu kümmern, ist meine Freiheit in höchster Gefahr.»

So sprach er; aber nur in seinem Innern, unhörbar der Geliebten, aus der lautlosen Tiefe seiner Wahrheit, wo diese schon so kalt ist, daß kein Leben in ihr leben kann.

Laut sagte er leise: «Du lieber Kerl!»

Doch ihre Feinfühligkeit merkte was. «Woran denkst du? Du bist nicht gutgelaunt. Ist dir eine Katze über den Weg gelaufen?»

«Ja.»

Und Verwandlung setzte ein. Natur und Menschen, Haus und Landschaft änderten sich, ohne daß sie sich änderten, das Einfache wurde das Unzureichende, die Ruhe Langeweile, das Alleinsein Verlassenheit, der süße Vogelsang Morgenschlafstörung, und in der Wirtsstube die Bauern stanken mehr, als sie pittoresk waren.

Der Gegendienst

Vor kurzem hatten Berlins Schauspieler die Rolle des Bedienungspersonals im «Kaufhaus des Westens» auf sich genommen. Sie saß ihnen wie angegossen. Dank und Beifall umrauschte, Popularität erdrückte sie (fast in des Wortes Sinn), wie sie so Kommis und Ladenfräulein mimten. Es waren die Zinsen ihrer Beliebtheit, die da, armen Kollegen zu Nutz, in die Kaufhauskassen strömten – «Zinsen tun wohl», wie das Sprichwort sagt – und der himmlische Humor, mit dem die Diener Melpomenens und Thaliens sich als Diener Merkurs ins Profane hinabließen, lachte noch Stunden später aus Morgen- und Abendblättern.

Begreiflich, daß die Warenhausangestellten diese schöne Geste der Bühnenkünstler nicht unerwidert lassen wollten. So taten sie nun ihrerseits an den Schauspielern, was die Schauspieler an ihnen getan: Sie nahmen für einen Abend die Bürde der Menschendarstellung auf ihre Schultern.

Bühnenkunst und Warenhausgewerbe sind nun quitt. Man kann auch sagen: Bühnengewerbe und Warenhauskunst.

Die Zuschauer jenes Abends (an dem die Leute vom Kaufhaus das Geschäft der Mimen übten) konnten nicht genug ihr Entzücken äußern über die seltene Frische der Darstellungen, über den natürlichen, von aller Fatzkerei freien Ton, der auf den Bühnen laut wurde, über das ungekünstelte Gehen, Stehen, Sitzen. Gewohnt, anspruchsvolle Kundschaft zufriedenzustellen, übten die Herren und Damen des Kaufhauses ganz mühelos, aus dem Hand- und Kiefergelenk, die kleinen Mätzchen, Tricks, Koketterien, mit denen man von der Bühne herab Publikum fängt, und offerierten die Dialogware zumindest so anreizend, wie ein paar Tage vorher die Schauspieler Socken und Hosenträger.

In den dramaturgischen Bureaus hatten die Herren von der Stoffbranche Platz genommen. Sie zeigten, wie man Stoffe behandelt, wie man sie rafft, legt, ausbreitet, faltet, zurechtschneidet und wie man ganze Stücke arrangiert, damit sie nach was aussehen.

Als Komiker erlustigten die Herren von der Modeabteilung. Nur die Zurückhaltung, die Absichtslosigkeit des Vortrags verriet, daß es nicht Leute vom Bau waren, die da mit Späßen im Jargon und in Berliner Mundart ganz wie zu Hause taten.

Und erst die Mannequins! Diese feine Ensembletechnik im Salonstück, diese höflich-taktvolle Ungezwungenheit des Benehmens, diese hunderterlei zarten Schattierungen in Blick, Lächeln, Augenspiel, in der Art zuzuhören und nicht zuzuhören! Das möchte den Bühnen passen, alleweile mit so schönen, wohlgewachsenen Frauen, die ein Kleid so zu tragen wissen, daß es sie trägt, zu paradieren . . . und den Herren Steuerkartenbeziehern, auch an gewöhnlichen Abenden auf solche Augenweide geführt zu werden! Aber es ist nicht alle Tage Kaufhaus.

An die Stelle der ersten Tenore waren die ersten Kommis getreten. Sie mußten ihren Charme und schmeichelnden Tonfall nur ein wenig dicker auftragen, um auch in der ungewohnten Sphäre glanzvoll zu bestehen. Die Zuhörerinnen glaubten, rechtem Tenorzauber zu unterliegen. Sie fühlten sich wie Pakete, so eingewickelt.

Die Schaufensterarrangeure schufen Bühnenbilder von apartem Geschmack, die Kaufhauschefs verweigerten in den Stühlen der Theaterdirektoren Vorschüsse, hatten täuschend ähnlich keine Ahnung von Kunst, reduzierten mit großem Geschick die Gagen und zeigten sich auch sonst sehr sinnreich, die Kaufhausportiers standen so würdig vor den Theatern, als wäre auch da drin das Geschäft aktiv . . . kurz, die freundlichen Helfer bewährten sich in den verschiedenen Läden des Theaters nicht schlechter wie auf den verschiedenen Szenen des Warenhauses.

Man will jetzt, nachdem diese Durchdringung zweier, allerdings verwandter, Branchen so schön geglückt ist, auch mit anderen Berufen Ähnliches versuchen. Wenn die Berufe nämlich lange unter sich bleiben, kommt es, wie eben das Theater beweist, zu einer Art Inzestverkümmerung. So verspricht man sich etwa von Austauschgastspielen zwischen haute finance und Erwerbslosen schöne Erfolge, glaubt auch, daß die Schriftsteller, insbesondere die Feuilletonisten, als Wurst-Stopfer (und umgekehrt) sich sehr gut machen würden.

Unterhalte dich gut!

«NATÜRLICH sollst du gehen – was ist das für eine Frage? – Und bleib nur, so lange du willst, Lieber.»

Mit so sanften Worten, deren Helligkeit noch von einem Lächeln dahinter, als Reflektor, verstärkt wurde, ließ sie ihn für diesen Abend.

Er war schon auf der Treppe, da öffnete sie abermals die Tür, rief liebevoll: «Unterhalte dich gut!»

Ein vorsichtiger Mann wäre daraufhin umgekehrt. Dieser Tollkühne stürmte weiter, hinein in das Glück der Solo-Stunden.

Nachdem er aber deren erste Wonnen genossen hatte, fiel Verstörung über ihn. Es schnitt was sein Inwendiges, als hätte er mit dem Bissen Freiheit, den ihm die Geliebte gegönnt, einen Angelhaken verschluckt. Er fühlte das Zerren der Leine und dachte nach:

«Natürlich sollst du gehen» . . . «natürlich», das hieß, richtig gehört: dir scheint es natürlich, mich allein zu lassen, aber du hast recht, denn es wäre ja wirklich blanke Unnatur von einem Egoisten, wie du einer bist, auch an den andern zu denken. Und zu ergänzen war die Wendung so: natürlich sollst du gehen, da es dir solches Opfer wäre, zu bleiben . . . Dieses «natürlich» war nur an der äußersten Schicht, für ganz oberflächliche Schmecker, schokoladisiert und gleich darunter nichts als Bitterkeit.

«Sollst du gehen.» Das bedeutete: Alle Welt möge nur merken, was du für ein Schwein bist. Häufe nur Verrat auf Verrat, es ist gut so, enthülle dich in deiner Schlechtigkeit.

Der Zusatz aber: «Was ist das für eine Frage?» hieß, gut verstanden: Daß du nicht einen Augenblick zögerst, mir aufs Herz zu treten, wenn ich dir im Wege bin, ist doch keine Frage. Und in die toleranten Worte: «Bleib, so lange du willst, Lieber» war eingewickelt der Schlager: Laß sehen, wie weit deine Niedertracht geht.

Das ganz Gefährliche aber, die gesprochene Sublimatpille, die dreikantig geschliffene Wendung, die Dumdumbosheit war das hinterrücksige: «Unterhalte dich gut!» Das hieß in der Übersetzung: Verbringe einen gequälten Abend. Mein Leid stehe zwischen dir und der Freude. Meine Verlassenheit verlasse dich nicht. Meine Träne falle in dein Bier. Und versalze dir das Süße. Unterhalte dich gut!

Er stieg tief hinab in den Brunnen der Meditation, wurde abwesend.

«Was hast du?» fragte der Kamerad. «Was beschäftigt dich?»

«Philologisches . . . Glaubst du, sie hat sich sehr geärgert, daß ich weggegangen bin?»

«Nein. Geärgert natürlich, aber nicht sehr.»

«Warum hat sie mir dann nachgerufen: ‹Unterhalte dich gut!›?»

«Das braucht dich nicht zu beunruhigen. Das sagen sie immer, wenn man sie zu Hause läßt, alle. Die Meinige sagt es, wenn ich mir die Haare schneiden lasse, sie sagt es, wenn ich zum Zahnarzt gehe, sie würde es noch sagen, wenn man mich zu meiner Hinrichtung abholte. Sie wird mir auf den Grabstein schreiben lassen: Unterhalte dich gut!»

«Wie erklärst du dir das? Warum die Bosheit? Sie weiß doch, daß ich mich nicht ‹unterhalten› gehe. Warum tut sie so, als ob sie das glaubte?»

«Das ist keine Bosheit. Das kommt aus dem Instinkt, aus Bezirken unter der Bewußtseinsschwelle. Nämlich, so denk' ich mir's: die Dauer-Frau, deine wie meine wie jede, fühlt im Unbewußten, daß Ohne-sie-Sein schon an und für sich Unterhaltung ist.»

Liebe im Herbst

ÜBER den Hügel, auf dem die Bank steht, hinter der der Baum steht, saust, obgleich es November ist, der Dezemberwind. Er nimmt dem Baum die letzten Blätter, wie der Gerichtsvollzieher einem armen Mann den letzten Rock pfändet. Bald hat er, der Baum, nichts mehr, seine Blöße zu verhüllen. Rings um ihn ist alles grau und hart, das Farbige fortgeschafft. Zerrissenes Laub- und Nadelzeug deckt den Boden, wertlose Relikte der Natur, die von hier ausgezogen ist zum Herbsttermin.

Auf der Bank sitzt ein Mann. Wind und Traurigkeit durchfrieren sein Herz und seine Knochen. Vor zwei Stunden hat er den Brief empfangen, in dem die Geliebte ihren Entschluß, das nicht sein zu wollen, bekennt und besiegelt. Und deshalb ist er hierher gekommen auf den Hügel, wo der Baum steht, den der Wind schüttelt und zurichtet wie die Liebe den beklagenswerten Mann auf der Bank unter dem Baum.

Da unten liegt die Stadt, in der sie lebt. Es gibt neben der einen Frau noch ein paar Millionen Einwohner in ihr. Aber was sind sie dem Mann? Statisterie, den Hintergrund zu füllen.

Da unten liegt die Stadt, festgenagelt durch die Schwerkraft, daß sie nicht herunterfalle, mit Geschäften, Theatern, Schlachthäusern, Zeitungen, Kinos, Strafanstalten und jeglichem anderen Kulturzubehör. Doch dies alles scheint dem Traurigen nur gemalte Kulisse, herumgestellt um das eine wirkliche Haus.

Da unten liegt die Stadt, rauchgrau umhüllt von der Wolke der Tätigkeiten. Myriadenfädig schlottert das Netz, das die Hirne ihrer Bewohner spinnen. Darüber schwingen die ewigen Sterne und über ihnen das Anonyme, dem Namen zu geben die Menschen vielfach bemüht sind.

Eine große Stadt. Ihr Puls geht mit Millionen Pferdekräften, erschütternd Straßen und Häuser. In diesen allen wird unermüdlich gelebt und gestorben. Daran muß man denken, wenn die Versuchung groß wird, eigenes Leben und Sterben wichtig zu nehmen. Und indem der Mann so die gewaltige, in viele Blöcke zerschnittene Häusermasse mit dem Blick umgreift, ist's ihm wirklich, als verschwände in dem steinernen Gedränge das eine Haus, das sein Elend hütet. Er hat eine Vision von der Vielfalt der menschlichen Komödie, die da auf hunderttausend Bühnchen vor sich geht, und es scheint ihm, daß die Szene, in der sein Herz eine so schwere, undankbare Rolle spielt, doch vielleicht zu streichen wäre. Oh, Städte mit ein paar Millionen Einwohnern sind Balsam für

Liebesschmerz! Und bedenkt man noch, daß es solcher Städte viele gibt, und zwischen ihnen sonst auch mancherlei, daß die Welt drei unendliche Dimensionen hat und durch den Geist eine vierte, so wird es vollkommen sinnlos, wegen einer einzigen Frau, die nicht will, mit dem ganzen Leben Schluß zu machen.

Ein Hauch Oktobersonne streift den Beruhigten, obgleich es November ist. Über den Hügel bläst ein guter, reiner Wind, säubert den Baum von üblichen Blätterresten, macht ihn zurecht für Winterruhe und neuen Frühling.

Leicht steigt der Mann den Weg hinab, abendbrotwärts.

Aber mit jedem Schritt, den er tiefer steigt, schrumpft in seinem Gefühl die Vielzahl der Städte zur einzigen Stadt zusammen, die Stadt zur einzigen Straße, die Straße zum einzigen Haus, über dem, *nur* über dem, die ewigen Sterne schwingen. Dort atmet seine Not, speist jetzt zu Abend, wahrscheinlich ein weiches Ei mit grünem Salat ohne Öl (wegen der lästigen Kalorien), und in ihrer kleinen Hand ruht die große Welt, die ihn tröstete, wie ein Papierkügelchen, das sie mit einer Bewegung der Finger – so! – wegschnipsen kann.

Großkampftag

«GROSSKAMPFTAG.» Das starktönende Wort wurde geboren als Kind des Krieges, der ja, nach einem alten Militärschriftsteller, der Rabenvater aller Dinge ist. Wir verdanken dem Krieg viele neue Vokabeln. Standen wir, als er vorbei war, auch ziemlich arm an Schätzen da:

unser Sprachschatz hatte sich vermehrt. Land und Leute, Gut und Blut gaben wir für Wörter.

In den Hausfluren Wiens hängt eine behördliche Affiche, die das Volk zu einem «Großkampftag» aufruft. Der Feind, der bekämpft und besiegt, aus seinen Schlupfwinkeln herausgelockt und vernichtet werden soll, so gründlich, daß er uns nicht mehr über den Weg laufen und sobald nicht mehr wagen wird, sich mit einem Wiener einzulassen (was seit jeher seine Risiken hat), ist: das Geschlecht der Ratten. Alle Vorbereitungen zum Krieg wider sie sind getroffen, der strategische Plan bis ins kleinste ausgearbeitet und überall hängen die Plakate, die, unheimlich an «Einberufungskundmachung» aus großer Zeit erinnernd, das Volk mobilisieren. Daß wir endlich einmal losschlagen mußten, ist klar. Die Ratten unterwühlen den Boden, auf dem unsere Häuser stehen, sie bedrohen die Sicherheit und Ruhe gemeinen Wesens. Deshalb erwartet die Behörde, daß jedermann am Großkampftag seine Pflicht tue (that everyman will do his duty). Sie kennt keine Parteien mehr, nur noch Rattenvertilger, und jetzt, feste druff, wollen wir sie mal dreschen. Unser Giftpulver ist trocken, tötet sicher, und das einzige, was ihm vielleicht noch fehlte, wäre etwas Einsegnung durch die Geistlichkeit. Es ist ein moderner Krieg, zu dem der Anschlag in den Häusern aufruft, ein Giftkrieg. Munition liefert die Gemeinde, und wie man sie zu verwenden hat, lehrt das Mobilisierungsplakat. Frühere, in Lied und Sage verherrlichte Methoden zur Vertilgung von Ratten – sie wurden durch Blasen auf des Knaben Wunderhorn listig herbei- und in ein tiefes Wasser zum Ersaufen gelockt – kommen, als veraltet, nicht mehr in Betracht.

Die zum Rattenkrieg haranguierende Kundmachung enthält einen Satz, der mich eigentümlich bewegt hat, und auch wohl geeignet scheint, Geist wie Gemüt des Lesers in besondere Schwingung zu setzen: «Man achte darauf, nicht das Mißtrauen der Ratten zu erregen.» Diese Worte weisen den Ratten Seele zu und würzen die Gewalthandlung, zu der wider sie aufgerufen wird, mit einer Messerspitze Geist. Wie nun aber erregt man nicht das Mißtrauen der Ratten? Wie benimmt man sich ihnen gegenüber unverdächtig? Nähert man sich ihnen freundlich ... erweckte das nicht erst recht ihren Argwohn? Muß es ihnen nicht besonders auffallen, wenn man so tut, als kümmere man sich gar nicht um sie? Wie wiegt man ein Rattenherz in Sicherheit? Ich habe, bewußt zumindest, niemals das Mißtrauen der Ratten erregt; aber nun, aufgefordert, es mit Absicht nicht zu erregen, werde ich gewiß befangen sein und am Ende gerade durch die Ostentation, mit der ich das Mißtrauen der Ratten nicht errege, es erregen. Ungeziefer ist ja überhaupt kein praktikabler Feind. Sich mit ihm einzulassen, hindert der Ekel. Weichst du ihm aber aus, so wird es sich der Schärfe dieser seiner Schutzwaffe – des Ekels vor ihm – bewußt, und noch frecher.

Es ist nur gut, daß die Bevölkerung bloß zur passiven Kriegslist des Nicht-Mißtrauen-Erregens aufgefordert wird und nicht dazu, sich bei den Ratten einzuschmeicheln. Das würde der ganzen Aktion einen Stich ins Unmoralische geben.

Ich erlebte vor Jahren etwas mit einer Ratte, in einem ungarischen Nest, wo Überschwemmung war. Das ratlose Tier, getrieben vom wild strömenden Wasser, schwamm und kämpfte mit verzweifelter Kraft, ans Ufer zu kommen. Alle Menschen, die dort standen, folgten den Anstrengungen der Todgeweihten mit sportlichem Interesse. Sie ging unter, kam wieder hoch, strebte dem Ufer näher, wurde zurückgerissen. Es war aufregend, dieses qualvolle Bemühen, dieser unnachgiebige Wille zum Leben. Sooft der Ratte ein kleiner Vorstoß glückte, riefen die Menschen am Ufer: «Bravo!», und keiner war, der nicht gewünscht hätte, sie möge doch den rettenden Strand erreichen. In der Tat, es gelang ihr. Mit Applaus empfangen, wie ein siegreicher Kanaldurchschwimmer, kroch sie aufs Feste. Die Leute waren gerührt. So gerührt, daß sie die Ratte ein Weilchen verschnaufen ließen, ehe sie sie beim Schwanzzipfel packten und ins Wasser zurückschleuderten.

Der Zirkus

HINGEGEN bereitet seinen Besuchern Freude. Alter Zauber, verloren, aber nicht vergessen, nistet in dem hohen Raum, der hallt und dröhnt, auch wenn Stille ist, staunend sitzen wir und sehen, wie Schwere überwunden wird oder drollig überwindet, im Kreise dreht sich bunte Welt, Erinnerung hält mit kindlichem Gefühle! Es riecht nach Lohe, Stall und blauer Blume. Von der Plattform höchst oben schmettert Musik, ihr Taktgeber trägt Frack und weiße Binde, obwohl er Publikumsblicken entrückt bleibt. Aber der Zirkus hat sein Zeremoniell und Rituale; es behauptet sich durch die Zeiten. Wie eh und je bilden die Stallmeister Spalier, wenn der Direktor aus der Manège geht, rückwärts schreitend, den Zylinder in erhobener Hand. Auf niedrigem Wägelchen, immer war das so, wird der Teppich für die Akrobaten hereingefahren, und hinterher, die Tätigen störend, stolpern die Spaßmacher, herzbrechend ungeschickt, in meterweiten Hosen, in Stiefeln, die aussehen wie Stiefel-Funde aus der Saurier-Zeit, wollen helfen und sind doch immer nur im Wege, schnattern mit Fistelstimme vor sich hin wessen ihr kindisches Herz voll ist, spazieren herum, neugierig und ziellos wie Geflügel, verscheucht erst vom Aufzischen der Bogenlampen, welches sagt: es wird ernst! Acht wunderschöne Pferde stürmen daher, dem leisesten Zuruf folgend, dem flüchtigsten Schnörkel, von weißer Peitschenschnur in die Luft gekreiselt. Exakt wie eine Turnerriege galoppieren sie, wenden, halten schnaubend, knieen, breiten ihre majestätische Schwere langsam auf den Boden hin, springen hoch und stellen sich auf die Hinterbeine, was aber in diesem Fall nicht Ausdruck des Widerstands, sondern des vollkommensten Gehorsams ist. Nachher reitet der Direktor den Rappen, der zwischen vielen Holzflaschen, ohne eine umzustoßen, musikalisch tänzelt und pirouettiert, die leibhaftige Anmut, die pferdgewordene Grazie. Sein Fell schimmert atlasweich und auf dem Popo, den das kokette Geschöpf in sanften Windungen dreht wie ein Tenor, wenn er Liebe schwört, hat die Bürste Schachbrettmuster hingestrichen aus Matt- und Glänzendschwarz. Die Tscherkessin, hoch zu Roß und tief zu Roß – ihr dunkles Haar fegt die Erde – rast pistolenschießend rundum, zwei lustige Brüder tun einander Übles, und aus den Kinderchen im Zirkus, rotgesotten von Erregung des Schauens, jauchzt die süße, reine Schadenfreude, ein übermütiger Athlet läßt sich zentnerschweres Eisen auf den Schädel fallen, aber im letzten Augenblick beugt er ihn, das Gewicht klatscht dem Herkulischen auf den Nacken, und der Schrei des Entsetzens, der uns schon im Schlunde saß, bleibt ungeschrien. Eine Dame in Silbertrikot und ein Schimmel stellen lebende Bilder, und wenn der Schimmel nicht angeschraubt ist, wahrlich, dann ist er ein unnervöser Schimmel, der sich wunderbar in der Gewalt hat. Von 25 Meter Höhe saust das Auto mit dem Weißgekleideten in den leeren Raum, überschlägt sich zweimal und landet krachend auf staubumwirbelter Matratze (man kommt, von solcher Fahrt berichtend, unwillkürlich ins Homerische), es ist ein kühnes Stück, weshalb auch der Weißgekleidete, ehe es losgeht – «attention! Je pars!» – von dem weißgekleideten Bruder, der unten bleibt, ergreifenden, wenn auch männlich gefaßten Abschied nimmt. Und dann ist noch der Tierhypnotiseur da, der das Krokodil einschläfert und die Viper durch Blicke betäubt, daß das Kaninchen keine Angst mehr vor ihr zu haben braucht. Es hat aber doch welche, und so hypnotisiert der Mann auch das Kaninchen: friedvoll mitsammen ruhen nun Mordgier und Todesangst. Kurz, wenn Sie schwanken, in welches Theater Sie gehen sollen, gehen Sie in den Zirkus. Da haben Sie Natur und den sieghaften Menschen, Kraft und Anmut, Witz und Tapferkeit. Und Kunst, die, im Zirkus, wirklich von Können kommt.

Zwei Uhr sechsunddreißig

Vor zwanzig Jahren ist die Uhr stehengeblieben. An einem Frühlingstag, genau um 2 Uhr 36. Ich erinnere mich noch ganz gut, wie es mir, als gewohnheitsmäßigem

An-ihr-Vorbeigeher, eines Abends auffiel, daß um sieben Uhr erst zwei Uhr sechsunddreißig war. Also seither stehen die Zeiger, immer ist es sechs Minuten nach halb drei, gewohnheitsmäßige Vorbeigeher blicken gar nicht mehr hin auf die Uhr, die in diesen Tagen das Fest ihres zwanzigjährigen Stillstandes feiern kann.

Es ist eine sehr große Uhr, etwa einen Meter im Durchmesser, zylindrisch geformt, und rechtwinklig, in Höhe des ersten Stockwerks, an die Mauer festgeschmiedet. Sie gehört dem Uhrmacher, der knapp unter ihr sein Schaufenster hat. Nie setzt hinter der Glaswand das Schwirren und Zirpen und Wispern aus, die eilende Geschäftigkeit, mit der das Uhren-Kleinvolk die Sekunden rupft und verschluckt, indes oben die Große, die Uhr-Kuh, laut- und bewegungslos, seit zwanzig Jahren zwei Uhr sechsunddreißig wiederkäut. Ihr Besitzer wird schon wissen, warum er sie nicht schlachtet, obgleich sie keinen Tropfen Zeit mehr gibt.

Ist schon eine Uhr, die geht, ein mit Symbolwerten behaftetes und von recht unheimlichen Assoziationen umdrängtes Ding, wieviel mehr ist das erst eine Uhr, die die Zeit ablaufen läßt, ohne von ihr Notiz zu nehmen oder zu geben. In der organischen Welt heißt ein Mechanismus, der von sich keinen Gebrauch mehr macht: tot. Ein Zustand von so furchtbarer Sinnlosigkeit, daß ihn die Natur, durch ihre Praktiken der Verwesung, möglichst rasch zu ändern trachtet. Von jener Absurdität des Totseins weht ein Schatten auch um die vor zwanzig Jahren stehengebliebene Uhr. Etwas Kaltes, Fatales gibt sie dem Haus, an dem sie festgenagelt, der ganzen Straße, deren Unwahrzeichen sie ist, und deren Bewohner ihr hartnäckiges Sechs-Minuten-nach-halb-drei nervös und übellaunig macht. Ihr Zifferblatt ist ein gespenstiger Spiegel, aus dem immer das gleiche herausblickt, was immer auch in ihn hineinblicken mag. Gleich einem Symbol kranker Zeit hängt sie da, die Uhr: Chronos hat den Appetit verloren und verweigert die Nahrung.

Aber das Besondere solcher beharrlich nicht gehenden Uhr, ihre geheimnisvolle, tiefere Pointe steckt woanders: nämlich darin, daß sie, einmal im Tag und einmal in der Nacht, in einem einzigen bestimmten Moment, obgleich sie seit zwanzig Jahren keine Zeit mehr angibt, doch die Zeit angibt! Bei der Uhr, von der hier erzählt wird, geschieht dies eben präzis sechs Minuten nach halb drei. In diesem Moment, alle zwölf Stunden einmal, erfüllt die Tote ihre Lebensaufgabe, indem sie ganz genau mitteilt, wie spät es ist. Sechs Minuten nach halb drei gehorcht sie dem Willen ihres Schöpfers, wird wahr, deckt sich restlos mit der Idee, als deren Ausdruck sie in die Welt der Erscheinungen trat, fügt sich harmonisch ins Gefüge der Mittel und Zwecke, tut, was sie tun soll, den Sinn ihres Daseins erfüllend.

Die Nutzanwendung ergibt sich mühelos: Alle Uhren zeigen richtig, man muß nur im richtigen Augenblick auf sie sehen. Alle Menschen sind gut, man muß nur die Chance haben, sie bei ihrer Güte zu ertappen. Für alles Schiefe kommt die Drehungsphase der kreisenden Welt, wo es das Gerade wird. Und bist du noch so mißtrauisch gegen die Liebe, in gewissen Augenblicken darfst, mußt du an sie glauben.

Städte, die ich nicht erreichte

Karlsbad,

wo ich niemals war, kannte ich schon in frühesten Jugendtagen ziemlich gut. Tante Amalie, die in Amerika lebte, fuhr nämlich jedes Jahr nach Karlsbad. Auf der Hinreise machte sie immer in Wien Station und gab uns Kindern Ermahnungen und schlechte, billige Bonbons. Mein Vater konnte sie nicht leiden und brachte sie gern zur Bahn. In einer Droschke, die sie ihn zahlen ließ.

«Weiß Gott, du hättest Karlsbad notwendiger als Amalie», sagte meine Mutter zu ihm, «aber für unsereins kommt es ja nicht in Frage. Karlsbad ist nur für reiche Leute.»

Da dämmerte mir schon eine Ahnung, daß ich nie hinkommen würde nach Karlsbad.

Damals bekam die Stadt an der Tepl Symbolwerte für mich, die sie lange Zeit behalten hat. «Karlsbad» dachte ich mir als eine Gegend zwischen Phantasie und Wirklichkeit, das heißt: obschon in der Welt vorhanden, doch so fern und unzugänglich, als existiere sie nur im Märchen.

Nachher hörte ich von Karlsbad noch manches, das die Meinung meiner Kindheit bestätigte, der Stadt gebühre auf dem Globus ein roter Rand wie den Feiertagen im Kalender. So erfuhr ich zum Beispiel, daß Goethe zu wiederholten Malen in Karlsbad sich aufgehalten hat. Auch der Poet Ladislaus Pyrker, der in der Literaturgeschichte für österreichische Mittelschulen vorkam, und sonst nirgends, war (wie dort stand) ein regelmäßiger Besucher Karlsbads. Und bei uns zu Hause hing an der

Wand neben dem Klavier ein Bild, darstellend Beethoven im Kurort Teplitz (der schließlich auch in Böhmen lag), wie er eben, die Hände hinterm Rücken verschränkt und einen Zylinder auf dem Kopf, jemanden demonstrativ nicht grüßte. Wen nicht, das war auf dem Bild nicht zu sehen.

Später vertieften sich meine Beziehungen zu Karlsbad durch den Aufenthalt, den eine Freundin dort nahm. Ich erfuhr von ihr viel über die Nachtlokale der Stadt, die damals schon Karlovy Vary hieß, und daß Karlsbad überhaupt ein reizender Ort wäre ohne das Karlsbader Wasser, für dessen Abschaffung sie plädierte. Sie übersah, wieviel das gesellschaftliche Leben des Großstadtwinters den Karlsbader Thermen verdankte. Die Strapazen der leiblichen Genüsse, zu denen es verpflichtete, wären nicht zu ertragen gewesen, ohne den Hoffnungsblick auf ein ausgleichendes, in integrum restituierendes Karlsbad. Dort kam der, sozusagen innere Mensch in die Wäsche; gereinigt und gestärkt, jedem Menü gewachsen, trat er wieder hinaus ins stopfende Leben.

Einiges über Karlsbad erfuhr ich auch aus dem Konversationslexikon. Dieses versichert unter anderem glaubwürdig, daß die Quellen der Sprudelstadt kohlensauren Kalk absetzen, der die Gegenstände, die er umgibt, versteinern macht (ob das noch heute gilt in der Tschechoslowakei, weiß ich nicht) und ihnen so zu langer Dauer verhilft. In diesem Effekt des heilkräftigen Wassers drückte sich symbolisch die Wunderkraft der Karlsbader Thermen aus: das Dasein zu verlängern. Manche Leute sprachen ja auch von der Karlsbader Kur wie von einer Religion, und von den Regeln, die es bei ihr zu beachten galt, wie von einem frommen Ritual. Wer die Karlsbader Bräuche einmal im Jahr demütig übte, war gestählt zu neuen Sünden. Was wohl überhaupt, wie Skeptiker meinen, Sinn und Zweck menschlicher Bußfertigkeit sein dürfte.

Zara,

die Hauptstadt Dalmatiens, hätte ich einmal um ein Haar erreicht. Ich war sozusagen schon mit einem Fuß in der Stadt, aber da kam eine dumme Polizeiperson dazwischen und vereitelte das Nachziehen des zweiten. Nachher tat's ihr leid, doch da war es schon zu spät. Die Sache ereignete sich 1932, in grauer Vorzeit also, die allerdings, von späterher besehen, himmelblau erscheint: Im Mai jenes Jahres nahm ich auf einer richtigen Jacht (von deren Besitzer Mr. K. als Gast geladen), an einer Reise durchs Mittelmeer teil. «Flying Cloud» hieß das Schiffchen und machte seinem Namen Ehre.

Auf der Rückfahrt nach Venedig nun hielten wir, abends, vor der dalmatinischen Küste, ein klein wenig außerhalb des Hafens von Zara. Vom Lande herüber klang fröhliche Musik. Viele Menschen spazierten in offenbar bester Laune auf der hell beleuchteten Uferpromenade. Kurz, es schien etwas Festliches los zu sein in Zara. Unser Motorboot, eng an die Seite der «Flying Cloud» geschmiegt wie ein Junges von ihr, wurde ins Wasser gelassen, und acht Männer im Smoking (auch ich besaß einmal einen), stiegen die Leiter vom Schiff zum Boot hinunter. Zara hatte unsere Absicht bemerkt. Ein Polizeiboot ratterte heran, und sein Kommandant, jedes Wort mit entschiedenen Gesten unterstreichend, nannte die Bedingungen, unter denen wir den Strand betreten dürften. Es waren umständliche, lästige Bedingungen.

«Ist das absolut notwendig?»

«Absolutissimamente.»

«Dann nicht», sagte Mr. K., und acht Männer im Smoking stiegen die Leiter zum Schiff wieder hinauf. Das Polizeiboot fuhr full speed davon. Mitten in seiner Fahrt machte es kehrt, kam full speed zurück, und die Autorität in ihm erklärte:

«Meine Herren, Ihrem Besuch in Zara steht nichts im Wege.»

K.: «Jetzt haben wir keine Lust mehr, hinüberzukommen.»

Der Polizist: «Das tut uns aber außerordentlich leid.»

K.: «Uns auch. Vielleicht ein andermal . . . Sagen Sie, warum haben Sie eigentlich vorher solche Geschichten gemacht?»

Der Polizist (mit strahlendem Lächeln): «Una formalità!»

Damals war Zara eine italienische Enklave, rechts, links und hinten herum war lauter Jugoslawien. Heute gehört auch Zara zu diesem. Ich warte aber mit einer Reise dorthin, bis die europäische Geographie sich ein bißchen stabilisiert haben wird. Also wenig Chancen, noch in diesem Leben nach Zara zu kommen.

Linz

Von Linz kenne ich nur den Bahnhof und die Linzer-Torte, die aber eigentlich nicht mehr zu Linz gehört, seit ein gelehrter Kuchenhistoriker festgestellt hat, daß die Torte nicht nach der Stadt, sondern nach ihrem Erfinder, einem Wiener Bäcker namens Linzer, so heißt, wie sie heißt.

Linz liegt seit langer Zeit an der Donau. Auf die Betonung dieses Faktums scheint es Wert zu legen, denn es fügt seinem Namen gern ein «a. D.» bei. Vielleicht aber geschieht dies, um der (unwahrscheinlichen) Verwechslung mit einem anderen Linz vorzubeugen, das im preußischen Bezirk Koblenz zu finden sein soll. In der Literaturgeschichte lebt Linz als Geburtsort Hermann Bahrs und als Sterbeort Adalbert Stifters, im Liede als die Stadt der «Linzerischen Buam». Buam ist gleich Buben.

Obschon ich niemals in Linz war, stand ich doch mit dieser Stadt in einer guten Gefühlsbeziehung und halte sie in freundlicher Erinnerung. Denn über Linz führte die Bahnreise ins Salzkammergut, das heißt in die schulfreien Wochen. Zehn Minuten hielt der Zug in Linz, die Maschine nahm Wasser, der Lokomotivführer Bier, und dann ging es hinaus und hinein in lauter Gegend. Für mein Gefühl begann hinter Linz der Sommer. Von Linz ab wehte die Luft als Landluft, würziger Feriengeruch hing in ihren Schwingen. Bei Linz fing die Natur an und hörte nicht mehr auf. Westwärtsfahrende, die im Zug eingeschlafen waren, fragten beim Erwachen zuerst: «Waren wir schon in Linz?» Und wenn sie die Antwort bekamen «ja», atmeten sie auf, als ob sie sagen wollten: «Dann wäre also das Schwerste überstanden.»

Bis März 1938 lag Linz in Oberösterreich, dann lag es im Gau Oberdonau, und jetzt liegt es in der amerikanischen Zone. Viel kommen die Städte herum neuerdings.

Begegnung

DIESE Geschichte handelt von der Begegnung, oder eigentlich der Nicht-Begegnung, mit einer Frau, die auch damals in der Untergrundbahn zum Theater fuhr und die ich jetzt nicht beschreiben werde, denn was hätte der Leser schon davon, wenn er wüßte, wie sie ausgesehen hat, und warum sollt' ich ihn hindern, sie sich nach Belieben vorzustellen? Aufgabe des Erzählers ist es, die Phantasie hungrig zu machen, nicht, sie zu sättigen.

Mir gefiel die Erscheinung gegenüber. Sie machte, ein guter stummer Erzähler, die Phantasie hungrig. Sie tat optisch wohl. Sie wirkte auf das verlängerte Rückenmark, und nicht nur auf dieses. Sie gab Wachträumen Stichwort und Substanz. Sie schmeckte, aus der nahen Ferne, nach mancherlei, was den Nebenmenschen genießbar macht, nach Klugheit, Widerspruch gegen das Gewöhnliche, nach Salz und Zucker, auch nach schärferem Gewürz, und vor allem: nach mehr. Ihr Schweigen hatte angenehmen Klang. Locker gebunden ruhten Lachen und Taurigkeit im Gesicht der Frau. Ambivalenzia! sang es heimlich (mit leichter Saxophonbegleitung).

Also richtete ich gegen die Unbekannte ein volles Auge, die Mattscheibe der Absichtslosigkeit vorgehängt. Ich stellte dann den Blick auf: gebannt, mischte etwas Zärtlichkeitsessenz hinein, setzte einen Hauch von Ehrerbietung zu und ein Atom: «Ach, daß nicht sein kann, was doch vielleicht so schön wäre.» Sie, versonnene Gleichgültigkeit in den Mienen, regte sich nicht unter der Bestrahlung. Mein Blick traf den ihren nur in einem sehr flachen Winkel, drang nicht durch, sondern glitt tangential ab.

Offenbar hatte die Bemerkenswerte mich gar nicht bemerkt.

Im Theater, während des Zwischenaktes, sah ich sie wieder, versonnene Gleichgültigkeit in den Mienen, zur Seite eines Herrn, parlando auf und ab. Annäherung schien unmöglich. Das erleichterte meine innere Situation, denn ich kam nicht in die Lage, keinen Mut zu haben. Und dann sah ich sie nicht mehr, nie mehr. Sie entschwand und wurde Erinnerung, und bald nur mehr Erinnerung an eine Erinnerung. Sie floß ein in das Meer des ungelebten Lebens, dessen Rauschen himmlische Musik ist dem Jüngling, höllische dem Alternden.

Vierzehn Tage später aber kam der Brief, in dem sie Bezug nimmt auf Untergrundbahn und Theater und jener Begegnung, die das nicht war, gütige Worte widmet. Der Brief trägt keine Unterschrift. Das kennzeichnet ihn, so nett er ist, als Bosheit. Rufen und sich vor dem Gerufenen verstecken: so was tut nur ein Kind, das spielt, oder ein schadenfroher Mensch. Anonyme Feindlichkeit, das läßt sich zur Not verstehen. Aber anonyme Freundlichkeit? Vierzehn Tage zwischen Blick und Gegenblick ... was sind das für Zeitlupenscherze? Das Leben, o Königin, ist zu kurz für so gedehntes Tempo.

Ein ganz winziges Abenteuer jene Begegnung, die keine war, ein Minus-Abenteuer geradezu, doch seiner Struktur nach genau wie die großen Abenteuer, die ich gleichfalls nicht habe. Auch in ihm, in solchem Nichts, solchem Stäubchen von Schicksal, spiegelt sich dessen besondere Norm, wie im kleinsten Kristall das Gesetz des Stoffes, aus dem er ist, sich spiegelt. Bei mir also pflegt es so zu sein: Erscheinung (Traum, Wunsch, Neugier weckend) taucht auf, beunruhigt das Nervensystem, zeigt sich, solange sie erreichbar ist, prinzipiell unerreichbar, entschwindet, zeigt sich, nachdem sie also unerreichbar geworden, prinzipiell erreichbar, winkt heran mit einer Gebärde des Abschieds und sagt zum Empfang: «Leb wohl.» Ach, wie ist der Tag doch reich an solchen alarmierenden Nicht-Erlebnissen. Jeder Blick, jeder Gedanke beschwört welche herauf, die Spannung zwischen dem, was ist, und dem, was sein könnte, ist gar nicht zu ertragen, aus unerreichbarer Ferne lächelt dir die schöne Möglichkeit, die das in der Nähe nicht war. Gott ist vorhanden, weil du von ihm nichts weißt, und das ganze Leben ein einziges, aufregendes Abenteuer, schon dadurch, daß es immerzu entschwindet.

Übrigens schrieb sie in jenem Brief: «Ich habe mich aufrichtig gefreut, daß Ihr Profil Ihren Schriften entspricht.» Ich weiß jetzt nicht: soll das eine Beleidigung sein für das Profil oder für die Schriften oder für beide?

Reise

Ich habe eine Reise und auf dieser Reise mehrere Beobachtungen gemacht, die allseits lebhafte Gleichgültigkeit erwecken dürften. Daher kann ich sie ruhig mitteilen. Ist es schon eine Anmaßung des Schriftstellers, den Lesern, wildfremden, braven Menschen, die doch genug mit sich selbst beschäftigt sind, zuzumuten, daß sie sich mit ihm beschäftigen, ihnen, die unter der Last eigenen Erlebens keuchen, noch das, was er erlebt, aufzubürden, so wird diese Anmaßung ganz unleidlich, wenn der Schriftsteller seinen Lesern Interessantes versetzt, das sich, weil es das ist, unwiderstehlich in ihren Geist hineindrängt, wodurch also diesem eine Art Zwangsfütterung angetan wird.

Von meiner Reise, wie gesagt, kann ich ruhig erzählen. Sie war sehr schön, vollzog sich unter empörend- aber angenehm-kapitalistischen Umständen, nämlich auf einer Privatjacht, die an Sonn- und Feiertagen Preiwett-Jott ausgesprochen wird und so sanft dahinglitt, als liefe sie auf Wasserschienen. Der Kapitän war ein reizender junger Engländer. Er hatte das Schiff selbst konstruiert und den Bau geleitet; in seiner Kabine das winzige Modell, haargenau dem erwachsenen Schiff gleich, sah aus wie ein Jachtjunges unmittelbar nach der Geburt. Der Kapitän hatte Grübchen in den Wangen, ein Fernrohr und Schiffskarten, auf denen das Festland in Form von ausgesparten weißen Flecken eine lächerliche Rolle spielte. Auf diese Weise kamen wir bis Konstantinopel. Es sind wunderschöne Augen, süß und dunkel wie türkischer Kaffee, mit denen die Türkinnen wegschauen, die Türken aber sitzen wirklich mit unterkreuzten Beinen auf Teppichen in jeder Preislage, rauchen Wasserpfeife und trinken den ganzen Tag Kaffee, süß und dunkel wie die Augen der Türkinnen. Doch derlei scharfe Spezialbeobachtungen gehören nicht in diesen vorläufigen Bericht, der nur ein paar allgemeine Wahrnehmungen gibt, Schaum des Erlebten, wie er in dem mit Eindrücken gefüllten Reisenden obenauf sich sammelt.

Wirklich froh in Österreich samt Burgenland, in Ungarn, Jugoslawien, Italien, Albanien, Griechenland und der Türkei, also vermutlich überall auf Erden, sind nur die kleinen Kinder. Etwa so bis zum zehnten Lebensjahr. Dann kommen sie auf den Schwindel, und ihre Züge, die reine Zeichnung waren, werden Schrift, schließen ineinander zu Chiffren häßlicher Erfahrung. Das Antlitz der Erwachsenen ist schon ganz Text, aufreizender, langweiliger oder erschütternder; fröhlich kann er keinen machen, der ihn richtig liest. Ja, Weltreisende wie ich lernen erkennen, daß das Leben, excepté les enfants, überall Protest gegen das Leben ist, schlauer oder dummer, verstohlener oder offener Widerspruch, aber immer Widerspruch. Dazu wären noch viele traurige Bemerkungen zu machen. Doch das führte über Konstantinopel weit hinaus, in ein schwarzes Meer.

Die Tiere sind auch nicht lustig. Aber etwas, um das man sie beneiden darf, ist mir aufgefallen: sie sind national nicht geschieden, und das ganze Erdenrund ist für sie ein einziges ungeteiltes Sprachgebiet. Was ein Hund bellt, versteht ohne weiteres jeder Hund auf Erden, das Rindvieh aller Zonen hat dieselbe Grammatik und Syntax, die Zugvögel kommen bequem mit ihrer Muttersprache durch, wenn sie auf den großen Strich gehen von Nord nach Süd, und daher gibt es auch unter den glücklichen Tieren zwar große Philosophen, aber gar keine Philologen. Weiter habe ich auf meinen Reisen bemerkt, daß die Vorgeiger von Hotel-, Gast- und Kaffeehaus-Musikkapellen aller Zonen den gleichen Ausdruck pfiffiger Hingabe an den Rhythmus im Gesicht haben und die Klavierspieler alle den gleichen wurschtig-trüben Blick ins Leere. Geige und Geiger verhalten sich wohl zueinander wie Roß und Reiter, hingegen scheint zwischen Klavier und Spieler eine Beziehung zu herrschen wie zwischen Wagen und Pferd. Kakteen sind nur in Töpfchen schön, fern ihrer Heimat. Bei sich zu Hause, in Landstraßenerde wurzelnd, sehen sie greulich aus, zerbrochener, zerstaubter Plunder aus Großmutter Floras Rumpelkammer. Am Strand hat die Seele viel mehr vom Meer als auf dem Meer, wenn du ringsum nichts siehst als Wasser, siehst du das Wasser nicht, und etwas Enge braucht das Herz zum Gefühl unendlicher Weite. Antike Tempelruinen, Trümmerstätten, Stadions und Kolosseen soll man nur schlückchenweise und in großen Zwischenräumen zu sich nehmen, besonders schwer verdaulich sind Sarkophage, auch von Friesen, Architraven und Metopen verträgt man nicht viel auf einmal. Doch steht ihr hoher geistiger Nährwert außer Frage. In Museen ist es kühler als an Ort und Stelle der Ausgrabungen, die Wirklichkeit nimmt den Landschaften viel von dem Reiz, den sie im Kino haben, jeder Bach ergießt sich, wenn man ihn zu Ende denkt, ins Meer, wo immer Menschen sind, dort sind Götter, schreckliche und sanfte, alle Wege führen, über Rom, zur dunklen Persephonaia, leichter als anderswo, das ist nicht zu bestreiten, entquillt auf der Akropolis dem Mann mit Gymnasialbildung die Träne (hervorgepreßt vom Orgasmus unsinnlichen Gefühls), doch auch das umschleierte Aug' übersieht neben der alten Schönheit nicht die aufsteigende neue, d. h. zwischen den Säulen des Parthenon nicht die süßen Beine der Engländerinnen, die über die heiligen, bezaubernd hohen Stufen klettern.

Die Capanna

DIE Capanna verteuert den Aufenthalt im Seebad, aber ohne sie ist er keiner.

Capannen sind, wie alles im Leben, auf Sand gebaut,

kleine Hütten aus Holz und Segeltuch. Das Möblemang ist einfach: Sessel, Tisch, kleiner Schrank, Liegestuhl und ein Kübel mit Süßwasser. Domestiziertes Wasser, gutes, braves Hauswasser. Zum salzigen großen Bruder verhält es sich wie der gezähmte zum wilden Artgenossen, wie das Hündchen zum Wolf.

Unter der Capanna, die auf einem niedrigen hölzernen Podium steht, wächst fahles Schilfgrün. Dorthin verzieht die Eidechse, lacerta agilis, wenn sie müde ist vom Sonnenbad. Sonst zeigt sich, vom Menschen abgesehen, kein organisches Leben im Nahbereich der Badehütte.

Das Wichtigste an jeder Capanna ist die nebenan. Wenn du Pech hast, wohnt dort eine mehrköpfige ungarische Familie, die, zu Sommer-Schelmerei und kindlichem Gemüt entschlossen, unter viel Geschrei und Lachen Ballwerfen spielt, oder Vater leih' mir die Scher'. Wenn du Glück hast, wohnt in der Capanna nebenan eine junge Frau mit Trostbedürfnis und süßem Kindchen. Das Kindchen kann auch wegbleiben.

Die Capanna vereint den Zauber ungebundenen Naturlebens mit dem Zauber stiller Häuslichkeit. Unter freiem Himmel wohnst du und doch in deinen vier Wänden, aufgetan und doch abgeschlossen, das Glück der Weite und das Glück der Enge genießest du, umfriedet bist du und doch angeweht vom Atem des Grenzenlosen, deine Mensendieck-Übungen machst du zum Takt der ewig anrollenden Welle, dein Badezimmer ist der Ozean, dein Nachmittagsschläfchen hältst du am wogenden Busen der Natur, der Sturm kühlt dir die Suppe, und Amphitrite kiebitzt der Brigdepartie.

Mit wenig Mitteln ist solche Capanna in die traulichste Heimstatt umzuwandeln. Was vieles braucht denn schon der Kulturmensch, um auch am Strand der wilden See nicht zu vergessen, daß er's ist? Eine Füllfeder, eine Manikürkassette, einen kleinen Bären aus Gummistoff, ein Grammophon, etwas Magazin, ein Töpfchen Hautcreme.

Und überdies ist Raum in der kleinsten Hütte.

Der Nachbar hat keine Geheimnisse vor Dir, kann keine haben. Denn im Schatten seiner Capanna lebt ja der Mensch öffentlich zu Hause. Sein Ruhebett, sein Eßtisch, sein Arbeitszimmer stehen gewissermaßen auf der Straße.

Ob zwei verheiratet sind, hast du bald heraus. Gehen sie miteinander ins Wasser, dann sind sie ein Liebespaar. Geht er allein und sie allein, dann sind sie verheiratet. Ruft er ihr nach: «schwimm' nicht zu weit hinaus», dann sind sie's noch nicht lange.

In meiner Kindheit sah ich Samojeden und Aschantis und Singhalesen, die als «ethnographische Ausstellung» nach Europa gekommen waren. Sie offenbarten in Zelten ihr alltägliches Leben, kochten, säugten die Kinder, stritten miteinander, tanzten, schliefen, musizierten, nähten, wuschen und verrichteten ihre kleinen andächtigen Bedürfnisse. Die Capannen-Kolonie im Ufersand ist auch so eine ethnographische Schau: internationales Europäer-Dorf. Du blickst dem weißen Menschen in die intime Häuslichkeit, lernst seine Sitten und Gebräuche kennen, wie er ist im Verkehr mit Frau und Kindern, und wie er ist, wenn er allein ist, wie er Besuche empfängt und wie er Nahrung zu sich nimmt und schläft und seine Post erledigt und seine Spiele spielt.

Gleich den Singhalesinnen meiner Kindheit sind auch die Weiber des Capannendorfes nackt, braun und mit

Fett eingeschmiert, nur nicht so wohlgestaltet an Leib und Gliedern wie jene. Auch üben sie den götzendienerischen Ritus der Tänze mit weit weniger Anmut und Natürlichkeit als ihre wilden, immerbraunen Schwestern.

Traktat vom Herzen

Das Herz ist herzförmig, wird gern mit einer Uhr verglichen und spielt im Leben, besonders im Gefühlsleben, eine große Rolle. Da ist es gleichsam das Ding für alles, der Auffänger aller Erschütterungen, die Sammellinse aller Strahlen, das Echo allen Lärms. Es ist der verschiedenartigsten Funktionen fähig. Es kann zum Beispiel erglühen wie ein Scheit Holz, an etwas gehängt werden wie ein Überrock, zerrissen sein wie eben ein solcher, laufen wie ein gehetzter Hase, stillstehen wie die Sonne zu Gideon, überfließen wie die Milch im Kochtopf. Es steckt überhaupt voll Paradoxien.

Der Härtegrad des wunderlichen Gegenstands schwankt zwischen dem der Butter und dem des Felsgesteins, oder, nach der mineralogischen Skala, von Talk bis Diamant. Man kann es verlieren und verschenken, tropfendicht verschließen und restlos ausschütten, man kann es verraten und von ihm verraten werden, man kann jemand in ihm tragen (der Jemand muß davon nicht einmal etwas wissen), man kann es in alles Mögliche hineinlegen, das ganze Herz in ein Winzigstes, in ein Nichts an Zeit und Raum, in ein Lächeln, einen Blick, ein Schweigen. «Herz» ist gewiß das Hauptwort, das der erwachsene zivilisierte Mensch, sei sein Vokabelschatz groß oder klein, am öftesten gebraucht. Und stünde dieses eine Wort unter Sperre: neun Zehntel aller Lyrik wäre nicht. Daß sich Herz auf Schmerz reimt, wie cœur auf douleur, dürfte mehr sein als Klangzufall, nämlich Symbol einer besonders nahen und häufigen Beziehung.

Zumeist also ist in unserem Denken und Sprechen das Herz metaphorisch gemeint – und solange dies der Fall, bleibt alles, auch wenn es Ernst ist, noch Spiel, Spiel, das sich ändern, Verlust noch immer in Gewinn wandeln kann. Wirklich schlimm ist es erst dann um ein Herz bestellt, wenn nicht mehr in Vergleichen und Bildern von ihm gesprochen wird, wenn die Metaphern sich von ihm zurückziehen (wie Masken sich verlaufen, nimmt das Fest eine unheimliche Wendung), wenn von seinen Bewegungen auch die kühnen und großartigen unerheblich geworden sind, und nur noch die meßbaren, die rein mechanischen etwas bedeuten, wenn es auf seine Melodien gar nicht mehr ankommt, nur noch auf den nackten Rhythmus. In solcher Stunde ist wenig Poesie mehr um das arme Ding. Da wird furchtbar gleichgültig, *wofür* es schlägt, *wenn* es nur schlägt, da erlassen wir dem edlen Herzen gern jede Funktion, durch die es sich vom unedlen unterscheidet, wenn es nur die physiologische erfüllt, die es mit ihm gemein hat.

Und doch, gerade in solcher Stunde, wenn das Herz gar keine andere Rolle mehr spielt als die sachliche, die ihm von der Natur übertragen ist, nichts mehr mit seinem Schlag erstrebt als den nächsten, nichts mehr will als sich selbst, keinen Vergleich mehr zu rechtfertigen den Ehrgeiz hat als den mit der Uhr, die geht ... gerade in solcher Stunde, wenn es nur noch ein klägliches, verheddertes Maschinchen ist, dem kein Öl mehr hilft, gerade dann erscheint es als ein Ding von unermeßlicher Würde und Hoheit. Und zwischen Farben und Formen ringsum, gespenstig schimmernd im Phosphorlicht des Lebens, ist es wie zwischen üppigem Gesindel eine arme Majestät.

Der Schwimmer

ZAHLLOSE Menschen können schwimmen. Das hilft ihnen im Wasser fort, wenn auch nicht sonst im Leben. Viele schwimmen sehr schnell, andere schneller, manche am schnellsten, aber ein einziger noch schneller als diese Schnellsten; zumindest über gewisse Strecken. Er heißt Arne Borg, ähnlich wie sein Landsmann, der Schriftsteller Arne Garborg, dessen Romane «Bauernstudenten» und «Bei Mama» in den neunziger Jahren die Jugend, auch die deutsche, enthusiasmierten. Aber wo sind die neunziger Jahre, und wo sind wir!

Über Distanzen von dreihundert Metern aufwärts schwimmt Arne Borg rascher denn jemals ein Mensch, seit es Stopuhren gibt und Zeitnehmer, geschwommen ist. Es sind natürlich nur Sekunden oder Bruchteile von Sekunden, um die der Mann früher den Zielpfosten berührt als die Schnellsten . . . aber aus den paar Sekunden erwächst ihm was sozusagen Ewiges: Ruhm, der große Name (welcher, wie Schiller apodiktisch behauptet, noch lebt, wenn der Leib zu Staub zerfallen), Unsterblichkeit. O schöner Zauber solcher Sekunden, die einer nicht gebraucht hat! Lorbeer, laurus sempervirens, umblüht, Gold berieselt sie, die Schwärmerei der Jünglinge entzündet sich an ihnen, und der mörderische Appetit der Frauen, der in den neunziger Jahren, wo sind sie hin?!, Liebe hieß.

Warum fasziniert große sportliche Leistung die Massen weit mehr als große Leistung auf anderem Gebiet? Weil in ihr die Komponente: Begabung zurücksteht gegen die Komponenten: Fleiß, Willenskraft, verbissenes Beharren. Die Vollendung, der Rekord, die Spitzenleistung im Bezirk des Sports liegen auch für den Patzer und Dilettanten in geradliniger Verlängerung des eigenen Könnens. Der Schwimmweltmeister etwa ist nur eine höchste Steigerung des gemeinen Fluß- und Teichschwimmers, und dieser huldigt seinem eigenen Superlativ, wenn er dem Arne Borg zujubelt. Im Rekord verehren wir die ungeheure Leistung, an der nichts vom Himmel gefallen, das heißt: die von keinem Tropfen Genie getrübt ist. Sportliche Meisterschaft begeistert uns, weil da was Großartiges ohne mystische Voraussetzung (eben Genie) zustande kam. Der es vollbrachte, verdankt das gewissermaßen sich selbst, nicht den Göttern.

Arne Borg, wie gesagt, schwimmt um Sekunden rascher als die Raschesten.

Wegen dieser paar Sekunden war der Bürgermeister zwei Stunden im städtischen Bad. Ein schöner Augenblick, als der Bürger- dem Weltmeister die Hand schüttelte. Es war überhaupt schön und festlich. Draußen Nacht, Herbst, kühl; drinnen, im Schwimmbad, hell und sommerwarm. Tausend Fähnchen wimpelten, Licht aus Bogenlampen spiegelte sich im Glas und Eisen der hohen Halle und in des Badebeckens kristallblauem Wasser, Jünglinge und Mädchen saßen daran, dichtgereiht, ihre wilden Rufe erschütterten die Luft (und den Glauben an die Zukunft des Theaters), ihre tobende Erregung hetzte die Kämpfenden wie Todesangst, ihre schmitzenden Schreie hakten sich förmlich in die Schwimmer ein, rissen ihnen die letzten Sekundenteilchen heraus, die sie noch in sich hatten. Wo ist das hohe Drama, dem die Zuschauer mit solcher Leidenschaft, Anteilnahme, Spannung folgen würden, wie hier schon einem simplen Rückenschwimmen der Damen über dreihundert Meter? Beklagenswertes Theater, wo bist du? Beiläufig dort, wo die neunziger Jahre sind.

Was aber den Weltschwimmeister betrifft ... so was an Tempo von einem Schwimmtempo hat die Welt noch nicht gesehen. Er schwimmt, dieser hagere, jungenhafte Mann mit den lachenden Augen und den erstaunlich vielen Zähnen im Oberkiefer (deren er noch mehr hätte, wären ihm beim Wasserball nicht vier herausgeschlagen worden) ... er schwimmt nicht, was zu sagen ja wirklich nahe läge: wie ein Fisch. Nein, ein Fisch schlechtweg reicht nicht aus zum Bilde. Er schwimmt wie ein geheizter Fisch, wie ein Eil-Fisch, poisson rapide, wie ein aus der Pistole geschossener Fisch. Schon ihn ins Wasser steigen, besser: schlüpfen zu sehen, in weichem, langem, fast das halbe Bassin durchmessendem Schwung, ist ein Vergnügen. Und wie er dann auf und unter der Oberfläche hinflitzt – dem flachen Kiesel, der in Sprüngen übers Wasser jagt, nicht unähnlich – wie er, indes die Füße als Propeller im raschesten, aber gleichmäßigsten Takt arbeiten, mit langen Griffen sich am Wasser, als wär's ein gespannter Strick, entlang zieht, das ist nun zum Entzücken gar. Heißt es von ihm, im Wasser sei er «in seinem Element», so stimmt das zwiefach. Hier hört Metapher auf, eine zu sein. Auch wie der Weltmeister zurückkommt aus dem Kampf, ist was Wunderbares. Man kann ja von ihm nicht gut wie von einem edlen Vollblüter sagen: er käme staubtrocken aus dem Rennen. Aber so ähnlich ist es. Sein Atem geht, trotz Rekordzeit, ganz ruhig, keine Spur von Krampf ist in den Mienen, die Anstrengung hat ihn geradezu erfrischt, so daß er auch gleich wieder ins Wasser gleitet, um die Schwimmethoden der Großen seiner Branche karikierend nachzuahmen. Alles freut sich, alles lacht, am meisten er selbst, sämtliche Zähne zeigend minus vier, gelassen im Wasserballspiel. Seine Bewegungen beim Schwimmen, sagen die Fachleute, sind von höchster Zweckmäßigkeit. Darum haben sie auch Grazie: das Adelszeichen, das Natur vollendet richtiger Bewegung verleiht.

Er ist ein Prachtjunge. Und verdient, was er verdient.

Doppelgänger, du bleicher Geselle

Es geschieht in mehreren Städten, daß Schauspieler telephonisch von einem Herrn aufgerufen werden, der angibt, ich zu sein, und sie dringendst ersucht, den armen Mann Soundso mit Geld zu unterstützen. Sagen die Schauspieler «Ja» – und sie sagen meistens ja, denn sie sind gute Leute und wollen einem Kritiker nicht gern etwas abschlagen –, so kommt der arme Mann ins Haus und kassiert ein. Zuweilen besetzt er die Rolle seines Protektors auch anders, wählt für das telephonische Gespräch andere Namen als den meinen, aber für mich hat er, das ist statistisch nachzuweisen, besondere Vorliebe. Sie geht manchmal so weit, daß er sich mit mir völlig identifiziert. Er tritt dann – dies geschah zum Beispiel in M., wo die Menschen kulturell so zurück sind, daß sie mein Gesicht nicht kennen – als ich auf und pumpt die Leute geradewegs an. Gelegentlich verlangt er auch unter meinem Namen von Theaterkanzleien Freibilletts. Ich glaube nicht, daß er diese, erhält er sie, dann zum Besuch der Vorstellungen benützt. Er hat selbst genug Komödie im Leibe, um die, die andere vormachen, entbehren zu können. Er verkauft lieber die Billetts. Vielleicht tut der Mann hier und da auch etwas Gutes für mich. Macht mir etwa durch Liebenswürdigkeit, die er entwickelt, einen Ruf als Charmeur. Oder bringt mich durch seinen Humor in den Verdacht, welchen zu haben. Sonderbarer Zustand: ich sitze ruhig daheim und führe gleichzeitig anderswo ein bewegtes Leben, mache Bekanntschaften, Schulden und mancherlei Eindruck, und ohne daß ich das geringste dafür kann, verstärkt sich die Schwankung meines Charakterbildes in der Geschichte.

Von den Taten meines protégé malgré moi kommen mir natürlich nicht alle zur Kenntnis. Die Gläubiger, die er mir verschafft, sind meist taktvoll genug, nicht zu mahnen, und in so wilde Geschichten wie in H., wo ich, das heißt er, eine brave Wirtin, welche mich, das heißt ihn, bewirtet hat, aus Dankbarkeit zu dem reichen Herrn S. schickte, der ihm, das heißt mir, zugesagt hätte, das Restaurant der Wirtin zu finanzieren, läßt er sich nur selten ein. Herr S. war sehr ungehalten, und ich habe die Empfindung, er hat es mir übel genommen, daß er von jemand, der vorgab, ich zu sein, behelligt wurde. Überhaupt muß ich die Erfahrung machen, daß die Leute, die der arge Mann hineingelegt hat, es recht sonderbar von mir finden, daß sie sich hineinlegen ließen. Wunderliche Affektverschiebung! Der Herr, der mir schreibt, er sei unter meinem Namen telefonisch um ein Darlehen angegangen worden, habe aber den Trug gleich durchschaut und sei dem Betrüger nicht aufgesessen, kann mir doch sein Befremden darüber nicht verhehlen, daß mein Pseudo-Ich ihn gerade beim Abendessen gestört hat, und fragt mich, sichtlich pikiert, ob denn ein Mann wie er, der sich tagsüber genug plage, nicht Anspruch darauf hätte, am Abend seine paar Bissen in Ruhe zu verzehren. Also das ist schon fast von Pirandello.

Der Aktionsradius meines Mich-Benützers ist ein ziemlich großer. In meiner Heimat hat er mich, wie ich höre, recht populär gemacht, und selbst über deren Grenzen hinaus verdanke ich ihm eine starke Erweiterung meines Bekanntenkreises. Zum Beispiel hätte ich ohne ihn wohl nie im Leben Herrn Manus aus Amsterdam kennen gelernt, der mich eines Tages anrief, er höre mit Freuden, daß ich im Lande sei, und jetzt wäre die schönste Gelegenheit, ihm die zehn Mark zurückzuzahlen, die er mir vor zwei Monaten im Hofbräuhaus zu München geliehen hätte. Bei diesem telefonischen Gespräch erfuhr ich auch, daß damals wir zwei, der Herr aus Amsterdem und ich, vielen Leuten launige Ansichtskarten geschickt hatten.

Das also ist der traurige und peinliche Tatbestand. Traurig für den armen Teufel, der nicht anders als durch solche Praktiken sich überm Wasser seiner Not halten kann. Peinlich für mich, der ich in Gruben falle, die ein anderer anderen gegraben hat. Peter Schlemihl wurde seines Schattens verlustig. Mir Schlemihl wird durch das Tun des fremden Mannes ein Schatten angeheftet, den ich nicht werfe. Ich beklage das Schicksal des argen Kumpans, dessen Leben, wie ich seither erfuhr, ein Seiltanz ist zwischen Kriminal und Irrenhaus. Aber muß gerade ich die Balancierstange sein? Lange genug habe ich ihm, ohne es zu wollen und zu wissen, gedient. Jetzt bitte ich ihn sehr, mich endlich aus seinen Diensten zu entlassen. Er hat sich mich, ohne den Eigentümer zu fragen, ausgeliehen. Nun wäre es nett von ihm, mir mich wieder zurückzuerstatten, und aus meiner Moral, in die er hineingetreten ist, hinauszugehen. Das Leben ist eine schmierige Angelegenheit, auch der Reine befleckt sich dabei, und an Putzarbeit, aus eigener Führung notwendig geworden, hat jeder genug. Muß ich auch noch fortwährend hinterher sein, um die Kleckse auszuradieren, die mir ein anderer in den Charakter macht? Jeder sein eigener Halunke!

Meeresstille und glückliche Fahrt

DIE Jacht hat vier ganz hohe Maste aus poliertem Holz. Zwischen ihnen spannt sich ein vielverschlungenes, graziöses Geflecht von Stangen und Stricken; es sieht so kompliziert und so zierlich aus wie das Geäder eines lichtdurchschienenen Blattes. Daß sich dieses Tauwerk nie verheddert, nie dem Seemann unlösbare Knoten aufzuknüpfen gibt, ist ein rechtes Wunder (was erlebt man nicht schon mit Schuhbändern!). Jede Stange und jeder Strick der Takelage hat einen Namen, der nach Sturm, Abenteuer, Matrosenlied, Salz und Knabentraum schmeckt. Bezaubernd ist der Wortschatz der Navigation! Ich stand an der Längsseite des Schiffes, sah ins Wasser und fühlte schlicht die Bewegung . . ., doch wie anders wurde mir, als ich erfuhr, ich stünde luvseits und an die Reling gelehnt!

Die Maste des Schiffes sind so hoch, daß es den Anschein hatte, wir würden unter der Brücke, die den Kanal von Korinth überspannt, nicht durchkommen. Aber der Kapitän lächelte nur auf englisch, als wollte er sagen: es ist dafür gesorgt, daß die Maste nicht in die Brücken wachsen. Wir kamen bequem durch, zur Enttäuschung des Mannes, der oben auf der Brücke stand und sich schon diebisch gefreut hatte, uns splittern zu sehen. Über den Kanal von Korinth, von einem Meer zum andern so gerade gezogen wie ein preußischer Scheitel, ließe sich des langen und breiten erzählen, das heißt des breiten eigentlich nicht, denn er ist so enge, daß die Schiffe sich ganz schmal machen müssen, um nicht ihre Seiten an seinen steinernen Wänden abzuscheuern. Als wir durchfuhren, stand die sinkende Sonne gerade dem Ausgang des Kanals gegenüber, und ihre waagerechten Strahlen durchdrangen mit so leuchtender Schärfe die Meerenge, als wären sie das Messer, das diese Felsmauern eben entzweigeschnitten. In der Höhe schwebten große Vögel, die wir, da niemand widersprach, als Adler empfanden.

Unsere Matrosen erklettern aus sportlicher Passion die Maste bis zur Spitze. Weil sie das täglich tun, sind sie so mager. Man sollte tun wie sie. Eine Mast-Kur zur Entfettung.

Manchmal fährt das wundervolle Schiff mit Segeln, ich würde gern sagen: mit ausgespannten Schwingen, doch habe ich eine dunkle Empfindung, als ob das schon jemand einmal von einem Segelschiff gesagt hätte. Wie schön, wenn das schlanke Schiffchen mit ausgespannten Schwingen, von Wasser- und Sonnenglanz umsprüht, leicht und lautlos hingleitet, zierlich und doch kräftig, spielerisch und doch selbstbewußt die Wellen schneidet, eine hochgezogene Vollblutjacht, die viele Knoten pro Stunde läuft. Ich könnte angeben, wie viele, aber du, traurige Landratte von Leser, wüßtest dann doch genau so wenig wie vorher. Also lassen wir die Knoten. «Flying cloud» heißt die Jacht, fliegende Wolke, ein Name, dem das Schiff und der diesem wie angegossen sitzt. Die fliegende Wolke wird mit Öl, nicht mit Kohle geheizt, kein Ruß, kein Gestank, sie ist nach den modernsten Grundsätzen der Jachtologie gebaut und gehört einem Herzog von England, der noch drei Schwestern von ihr im Stall haben soll. Sie ist die jüngste, und die Fahrt, von der ich erzähle, war ihr erster Stich in See, sozusagen ihr Jungfern-Stich. Es glänzte auch alles an und auf der fliegenden Wolke von Neuheit und Frische, man roch förmlich noch die Holzwolle, in der verpackt sie im Schächtelchen gelegen war.

Die Tage aus solchem Schiff sind paradiesisch, die Regie tadellos, mehr im Stil Reinhardts als Piscators, durchaus danach angetan, dem Gast, der gratis mitfährt, die Illusion zu schaffen, das Leben sei doch schön. Der Täuschung, daß es das sei, unterliegt man allerdings kaum leichter, als wenn man auf solcher Jacht im Frühjahr durch die griechischen Gewässer spazierenfährt, landend, wo es einem Spaß macht, genährt und gepflegt, als gelte es die Aufzucht einer kostbaren Hochrasse, wochenlang abgeschieden von aller Post und Zeitung (bis auf die täglichen Meldungen des Funkers), ausgeliefert einer watteweichen Ruhe, in die gewickelt du die Neurasthenie verlierst, wenn du sie hast, und bekommst, wenn du sie nicht hast, umgeben von lauter goldiger Natur und sagenschwerer Historie. Auf diese ist jedoch kein unbedingter Verlaß. Eines Abends, die «flying cloud» glitt fast ohne Reibung, wie auf Schlittenkufen, durch ein sanft murmelndes Meer, die sinkende Sonne vergoldete sechs Karo mit der Quartmajor, die auf dem Tische lagen, da trat unser Patron eilig herein und sagte nichts als: «Meine Herren, Ithaka!» Wir stiegen auf Deck und sahen mit bewegten Sinnen einen dunklen Küstenstreifen, den Rand des Stückes Erde, das dem listenreichen, aber trotzdem göttlichen Dulder Heimat gewesen. Andern Tages las ich in einem sehr informativen, zwecks Gebildetseins von mir mitgenommenen Buch, die Forschung wäre längst darüber hinaus, Ithaka als des Odysseus Geburtsort anzusehen. Ganz anderswo steht heute, von der Wissenschaft hingestellt, seine Wiege. Also waren die bewegten Sinne des Abends vorher sozusagen ins Leere gegangen. Doch was tut's? Bewegt sein ist alles, das Warum und Wohin eine Frage von sekundärer Wichtigkeit. Man könnte auch sagen: Auf die Wirkung kommt es an, Ursache ist Nebensache.

Das Schiff hatte acht Passagiere an Bord, keine Frau darunter. Infolgedessen herrschte Freiheit und Friede, jeder konnte tun, was er wollte, und besonders wer gar nichts tun wollte, fand hierzu die herrlichste Dauer-Gelegenheit. Der hagere Engländer übte stundenlang auf einer kleinen Matte den Schwung des Golfschlägers, der Gastgeber studierte die Schiffskarte, der Pariser Maler und der Schriftsteller aus Salzburg in der Bukowina spielten Karten, ich stand luv oder lee an die Reling gelehnt und dachte, ohne zu einem erheblichen Resultat zu kommen, über das Leben nach. Sonnenuntergänge hatten wir an jedem Tag mindestens einen, nie verlor das Schauspiel an Pracht und Größe, das Meer erglänzte weit hinaus, und schöne Gefühle der Einsamkeit durchzitterten das weltweit aufgetane Herz.

Diese Reise fand, das auch noch, im Mai statt. Es war in Griechenland im Monat Mai, der Himmel sogar des Nachts himmelblau, der Wetter an einem Tag prachtvoll, am anderen herrlich. Oft um die Mittagsstunde stoppten wir auf hoher See, und es entwickelte sich im Schatten der fliegenden Wolke lebhaftes Badetreiben von acht älteren Herren plus einem blühenden Kapitän. Dies zur selben Zeit, als in Berlin Schneestürme und Premièren wüteten. Das kommt alles vom Klima. Wer mit Herzogen von England gut ist, darf seiner spotten. Er setzt sich auf die «flying cloud» und fährt dem Frühling nach, der nirgendwo heitrer lächelt als im Griechenmeer und nur zum geringeren Teil eine kalendarische, zum größeren aber, wie mehr minder alles, eine Geldfrage ist.

Beruf

TIERE, außer man zwingt sie dazu, haben keinen Beruf. Ihr Anspruch auf Freiheit, Nahrung, Wohnung, auf Liebe und andere kriegerische Vergnügungen wird erfüllt, ohne daß sie sich erst Anspruch auf solchen Anspruch verdienen müßten. Der das Unkraut auf dem Felde kleidet und die Wanzen nährt, schenkte allen seinen Kreaturen das Leben und das Lebensnotwendige bedingungslos.

In die Kultur geraten, hat das Tier für sein Futter etwas zu leisten. Die Gefangenschaft macht sich dem Pferd u. a. dadurch bemerkbar, daß es jetzt seinen Hafer «verdienen» muß. Per aspera ad astra, durch Schweiß zum Fraß. Selbst der Luxushund hat nur scheinbar nichts anderes zu tun, als Hund zu sein. In Wirklichkeit muß er immerzu Komödie spielen, Übermut oder Liebe heucheln, und ist besonders mimisch, durch das treue-Augen-Machen, sehr überanstrengt. Der Wiener Volksschriftsteller Friedrich Schlögl erzählt von einem Schuster in der Vorstadt, der dem Finken, den er im Käfig hielt, um den Fuß einen Faden gebunden hatte, an dessen anderem losen Ende ein Stückchen Blei befestigt war. Das schleppte der Fink bei jedem Hüpfer mühevoll nach. «Er soll nur was arbeiten für sein Fressen», sagte der Schuster, «ich muß es ja auch!»

*

Der zivilisierte Mensch hat einen Beruf. Dieser dient gleichsam als Schale, als Form, in die sich das glühende Sein des Menschen, damit es nicht gestalt- und zwecklos auseinanderlaufe, ergießt. In Wirklichkeit stellt sich die Sache anders dar: das Sein erkaltet und erstarrt zur Form, in die der Beruf, sie ausfüllend, hineingetan ist. Was sonst noch drin, spielt, meist nur als sogenanntes Privatleben, eine klägliche und sekundäre Rolle. In den Fällen, wo es anders ist, wo der Mensch tut, als sei er um seiner selbst willen da, stehen wir vor dem Phänomen des Lumpen, des Träumers, des unnützen Mitglieds der Gesellschaft. Einen Menschen ganz ohne Beruf können wir uns gar nicht recht vorstellen. Er wäre so was Abstruses wie eine Uhr ohne Zifferblatt und Zeiger (wozu läuft denn das Maschinchen?), wie eine Tante, deren Geschwister nie Kinder gehabt haben, wie ein obdachloser Schwerpunkt. «Ich bin . . .», ohne daß was nachkäme, heißt, obschon es ein erschütternd großartiges Faktum ausspricht, in anständiger Gesellschaft gar nichts, «*Was* bist du?» lautet die Kernfrage, vor der in Nichts vergeht, wer ihr keine Antwort weiß. Der Mensch ist, was er ist.

*

Besonders in Berlin.

Hier kann man es mit freiem Auge sehen, daß der Beruf den Menschen ausübt, nicht umgekehrt. Hier versteht keiner die Kunst, sich aus dem Interessenkreis, in den er gebannt ist, auch nur für kurze Weile hinauszuzaubern. Hier bibbert auch, wer stille steht: wie angekurbelt und nur gebremst. Hier hat das Geschäft seinen Mann und läßt ihn nicht los, selbst in den müßigsten Mußestunden nicht, und auch in des Feiernden Brust taktet ohne Aufhören der Motor des Berufs. Mit hörbarem Gesumm. Es mischt sich in die Melodie der Ruhe, selbst in die des Vergnügens, und ganz auszuschalten ist es, wie die Nebengeräusche im Grammophon, niemals. Angelus Silesius forderte, daß der Mensch seinen Gott stets «in sich» trage. In Berlin tut er das. Und dieser Gott hat so viele Namen, als die Arbeit, das Geschäft, das Métier Namen haben. Auch Geselligkeit sänftigt nicht den Berufskrampf, löst nicht die Spannung in der Brust des deutschen Mannes. Selbst um den munteren Wirtshaustisch knistert von solcher Spannung die Luft, wein- und friedevoll an des Freundes Busen gelehnt, hörst du in diesem die Interessen kochen. Hier läßt keiner, hier läßt es keinen locker. Und der entspannte Mensch kommt nur ganz sporadisch vor, etwa im Dickicht des Schwannecke oder im fruchtbaren Tal des Mutzbauer, wo die Wiener weiden.

Dieser Volksstamm hat nämlich in ganz außerordentlichem Maß die Fähigkeit der Entspannung. In Wien unterbricht der Mensch, begibt er sich ins Gesellige, den Stromkreis der Berufsinteressen, in den er sonst eingeschaltet ist: der Nachbar wird durch Induktion nicht beunruhigt. Aus solcher Fähigkeit der Entspannung und inneren Lockerung erklärt sich das Phänomen der Wiener Gemütlichkeit, die keineswegs nur, wie eine irregehende Forschung meint, das Produkt langer Aufzucht durch Zwetschkenknödel und adäquate Literatur ist.

*

In dem kleinen Gebirgsort am See baute der ganz reiche Mann sich ein ganz großes Haus. Fremde Gesichter erschienen in der Wirtsstube, wo wir mit den Fischern und Holzknechten saßen. «Wer ist das?» «Das? . . . Das ist der Baumeister vom Herrn X.» «Und das?» «Das ist sein Gärtner.» «Und das?» «Sein Friseur.» «Und das?» «Sein Tennislehrer.» Und so weiter. Hiernach fragten wir nicht mehr, sondern spielten: Beruf erraten. In einem düsteren Herrn, der immer Handschuhe trug, vermutete ich den Privattotengräber des Herrn X. (warum sollte sich ein reicher Mann solchen Luxus nicht leisten?), es war aber nur sein Pressechef.

Dann suchten wir überhaupt nach idealen, leichten, angenehmen Berufen. Der schönste, den wir fanden, war: Verkäufer von berußten Gläsern bei Sonnenfinsternissen. Ein Vermögen wäre ja mit diesem Beruf, wenn man sich auf ihn spezialisierte, kaum zu erwerben . . . aber viel freie Zeit hätte man.

«Der Mensch»

Da gibt es eine Ausstellung «Der Mensch», die in Bildern, Präparaten, schematischen Darstellungen und bezaubernd anschaulichen Mechaniken den Menschen zeigt, wie er leibt und wie er lebt, wie er sieht, hört, riecht, schmeckt, fühlt, atmet, verdaut, sich abnützt und erneuert, wie sein Herz robotet, seine Nerven spielen, seine Nieren filtern, seine Muskeln schwellen, seine Haare sprießen, sein Darm und sein Hirn anmutig sich winden, kurz, die alles zeigt, was unter, in und auf der lebendigen Menschenhaut sich ereignet. Oh, es gibt Dinge zwischen Schädeldach und Fußsohle, von denen eure Schulignoranz sich nichts träumen läßt!

Vieles erfährt man hier von des Menschen Wohl und Weh und von dem Erstaunlichen, das die Maschine, die er darstellt, leistet.

Zum Beispiel gibt es da einen riesigen gläsernen Kübel voll Himbeerwasser, und dieses ist die Blutmenge, die das Herz in einer halben Stunde durch den Körper pumpt. Oder man sieht eine Eisenzange (an deren Hebeln ein 50-Kilo-Gewicht wirkt) vergeblich bemüht, eine Haselnuß zu öffnen, die unsere Zähne ganz leicht knacken. Was Kiefer imstande sind! Auch wird die Nahrungsmenge gezeigt, die ein erwachsener Mann mit dem Appetit und den Bezügen eines Normal-Bürgers zu Normal-Zeiten im Lauf eines Jahres durch seine Därme jagt. Käse ißt er verhältnismäßig wenig, einen halben Eidamer pro anno.

Ja, das ist alles sehr schön und schauenswürdig, was «Der Mensch» zu schauen gibt ... aber der Mensch ist nicht nur Körper, sondern, wie bekanntlich schon die indische Sankhyaphilosophie des Kapila lehrt, auch Seele. Und von dieser macht sich die Ausstellung gar nichts wissen. Schade. Ihre Methoden der Darstellung und Veranschaulichung, angewandt auf das Gebiet der Psyche ... was für wunderbar lehrreiche, aufregende Schauobjekte gäbe das!

Zum Beispiel einen riesigen Kübel, angefüllt mit Papierfetzen, Staub und zerbrochenem Kram, um zu veranschaulichen, was während eines Lebens von durchschnittlicher Dauer die Seele eines Durchschnitts-Menschen an Illusionen ausscheidet. Daneben, als mikroskopisches Präparat: was sie von ihnen behält. Zur sinnvollen Ausschmückung wäre über dem Kübel bildlich etwa darzustellen, wie ein Jüngling mit tausend Masten in den Ozean schifft, indes über dem mikroskopischen Etwas ein Greis zu sehen wäre, still, jedoch auf gerettetem Boot.

Oder ein anderes Schauobjekt: ein Apparat, der zeigte, wie viele Proteste ein ausgewachsener Wille im Lauf von zwölf Monaten hinunterschluckt, a) ein gerader, unverkümmerter Wille, b) ein in erotische Beziehungen verstrickter.

Oder ein Maschinchen (von jedem Besucher selbst durch Druck auf einen Knopf zu bedienen), das sinnfällig machte, wie der Besucher aussieht und wie er – Druck auf den Knopf – aussehen müßte, wenn das Antlitz in der Tat Spiegel des Innern wäre. Oder eine Tabelle, die ersichtlich machte, welches Übermaß an Hirn- und Nervenkraft das reife Individuum tagtäglich verbraucht, um den Haderlumpen in sich zu bändigen. Nebst einer Zerlegung dieses erschütternden Vorgangs in seine Zwischenphasen. Oder eine Darstellung der langsamen, aber sicheren Abstumpfung, Lähmung, Ertaubung, nekrotischen Zersetzung des Urteilsvermögens durch regelmäßige Zeitungslektüre. Oder: was ein grundehrlicher Mensch in vierundzwanzig Stunden zusammenlügt, a) in der Großstadt, b) in Orten unter zwanzigtausend Einwohnern.

Schade, daß die Ausstellung den Menschen nur zeigt, wie er leibt, und nicht, wie er seelt.

Doch auch halb, wie sie ist, ist sie sehr interessant. Ganz verlegen wird der Mensch, sich so durchschaut zu sehen, ganz kleinmütig macht ihn die Vorstellung, nichts zu sein als lauter Mechanik und Chemie. Aber dann denkt er an die Haselnuß mit dem ohnmächtigen fünfzig Kilo Gewicht oder an den Kartoffelberg, den er in zwölf Monaten verschlingt oder an den rastlosen Fleiß seines Röhrensystems, an die unermüdliche Arbeit seines Inwendigen, auch wenn das Auswendige noch so faulenzt – und gleich ist er wieder arrogant.

Wer in diese Ausstellung geht, geht in sich. Und kommt nicht ohne ein erhebliches Mehr an Demut und Hochmut wieder heraus.

Zum Beispiel ein Hotelportier

SCHEIDEN tut, in vielen Fällen, weh. Und ob es ein Wiedersehen im Diesseits gibt, ist, in allen Fällen, zweifelhaft. So erscheint jedes Auseinandergehen als ein Abenteuer, umwittert von der Unsicherheit, ob es gleichgültig oder erschütternd verlaufen werde, und jedes Beisammensein hat den Keim zu einem betonten, schattentiefen Vorfall in sich, denn es könnte ja das letzte sein. Für den Verkehr zwischen Mensch und Ding gilt Gleiches.

Wenn der Mensch das Zimmer verläßt, sagt seine Seele dem Zimmer-Seelchen heimlich auf Wiedersehen, und in ihrer Tiefe, ohne daß die Oberfläche was merkte, regt sich, wie von einem Traum gestört, die schlummernde Furcht. Hier sitzt wohl die Wurzel des Aberglaubens, es sei nicht gut, umzukehren, was Vergessenes zu holen: denn das bedeutet ein zweimaliges Abschiednehmen, und so innig sagt man nur adieu, wenn die Reise nicht ganz ohne Gefahr ist. Beachten Sie im Antlitz des Menschen, der Ihnen, hoffentlich, Geld borgt, das leichte Tremolo der Nasenflügel, den Hauch von Finsternis, der wie Wolkenschatten über seine Stirne gleitet. Keineswegs sind das Zeichen von Kleinzügigkeit oder Ängstlichkeit eines ökonomischen Herzens, es sind nur Zeichen von Abschieds-Unruhe, Blasen, aufsteigend aus der Zone des Unbewußten: «Lebewohl, gutes Geld, wer weiß, ob ich dich wiedersehe.»

Wegen des fortwährenden Abschied-Zwangs, der ihres Wesens Wesen ist, dünkt uns auch die Zeit etwas viel Unheimlicheres als der Raum, dessen Teile relativ gut und sicher beisammen bleiben und Fühlung halten, indes die Sekunden immerzu auf Nimmerwiederschaun von einander gehen. Das ist zu traurig. Es vergällt jede Freude am Wandel der Zeit, den jetzt so tüchtige junge Leute in die Hand genommen haben. Denn welchen Rhythmus immer man ihr beibringen könnte, an ihrer häßlichsten Haupteigenschaft, an ihrem schlechten charakter indelebilis würde doch nichts geändert, daran nämlich, daß heute morgen gestern ist.

Deshalb dürfte der Dienst eines Hotelportiers nicht nur was Körper und Geist, sondern auch was das Gemüt betrifft, sehr anstrengend sein.

Ist es schon kaum faßbar, wie etwa ein kleiner Kaufmann die Fülle von Tätigkeit, Voraussicht, Berechnung, Obsorge, die sein Geschäft erfordert, zu meistern imstande, erscheinen schon die paar Tagesnotwendigkeiten ganz privaten Lebens als äußerst verwickelter Komplex, durch den der Mensch nur in Schlangenbewegung sich durchzuringeln vermag . . ., was soll man erst vom Hotelportier sagen, Kanzler eines Bundes von vierhundert Schlüsseln, einem Mann, dessen Herz gewissermaßen mit vierhundert Kammern arbeitet, um den ohne Unterlaß der Wirbel der zu- und abströmenden Post schäumt, um dessen Haupt die Klagen und Fragen, hastig an seiner Kundigkeit nippend, wie Bienenvolk schwärmen, an dessen Brust die Wunsch- und Beschwerde-Wellen aus vierhundert Ein- und Zweibettzimmern branden, darunter huntertundfünfzig mit Bad? Und nun noch hinzugesellt dieser stets sich erneuernde Kummer des Abschiednehmens, dieses so oft im Tag sich wiederholende Geleit zur Drehtüre, vor der das Auto, den lieben Gast zu entführen, schon ungeduldig mit dem Motor scharrt, dieses fortwährende Hinausreißen eines Nebenmenschen, mit allen Würzelchen, aus der Sorge, die ihm galt! Immer wieder neuen Trennungsgram hinunterschlucken, vertraute Gesichter von der Tafel des Interesses löschen, Bekannte ins Unbekannte entschwinden sehen, Gewohnte sich abgewöhnen müssen . . . da heißt es wohl das Herz steif halten, damit es nicht umgerissen werde von der Erscheinungen Flucht. Deshalb kann auch, wie nur ein guter Mensch ein guter Arzt, nur ein harter Mensch ein guter Hotelportier sein. Für Weichmütige, die leicht sich attachieren, ist das kein Beruf. Für solche taugt besser etwa die Stellung eines Kellners im literarischen Café oder noch besser die eines Theaterkritikers, bei der man doch die Freude hat, ein Lebenlang immer dieselben teuren Gesichter zu sehen, und, bar accident, «im dauernden Verein» zu altern.

Die Gescheiten

MAN muß unterscheiden zwischen: intelligent und gescheit.

Intelligent, das sagt noch nicht viel. Intelligent heißt: begabt zur Gescheitheit. Es gibt dumme intelligente Menschen; ihre Begabung zur Gescheitheit hat sich eben nicht entwickelt, blieb ein Leben lang in der Knospe, aber sie ist immerhin, unübersehbar, da. Intelligent ist ein Versprechen. Ob es gehalten wird, steht dahin. Wenn wir von einem Menschen recht betont aussagen, er sei intelligent, ist das etwa so, wie wenn man von einer Frau rühmt: «sie hat schöne Augen», oder gar: «schöne Augen hat sie!» In der Betonung dieser Schönheit werden kräftig mitbetont die Schönheiten, die die Frau nicht hat.

Gescheit, das ist schon etwas Besseres. Es heißt: aufgetan der Welt, so daß sie von vielen Seiten herein kann. Der Gescheite hat Witterung für Fernes, Verstecktes, Blick für nicht offenkundige Zusammenhänge, Tastgefühl, das die Einzelfäden auch im dichteren Gewebe spürt und unterscheidet. Man kann nicht sagen, daß er ins Tiefe der Erscheinungen dringt, . . . aber er kommt ihnen zuweilen dahinter. Im gescheiten Kopf sieht es aus wie in einem gut gepackten Koffer: der Raum ökonomisch ausgenützt, alles leicht zu finden, vor Bruch und Schaden gesichert. Schärfe und Raschheit freilich, das radikale wie das abgekürzte Denkverfahren, sind nicht der Gescheitheit Sache. Großes ist mit ihr nicht anzufangen. Außerordentliches würde uns von einem gescheiten Menschen so überraschen wie Ekstase von einem nüchtern-phlegmatischen. Der Gescheite ist von sich überzeugt und deshalb oft so unausstehlich.

Es gibt keinen Menschen, der sich nicht für gescheit hält. Und selbst wer von der eigenen Dummheit überzeugt ist, nimmt noch diese Überzeugung als stringenten Beweis für seine Gescheitheit. Ich war Zeuge einer Debatte zwischen drei Leuten, von denen keiner sich vorzustellen vermochte, daß es noch einen Gescheiteren als ihn geben könne. Die Debatte fand statt zwischen einer Frau, die Romane schrieb, einer, von der nichts Nachteiliges bekannt war und dem Analytiker Dr. M. Dieser steuerte nur hie und da ein Wörtchen bei. Meistens hörte er ostentativ weg. Dr. M. begegnet mit Toleranz dem eitlen Wunsch des vernunftbegabten Menschen, ein solcher zu sein. Den Gipfel der Zugeständnisse, die er im Gespräch macht, markiert der Satz: «Sie haben recht, Sie wissen nur nicht, warum.»

Im Verlauf der mit großem Aufwand an Scharfsinn geführten Unterhaltung äußerte die Frau, von der nichts Nachteiliges bekannt ist: «Ich kann zugleich *in* einer Situation und *über* ihr sein. Ich kann, während ich mit einem Mann im Bett liege, a) sowohl den Reiz der Sache restlos ausschöpfen als auch b) ihren Hergang wissenschaftlich-exakt beobachten und c) die Lächerlichkeit des Partners wie die eigene genießerisch auskosten.»

«Keine Kunst», sagte die Schriftstellerin, «das kann ich alles auch und außerdem noch d) in Gedanken an meinem Roman weiterarbeiten. Überdies: wie weit kannst du dich von dir selbst entfernen?»

«So weit, daß ich mir gegenüberstehe wie einem ganz gleichgültigen Fremden.»

«Und ich so weit, daß ich Schadenfreude empfinde, wenn es mir schlecht geht.»

Da konnte nun die andere nicht mehr gut drüber. Deshalb äußerte sie nach kurzer Überlegung nur noch: «Das Ich ist das größte Hindernis auf dem Wege zur Selbsterkenntnis.»

Der Analytiker, diese letzten Worte vernehmend, sah die Frau mitleidig an: «Sie haben recht», sagte er, «Sie wissen nur nicht warum.»

Buch für alle

WAS macht den Menschen zum Objekt öffentlicher Meinung? Zum Gegenstand der Beachtung und Betrachtung von vielen? Ungewöhnliches Erleben oder ungewöhnliche Leistung.

Es muß nicht einmal Leistung sein, aus der die Welt Nutzen zieht: ein schönes Verbrechen, eine Torheit größeren Stils, ungewöhnliches Pech, ein Rekord geben Zutritt in das Interesse der Allgemeinheit. Wer aus ihr solistisch herausfällt – durch eigenes Gewicht oder vom Schicksal gestoßen –, den nimmt sie zur Kenntnis.

Eine Ausnahme machen da nur Theaterleute. Sie sind die einzigen Lebewesen, deren Arbeit allein deshalb schon, weil sie getan wird, vor breiter Öffentlichkeit Beachtung widerfährt. Es gibt keinen Beruf sonst, dessen Ausübern allemal, mit Lob oder Tadel, attestiert würde, daß sie ihn ausüben. Niemals liest man in der Zeitung etwa: «Gestern hat Doktor X. einen Blinddarm herausgeschnitten. Die wohldurchdachte, gekonnte Leistung verdient unseren Beifall. In kleineren Aufgaben bewährten sich die bildhübsche Operationsschwester und der Spitalsdiener.» Oder: «Das Auftreten des Verkehrsschutzmannes Heinrich, Ecke der Budapester- und Kurfürstenstraße, gestaltete sich erfolgreich. Klarheit und Anmut seiner Zeichengebung lassen nichts zu wünschen übrig, nur könnte vielleicht das Tempo etwas besser sein.» Oder: «In der Restauration ‹Grill für Alle› gab es Sonnabends, bei gutbesuchtem Hause, zum erstenmal türkisches Filet mit Morcheln-Croquettes. Köchin: Mathilde Lehmann. Das Publikum zeigte sich von dem Gebotenen befriedigt; wir bleiben aber dabei, daß Frau Lehmann kaum mehr als eine utilité ist. In dem kleinen Getränkezuträger Otto reift – der Referent glaubt, sich hierin nicht zu irren – eine beachtenswerte Kraft für das Fach der Kellner mit Suada heran.» Man könnte sagen: Schauspieler machen eben Kunst, deshalb wird jedes Stück Arbeit, das sie liefern, öffentlich beurteilt. Das könnte man sagen. Darauf ließe sich vielerlei entgegnen, der Entgegnung vielerlei erwidern, und so ginge das hin und her, eine lange Weile, die sich unaufhaltsam verbreitete. Lassen wir also den Einwand. (Es erleichtert das Schreiben sehr, daß dem Schreiber niemand dazwischenschreiben oder in die Feder fallen kann. Der Redner hat es schlechter.)

Schauspieler sind im allgemeinen nicht gut bezahlt, darum ist ihnen das Glück des Erörtertwerdens, als einer Art sublimierter Gage, zu gönnen. Weniger zu gönnen ist es einer Gruppe von Erscheinungen, die, gar nichts leistend, ja selbst der elementarsten aller Mühen – der: zu leben – enthoben, sich doch ins Blickfeld der Öffentlichkeit drängeln; nämlich den Figuren aus berühmten Romanen und Theaterstücken. Psychologen und Charakterdeuter setzen sich auf ihre Spur, sie werden gegen das Licht gehalten, zerlegt, mikroskopiert, in ihren Bedingtheiten aufgetan, vielen Prüfungen, wie die Seelenchemie sie kennt, unterworfen. Da steht nun die Frage auf: warum sollte, was solchen Niemanden, erfundenen Wesen, Phantasiegestalten und Schemen recht ist, den Erscheinungen der Wirklichkeit, den Kreaturen, die leibhaftig sind, nicht billig sein? Warum sollte das Geschöpf des Schreibtischs was voraus haben vor dem Geschöpf der Natur? Frau Sedlak, die morgens das Zimmer aufräumt, ist zumindest so interessant wie Dorothea Angermann, der Schneider Potzner gar nicht auszustudieren, mein Freund Mischka ein Unikum, ihr werdet nie mehr seinesgleichen seh'n. Sicher, es lohnte, von ihnen zu erzählen. Doch dies geschieht nicht, denn sie haben weder was geleistet, noch sind sie beim Theater, noch fand sich der Literat, der das wunderliche Gebild ihres Lebens durch Hineinstellen in eine Romanhandlung rettete.

Ich bin deshalb für ein Buch «Menschheit in Einzeldarstellungen», kollaborativ verfaßt von allen, die in Worten darzustellen wissen. Hier wäre Eintritt nur den mit Ruhmerwerbung Nichtbeschäftigten gestattet. Hier gälte Leistung nichts, doch das Leben als Leistung. Hier würden nur Namen von solchen genannt, die sich keinen gemacht haben. Hier entschiede über Aufnahme oder Ablehnung das Sein, nicht das Tun des Individuums. Hier fänden die Außenseiter, welche die höchsten Quoten gezahlt hätten, wenn sie gekommen wären, die

Künstler ohne Kunst, die Waldmenschen im Dickicht der Kultur, die Gottfopper und von ihm Überfoppten, die großen Abenteurer ohne Erlebnis, die auf der Flucht vor sich selbst als brillante Schnelläufer Enthüllten, die himmlisch unbegabten Genies, kurz: wirklich interessante Leute fänden hier, ohne die trügerische Hilfe von Roman- oder Dramenschreibern, Asyl, das ihre Erscheinung vorm Vergessenwerden, vor dem «gefräßigen Regen» der Zeit behütete ... soweit ein Dach aus Papier und Letternschwärze dies eben vermag.

Zum Beispiel Mischka! Mein Freund, unser Freund, euer Freund, aller Freund. Sollte von solchem Mann, einzig in seiner Art und den Menschen ein Wohlgefallen, nie die Rede sein, weil er wirklich vorkommt und nicht im Buch? Begnadet mit Talent zu vielerlei Talenten, Jünger des Lebens und dessen Meister, zu Hause, wo er zu Hause ist, aber daheim in der Welt, der Rührung voll und des Witzes, in dem Rührung sich auflöst, verliebt in die Liebe, unbestechlicher, beide Augen zudrückender Durchschauer, teilhaftig aller Freuden des Kenners und Kenner aller Freuden, fröhlicher, nimmermüder Wanderer durch Gebirg und Tal der Beziehungen, die Taschen voll Sympathie, Musik, Gefälligkeit, Humor, Zuneigung, Teilnahme und ähnlichem, womit man Menschen bindet, unvergleichlicher Illusionist einer Welt des Behagens und der Warmgefühle, genialer Spieler des Freundschafts- und Gesellschaftsspiels, immer ganz hingegeben der Szene, die eben gestellt ist, glaubend an ihren gemalten Himmel, scheinbar sein Herz für immer hängend an die Fiktionen des Stücks (das, wie er weiß, nach ein paar Stunden für immer aus ist) ... dies und noch viel mehr und noch viel anderes und Besseres ist Mischka, über dessen Auftreten nie Referat geschrieben wird! Wahrlich, die Welt wäre um ein kostbares Muster ärmer, verwischte sich, unabgezeichnet, die Spur von seinen Erdentagen.

Die herrliche Natur und anderes

NATURSCHILDERUNGEN, in schönliterarischer Absicht, sind zwecklos. Wem Erde, Wasser, Stein, Pflanze, Tier – der Mensch gilt nur in seinen primitiven Erscheinungsformen als ordentliches Mitglied der Natur – nichts bedeuten, als was sie bedeuten, dem bedeutet auch ihre Spiegelung in Dichters Auge nichts. Wer hingegen die sogenannte Naturliebe hat, dem sinken schon einfache Worte wie: Berg, Baum, See, auch ohne angehängtes Gewicht dichterischer Beschreibung, tief ins Gefühl, die schlichte Aussage etwa: «der Mond scheint» löst sich von selber, ohne daß der Rührlöffel des Poeten helfen müßte, in der Phantasie des Empfänglichen, sättigt sie mit gemäßen Vorstellungen und Bildern, durchfärbt das Herz mit Mondfarbe wie ein Kristall Hypermangan das Wasser mit Rotem.

Im hier erzählten Fall ist aber etwas Naturschilderung, aus einem Grund, der sich noch ergeben wird, notwendig. Es handelt sich um ein Wäldchen, sommerlich aufgetan, ein dichtes Gemenge von Laub- und Nadelbäumen, mit Bergen rechts wie links als nahen Seitenkulissen, und abgeschlossen von einem Bach, der, aus der Höhe kommend, in seinem unteren Lauf, besonders wenn es längere Zeit geregnet hat, sich mit Welle und Rauschen als Strom gebärdet. Am anderen Ende beschließt den zauberisch freundlichen Wald ein Zaun.

Hinter ihm ist ein Garten, im Garten ein Haus. Und in einem Zimmer dieses Hauses liegt ein Mensch, mit Augen, deren Blau weiß ist vor Entsetzen, auf die Herren starrend, die ihre Vorbereitungen treffen zum Kommenden. Die Herren sind Ärzte. «Es dauert ein paar Minuten und tut nicht gar so weh», sagen die Ärzte. Es dauerte drei Stunden und tat so weh, daß es noch weh tut und dem, der es mitempfand, weh tun wird bis ans Ende all seines Wohls und Wehs.

Mit-Leid, das nichts tun kann als sich bekennen, ist so quälend für den, der es hat, wie wertlos für den, dem es gilt. Also ist es klüger, nicht dabei zu sein, sondern in den Wald zu flüchten.

Ein schöner Wald, heimlich und schattentief. Smaragdnes Märchengrün füllt ihn ganz, durchrieselt von goldnem Schimmer, wie ihn das Blätternetz der Bäume aus der Sonne filtert. Es riecht nach heißem Holz, Nadelextrakt, mild-scharfen ätherischen Ölen. Geschäftigkeit kleiner Lebewesen spinnt ein hauchzartes Tongewebe um die Stille, mehr ihr zum Schutz als zur Störung, Vogelstimmen knüpfen Knoten und Schleifen in das Gespinst.

Noch ein Laut mengt sich in den Chor. Er kommt aus dem Hause hinterm Gartenzaun. Ein Mensch schreit dort. Es ist ein langer, langer, jammervoller Schrei, ein Schrei gemarterter Kreatur, ein Schrei, wie ihn das Unerträgliche dem, der es tragen muß, erpreßt, ein Schrei um Hilfe, um Erbarmen, um ein Ende. Plötzlich verstummt er, setzt plötzlich wieder an, gell und hoch, wird schwächer, nur noch ein Wimmern. Sekundenlange Stille. Dann beginnt es wieder, das entsetzliche, klagende, Welt und Leben, daß sie sind, anklagende Schreien. Messerscharf schneidet es durch die Luft.

Durch die weiche, grüngoldne Luft im sommerfrohen Walde. Wärme und Wohlgeruch, Blumen und Schmetterlinge, Blätterrauschen und das leise Zittern der Gräser unterm Gekraule von Millionen winziger Beinchen. Wie ein braves Kind spielt die Natur, sich selbst überlassen, Lärm vermeidend, um den guten Vater, der vielleicht schläft oder arbeitet, nicht zu stören.

Nur der Gemarterte dort im Krankenzimmer kennt keine Rücksicht. Er schreit. Laut und gellend, immer wieder, mit der letzten Kraft seines Körpers und seiner Seele, die sich schon langsam lösen voneinander. Feuer legt solcher Schrei an die Natur. Versengt er nicht Baum und Blatt? Hält der Wind nicht den Atem an vor Bangigkeit? Erschrickt nicht das brave Kind und läßt seine Spiele? Wacht der Vater nicht auf? Gibt dieser Schrei nicht das Zeichen, vor dem der schöne Zauber ringsum sich als fauler Zauber offenbaren muß, die Maske des Lichts abfällt von der Finsternis, das Frohe, Bunte, Blühende im Nu verdorrt, grau und leer hinsinkt wie Kundrys Garten?

Am Wald-Ende, wo das Bachwässerchen schon als wildes Gewässer die Steine scheuert, dort ist das Jammern nicht hörbar. Aber nichts hilft es, sich zu verkriechen vor dem Wehklagen, vor dem erbarmungslosen Schrei um Erbarmen. Eine Macht, stärker als Furcht und Mitleid, zwingt dazu, sich ihm zu stellen. Es gibt nichts außer ihm. Gegen solchen Naturlaut schützt keine Natur.

Längst ist er verstummt. Und steht doch noch in der Luft wie ein erstarrtes Sausen der Peitsche, unter der alles Leben lebt.

Der Wald duftet nach Harz, Zyklamen, nasser Erde.

Er atmet, sommerlich beglückt, tief und ruhig, lädt schmeichelnd ein, mitzuatmen.

Vierundzwanzig Stunden, nachdem der Mensch für ewig zu schreien aufgehört hatte, ging ein Gewitter nieder. Der Donner schlug trocken, kurz, beinhart, als klopfte eine Knochenhand an Holz. Doch klang das gewiß nur in der Stimmung des Augenblicks so. Was bedeutet ein Mensch, lebend oder sterbend, der unendlichen Natur? Nichts. Trotzdem beziehen wir sie gern als interessierte Mitspielerin ein in unsere Possen und Tragödien, verwenden sie zur reicheren Ausstattung der Szene, in die wir unsere Freude und unser Elend setzen.

Fensterplatz

HAT der Mensch nichts zu denken, dann denkt er so allerlei.

Zum Beispiel der Reisende im Eisenbahncoupé, wenn er, seelisch unbeschäftigt, in die Landschaft hinausblickt. Gedankenlos denkt er. Sein Geist, von den vorübereilenden Erscheinungen geritzt, antwortet auf die Ritzung, man kann auch sagen: Reizung, durch leichte Klopftöne, der Mensch gerät in jenen Zustand, den die Erzähler «sinnend» nennen. Vermutlich sinnen alle Bahnfahrer, die, ohne was Besonderes zu denken, durchs Fenster schauen, das Gleiche. Träumerei, wie sie, hervorgerufen durch die Landschaft und ihre Gegenstände, in Eisenbahnwagen stattfindet, ist Einheits-Träumerei. Ihre Grundzüge lassen sich festlegen.

Felder – gewissermaßen das Hausbrot der durchs Coupéfenster eingenommenen Blicknahrung – erwecken das Bedürfnis, sie mit etwas zu vergleichen. Infolge ihrer perspektivischen Verengung, dem Horizont zu, erinnern sie viele Reisende an aufgeklappte Fächer. Manche aber assoziieren im gleichen Fall lieber Teppiche. Grüne Quadrate im braunen Acker, oder braune im grünen, rufen im fahrenden Auge Bilder von geflicktem, Buntblumen auf der Wiese solche von besticktem Tuch hervor. Wege zwischen den Feldern führen wohin, ach, wohin! Weidendes Vieh wird ganz einfach als weidendes Vieh wahrgenommen. Der pflügende Bauer jedoch pflügt eine Spur in das Herz des Schauenden am Coupéfenster (ne se pencher pas en dehors) und sät Empfindung hinein, Gefühl unverwirrten Tuns und zweckvollen Lebensverbrauchs. Sinnend blickst du, Stadtmann, dem Landmann nach, der dir sinnend nachblickt.

Telegraphendrähten geht das Gemüt des Eisenbahnfahrers sicher ins Netz. Ihrem beharrlichen Auf und Ab, Untertauchen und Hochkommen – «das Fenster spielt Harfe», sagt der feine Jean Cocteau – kann sich die Seele nicht entziehen. Leise schwingt, singt sie mit, zur Harfenbegleitung.

Flüsse flechten sich allemal als Bänder durch den Plan, mehr oder minder silbern. Der Reisende empfände sie gern waschblau, schon aus kindlicher Pietät gegen die Landkarte, auf der sie das immer waren. Ach, eine Illusion, wie viele andere, die Schule und Jugend uns vorgaukelten! So stimmt Wasser in Flußform, auch weil es den Sinn auf rastloses Hinschwinden lenkt, traurig. Hingegen beruhigen Meer und See, da sie etwas in sich Beschlossenes und Gültiges sind oder doch scheinen, etwas, das nicht immerzu entspringt und immerzu mündet, sondern da ist, auf dauernder Mittagshöhe des Seins, gleich fern von Geburt wie von Tod.

Landstraße wirft dem Bahnpassagier, der seine Träumerei zum Fenster hinaushängen läßt, die Vorstellung: «Wanderer» zu, lockt ihn, nachzusinnen, was er wohl sinnen würde, wenn er da unten ginge, Fuß vor Fuß, gesegnet mit Zeit und Langsamkeit. Klein und frech läuft das Auto die Straße entlang, umwittert von Besitz, Freiheit, ungebundener Laune, spottend der Schienen und des Fahrplans, Bäume, Lichtung, Bäume, Lichtung, Bäume, Lichtung. Oft wiederholt sich das. Ein Berg. Wie schön wäre es, ihn zu ersteigen, wie gut ist es, ihn nicht ersteigen zu müssen! Wasser, Wiesen, Steine, Grünes. Viel ist da von allem, in himmlischer Unsymmetrie hingeschüttet über die Erde, und alles gehört irgendwem. Felder, Felder, Felder, wie aufgeklappte Fächer oder Teppiche. Hintergründig steht der Wald, meldet: Schatten, Schweigen, Kühle. Im Winter jedoch ist alles anders.

Häuser, von der Drehbühne der Landschaft heran- und wieder weggeführt, sind Kulissen für Menschenspiele. Die Phantasie des Eisenbahnfahrers mischt sich ins Spiel, das er nicht kennt. Und an keiner menschlichen Wohnstatt fährt er vorbei, ohne daß ihn, warm oder kalt, die Vorstellung überwehte, hier dürfe, müsse er bleiben. Bahnwächterhütten (mit Sonnenblumen), Wegzeichen, Semaphore, Laternen tun dem Gemüt wohl, denn Stimmen sind sie im Chor der Ordnung, der den geheimen Ängsten das Schlummerlied singt. Schornsteine, Plakattafeln, Schreber-Gärten . . . die Seele des Reisenden murmelt: Ausläufer der Großstadt.

Solches beiläufig sinnen geistig unbeschäftigte Eisenbahnfahrer am Coupéfenster, besonders jene zweiter

Klasse. Fußgeher, Reiter oder gar Ruhebanksitzer sinnen, wenn auch der gleichen Eindrücke teilhaftig, ganz anders (denn den Bildern, die ihr Auge empfängt, fehlt die zauberische Flüchtigkeit, und damit die Simultanität, das Übereinander, welches die Seele köstlich beunruhigt), sie nehmen wahr, was sie sehen, Blick und Gemüt sättigen sich. Anders der Eisenbahnfahrer. Kaum hat sein Gemüt an einer Erscheinung (rechts oder links vom Schienenstrang) genippt, wird sie ihm auch schon wieder entzogen. So gerät er, durch das immerwährende Nippen, in einen wundervollen Zustand zwischen Durst und Rausch, wie ihn sonst allein die Liebe erzeugt, und auch diese nur, ehe sie die ruhende Form der Beziehung angenommen hat. Darum fahren viele Menschen so gern Eisenbahn.

Stilleben

GARTEN am Meer. Rundum ist lauter Süden, preisgegeben einem unentrinnbaren Réaumur. Blumen hat der Garten nur im frühesten Frühjahr (dann tötet sie die Hitze), doch Grünes in unendlich vielen Schattierungen, zartes und grobes, mageres und fettes, keusches und geiles Grün. Der Ölbaum flimmert silbrig, Lorbeer ist ad libitum da. Auf manchen Bäumen hängt ein Teil des Laubes zu gelbem Zunder verbrannt, als hätte der rüstige Sommer einen Anfall von Herbst erlitten. Die stacheligen Schwerter der Agave haben schwarze, verkohlte Spitzen. Das Meer, vom Garten her und im Dunst und Licht des Mittags gesehen, scheint farblos, wie eingedickte Atmosphäre, wie Luft-Satz. Des Himmels Blau, ausgewaschen und von der Sonne gebleicht, ist weiß, der Mensch braun, die Situationen, in denen er sich befindet, knallrot bis aschgrau.

Das sind die Farben.

Zwischen Garten und Meer stehen niedrige, löcherige Felsen, von den Sommergästen Klippen genannt. In den Falten des Gesteins, von jahrmillionenlanger Höhlarbeit des Wassers eingefurcht, liegen Pfirsich- und Kirschenkerne. Nach weiteren paar Millionen Jahren werden die Falten gewiß noch tiefer sein. Aber was wird dann in ihnen liegen? Vielleicht wieder Obstkerne, falls das Obst jener Zeit noch Kerne haben und falls man sie noch ausspucken wird. Wer weiß, wohin die Entwicklung geht!

Auf der kleinen Wiese, begrenzt von Bäumen und Klippen, entfaltet sich das eigentliche Stilleben. Im Grase liegen: ein Zeitungsblatt, «fünf Hinrichtungen vollstreckt» sagt die große Titelschrift, ein Pingpongball, vom Hunde zerbissen, der umgestürzte Waggon einer Kindereisenbahn, zwei Paar Sandalen, ein Teller mit Brot- und Butterresten. Ferner sind zwei Streckstühle da und ein Grammophon. Jack Smith, der Wisperer, dessen Diskretion auch Sanfte rasend machen kann, verlangt mit gedämpftester Stimme nach a blue room, for two room, und teilt mit, daß ihm, seit er die Süße geheiratet hat, every day is holiday. Mann und Frau, hingelagert in die Streckstühle, lächeln bitter, das heißt sie lächeln nicht, aber bitter. Das Grammophon steht auf dem Rasen; so macht es den Eindruck, als ob die Stimme aus der Tiefe käme, aus einem Grabe. Ein Toter unter der Erde flüstert herauf, daß ihm every day holiday sei. Wem auch eher als einem Toten wäre solche Übertreibung zu glauben?

Nun Stille, lange, vollkommene Ruhe. Von Zeit zu Zeit wird sie durch den Ausruf des Mannes: «Himmlisch, diese Ruhe!» gestört.

Zauberhaft schön ist der Rahmen, den Natur hier gespannt hat. Wie schade, daß er leer ist, denkt die Frau. Sie komponiert Bilder in den Rahmen, zarte und verwegene, solche mit zwei, solche mit vielen Figuren. Der Mann im Liegestuhl ist nicht unter ihnen.

Wüßte er es, es würde ihn nicht kränken.

«Himmlisch, diese Ruhe!» spricht sein Mund, und «hol' sie der Teufel!» flüstern aus der Tiefe seiner Seele, diskreter als Jack Smith, begrabene Wünsche und verscharrte Sehnsucht. Bald ist abermals ein Sommer um, und überhaupt, wie die Zeit vergeht! Nein, die Zeit vergeht nicht, die Zeit beharrt, aber ich vergehe («und du, Gefährtin, natürlich auch», denkt er konziliant hinzu). Ihm ist, als sei ihm auferlegt, langsam, immer mehr und mehr, an und in die Erde zu wachsen, Wurzel zu schlagen, unbeweglich zu werden, Pflanze. Mit Schrecken erfüllt ihn die Verwandlung.

Die Frau blickt auf den gestürzten Waggon der Kindereisenbahn. Sie schließt die Augen, versucht sich hinauszuträumen aus den Bindungen ihres Lebens, die liebenswert sind, aber hassenswert, weil sie Bindungen sind. Ihr Herz gibt Klopfzeichen wie ein Gefangener in der Zelle.

«Himmlische Ruhe hier!»

Auf der Wiese steht unter anderen hohen Bäumen ein Eichenbaum, umwunden vom zähen Strang der Glyzinie, die zur Blütezeit berauschend duftet. Wie eine Boa constrictor hat sie ihre würgenden Windungen um den Stamm gepreßt, ihr Blattwerk in das seine mischend.

Glyzinien, sie nennen es Liebe.

Bucolica

EMILIE hat Sympathie für Land und Ländliches. Sie liebt den Geruch von Dung und Acker, das Geläut der Kuhglocken, das Leben und Lieben der wohlschmeckenden Hühner, Lederhosen mit Patina, den sinnlichen Laut des Sees, mit dem er, vom Abendwind erregt, die Ufer stößt (wie der Bursch mit seiner Schulter die der schmollenden Dirne), das mörderische Idyll im Kaninchenstall, Mund- und Maulart der Bauern und insbesondere deren Sang zum Zitherspiel, nachts in der Wirtsstube, wenn sie so schwer dasitzen um den schweren Tisch mit ihren schweren, zum Teil vortrefflich geformten Gliedern und Bier trinken oder Wein oder beides.

Emilie legt Wert darauf, daß es so sei in der Wirtsstube, wünscht überhaupt, es gehe am Lande alles nach der ländlichen Norm, wie der Städter sie träumt, vor sich. Der Bach muß murmeln, der Erntearbeiter manchmal auf die Sense gestützt dastehen und den Schweiß von der Stirne wischen, das Landvolk bieder sein, wenn auch rauh, gottnah, wenn auch kernig (des Kreuzbauern-Jogl Antwort auf die Frage, warum er nicht heirate: «Ah wozu denn? Von die Stadtmenscher kriegt ma's ja umasonst!» schnitt Emilien ins Herz), der Förster soll einen braunen Vollbart haben, der Pfarrer eine Wirtschafterin, über die man munkelt, und der Dorfidiot eine Philosophie von einfältiger Tiefe. Nicht gern erläßt Emilie dem Hirten die Flöte. Unbedingt jedoch will sie abends in der Wirtsstube den Klang der Zither.

Zither ist ein unangenehmes Instrument, in das getan auch frische Musik sofort verwelkt, jede Melodie, sei sie auch ganz neu, augenblicklich hundertjährig wird. Vielleicht kommt das daher, weil der Ton so greisenhaft zittert. Aber gerade dieses Zittern ist ja, sozusagen, die Idee der Zither. Ländliche Vorstellungen führt sie, das läßt sich nicht leugnen, zwingend heran. Ihr Ton ist so eng wie eine Bauernkammer, zartsilbrig wie Birkenhaut, anspruchslos wie des Ackermanns Lebensweise, dünn und hoch wie Grillengezirp, altvererbt wie Ahnensitte, und so weit weg von Stadt und Heute wie der Spinnrocken von den Vereinigten Textil-Werken Pollitzer & Neumann A.-G.

Also wollte Emilie durchaus nicht in der großen, leeren Stube Platz nehmen, sondern in der vollen, kleinen, aus der die Zither klang. Hinweis auf Qualm und schlechten Geruch versagte. Erst das Bedenken, Anwesenheit Fremder würde die Eingeborenen stören, ihrer Musikübung das Freie, Zwanglose, hundertprozentig Echte nehmen, stimmte Emilie um.

In der Tat, es wurde ausgezeichnet Zither gespielt im Gasthauszimmer nebenan. Die Stimmen der Sänger waren entschieden wohllautend. Der Jodler stieg nicht nur zwei-, sondern drei- und vierstimmig hoch und stürzte von höchster Höhe im Kopfsprung melodisch herab. Emilie meinte, die musikalische Naturbegabung dieser einfachen Leute sei etwas Wundervolles, sie könnten in der Stadt Konzert geben. War ein Lied zu Ende, ertönte Stampfen, Lachen, Beifallsklatschen und -geschrei, und die Gläser stießen fest aneinander. Nach dem «himmelblauen See» mit jazzähnlicher Harmonie-Verschiebung war Emilie nicht länger zu halten. Sie ging zu den Eingeborenen in die rauchige Stube.

Da saßen nun wirklich, naturhaft eng beisammen, des Biers und Tabaks froh, die Männer mit schweren Gliedern schwer um den schweren Tisch. Und auf dem Tisch stand ein Grammophon.

Emilie kam gleich zurück, setzte sich gewissermaßen bitter zu den Ihren. Sie klagte, daß die Technik nun auch den letzten Rest echten Landwesens verfälsche, Kultur auch den letzten Rest Natur erschlüge. Wahrhaftig, einen Freund bäurischer Urtümlichkeit mußte so etwas in die Eingeweide treffen: Kondens-Zithermusik hierher importiert, hieher in dieses Tal, wo sie doch einst wuchs wie Korn und Kraut! Schnadahüpfl-Konserven! Jodler in Büchsen! Ach, man wird noch Ozon in den Wald leiten, odeur d'étable in den Schweinestall, man wird den See wässern, die Patina für Lederhosen fabriksmäßig erzeugen, künstliche Ährenfelder, die besser wogen als die echten, in die ländliche Scholle senken und Fliegen aus Gummi einführen für die Suppe des Sommerfrischlers!

Die Natur, Emilie hat recht, wird immer mehr abgebaut. Und die sogenannte Natürlichkeit mit ihr. Wo trifft man denn heute noch Menschen an, die sich geben, wie sie sind, der Väter Brauch und Art nicht verleugnend? Wo im Menschenbezirk hört man denn heute noch Naturlaute? Vielleicht bei Schwannecke. Und auch dort nur nach aufwühlenden Premièren.

Fremde Stadt

DA bin ich nun in der fremden Stadt, deren Namen nichts zur Sache tut. Sie ist schon lange Zeit vorhanden, viele Male hat sie sich um die Achse der Erde gedreht und mit ihr um die Sonne, vorausgesetzt, daß diese unwahrscheinlichen Drehungen wirklich stattfinden, viel

Welt- und Lokalgeschichte ist, keineswegs spurlos, über sie hinweggegangen, ihr Gesicht und Ton haben oft gewechselt, konsequent hielt sie nur am Klima und an der geographischen Lage fest.

Im wesentlichen besteht die Stadt aus Häusern, ja dies ist es geradezu, was sie zur Stadt macht, denn wären nicht Häuser die Mehrheit, sondern etwa Bäume, Wasser, Felsgestein oder Äcker, so hieße sie Natur und hätte auf der Landkarte keinen schwarzen Kreis mit Punkt darin. Die Häuser, zu Zeilen gereiht, bilden Straßen, in welchen sogenannter Verkehr wogt oder pulst, und sind durch lot- und waagerechte Mauern in Hohlwürfel geteilt, typisch für den menschlichen Nestbau. Es ist eine fremde Stadt, doch geht es in ihr, das hat man bald heraus, so zu wie in andern auch. Über die hier Lebenden ist – als Folge des Phänomens: Stadt – dichtes Nebeneinander verhängt, in dem sie sich zurechtfinden vermittelst gewisser Konventionen, wie sie überall, wo gezähmte Menschen hausen, in Geltung sind. Furcht, Berechnung, Polizei, sowie, nicht zu vergessen, das Sittengesetz, das jedermann im Busen wohnt, regeln dieses Gedränge der Körper, Geister, Triebe und Interessen. Die Stadtbewohner haben Beschäftigungen, die einander einerseits ergänzen, andererseits aufheben, oder sich zumindest kürzen ließen, wie die durch Gleiches teilbaren Zahlen eines Bruchs; doch findet solche Kürzung, kraft eines stillschweigenden Paktes zwischen denen, die die Macht haben, nicht statt, die Bedürfnisse tun den Befriedigungen den Gefallen, da zu sein, und eine Überflüssigkeit wäscht die andere. In jedem besseren Haus nistet ein Advokat oder Arzt und hat, ganz wie bei uns daheim, sein liebes kleines Schildchen am Tor, gewiß auch liegen in den Wartezimmern verstunkene alte Witzblätter auf und Badeort-Prospekte. Die Friseure stellen Wachsköpfe mit Perücken ins Schaufenster, die Metzger Würste, die Buchhandlungen aufregende Weltliteratur, in den Schulzimmern hängen Landkarten an der Wand, in den Küchen Geschirr, in den Kontors Abreißkalender, in den Musikzimmern die Beethoven-Maske, in der Stube des schlechten Mädchens eine Strohmatte mit Ansichtskarten, auf den Straßen wachsen Laternenpfähle und auf dem Friedhof Zypressen, das Rathaus hat einen Turm mit großer Uhr, Bedürfnisanstalten und Denkmäler wirken als Ruhepunkte im bewegten Straßenbild, dreimal des Tages deckt sich die Stadt tüchtig mit Zeitungen ein, welche verschiedener Ansicht sind, sie hat eine Mundart, ein Wappen und Lieblingsspeisen, auch in ihr liegen die Hunde gern in der Sonne, schätzt der Mensch, der genug zu essen hat, den Hunger, hüten Schloß und Riegel den Besitz, einmal im Monat ist Vollmond, der aber in der Stadt keine Rolle spielt, täglich blasen viele Schornsteine rußschwarzen und viele Gehirne geistfarbenen Rauch in die Luft, wodurch diese schwer und schlecht wird, eingefurcht steht in allen erwachsenen Gesichtern Spur der Mühe, dem Leben einen Sinn oder zumindest einen Unsinn zu geben, durch den es vor dem Zusammenklappen behütet würde, hitzig und geräuschvoll blicken viele junge Männer auch dieser Stadt in die Zukunft, die sie bereiten wollen, die Älteren halten ein festes Auge gerichtet auf die Spannung zwischen Einnahmen und Ausgaben, die Alten registrieren mit Jahr um Jahr wachsendem Interesse Ablauf sowie Ergebnis ihrer Verdauung, und alle drei Generationen sehen sich, ruckartig, gerissen vom schelmischen Eros, nach den Frauen um, wenn diese gute Beine haben.

Es ist also eigentlich, abgesehen von Nuancen in Form und Farbe, Geruch und Klang, ganz wie bei uns zu Hause, und um dieser Nuancen willen herzureisen lohnte nicht die Mühe. Aber ein anderes macht den kurzen Aufenthalt in der Stadt reizvoll: das schlichte Gefühl, nicht in ihr daheim zu sein. Es ist ein positives Lustgefühl, Gefühl völliger Unabhängigkeit von der Schwerkraft, die die Menschen der Stadt an sie bindet, Gefühl der freien Bewegung über eine Erde, in der die anderen pflanzenhaft wurzeln. Man wandelt wie von einer Tarnkappe geschützt, sieht und wird nicht gesehen. Stadt mit dem Zeichen «fremd», du bist bezaubernd, ob du nun ragst oder bloß liegst, ein Panorama bietest oder nur einen Anblick, eine Bewegung hast oder sogar einen Rhythmus oder sonst was, womit Städte gern flunkern. Indem der Fremde dich, trauliches Fremdgefühl in der Seele, durchwandert, spürt sein Rückenmark Liebkosung: sanfte Schauer der Unbeteiligtheit durchrieseln es. Alles ringsum, Sachen und Personen (von der Verwandtschaft mit diesen als Menschenbruder abgesehen), geht ihn nichts an, kein Fädchen vom Netz der Beziehungen, in das die Lebenden hier eingesponnen sind, knüpft sich an seine Nervenfasern, er ist neutral inmitten der hunderttausend Kleinkriege, die durcheinander wüten, er weiß nicht, wer wem das Futter, das Talent, die Frau neidet, spürt diese Kräfte nur gleichsam sublimiert, als Luftspannung – aber das genügt, um sich Mensch unter Menschen zu fühlen –, die Wirklichkeit rundum ist für ihn nichts weiter als Schau- und Hörspiel, durch das Leben, welches brandet, schreitet er trockenen Fußes.

Lebewohl, gute Stadt, die mir ans Herz gewachsen, weil sie mir gleichgültig ist! Morgen geht es nach Hause, wo in schrecklich vertrauten Gesichtern die eigene Fratze sich spiegelt, Gewohnheit in ihre klebrigen Spuren nötigt, die Freundschaft lauert, und die Liebe ihre zarten Stahltrossen spinnt. O süße Heimat!

Am Strande

Die Gäste gehen in weißen Kleidern, und das Leben freut sie, wenn auch manche hie und da über Magenverstimmung klagen und über das unpünktliche Eintreffen des Morgenblatts. Sie haben herzige Kinder und herzige Hunde, führen Konversation in mehreren Sprachen, spielen Tennis, Karten und mit der Liebe. Dem Meer, das Körper und Geist zum Bade lädt, widmen sie anerkennende Worte, seine Majestät, Gewalt, Schönheit wird in vielen Zwiegesprächen am Strande und abends auf der flutbenetzten Terrasse gerühmt, besonders das Gefühl unendlicher Weite, zu dem es verhilft, erschüttert auch Schweigsamen die Lippe. Bezaubernde Frauen sind unter den Hotelgästen, gute Väter, geduldige Mütter, Herren, die das Geschäft, mit dem sie Geld machen, aus dem doppelten F verstehen, sportgestählte Fräuleins, nachdenkliche Männer und solche, die sich von keinem was gefallen lassen, gute Menschen, die es nicht ertragen können, daß jemand in ihrer Nähe vor Schmerzen wimmere, Belesene beiderlei Geschlechts, und gewiß auch interessante Exemplare Mensch, vielleicht Bösewichter von Format oder Lebenskünstler mit besonderer Note oder Leute, die, wenn sie eine kleine Niedertracht begangen haben, sie nicht durch eine größere ausgleichen wollen.

Der Hotelier ist ein höflicher Mann. Ehe er, mit schelmischem Lächeln, grüßt, tritt er einen Schritt zurück. Seine Höflichkeit kompensiert die Mängel der Nahrung, die er verabreicht. Es wird einfach bei ihm gekocht und schlecht, aber die Speisekarte ist schön und abwechslungsreich. Dreimal in der Woche gibt es Salatblätter in angesäuertem Wasser, Dienstag heißen sie salade laitue, Donnerstag salade verte, Sonnabends salade de saison.

Nach dem Essen, wenn die Gäste ruhen wollen von den Strapazen der Erholung, spielt das kräftige ungarische Kind in der Halle des Hotels Klavier. Peter, die Dogge mit dem furchtbaren Gesicht, das aussieht wie eine deutsche literarische Polemik, vergräbt den Kopf zwischen die Pfoten, um nichts zu hören, doch der junge Mann, der den Lift bedient, ist dankbar für die Abwechslung, die ihm das Singen bedeutet.

Er ist blaß, wodurch man ihn, auch wenn er nicht ein so sympathisches Gesicht hätte, sofort von den braungebrannten Gästen unterschiede. Wenn er nicht beschäftigt ist, sitzt er in einer Ecke des Raums, den Kopf mit geschlossenen Augen an die Wand gelehnt, deren weiße Tünche dort auch schon einen Fleck hat, oder er marschiert langsam auf und ab, oder er liest. Und zwar: «Märchen aus Tausendundeiner Nacht». Das Sonderbarste ist seine Haltung. Er hält die Arme an den Leib gepreßt wie ein Embryo, die Hände fallen schlaff aus dem Gelenk. In solcher Haltung, mit seiner Schmalheit und Blässe, macht er den Eindruck eines Menschenkindes, das, wäre es rechtzeitig gefragt worden, ob es geboren zu werden wünsche, nein gesagt hätte. Er hat, scheint es, Heimweh nach dem Mutterleib, aus dem er ins Exil gestoßen wurde. Dreihundertmal mindestens fährt er tagsüber mit seinem Lift auf- und abwärts, mit den Jahren gibt das eine furchtbare Strecke, so weit etwa wie von Mensch zu Automat, von Sinn zu Stumpfsinn. Wenn er oben ist, muß er immer wieder hinunter, und wenn er unten ist, immer wieder hinauf, ein rechtes Symbol für die Vergeblichkeit menschlichen Wollens und Nichtwollens. Stets zeigt er dasselbe weder freundliche noch unmutige Gesicht, das ich doch als einziges von allen Gesichtern, die ich an jenem schönen Strande erlebt habe, zeichnen könnte, wenn ich zeichnen könnte. Er ist wortkarg. Gewiß hat er sich noch niemals über die Majestät des Meeres geäußert und es macht ihn auch kaum nervös, wenn die Zeitungen verspätet kommen. Eines nachmittags aber sah ich ihn in der leeren Hotelhalle am Klavier stehen und mit dem Zeigefinger auf den Tasten Melodie zusammensuchen.

Blaß ist auch der lange Kellner, der den schwarzen Kaffee zuträgt, als Unteroffizier gesetzt über eine schön geordnete Kompanie klirrender Kannen und Täßchen. Die Frackärmel und -hosen sind ihm viel zu kurz, oder eigentlich er ihnen viel zu lang, denn hier zog ja wohl das Kleid den Menschen ein, nicht er es an. Der Lange scheint das Aschenbrödel unter den Kellnern, ein geringer Anhang ihrer Gemeinschaft, wie sein Arbeitsding, der schwarze Kaffee, ein Anhang des Menüs. Alle sind besser gekleidet als er, schreien mit ihm herum, behandeln ihn wie einen Stief-Menschenbruder.

Jeden Abend, gegen 8 Uhr, kommt die kleine bucklige Schneiderin, überm Arm ein paar geplättete, gerichtete, von Flecken gereinigte Kleider, in denen die Damen nach dem Souper tanzen werden. Man wartet schon immer sehr ungeduldig auf die Bucklige. Ihr Gesicht ist (wie das des Mannes, der den Lift bedient, und des langen Kellners, der den Kaffee zuträgt) von Ausdruck verlassen, ein Mienenspielplatz, der nicht benützt wird. Wenn sie im Flur dem Portier begegnet, Gästen oder gar dem Hotelier, geht sie am Lift vorbei die Treppen hinauf. Sieht es aber niemand, dann öffnet der junge Mann, ohne Wort oder Zeichen der Einladung, die Aufzugtüre, und die Schneiderin, ohne Wort oder Zeichen des Danks, folgt dem stummen Anerbieten.

Wenn ich an das Strandhotel denke, so denke ich an Hitze, an ferne «Eins-zwei»-Rufe des Schwimmlehrers, an eine amorphe Masse von Speisenden, Plaudernden, gut Aussehenden, an drei Gespenster, vor deren blasser Wirklichkeit die braunbackige ringsum gespenstisch erschien, und von denen eines Märchen las.

Hätte ich, um bei Märchen zu bleiben, Geld, so würde ich der buckligen Schneiderin ein Automobil kaufen, dem Kellner einen Frack nach Maß, dem Liftmann aber das Strandhotel, wenn auch vielleicht eine seiner ersten Chef-Anordnungen wäre, Personal und Lieferanten die Benützung des Aufzugs zu verbieten.

Standpunkte

DER schlechte Klavierspieler spielt jeden Abend in der Bar des Landhotels Tanzmusik und anderes.

Das Gros der Gäste: Immer dieselben Sachen. Ganz mechanisch hackt er sie herunter. Wie ein elektrisches

Klavier. Grammophon oder Radio wäre vorzuziehen. Warum sucht sich das Hotel keinen besseren Spieler? Der Pensionspreis ist hoch genug.

Der Hotelier: Ich werfe ihn hinaus. Hoffentlich bringe ich es übers Herz, den alten Mann auf die Straße zu setzen. Einen so billigen Klavierspieler finde ich so bald nicht wieder. Schließlich, im Takt spielt er, das genügt. Aber wo steht denn überhaupt geschrieben, daß ich Musik haben muß? Nächstes Jahr hebe ich Musikbeitrag ein.

Ein Tänzerpaar: «Mit dir zu tanzen ist kein Vergnügen.» – «Warum tust du es?» – «Um nicht zu sehen, wie du gelangweilt dasitzt und durch die Nüstern gähnst.» – «Warum zwingst du mich dann, Abend für Abend herzukommen?» – «Wirf mir nur wieder die Opfer vor, die du mir bringst.» – «O mein Gott!» – «Und das geht nicht, daß du dem Klavierspieler nie etwas gibst.» – «Für *die* Musik?» – «Egal, der arme Kerl plagt sich die ganze Nacht für dein Vergnügen.» – «Vergnügen ist gut gesagt!»

Der Kellner: Gut hat es der: Tagsüber nichts zu tun, schlafen so lang man will, und immer sitzen dürfen! Herrgott!

Die Frau des Klavierspielers: Herrgott! Ich lebe ja schon nicht mehr vor lauter Angst. Zeitig soll er ins Bett, und das viele Sitzen ist gar nicht gut für ihn, hat der Doktor gesagt. Und hernach geht er noch ins Wirtshaus. Im Herbst kündigt man ihm bestimmt. Was dann? Wer nimmt heutzutage solchen alten Kracher? Und etwas anderes als Klavierspielen kann er ja nicht. Freilich, *das* kann er! Nein, ich hätte keinen Musikanten heiraten sollen.

Ein Musiker: So weit kann es kommen mit unsereinem. Heute noch bei Hindemith, morgen schon bei «Ain't she sweet»! Immerhin verdient er sich mit Klavierspielen sein Leben. Bei meinem letzten Konzert waren neunzehn Leute.

Ein zwiespältiger Gast: Mir tut der Klavierspieler leid. Ich möchte, daß der Wirt ihn behält, und, weil sein Spiel mir auf die Nerven geht, daß er entlassen wird. Ich geniere mich seinethalben, ihm etwas auf die Tasse zu legen, und geniere mich meinethalben, ihm nichts auf die Tasse zu legen. Ich möchte gern wissen, auf welche Weise er zu dem Metier gekommen ist ... obwohl mich das eigentlich nicht besonders interessiert. Kommen die Leute in die Bar, weil dort Musik ist oder obgleich dort Musik ist?

Der Kater auf dem Dach: Jede Nacht dieses ohrenzerreißende Gewinsel. Es verjagt mir noch die Kleine mit dem weißen Fleck auf der Schnauze. Daß sich die Menschen nicht schämen, ihre Brunst so unmelodisch zu äußern!

Das Klavier: Das Opfer bin ich. Wahrhaftig, ich habe Grund, so verstimmt zu sein, wie ich's bin. Wieviel große Musik schlummert in mir – und bleibt unerweckt. Gibt es ein traurigeres Schicksal, als um seine eigenen Möglichkeiten, um allen höheren Zweck, dem man dienen könnte, betrogen zu werden? Ein kleiner Trost nur, daß es dem Individuum, das auf mir herumdrischt, auch nicht viel besser geht. Das Leben spielt ihm so miserabel mit wie er mir.

Der Klavierspieler: Die Leber war sauer und zu fett. Geschieht mir recht, warum geh ich nicht lieber zum Lampelwirt. Beim Heindl kann man sich die Seele aus dem Leib reden – machen sie die Zwiebel doch nicht anständig braun. Dienstag gibt's Blutwurst. Was ist heute? Gestern war Donnerstag, ist heute Freitag. (Im Rhythmus von «Ain't she sweet», das er eben spielt): Ta Ta Ta – Tatarata Tata Ta – Ta Tata Tata Tata – Ta Ta Ta – die Leber war zu fett – und die Zwiebel war nicht braun – ich geh nicht mehr zum Lampel – zum Lampelwirt.

Der vollkommene Freund

«Il n'y a pas d'amis, il y a des moments d'amitié.» *Jules Renard*

EINMAL, Lieber, muß ich dir doch danken für deine Auffassung und Übung von Freundschaft.

Als redlicher Mann, der du bist, begnügst du dich damit, dem Freund die trostvolle Sicherheit zu geben, daß sein Wohlergehen dein eigenes nicht störe, tust aber niemals so, als ginge dir jenes über dieses. Du markierst, heißt das, in keinem Fall eine Zuneigung, die so groß wäre, daß sie die elementaren Satzungen der menschlichen Natur aufzuheben vermöchte. Du weißt, daß Freundschaft keine Nutz-, sondern eine Zierpflanze ist. Du spielst nie die Komödie, als glaubtest du, Gefühl könne die Grenze, die einen Egoismus vom andern streng scheidet, niederlegen. Du willst nicht das Absurde: Verschmelzung der beiden, sondern das einzig Mögliche: gute Nachbarschaft. Dein eigentliches Ich-Geheimnis gibst du dem Freund nicht preis und machst keine aussichtslosen Versuche, hinter das seine zu kommen. Du erachtest und achtest Freundschaft als einen schönen

Pakt, der hält, wo er *nicht* bindet, und leicht ungültig wird, sowie sich einer der Partner auf ihn beruft. Du weißt, daß Freundschaft ein ungemein gebrechliches Ding ist, erwachsen aus dem Schwächegefühl des einzelnen gegenüber der ungeheuren Majorität von andern, eine Stützungsaktion des armen, hilflosen Ich, eine Schutzmaßnahme des Menschen gegen die Menschheit, ein Bund von Teilen wider das Ganze.

Du kennst die feineren Techniken der Freundschaft: das Ausweichen, das Nicht-Fragen, das Wegsehen. Du läßt dem Freund nicht Gerechtigkeit widerfahren, wie sie *deine* Gesetze statuieren, sondern duldest, daß er nach *seinen* Gesetzen irre. Du ziehst ihm nicht die Krücken weg, an denen er humpelt, zerstörst nicht das komplizierte, kunstvoll gefügte System von Mißverständnissen und Täuschungen, in das sein Leben eingeflochten ist. Eben weil du die Kleinheit, die Schwäche, die Not des Freundes durchschaust, spielst du achtlos über sie hinüber, legst keinen Finger in offene Wunden, denn das machte sie höchstens unrein, kommst nicht mit der Wahrheit, die doch nur wie das Ärztewort träfe, das dem unheilbar Kranken sagt, er sei's. Du gibst ihm, dem Freund, lieber gute Lügen, die ihn stärken, als harte Aufrichtigkeiten, die ihn schwächen und zerstören. Dein Witz schont in der Seele des Freundes die Stellen des geringsten Widerstandes. Du tust ihm den Gefallen, ihn zu sehen, wie er gesehen werden mag, und läßt nobel die besten Gelegenheiten vorübergehen, ihm zu zeigen, du sähest ihn, wie er leider ist.

Deine Freundschaft hat keine Räusche, in denen sie verspricht, was sie nüchtern nicht hält. Und also, wenn du zeitweilig Abschied nimmst vom Freunde, so gehst du von ihm wie aus deiner Wohnung, in der du Heimgefühle zurückläßt und in die du wiederkehren willst, nicht wie aus einem Hotelzimmer, an das dich nichts mehr bindet, wenn du mit deinem Gepäck draußen bist.

Kurz, du bist ein vollkommener Freund, behaftet nur mit dem einen einzigen Fehler, daß es dich nicht gibt.

Aber schon der Gedanke, daß es dich, und zwar ohne jede Vergewaltigung der Naturgesetze, doch eigentlich ganz gut geben könnte, hat sein Trostreiches.

Unterricht in Schadenfreude

DIE Definition: Schadenfreude ist Freude am Schaden des andern ... reicht nicht aus. Man muß hinzusetzen: ... wenn dieser Schaden dem, den er freut, keinerlei Nutzen bringt. Schadenfreude ist also, weil sie gar kein Eigeninteresse befriedigt, eine wahrhaft ideale Freude, der schöne Götterfunke im ungetrübten Glanz, eine ganz reine Freude, reiner etwa, als jene beim Anblick des Schönen und Guten, die uns doch innerlich steigert und bereichert, das heißt: Vorteil bringt.

Daß wir uns freuen, wenn dem Feind Schlimmes widerfährt, ist erklärlich: wir wünschen es ihm ja, Wunscherfüllung tut wohl, und solche Freude verdient nicht den Namen Schadenfreude. Auch das Behagen an der Not des Nächsten, den wir, ohne daß sein Geschick mit unserem in irgendwelcher Weise kommunizierte, einfach nicht mögen, ist leicht verständlich. Im Schaden, der ihm zustößt, erblicken wir Strafe für das, was ihn uns zuwider macht, «recht geschieht ihm», sagen wir, fühlen uns für Augenblicke etwas wohler in der Obhut einer Lenkung, die so vernünftige Dispositionen trifft. Von Schadenfreude kann da keine Rede sein.

Wie erklärt es sich aber, daß der Mensch Lust-Ertrag zieht aus der Unlust des Nebenmenschen, mit dem ihn gar nichts verbindet, nicht Geschäft noch Gefühl, der ihm weder nützen noch schaden kann, dessen Werte er neidlos anerkennt?

Erstens dadurch (und hier läge vielleicht ein Grundstein zur Theorie der Schadenfreude), daß es ein uns unterbewußtes Gesetz von der Erhaltung des Bösen gibt, von der konstanten, ewig gleichbleibenden Summe des Übels, das im All zur Verteilung gelangt: wonach also für jeden Schaden, der dem einen wiederfährt, auf die andern das entsprechende Bruchteilchen weniger käme (nach Wahrscheinlichkeitsrechnung).

Zweitens schafft die Not des Nächsten, und gerade des beliebten Nächsten, deshalb kleine Freuden, weil es vermutlich so etwas gibt wie einen sadistischen Urtrieb, der sich da ein wenig befriedigen kann.

Und drittens sättigt Schadenfreude das gleiche geheimnisvolle Bedürfnis, das den Menschen die Tragödie lieben läßt, obgleich diese in ihm nur so wenig lustbetonte Gefühle wie Furcht und Mitleid wachruft.

Begeben wir uns von der Theorie weg zum praktischen Beispiel:

In der großen Stadt hatte die große Künsterlin einen Mißerfolg.

Die große Künstlerin ist in der großen Stadt sehr beliebt. Ihr Bild steht auf Schreibtischen, Nachtkästchen, Bücherschränken und sogar Klavierdeckeln. Ihr Namenszug auf einem weißen Blatt Papier erhöht für viele den Wert und die Schönheit des Blattes. Männern weckt ihr Anblick wonnige Rührung, das junge Mädchen aber modelt nach ihrer Natur seine Unnatur. Dank und Huldigung schwingen in aller Rede und Schreibe mit, die an sie gerichtet werden. Sympathie würzt den Gruß, der ihr gilt, Zärtlichkeit und Schwärmerei weben einen goldenen Schleier um ihr Dasein. Man kann schon sagen: eine beliebte Künstlerin.

Dennoch: hätte sie mit der Aufgabe, die ihr nicht glückte, Erfolg gehabt – wieviele Menschen würden sich gefreut haben? Herzlich, das heißt so, daß ihnen das Leben für Minuten leichter erschienen wäre? Beiläufig geschätzt, mit Ausschluß der nächsten Verliebten und Verwandten: hundert.

Da sie Mißerfolg hatte, gerieten mehrere hundert mal hundert in angenehme Wallung. So, daß ihnen das Leben für Minuten leichter erschien.

Und es war eine Bewegung in der Stadt – zumindest in jener ihrer Molekülgruppen, die als bewegbar durch Ereignisse solcher Art in Frage kommen – eine Bewegung, wie sie etwa zu merken ist, wenn nach längerer Kältezeit ein erster milder Tag die Gefühle lockert. Oder wenn der Zeppelin kommt.

Eine Welle wohliger Angeregtheit hob und trug die Gespräche. Der Kreislauf war beschleunigt, der Appetit besser als gewöhnlich, der Bierkonsum gesteigert, der Bettler bekam den Groschen, den er sonst nicht bekommen hätte, und auch die Faulen gingen noch ein Weilchen spazieren vorm Nachhause, denn ein paar Prozent Müdigkeit waren von ihnen genommen, und sie hatten gemindertes Verlangen nach Alleinsein und Schlaf.

«Was sagen Sie?!?» fragte man, mit wechselnder Betonung, und im Stimmfall der Frage war schon Vorgenuß der schmackhaften Antwort.

Es gab welche, die das Mißgeschick der Künstlerin durchaus beklagten. Doch hatten sie dabei einen Schimmer in den Augen, einen unübersehbaren Schimmer. Manche entspannten ihr Behagen, das inkognito zu bleiben wünschte, in Seufzern allgemeiner Art über das Schicksal sowie über die Götter, die es launenhaft lenken. Und in vielen muntren Reden kam man überein, daß der Mensch schadenfroh sei.

Mit einem Wort: es herrschte Stimmung.

Sogar Eheleute sprachen friedvoll zu einander.

Und Liebende lasen, Haupt an Haupt geschmiegt, im selben Journal.

An jenem Abend aber lasen sie nicht weiter. Oder doch, sie lasen weiter im Journal, denn was sie lasen, verhalf auch schon fast zu sinnlichem Genuß.

Das Leben ist arm. Man muß die Feste feiern, wie sie fallen.

Automobile sehen Dich an

(Ausstellung in Berlin)

Viele und verwirrende Eindrücke. Ich kann sie auch nur verwirrt wiedergeben.

Das Fräulein im strohgelben Kleid hat ein sanftes Gesicht, und auf dem Rückenteil ihres Kleides ist zart hingepinselt das Wort: «Motag». Liest sich wie Märchen-Zauberwort, das, ein- bis dreimal laut ausgesprochen, irgend etwas öffnet. Auf das magische Suffix «ag» enden noch viele der vielen Namen, von Schildern, Bannern, Standarten herab in Besuchers Auge zielend. Durch ein dichtes optisches Geschwirr schreitet er von Wörtern und Worten, die schon geflügelt sind oder es zu werden wünschen. Plötzlich trifft den Augapfel etwas Hartes: es ist die Mehrzahl «Stähle» in «Sonder- und Edel-Stähle». Eine unheimliche Pluralform, um so unheimlicher, als sie vielleicht, wer kann's wissen, richtig ist. Wie Melodie schmeichelt sich die Alliteration ins Ohr: «Die weise Welt wählt Weikra-Winker», etwas Verletzendes hingegen hat, infolge seiner burschikosen Fassung, der Mahnruf zur Kindespflicht: «Jede Mutter ein Kaliber!», doch handelt es sich erfreulicherweise nur um Schraubenmütter, und unbedingt zustimmen muß jeder, der, ob mit oder ohne Auto, vorwärts will in der Welt, dem Axiom: «Viel kommt auf die richtige Schmierung an.» Welch ein Kampf der Wagen und der ihnen geltenden Gesänge ringsum! Und welch ein mächtiges, Kampf und Gesang überdonnerndes Rauschen in den Lüften! Es ist das Inseratengeschäft, das aus den hohen Hallen weithin über die Lande schäumt. Wahrlich, das Automobil ist Götze dieser Zeit, die keine hat, es stand auch vor kurzem auf ragendem Sockel beim Brandenburger Tor, anzusehen wie eine Neu-Inkarnation des goldenen Kalbs. Hier, in der Ausstellung, zeigt es seine letzte Pracht, umringt von allem, was ihm dient und taugt, es nährt und sichert, seine Stärke erhöht und seine Schönheit. Mit seinen Riesen und seinen Zwergen paradiert hier das Auto-Geschlecht, reich an Stämmen, Arten, Sippen, die sich unablässig vermehren, herrliche Exemplare, hochgezogen, rasserein, mit anmutigen Gliedern in schimmernder Haut, loben ihre Züchter, andere zeigen das enthäutete Skelett, oder exhibieren, aufgeschnitten und tranchiert, ihr stählernes Gekröse, Motore, die nichts zu tun haben, spielen doch Arbeit, der Funke springt, Räder laufen, um zu laufen, Preisziffern schmettern der Masse Mensch ein erbarmungsloses «Zurück!» entgegen, in den Kojen schreiben die Herren der Branche (die Sklaven sieht man nicht) mit daumendicken, amerikanischen Pencils, telephonieren und tätigen, hoffentlich, Abschlüsse, die Halle dampft von Menschengeist und Pferdekräften, vor einem graziösen, in seiner Ruhe noch springlebendigen Vollblut-Wagen verweilt lang die Süße, sieht ihn mit Blicken an, die Kratzer machen in dem herbstbraunfarbenen Lack, o Harmonie der geschwungenen und geraden Linien, – jetzt ist wieder von Autos die Rede – edle Schwanenhalskurve des Kotschützers, goldner Schnitt der Längen- und Breitenmaße, wie fest und frei, wie erdig und doch luftig steht sie da, die Auto-Jugend von heute! Welches Objekt soll ich mir kaufen? In Betracht kommt, soweit ich die Ausstellung auch durchforscht habe, nach der Preislage nur eines: Stiefel zum Auto-Waschen (Mark 10). Wenn ich aber wählen dürfte, würde ich den Wagen wählen, vor dem die Frau so lange wachträumend verharrte, aber wie er heißt, kann ich nicht sagen, denn ich bin Laie, weiß nicht einmal die Fabrikmarken zu unterscheiden, und das in einer Zeit, wo jeder bessere, vom Auto überfahrene Mensch, das brechende Auge ein letztes Mal öffnend, noch etwa lispelt: «Imperator, Sechszylinder 15/70 PS, mit Schwingachse», ehe er verscheidet. Was jedoch die Ausstellung betrifft, so hat sie ihren starken Reiz auch für den Laien, denn ihm, den Unwissenheit zum Kinde macht, erzählt sie nicht Physik, sondern

Märchen, für ihn offenbart sich der Spielerei-Zauber der Maschinen, der dem Durchschauer-Auge des Fachmannes sich verschließt. Wahrlich, es gibt hübsche Dinge in dieser Exposition, ganz abgesehen von Fräulein Motag und dem Shell-Globus, der sich strahlend dreht, auf dem aber Europa ein so mistiger gelber Fleck ist, daß man sich schämen muß. Geht in die Ausstellung, sie ist schön und lehrreich, der Schau-Eifrige verläßt sie ganz betäubt, gleichsam umgeworfen und überfahren von dem Geschehenen, Dinge und Namen verwirren sich in seinem Hirn, in dessen aufgelockerter Substanz jetzt auch leicht der Gedanke Wurzel schlägt, am «Schnauferl-Abend mit Damen» teilzunehmen, denn nichts, sagt der Erregte sich, kann mir, ausgerüstet mit «Weikra-Winker» sowie dem «Stoßdämpfer very best», dort passieren, und kein Mißerfolg ist möglich, beherzige ich nur den Spruch: «Nehmt Spidolin, das Öl der Sieger.»

Biologie

MEIN Besuch im biologischen Institut galt einem gelehrten Freund. Als einer unter vielen dort ist er mit Scharfsinn und Zähigkeit dem Gespenst Krebs auf den Spuren, das, und keiner sieht es kommen und keiner kann ihm wehren, Opfer um Opfer aus den Menschenherden greift, aller Hürden und Hirten spottend.

Der Freund, ein Mann voll Sanftmut und Güte, der sozusagen keinem Huhn ein Federchen krümmen kann, ist eben dabei, einem Huhn die Halsschlagader zu öffnen. Das Tier dient, mit manchen seinesgleichen, dem Laboratorium als Blutlieferant. Im weißen Mantel, mit schwarzer Haube und schwarzem Tuch vor dem Mund, sieht der Doktor wie ein Femerichter aus, die Hitze im Zimmer ist groß, es riecht dick nach Äther, das Huhn, regelrecht betäubt, wimmert leise, und mir wird unverhehlbar übel. Ich rede mich auf Nikotinvergiftung aus. Das Fräulein technische Assistentin scheint dies nicht zu glauben.

Viel Erstaunliches ist zu sehen in der biologischen Hexenküche: Zentrifugen zur Klärung des Blutes und der anderen Versuchsstoffe, Gefriermaschinen zur Erzielung von Temperaturen unter Null, Apparate zur Keimfreihaltung der Objekte, Eier-Brutmaschinen (denn der Saft von zerquetschten Huhn-Embryonen gibt, mit Blut gemischt, die beste Nährsubstanz für Gewebe-Kulturen), eine ganz geheimnisvolle, genial erdachte Maschine, die den Sauerstoffverbrauch und die Kohlensäurebildung, also die Atmung von lebenden Gewebeteilchen, groß wie ein Stecknadelkopf, mißt, ein Apparat, der Wachstum, Teilung, Wanderung und Sterben der Zelle kinematographiert, Vorrichtungen zur genauen Messung des Zellenwachstums, das «Mikrotom», ein Instrument, welches Gewebestückchen von Sandkorngröße in mehrere hundert Schnitte teilt. Und noch viele andere Zaubersachen.

Am zauberischsten aber ist das Gewebe, das im biologischen Institut lebend erhalten wird. Man muß es, das winzige Fleckchen Materie, man muß es nur von Zeit zu Zeit mit scharfem Messer teilen (die Verwundung, sagt die Theorie, gibt neuen Lebensanreiz) und die Ränder, wo die Ausscheidungsstoffe sich sammeln, wegputzen (mein Freund drückt das anschaulich aus: «Das Gewebe muß auf den Locus gehen»), dann wächst es weiter und wächst so fort. Sie haben da im biologischen Institut ein minimes Etwas von einem amerikanischen Huhn-Embryo, das vegetiert seit sechzehn Jahren. Nicht also ein Abkömmling jenes Huhn-Embryos, sondern gewissermaßen, pars pro toto, noch dieses selbst, das vor sechzehn Jahren gestorben ist.

Aber das Wunderbarste ist ein Stückchen embryonaler Herzsubstanz, etliche Tage alt. Schön sichtbar Zelle an Zelle und der neue Trieb am Rande des Zellenhaufens. Plötzlich zuckt das Ding da unterm Mikroskop, liegt still, zuckt abermals, Dehnung, Zusammenziehung, im gleichen Rhythmus immer wieder. Das Herzpartikelchen schlägt! (und macht dein eigenes Herz rascher schlagen). Als wenn ein Tropfen Meer, auf die Glasplatte gelegt, noch Flut und Ebbe zeigte.

So wie gesundes, hält das biologische Institut krebsiges Gewebe am Leben, unterwirft es vielerlei Einflüssen, untersucht die Stoffwechselvorgänge in ihm, müht sich mit verzweifelter, nie beruhigter Jagdgier, die Bedingungen aufzuspüren, unter denen gesunde Zellen sich in krebskranke verwandeln. Vorläufig hält die Forschung in der Situation vor dem zweiten Schöpfungstag: «Und es war finster auf der Tiefe».

Hernach sehe ich das Huhn, das mir früher vorgestellt worden war, wieder. Sein Name ist 673. Mit vernähter Wunde hockt es auf dem Boden. Der Doktor behauptet, es sei schon wieder ganz vergnügt, schmerzfrei, habe Narkose und Operation längst vergessen. Doch müßte darüber sich eigentlich das Huhn äußern.

Erwägt der Mensch, was in solchem Institut alles gelehrt, gelernt, geforscht wird, wovon er keine oder nur kümmerlichste Ahnung hat, so wird ihm bange zumute.

Aber anderseits auch frei und groß. Die gewaltige Weite seiner Unwissenheit verhilft ihm zu einem wunderlich trostreichen Gefühl des Grenzenlosen; ähnlich wie der Anblick des Sternenhimmels es tut.

Anderseits

«Es ist richtig, was Sie sagen, aber das Gegenteil ist auch wahr. Ihr Wohl!»

«Ihr Wohl! Natürlich ist auch das Gegenteil wahr. Alles überhaupt ist ebenso wahr wie unwahr. Man kann dieses so gut beweisen wie jenes, Sache der dialektischen Fertigkeit, nichts weiter.»

«Geist ist Sprengstoff. Wo man ihn anlegt, geht etwas in die Luft, Sicherheiten gibt es nicht. Alles fließt, sagte der olle Heraklit!»

«Trau, schau niemand!»

«Einverstanden.»

Nachdem die beiden Skeptiker über diesen Punkt ins Reine gekommen waren, ging Eduard. Höchste Zeit, wollte er noch seinen Zug erreichen.

Eduard verträgt nicht viel. Fünf Whisky sind sein Maximum. So ist er nicht mehr ganz Herr seines körperlichen und seelischen Gleichgewichts, wie er jetzt die Bahnhofstreppe hinaufgeht. «Bewegung ist alles», murmelt er, stolpert, greift nach dem Geländer. Das hält fest, sicher, unverrückbar. Kein Schwindel! Niemand kommt und leugnet das Geländer, legt Geist an, und sprengt es in die Luft.

Ein Mann, die Dienstmütze auf dem Kopf, ruft «Zurück!» Er warnt die Menschen, dem Gleis nicht zu nahe zu kommen, in das gleich darauf der Zug knirschend seine Glieder legt. «Zurück!» ruft der Mann, winkt und wehrt ab, nicht so, als ob er eine bezahlte Arbeit verrichte, sondern als wäre es ihm wichtig, daß niemand auf dem Bahndamm Schaden nehme. Hernach drückt er einen Hebel, und eine schmale weiße Tafel steigt hoch: sie trägt den Namen der Station, die anzeigt, in welche Richtung der Zug weiterfahren wird. Der Zug dampft aus, der nächste ein. Der Mann mit der Eisenbahnmütze hantiert wieder beim Tafelstand. Der Stationsname taucht unter, ein anderer erscheint.

Eduard fragt: «Irren Sie sich nie beim Tafelaufziehen?»

«Nein, das gibt es nicht.»

«Warum nicht?»

«Darum», antwortet der Mann.

Viele Menschen steigen aus dem Zug. In voller Sorglosigkeit treten sie auf das Waggontrittbrett, als ob das durchaus nicht brechen könnte. Es bricht nicht. Hundertmal hat der Arbeiter seinen Hammer auf die sichernden Nägel niedersausen lassen, bis sie unerschütterlich fest saßen. Dann hat er noch ein hunderterstes Mal drauf geschlagen, und vermutlich, besser zuviel als zuwenig, noch ein hundertzweites Mal. Niemand zweifelt an dem Trittbrett, niemand mißtraut den Bahnsteigbänken, die nicht einknicken, wenn man sich auf sie setzt, niemand läuft mit Herzklopfen aus der Halle, in Angst, eine der Eisentraversen, die das Dach tragen, könnte sich lösen und herunterstürzen. Bis an den Rand ihrer Seele sind die Menschen angefüllt mit Vertrauen, daß die Dinge zuverlässig sind und halten, was sie versprechen.

Über die Brüstung der Lokomotive guckt ein Gesicht,

verschmiert von Kohlenstaub. Wie der leibhaftige Kinderschreck sieht es aus. Aber was hat es für gute, sichere, beruhigende Augen! Wie der leibhaftige Kindertrost sieht es aus. Gibt es böse Lokomotivführer? Kaum. So wenig, wie böse Geldbriefträger.

Eduard hat Mitleid mit dem Mann auf der Maschine. Da ist einer, der darf nie originell sein! Das Paradoxe ist ihm durchaus verboten. Die Eintönigkeit ist heiliges, unverbrüchliches Gesetz seines Tuns. In soundsoviel Minuten von Station zu Station . . . beim Block halt . . . wenn der Zugführer winkt: vorwärts! Bremse auf, Bremse zu, Pfeifenventil auf, Pfeifenventil zu. Vorwärts, halt, halt, vorwärts! Von Morgen bis Abend, von Neujahr bis Silvester, vom Beginn seiner Arbeitskraft bis zu deren Ende. Niemals darf er spielen, der arme Mann, mit den Kräften, die seinem Willen gehorchen. Eine beseelte Fortsetzung ist er der seelenlosen Maschine, angeschaltet an das Hebelsystem aus Stahl und Eisen ein Hebelsystem aus Fleisch und Bein.

Eduard – vielleicht war das schon einsetzender Katzenjammer – dachte plötzlich mit Unbehagen an das Gespräch mit dem literarischen Freund. Mit einigem Mißtrauen blickte er auf die Menschen, deren Geist sich tummelt im Grenzenlosen . . . und mit einiger Dankbarkeit auf jene, deren Geist sich im und am Engen verbraucht.

Kurfürstendamm

Der Kurfürstendamm ist die blutreichste Verkehrsader im Westen Berlins, an ihr kann man, wie sich das für eine rechte Ader schickt, den Puls der Stadt, der Stadt den

Puls fühlen. Er geht beruhigend kräftig. Der Kurfürstendamm hat hohe Häuser, die besonders oben, mit Kuppeln, Türmen und üppigem, steinernem Gekröse einen abscheulichen Anblick bieten. Aber so hoch hinauf sieht ja niemand, zumal in dieser Straße, die schon unten so viel Aufmerksamkeit erfordert und beansprucht. Da ihre Gebäudefronten nicht in einer Geraden liegen, sieht es aus, als ob streckenweise die Wogen des Häusermeeres zurückgetreten wären, ähnlich wie seinerzeit auch die Wogen des Roten Meeres rechts und links auswichen, um die Juden durchzulassen. Der Kurfürstendamm hat sein besonderes Klima, welches den Kreislauf des Geldes beschleunigt und die Erwerbsdrüsen sowie auch die Sinnlichkeit kräftig anregt. Von den frühen Morgenstunden bis hinein in diese erfüllt ihn brausendes Geräusch der Menschen und Sachen, das von boshaften Kleinstädtern als Kriegsgeheul der Eingeborenen, von den aus Budapest und Wien Zugereisten aber als Ruf des Lebens wahrgenommen wird. Der Kurfürstendamm beginnt bei der Gedächtniskirche und hört nie auf. Für die in seinem Bezirk Ansässigen mündet er, wenn nicht ein Börsenkrach dazwischen kommt, in Karlsbad. Er ist eine der wenigen Straßen Berlins, wo promeniert wird, eine Seltenheit in dieser Stadt, in der keiner müßiggeht, also auch nicht müßig geht. Die Fülle von glanzvollen Schaufenstern, Kinos, Unterhaltungslokalen – Theater sind nur zwei auf dem Kurfürstendamm und Bedürfnisanstalten nur eine – der Überfluß an Gaststätten, in denen man soupieren, speisen und auch essen kann, gibt der Straße ein festliches Gepräge und hat ihr die Geltung eines Sinnbildes für Luxus und Protzerei verschafft. Der Passant hat auch oft, besonders des Abends zu Theater- und Kinobeginn, wenn die vielen schön geformten Privatautos ihren nicht immer schön geformten Inhalt auf die Straße leeren, den Eindruck, es gebe da, auf dem Kurfürstendamm, einen rechten Massenandrang von reichen Leuten. Doch kommt es unter ihnen, dank der Disziplin, mit der sie kapitalistische Ordnung halten, nie zu rücksichtslosem Gedränge. Auf dem Kurfürstendamm trifft jeder mit großer Wahrscheinlichkeit die Menschen, die er nicht treffen will. Sie sind unter dem Spitznamen «Bekannte» bekannt. Kurfürsten begegnet man relativ selten.

Vorstadtmärchen

«. . . da kam der Prinz herangefahren in einem Wagen aus lauterem Golde. Acht Schimmel zogen den, und auf ihren Köpfen wippten scharlachrote Federn, und ihr Geschirr war aus purem Silber und mit Edelsteinen besetzt . . . Hörst du zu?» fragte die Mutter.

«Ja», antwortete das Kind und blickte teilnahmslos.

«Die Prinzessin aber ritt ihm entgegen auf einem Falben. Sie trug ein Kleid aus Brokat und einen Gürtel aus Perlen, jede so groß wie eine Nuß, und ein Diadem aus Smaragden und Rubinen, und die Hofdamen mußten die Augen mit ihren Schleiern bedecken, so blendete sie der Glanz. Und zwanzig Jungfrauen streuten Rosen . . . Du hörst ja nicht zu», sagte die Mutter.

«Ja», antwortete das Kind und blickte teilnahmslos.

«. . . die streuten Rosen auf den Weg. Und da hob der Prinz die Prinzessin vom Pferde, und sie traten in das Schloß, das aus lauter Jaspis und Quarz war, und kamen in einen Saal, in dem hunderttausend Kerzen brannten . . .»

«Ja», sagte das Kind.

«. . . Und die Diener brachten auf goldenen Schüsseln Fleisch und Kuchen und Obst . . .»

«. . . Hörst du zu?» wollte die Mutter fragen, aber der Märchenglanz in des Kindes Augen ersparte ihr die Frage.

Wie macht der Winter froh!

HERR Robert Schmidt nieste mehrere Male. Aus dem Publikum rief man: «Zum Wohlsein!» Herr Schmidt kehrte sich erbittert nach den Rufern um, wollte etwas sagen. Der Richter klopfte mit dem Hämmerchen ungeduldig auf sein Pult.

«Angeklagter Robert Schmidt, erzählen Sie, wie sich der Vorfall abgespielt hat.»

Herr Schmidt zog aus der rechten Rocktasche ein Taschentuch, schneuzte sich, dann zog er aus der linken Rocktasche ein anderes Taschentuch und schneuzte sich abermals. Dann zog er aus der rechten Rocktasche ein drittes Tuch:

«Zur Sache», rief der Richter.

«Ich bin bei der Sache», sagte der Angeklagte und schneuzte sich kräftig. Dann begann er:

«Ich muß vorausschicken, daß ich sehr empfindliche Bronchien habe, an Frostballen leide, daß mir die Kälte Haut- und Gliederschmerzen verursacht, und daß mein jährlicher Schnupfen im September einsetzt und im August langsam abklingt.

Also, an jenem Tag, einem Sonntag, begann es damit, daß Thomas, mein Jüngster, daß also Thomas sich lautlos an mich, während ich das Morgenblatt las, heranschlich, und mir Schnee, den er vom Fensterbrett gesammelt hatte, zwischen Rock- und Hemdkragen steckte. Thomas ist ein sehr aufgewecktes Kind. Mit seinen Einfällen könnte mancher professionale Humorist sein Auslangen finden.

Nachdem der Kleine gegangen war, setzte ich, während mir das Wasser aus den Augen rann, meine Lektüre fort und las in der Zeitung, daß die Stadt in weißer Pracht erglänzt, daß die Schneemassen, in denen die Autos stecken bleiben, ein Hermelinmantel um ihre Schultern sind, und daß die beschneiten Bäume, die den Bürgersteig säumen, aussehen wie in Watte gewickelt. Weiter erfuhr ich aus der Zeitung, daß auf den gefrorenen Straßen der Boden unter den Schuhen der Fußgänger melodisch knirscht. Ich kann es verstehen, daß es knirscht.

Meine Frau, die immer den Nagel auf die empfindlichste Stelle des Kopfes trifft, sagte: ‹Sieh doch die schönen Eisblumen am Fenster.› Sie blickte gedankenvoll auf die Straße hinab, und da ich ihr von den Augen ablas, daß sie im Begriff war, etwas über fröhliches Flockenwirbeln zu sagen, ging ich früher, als ich geplant hatte, fort.

Auf der Straße begegnete ich einer Schar Kinder, die einander mit Schneebällen bewarfen. Im Bestreben, ihnen eiligst auszuweichen, kollidierte ich mit einem Laternenpfahl, den ich, da meine Brillengläser angelaufen waren, übersehen hatte.

Ich nahm die Brille ab, um sie zu putzen – und das war mein Glück! Denn eben in diesem Moment traf mich ein Schneeball ins rechte Auge. Der Schneeball war mit ziemlich viel grobem Sand und etwas Kieselsteinen gemischt. Doch dies nur nebenbei.

Sie werden vielleicht sagen, Herr Richter, daß ich, mit meiner Empfindlichkeit gegen Kälte, bei fünfzehn Grad unter Null überhaupt nicht hätte auf die Straße gehen sollen. Aber Sonntag ist der einzige Tag, an dem Molly für mich Zeit hat.»

«Molly?»

«Das ist ihr Kosename. Eigentlich heißt sie Melanie.»

«Aha!» sagte der Richter und blickte mißbilligend auf die Glatze des Beschuldigten, der mit einer resigniert entschuldigenden Geste die Arme hob und sie wieder fallen ließ, als wollte er sagen: Das Leben ist nun einmal so und der Mensch schwach, und Alter schützt vor Torheit nicht.

«Ich war also schon sehr gereizt», fuhr er fort, «als ich vor das Schaufenster der Kunsthandlung kam, wo Molly und ich unser Stelldichein hatten. Der Wind blies abscheulich. Ich besah mir die Bilder im Schaufenster: ‹Der Schnee als Plastiker›; ‹Winterzauber›; ‹Im Schmuck der Eisblumen›.

Das Dutzend Taschentücher, das ich jeden Morgen zu mir stecke, war aufgebraucht, als mit der üblichen Verspätung Melanie erschien. Sie hatte einen Umweg durch den Park gemacht, der, sagte sie, wie in weiße Wolle gepackt da läge. Und die Bäume sähen aus wie mit . . .

‹Liebes Kind›, unterbrach ich sie, ‹ich bitte dich, sage nicht: wie mit Zucker bestreut. Bitte, sage das nicht.›

Sie erwiderte: ‹Ist dir lieber: mit Diamanten besetzt, die in der Sonne glitzern?›

‹Nein, weder Zucker noch Diamanten›, antwortete ich. ‹Mir scheint das pure Verhöhnung der armen Bäume, denen jetzt das, was bei ihnen Herz heißt, vor Kälte im Leib erstarrt ist.›

Melanie behauptete, Bäume haben kein Herz.

Ich entgegnete: ‹Du hast keines.›

Ein Wort gab zehn andere, und als ich vom Glatteis wieder aufstand, war sie verschwunden.

Dann also kam die unglückliche Begegnung mit dem Herrn im Pelz. Er hatte schmunzelnd zugesehen, wie ich mich mühselig vom Pflaster in die Höhe rappelte, und als ich fertig war, sagte er vergnügt: ‹Sie sind seit einer Stunde schon der Sechste, der an dieser Stelle ausgleitet.› Und herzlich lachend setzte er noch hinzu: ‹Winterzeit, Winterfreud.›

‹Der Teufel hol' den Winter!› rief ich.

‹Was haben Sie denn gegen ihn?› meinte der Pelzmann. ‹Ist es nicht schön, wenn der Schnee in lustigen Flocken herunterwirbelt, Eisblumen an den Fenstern blühen, die Bäume dastehen wie mit Zucker . . .› Hier traf ihn mein Stock auf den Schädel.»

Der Richter wickelte sich fester in seinen Talar: «Herr Zeuge, haben Sie gesagt: wie mit Zucker?»

«Gewiß, Euer Ehren. Ist es nicht ein zauberhafter Anblick, wenn die Äste in blendend weißem Schmuck . . .»

Der Richter klopfte mit dem Hammer, so kräftig ihm das Rheuma in seinem Arm dies erlaubte. Dann sprach er den Angeklagten frei, weil dieser offenbar in augenblicklicher Sinnesverwirrung gehandelt hatte.

Zu Hause wurde Herr Schmidt schon ungeduldig von seinem Sohn Fred, Gymnasiast in der IV B, erwartet. Fred plagte sich eben mit der Abfassung eines Schulaufsatzes: «Warum lieben wir den Winter?»

«Vater, warum lieben wir den Winter?»

«Aus dem selben Grund, mein Sohn, aus dem wir, wie das biblische Gesetz es verlangt, unsere Feinde lieben und des Schicksals züchtigende Hand und die Ehe und die harten Pflichten, die das Leben uns auferlegt.»

Aber das dachte Herr Schmidt nur so für sich. Laut sagte er: «Schreibe: Wie schön, wenn an den Fenstern die Eisblumen blühen, Bäume und Sträucher glitzern, als wären sie mit Diamantenstaub bestreut . . .»

Ein entfernter Verwandter

Er sah aus . . ., nein, er sah gar nicht aus, und das war das Sonderbare an ihm. Er machte sich noch dünner, als Schatten ohnehin tun, und nie würde ich ihn erkannt haben, hätte ich nicht gleich, mit Traumsicherheit, gewußt, daß er's ist. Die Pointe der Erscheinung war ihr Erscheinen, das Überhaupt ihres Daherkommens. Wie, dich gibt es auch noch unter denen, die nicht mehr sind?! Rudolf, der entfernte Verwandte, mengt sich nämlich schon ein paar Jahrzehnte mit Friedhofserde, mein schwaches Erinnern, daß er einmal gelebt hat, ist gewiß das letzte Fäserchen des letzten Fadens, das den Gewesenen noch an Irdisches knüpft, gewissermaßen der kärgliche Rest, den die Ewigkeit von ihm noch nicht verdaut hat. Wenn er mich nicht hätte, könnte er seinen Tod lang durch Träume geistern, ohne daß ihn wer beachtete.

Wir nannten ihn Onkel. In der Familie, die schlecht von ihm sprach, hieß es, er habe früher einmal Talent gehabt. Wozu Talent, das wurde nie gesagt. Er alterte und starb als pensionierter kleiner Versicherungsbeamter in einem traurigen Hotelzimmer der Wiener Vorstadt, dessen Fenster auf zwei erregende Gassen gingen: die Zirkusgasse und die Schrotgießergasse. Beide sind im

Orientierungsplan meiner Jugend als Straßen erster Ordnung eingezeichnet. Die Zirkusgasse dankte ihren Namen dem Gebäude des Zirkus Renz (wo ich jene ersten hippologischen Eindrücke empfing, die dann für mein ganzes späteres Leben so gar keine Bedeutung hatten) und verläuft, auch heute noch, hinter dem altberühmten Carl-Theater. Der Weg von daheim zu Rudolf führte notwendigerweise ums Theater herum, am Theater vorbei, und das ist meinem Weg, wo und wie immer er seither sich wand, geblieben. Noch stärker waren die Eindrücke, die dem gärenden Knaben, auch ich gor seinerzeit, die Schrotgießergasse vermittelte. Dort gab es kein Fenster ohne Frau an diesem, Tag und Nacht erklang das Sirenenlied, das, ungleich den Sirenen selbst, nie veraltet und für die, denen es aus der Kehle dringt, Lohn ist, der schäbig lohnet. Wie schaut sie heute aus, die Schrotgießergasse! Nur noch ganz wenige Häuschen alten Stils gibt es da, zwischen Zinskasernen fast zerquetscht, und hinter den Fenstern, an denen Irma ihre Topfhyazinthen begoß und Pauline, die pechschwarze, mit zahnlückigem Kamm ihre Locken vor der Spiegelscherbe strählte, falliert jetzt langsam Oscar Piringer, Modes et Robes. O goldene Jugendzeit!

Also hier, an bedeutsamer Ecke, wohnte Rudolf, ein alter Mann zwar, aber noch emsiger Schrotgießer. Mit der Zirkusgasse verband ihn eine andere wunderliche Passion. In dieser Gasse blühte Bernhard Lustigs Wursthandlung, und Onkel Rudolf, kurzbeinig, mit Bauch, grauem Bart und fingerdicken Brillengläsern, half dort, die Schürze umgebunden, freiwillig, ohne Lohn, vor und hinter dem Ladentisch aus. Das war ihm geliebte Beschäftigung während der letzten Jahre seines Lebens, die er herschenkte, weil er keine andere Verwendung für sie wußte. Die niederen Dienstleistungen im Laden verrichtete er besonders gern, etwa ein Bier holen aus dem nahen Wirtshaus oder Gästen in den Überrock helfen. Daß er aber kein bezahlter Angestellter war, zeigte die brennende Virginiazigarre in seinem Mund, ohne die er gar nie sein konnte. Wir Kinder sahen Onkel Rudolf leidenschaftlich gern beim Bedienen zu. Die Würste waren auch herrlich, und mancher dem Boden dieses Wiener Quartiers entsprossene Literat hat sich vielleicht dort, in Lustigs Selcherei, das Würzige und Schmackhafte einverleibt, das dann später, in seiner Schriftstellerei, als Geist und Stil manifest wurde. Weiß man denn, wovon man köstlich wird?

Zu den Obliegenheiten Rudolfs, des freiwilligen Kommis im Laden, gehörte auch das Hinausweisen der Bettler und Hausierer. Eine Episode auf diesem Gebiet, deren Zeuge ich war, brachte mir den entfernten Verwandten näher. Im Lokal erschien ein zerlumpter Mann mit der unverkennbaren Absicht, zu betteln. Onkel Rudolf trat ihm, schon von fern entschieden «nein» winkend, entgegen, worauf der Mensch in plötzlichem Entschluß sich zu den Gästen wandte und sprach: «Meine Damen und Herren! Eine kleine Vorstellung. Als erste Nummer: Einer, der da lacht.» Sodann tauchte er hinter einem Stuhl unter, in dessen Rückenlehne ein kreisrundes Loch geschnitten war, steckte den Kopf durch das Loch, blieb so ein paar Sekunden, zog den Kopf zurück, verbeugte sich, kündigte an: «Einer, der da weint» und wiederholte dasselbe Spiel. Es folgte dann noch, ohne daß das Gesicht, das der Mann wie in einen Rahmen in den Sesselausschnitt hielt, jemals die geringste mimische Veränderung zeigte: «Einer aus Frankreich», «Einer aus England» und «Einer aus Wien». Nichts Geringeres erlebte man da als die Geburt der Kunst aus dem Geist der Not. Ein schöner Beweis für die Wahrscheinlichkeit materialistischer Kulturauffassung. Nachdem der Mann fertig war (die Vorstellung hatte keine fünf Minuten gedauert), ging er absammeln, bekam so viel, daß er sich etwas zu essen kaufen konnte, setzte sich, und Onkel Rudolf bediente ihn. Beim Abschied sagte er zu dem Bettler, wie er's bei allen Gästen tat: «Beehren Sie uns bald wieder!»

Er hatte noch eine Leidenschaft: Droschke- oder Autofahren. Deshalb ging er, wenn in der Nähe jemand gestorben war, ins Trauerhaus und sah, durch einen unbeschreiblich schäbigen Zylinder als Leidtragender legitimiert, zu, wie er Platz in einem der Wagen bekäme, die die Trauergäste auf den Friedhof brachten. In dem armseligen Hotel, in dem er wohnte, bediente er sich selbst, und die Stubenmädchen, denen er ihre Arbeit für ihn zur Gänze abnahm, nannten ihn «der alte Narr». Er bekam nie einen Brief, schrieb auch keinen, las nie ein Buch und in der Zeitung nur die Todesanzeigen. Das andere erfuhr er aus den Gesprächen im Wurstladen.

Nach seinem Tod fand man als Verlassenschaft, nebst dem Zeug, das er auf dem Leib getragen hatte, und einem uralten, struppigen Zylinderhut, Tausende von Strohhalmen aus Virginiazigarren (die Ernte vieler Jahre), die Photographie einer sichtlich den niederen Gesellschaftskreisen zugehörigen nackten Frau und kein einziges Stück bedruckten oder beschriebenen Papiers. Was denn auch blieben einem einsamen alten Herrn, gefallen aus den Schößen der Familie, des Berufs und jeder engeren Gemeinschaft, was denn blieben ihm für bessere Ressourcen als: Tabak, Erinnerung an Weibes Wonne und Wert und Abkehr von den eitlen Spielereien des Verstandes?

Sentimentales Gespräch

MEIN Sohn, ich habe mit Unbehagen gemerkt, daß du auf der Straßenbahn deinen Platz beibehieltest, statt ihn einer der Frauen, die im Wagen stehen mußten, anzubieten. Gilt es als modern, ein Lümmel zu sein?

Mein Vater, du hast Entwicklungen verschlafen. Den Frauen deiner Zeit gab ihre Schwäche Anspruch auf alle Schonung und Rücksicht, wie sie der Stärkere dem Schwächeren schuldet. Aus dem Umstand, daß die Frauen der Rechte des Mannes nicht teilhaftig waren, erwuchsen diesem Pflichten, und in der sogenannten Galanterie fand die männliche Rührung über die weibliche Ohnmacht ihren verfeinerten Ausdruck. Das hat sich geändert. Die Frauen selbst, aus wohlbegreiflichem Luft- und Lebenshunger, haben den Glassturz zerschlagen, unter dem sie vegetierten. Sie sind Kameraden geworden, in der Arbeit und im Spiel, in der Lust und im Kampf, und unter Kameraden ist alles egal. Sie haben bessere Nerven bekommen und kräftigere Muskeln, sie haben sich befreit von den Sklavenzeichen des langen Rocks und der langen Haare, sie haben sich, wo sie wollten, Platz gemacht und uns der Notwendigkeit enthoben, ihnen welchen anzubieten, im Leben wie auf der Straßenbahn. Tust du's dennoch, so riskierst du die Antwort: «Danke! Ich bin noch nicht so altersschwach, daß ich nicht stehen könnte!»

Mein Sohn, gewiß leben die Frauen heute nicht mehr so ganz im Schatten und von Gnaden des Mannes wie zu früherer Zeit ... aber ihr Becken ist doch noch immer breiter und schwerer als das unsere, noch immer kriegen sie die Kinder, noch immer fordert der wechselnde Mond seinen Tribut von ihnen – oder hat sich daran auch etwas geändert?

Mein Vater, diese kleinen Besonderheiten bestehen allerdings noch, vorläufig, aber die Frauen selbst wünschen nicht, daß viel Aufhebens davon gemacht werde. Sie haben wohl Angst, eine Betonung jener Besonderheiten könnte die Anschauung ins Recht setzen, die in den Frauen Geschöpfe von minderer Wertigkeit und Lebenstauglichkeit, Geschöpfe zweiter Ordnung sieht. Geschlecht, mein Vater, ist sozusagen ein sekundäres Geschlechtsmerkmal geworden. Der modern Denkende unterscheidet in seinem Verhalten zum Nebenmenschen so wenig zwischen Mann und Frau wie etwa zwischen Jud und Christ.

Mein Sohn, wenn es wäre, wie du sagst, würde ich weniger die Frauen beklagen, denen keine Ritterlichkeit oder Galanterie oder wie sonst du das nennen willst mehr bezeigt wird, als die Männer, die keine mehr bezeigen. Um etwas sehr Schönes seid ihr gekommen, wenn in euch die Frau höchstens Begierde, aber nicht mehr das Verlangen weckt, zu betreuen und zu beschützen. Sehr arm seid ihr geworden, wenn in euch nicht mehr jene große Freude an der Frau lebendig ist, die immerzu den Wunsch wachruft, ihnen dafür zu danken, daß sie sind. Solange der Mann die Liebe liebt ... wird er in der Straßenbahn der Frau, die sonst stehen müßte, seinen Platz anbieten. Die fehlenden logischen Zwischenglieder zwischen jener großen Ursache und dieser kleinen Wirkung magst du dir leicht ergänzen. Oder siehst du, mein Sohn, durch deine scharfe Hornbrille auch nicht mehr die Liebe? Ich alter Mann mit meinen schwachen Augen sehe sie noch.

Mein Vater, es ist ein Nebelstreif!

Lotte bei den Löwen

LOTTE zieht es zu den Löwen. Sie, das überfeine Mädchen, hat eine merkwürdige Sympathie für diese räuberischen, breitnäsigen Geschöpfe. Seltsam, welche Menschen welche Tiere bevorzugen! Mein verehrter Freund, der Wiener Burgschauspieler Straßni, ein Mann von außerordentlicher Zartheit der Erscheinung und des Wesens, ein rechter Dünnhäuter, liebt Elefanten! Er behauptet, die indische Philosophie entschleiere sich ganz erst dem, der den indischen Elefanten kenne. Der grause Mörder Haarmann hegte und pflegte Zwitschervögelchen. Der enorme Schriftsteller F. empfindet Freundschaft für kleine Hunde, recht kluge Menschen wiederum haben oft eine tiefe Zuneigung zum Menschen und wissen sie aufs listigste zu begründen.

Lotte zieht es zu den Löwen. Sie redet mit ihnen und behauptet, daß die Bestien ihr aufmerksam zuhören. Es ist schwer, da zu widersprechen. Wer sieht in Löweninneres? Wer weiß, ob nicht diese Katzen, gleich den zivilisierten Menschen, die Technik heraushaben, mit gespannter Aufmerksamkeit nicht zuzuhören? Auch sie hausen ja in ehelicher Gemeinschaft, in welcher, wie die Forschung festgestellt hat, jene Technik sich besonders leicht und gut entwickelt. Lotte hat tiefes Mitleid mit den Wüstenmajestäten, die da hinter Gittern schmachten müssen, beraubt ihres königlichen Rechtes, nach Lust auf Beute zu jagen. Sie nennt das Tierquälerei. Von dem alten Löwenweibchen, das viertelstundenlang, sein eigenes Monument, ruhig dahockt und über die Leute an den Käfigstäben hinwegblickt, sagt Lotte, es starre in unendliche Weiten, die Gefilde der fernen, freien Heimat mit der Seele suchend. Wenn der alte Löwe, seine weichen Promenaden unterbrechend, sich auf die Hinterbeine stellt und die vorderen hochstreckt, deutet Lotte dies als erotische Sehnsuchtsgebärde. Die Differentialdeutung, es handle sich da vielleicht um eine Art von Händeringen, Pfotenringen über die trostlose Langeweile der Gefangenschaft, lehnt sie ab.

Lotte ist überaus konziliant im Auslegen löwischen Tuns und Lassens. Weil sie, das ist es, heimliche Verwandtschaft zu dem furchtbaren Geschlecht in sich fühlt. Ihr Vater erzählt, sie hätte als zweijähriges Kind, zum erstenmal vor den Löwenkäfig geführt, sofort «Miau» gesagt, also nicht nur die Tierklasse augenblicks erkannt, sondern auch gleich deren Idiom gesprochen. Sie ist die Heldin jener Anekdote von dem kleinen Mädchen, das vor dem Bild «Christenverfolgung unter Nero», welches die Angehörigen der neuen Sekte den Löwen preisgegeben zeigt, in Tränen ausgebrochen sei und, auf einen allein kauernden Löwen im Bilde weisend, gerufen hätte: «Ach, Papa, der arme Löwe da hat keinen Christen!» Lottes Art und Äußeres spiegeln Löwenhaftes. Ihre Augen, von der Farbe lichtdurchschienenen Flaschenglases, wechseln, wenn sie zornig blickt, ins Vitriolgrüne hinüber. Ihre Locken flattern weizen- bis safrangelb von der edlen Stirne. Sie geht auf leisen Sohlen und kommt auf noch leiseren, weiß und scharf leuchtet das untadelige Gebiß, stilfremd scheint nur (offenbar, damit man's nicht so leicht errät) die sanfte, schmalgeflügelte Nase. Stolz ist das Fundament von Lottes Bescheidenheit, sie ißt gern Beefsteak tartare, oft sitzt sie minutenlang ruhevoll und blickt – durch ihren alten Löwen, der die Pfoten ringt, hindurch – in unendliche Fernen, das Land der Freiheit mit der Seele und manchem andern suchend, ihre Rendezvous gibt sie sich beim Löwenkäfig, zwei ihrer Freunde heißen Leo, der eine ging von ihr mit den Worten: «Ich lasse mich nicht anbrüllen!» (wie charakteristisch, daß er: anbrüllen sagte, nicht anschreien!), leidenschaftlich gern liegt sie rücklings in brennender Sonne, und von der Liebe zum Haß sowie umgekehrt ist bei ihr nur ein Katzensprung.

Viele sehen sie falsch und deuten als schlechte Erziehung, was doch nur herrliche Natur ist. Weil sie nichts wissen von Lottes Zugehörigkeit zum Löwengeschlecht. Jeder Mensch hat ein Tiermuster in sich, heimlich durchschimmernd wie das Wasserzeichen durchs Papier, und man kennt ihn nicht, ehe man nicht weiß, was für ein Vieh er ist. Aber welche Irrtümer auch da! Seit einiger Zeit liebt Lotte den groben Sechstagefahrer. Ihre Augen sind resedagrün, ihr Haar honiggelb, ihr Wesen Demut, ihr Gebiß leuchtet sanft-weiß wie die Fahne der Ergebung, und ihre Rendezvous gibt sie sich beim Antilopenkäfig. Ich habe immer geglaubt, sie sei eine Löwin, und jetzt stellt sich heraus, sie ist ein Gnu. Wie man sich in einem Menschen täuschen kann!

Variété

Ein Tanzpaar

DAS Tanzpaar bewegt sich äußerst parallel. Gleich groß und gleich gekleidet, sind die zwei Tänzer wie ein Tänzer, durch Doppelspat gesehen. Wenn alle zwei so genau dasselbe tun, ist es, mitsammen, nicht zweimal dasselbe, sondern etwas ganz anderes, neues. Solches Wunder wirkt der Parallelismus. Er beruhigt das Auge und beunruhigt lustvoll das Gefühl. Die optische Beruhigung hat ihre tiefen Gründe, weshalb es einfacher ist zu sagen, sie versteht sich von selbst. Die Beunruhigung des Gefühls erklärt sich dadurch, daß keinen Menschen, der ein Herz im Leibe hat, das Schicksal der Parallelen, sich erst in der Unendlichkeit schneiden zu dürfen, gleichgültig lassen kann. Gerade deshalb allerdings, weil sie einander nie ganz nahe kommen, sind sie immerzu so schön d'accord: und das gibt jener Beunruhigung des Gefühls den lustvollen Akzent.

Die Gesetze des Parallelismus gelten nicht nur in der gemeinen Raumlehre, sondern ebenso und besonders in der Geometrie der menschlichen Beziehungen. Das Vergnügen am Soldatenwesen erklärt sich, unter anderm, auch dadurch, daß es beim Militär so parallel zugeht, im gleichen Schritt und Tritt.

Bei ihren Evolutionen, die ermüdend und schweißtreibend sind, kommen die zwei Tänzer oft in die Nähe der Kulisse. Aber sie dürfen nicht hinaus. Ich fühle ihren Schmerz mit, wenn sie immer wieder umkehren müssen vor der lockenden Pforte, zurück in die Strapaze, in die Feuerlinie, in den Scheinwerfer, in den magischen Bühnenkreis, aus dem es vor durchgetanzten kontraktlichen zwanzig Minuten kein Entrinnen gibt, wenn sie immer wieder fort müssen von der rettenden Kulisse, hinter der die Ruhe ist, das Entspannen der Glieder und Mienen, das Verschnaufen und die Geborgenheit.

Reck-Turner

Reck ist das schönste Gerät, und die Riesenwelle eine eleganteste, reinste Chiffre für Paarung von Kraft und Grazie. Die Riesenwelle zeigt sehr reizvoll, wie man über den toten Punkt hinüberkommt. Das kann man gebrauchen im Leben, besonders beim Dichten und in der Liebe.

Das leise lederne Knirschen der Reckstange ist: Gesang der Elastizität. Es klingt auch wie Seufzer der Materie, die sich unterm Griff der Menschenhand biegen und ihr gehorchen muß.

Die ersten Turner seinerzeit, im Gefilde hoch wohnender Ahnen, waren Turner am Reck, das heißt an dessen Ur-Form, dem waagerechten Baumast.

Diese wunderbaren Reckkünstler im Variété, mit kühnsten Rouladen und Voltigen um und über die drei Stangen und zwischen ihnen durch schwingend, übertreffen die Vorfahren, vom Ästhetischen ganz zu schweigen, an Gelenkigkeit und Schnelligkeit. Dabei haben sie nicht wie jene einen opponierbaren Daumen am Fuß, was das Turnen sehr erleichterte.

Einer von den beiden Reckkünstlern macht den Komiker. Seine Ungeschicklichkeit ist ein Gipfel der Geschicklichkeit. Der ernste Bruder – dem andern böse, wie man einem Kind böse ist, dem man gar nicht böse ist, sondern ganz im Gegenteil – droht dem komischen mit dem Finger. Wie rührend dieses winzige Stückchen verlegener Schauspielerei! Artisten sind redliche Leute und Könner. Es macht immer den Eindruck, als schämten sie sich, wenn sie, ihre schwere Kunst zu würzen, ein bißchen Theater spielen.

Jongleur

Auf welche Stelle seines Körpers die Gummibällchen, die er in die Luft wirft, auch niederfallen ... augenblicks sitzen sie fest wie die Frucht am Ast.

Wie macht er das? Ein tiefes Geheimnis. Löst man es auf in die Elemente: natürliche Begabung, lange Übung, höchstgespannte Aufmerksamkeit, bleibt noch immer ein durchaus unerklärlicher Rest.

Es ist widernatürlich, daß der Ball, der aus ein paar Metern Höhe auf das dünne Stäbchen in Jongleurs Munde fällt, so tut, das heißt: so gar nichts mehr tut, als wäre er in ein Netz gefallen; daß er sein kräftig gereiztes Bedürfnis, davon zu springen, zu rollen, sich um viele eigene Achsen zu drehen, sofort aufgibt, sich und sein innerstes Tempo verleugnet.

Was ist es, das aus dem Leib des Jongleurs durch das Stäbchen in den Ball flitzt, ihn hypnotisiert, lähmt?

Der Meister sagt, daß er, während er auf der Bühne arbeite, nicht an seine Arbeit denke, sondern an tausenderlei andere, ferne Dinge. Da hat man das Wesen des Genies: es kümmert sich um gar nichts, überläßt alles dem Dämon, der schon macht, was zu machen ist.

Immerhin übt der Mann täglich seine fünf, sechs Stunden: Fütterung des Dämons.

Der Jongleur bewundert die Kollegen vom Reck. Er kann es sich durchaus nicht erklären, wie solche Kunst jemals zu erlernen sei. Die Kollegen vom Reck bewundern den Jongleur, und beide den Mann auf dem Drahtseil, der beide bewundert. Das Publikum findet die Darbietung mäßig, der Direktor das Publikum zwar stupid, aber die Künstler weit überzahlt.

Auf Holz gemalt

DAS Bild, echt Öl, darstellend mein Antlitz im Dreiviertelprofil, nebst Kragen, Krawatte und etwas Rock, soll ein Geschenk sein. Es wird über dem Tischchen mit der Duck-Ente aus Porzellan und dem Rubinglas hängen, Wandschmuck sowohl wie Herzenssache, und oft wird sie davor, selbst schon in Hut und Mantel, fertig zum Weggehen, ein Weilchen stehen bleiben und es betrachten, manchmal liebevoll, manchmal böse. Wenn ich fort sein werde, zumeist liebevoll.

Indes der Meister Farben auf die Palette quetscht, bestaune ich seine Bilder. Es scheint mir nicht ausreichend: wundervoll, herrlich, großartig! zu sagen. Feineres Urteil, Beziehung zur Kunst verratend, tut Not. Doch ich werde mich hüten. Ganz leicht könnte ein schrecklicher Unsinn dabei herauskommen, und den malt er mir dann mit strafendem Pinsel ins Gesicht. Hingegen sind schlechthin Gefühle, Stimmungen, erweckt durch Bilder, unüberprüfbar. Ohne Risiko kann man sagen: «Diese Landschaft macht mich froh, sie tut Süß-Beunruhigendes in mein Herz, eine glückliche Spannung, wie man sie beim Warten auf einen geliebten Menschen empfindet»;

oder: «Diese Nackenlinie hat etwas merkwürdig Sommerliches. Wenn ich sie ansehe, muß ich an Frühstück im Freien denken.» Kann einer kontrollieren, ob das stimmt oder nicht? Könnte man's, die impressionistische Kunstdeutung hätte ein schweres Leben.

Gegenüber meinem Modellsitz und der Staffelei ist ein Spiegel. Ich kann in ihm genau verfolgen, wie ich allmählich werde nach meinem Ebenbild, wie mir, ganz im Sinn der alten Racheformel, erbarmungslos widergetan wird, Zug um Zug, Aug' um Aug'. Nichts nützt es, Seele in den Blick zu tun, ein bedeutendes Gesicht zu machen. Der an der Staffelei malt doch das Gesicht, das du hast, nicht jenes, das du machst, dein Müssen, nicht dein Mögen, deine untrügliche Oberfläche, nicht deine trügerische Tiefe.

Jetzt gräbt er aus dem Blechtopf ein tüchtiges Häufchen Weiß, tut es auf die Palette; wie Exkrement eines Riesenvogels liegt es dort. Für die Haare, leider, braucht das der Meister.

Ich möchte ihn zur Güte herumkriegen, ihn weich stimmen, damit er mir nicht gar zu weh tue, seinen Blick und seine Hand bestechen, ihm Schonung abschmeicheln, ähnlich wie man's beim Zahnarzt tut. Ich studiere des Meisters Mund, um ihm nach diesem zu reden. Aber das hat seine Gefahren. Denn treffe ich auf ein Thema, das ihn sehr interessiert, so wird er am Ende gar abgelenkt, und sein Ingenium kommt mehr ins Gespräch als ins Bild. Also erzähle ich Anekdoten. Er lacht. Vielleicht kristallisieren sich, durch den Pinsel fließend, dieses Lachen und die Trefflichkeit der Anekdoten zu Spuren von Sympathischem in meinem Antlitz. Ich versuche es auch mit Selbstverspottung, mokiere mich über mein Aussehen. Vielleicht rührt das den Maler. Vielleicht erliste ich so von ihm eine gefälligere Proportion meiner Züge, eine Stirn, die strenge gedankliche Tätigkeit verrät.

Fertig. Ich habe das fröhlich grinsende, gänzlich ungeistige Gesicht eines Handelsmanns, der zu wissen scheint, wie man Kunden hineinlegt.

Zum Glück gefällt auch dem Künstler das Porträt nicht. Besonders der Blick. Er kratzt – es ist gruselig mitanzusehen – die Augen aus, setzt andere ein. Meine eher konziliante Weltanschauung wird durch Vertiefung der Falten um den Mund ins hoffnungslos Pessimistische hinabgedrückt. Ich bin noch immer Handelsmann, aber schon nach dem Bankerott. Mir fallen Porzellan-Ente und Rubinglas ein; das Herz tut mir weh.

Der Meister, ein bedrohliches Messer in der Hand, sieht ohne Zufriedenheit auf mich und auf seine Arbeit, mit einem argen Blick, der zu sprechen scheint: Nicht das Bild ist mißlungen, du bist es. Hernach sagt er: «Wir wollen es noch einmal versuchen» und beginnt sein Werk von der Tafel herunterzuschaben.

Während er mit dem Messer über das Holz kratzt, erhellen sich seine Mienen. Jetzt ist wohl die rechte Vision, wie ich zu malen sei, in ihm aufgetaucht, jetzt weiß er es, jetzt hat er es.

Aber indem seine Hand einen Augenblick das Messer sinken läßt, sagt er: «Ich bin begeistert, wie fest meine Farben halten. Man kriegt sie kaum wieder vom Holz herunter.»

Die Zehn Gebote

(Antwort auf eine Rundfrage)

VON den Zehn Geboten sind eigentlich nur zwei: Gebote, die acht andern sind Verbote. Nur Nr. 3 «Du sollst den Feiertag heiligen» und Nr. 4 «Du sollst Vater und Mutter ehren» geben an, was wir tun sollen, die anderen Bestimmungen des Dekalogs sagen aus, was wir nicht tun sollen. Tiefer Sinn liegt in dieser negativen Fassung, die für des Gesetzgebers wundervolle Kenntnis der menschlichen Natur zeugt. Denn was verbietet er? Genau das, was wir, gäbe es kein Gesetz, ganz sicher täten, genau das, was zu tun Instinkt, Reflex, Natur (oder wie man sonst die Ur-Diktate in uns nennen will) gebieten.

So stellen sich Mosis Verbote dar als Verbote wider die Natur, als Ketten, an die der Mensch, zwecks Domestizierung, zu legen ist. Einem unverlogenen Lebewesen zumuten, daß es nicht töten solle, was ihm durch seine Existenz Ärger verursacht, daß es nicht vom Erreichbaren nach Gutdünken nehmen solle, soviel es braucht, daß es dem Lustgewinn, den ihm das Schlafen mit der fremden Frau böte, den Unlustgewinn, dessen er bei der eigenen sicher ist, vorziehen solle . . ., das heißt von ihm fordern: Sei nicht, der du bist! Eine ungeheuerliche Forderung, die auch nicht anders als unter Berufung auf einen göttlich-allmächtigen Eingeber durchzudrücken war.

Literarisch betrachtet, erscheint das steinerne Manuskript vom Berge Sinai als eine Sammlung ausgezeichnet knapper Maximen, die gut sind, weil sie ins Schwarze des Menschen treffen. Eine Hilfe für das Leben bedeuten sie nicht, denn sie verbieten die elementaren Methoden zur

Deckung unserer elementaren Bedürfnisse, ohne zu sagen, wie denn sonst wir diese befriedigen oder zum Schweigen bringen sollten. Sie verlöschen das Führerlicht der Triebe und Instinkte, ohne ein anderes anzuzünden. Als Kritiker hätte ich ferner auszusetzen: den Dual in Punkt 6 («Du sollst nicht ehebrechen») und Punkt 10 («Du sollst nicht begehren Deines Nächsten Weib») sowie die illogische Abspaltung des Gebots 9: «Du sollst nicht begehren Deines Nächsten Haus» von dem folgenden Gebot «Du sollst nicht begehren Deines Nächsten Weib, Knecht, Magd, Vieh, noch sonst etwas, was sein ist». Es scheint, als habe Moses mit seinen Geboten, das dekadische System vorausahnend, es durchaus auf zehn bringen wollen.

Trotz ihrer klaren Formulierung lassen die Zehn Gebote viele Auslegungen zu. Wie ist etwa das «Du sollst nicht töten» richtig zu verstehen, wenn der heilige Gesetz-Geber, gleich hernach, mit demselben Atem sozusagen, eine ganze Fülle von Vergehen und Übertretungen unter Todesstraf-Sanktion stellt? Auf solche Vieldeutigkeit, Unklarheit, Definitions-Unschärfe scheint symbolisch das Bibelwort hinzuweisen, das der Herr zu Moses, ehe er ihm die Gesetze-Sammlung überreichte, sprach: «Siehe, ich will zu Dir kommen in einer dicken Wolke.» (2. Mos., 9.)

Das Reh

In der Waldlichtung stand plötzlich ein rehfarbenes Reh. Es war angetan mit allen Attributen, die einem Reh zukommen, zierlich, großäugig, schmalfüßig. Es hielt den Kopf ein wenig schief, was die Anmut der Silhouette, die das Reh in die grüngoldene Luft schnitt, nur noch erhöhte. Ganz unbeweglich stand es da und doch entschieden flüchtig, gleichsam in starrer Eile, in gestockter Schnelligkeit. Der Wald hielt still, wie um sein Kind nicht zu erschrecken. Allem ringsum, der Erde und den Bäumen, dem Licht und der Luft, tat das Tier wohl. Hintergrund und Kulisse schienen es zufrieden, ihm Hintergrund und Kulisse zu sein.

Kein Wunder, daß die Erscheinung der liebenswürdigen Kreatur, kaum hundert Schritte entfernt von dem viel begangenen Promenadenweg, in einem Wald, in dem Bänke stehen, Wegweiser, Körbe für Papier und Abfälle, kurz, durch den der Atem der Zivilisation weht, daß also das überraschende Reh, umwittert von Natur, Freiheit, Scheuheit, die beiden Spaziergänger traf wie ein feiner Satz à part in den Geschichten, die der Wald erzählte.

«Ein Reh!» Sie rief das so hastig, als ob eine glückliche Sekunde beim Zipfel gepackt werden müßte. Beide blieben stehen und schauten gespannt auf das Reh, obwohl ein solches nichts ist, was den neueren Menschen, gesäugt mit Benzin, angeht, außer er schießt oder frißt es.

Weil es so vollkommen bewegungslos dastehe, meinte die Frau, sei es vielleicht gar kein wirkliches Reh, sondern eines aus Sandstein oder Terracotta. «Schleichen wir uns langsam näher. Wenn es davonläuft, ist es ein richtiges Reh.»

Er war gegen solche Probe auf Sein oder Nichtsein. Lieber die falsche Annahme des freundlichen Phänomens als die Erweisung von dessen Richtigkeit durch sein Verschwinden. Mit der Liebe hielt er es ebenso. Prüft man genau, ob es die wirkliche Liebe ist, riskiert man, sie eben dadurch zu verscheuchen. Was hat man nachher davon, zu wissen, sie war's?

«Wären Sie imstande, ein Reh zu töten?» lispelte sie.

Er beteuerte flüsternd, daß er sich hierzu nur ungern entschließen würde.

«Sie haben nicht das Zeug zu einem Jäger, scheint mir.» Es war eine Spur von Spöttischem in ihrer Stimme.

«Und Sie, Sie könnten es schießen?»

Die Frau blickte zärtlich auf das Reh: «Von weitem – ja.»

Sie hatte den Kopf zur Seite geneigt wie jenes. Überhaupt gab es da Ähnlichkeiten. Der Mann fühlte heftige Sympathie für das Geschlecht der Rehe und heftiges Verlangen, sie zu bezeigen. Er griff ihre Hand, und sie hatte nichts dagegen. Sollte er sie nun an sich ziehen und – und so weiter? Er überlegte. Er war ein Pechvogel, dem schrecklich leicht Schicksal wurde, was als Episode gedacht war. Ohne daß er's merkte, lockerte er den Griff um ihre Hand. Er war wirklich kein Jäger.

Da machte das Reh einen Satz und entfernte sich. Der Wald sah mit einem Mal sehr nüchtern aus. «Gehen wir», sagte die Frau, «es wird kühl.»

Wer war schuld?

Es ereignete sich als Folge einer Ursache von unheimlicher Winzigkeit.

Zwischen den Stationen A und B ist die Strecke, auf der das Schlimme geschah, eingleisig. In einer der beiden Stationen müssen die aus verschiedener Richtung kommenden Züge einander ausweichen. Irgendwelche verkehrspraktische Erwägung bestimmte den Beamten in B an den in A telegraphisch den Vorschlag zu richten, die Kreuzung der fälligen Züge nicht, wie üblich, in A, sondern in seiner Station, der Station B, erfolgen zu lassen. Der Vorschlag wurde telegraphisch abgelehnt, und zwar mit den Worten: «Vorschlag nicht angenommen». Nun wollte es das Verhängnis, daß in dieser Depesche, die mittels Morse-Ferndruckapparats weitergegeben wurde, das «n» im Wort «nicht» verstümmelt war. Es hieß also: «. . .icht angenommen», was der Beamte als «. . . ist angenommen» las.

Die Regisseure solchen tückischen Spiels kann der Mensch, ob er sie nun Zufall, Schicksal, Fügung nennt, nicht fassen, nicht mit dem Verstand und nicht mit der Faust. So hält er sich, hungrig nach Schuld-Kausalität und nach Rache für das Erlittene, an die Akteure. Der Zufall ist nicht zu suspendieren, das Schicksal nicht einzusperren, die Fügung nicht abzusetzen. Aber den Bahnbeamten, der vielleicht um ein Kleines zu wenig scharf das Telegramm geprüft, nicht sein Maximales getan hat, sich der Richtigkeit des Textes zu vergewissern, den Beamten kann man strafen. Gewiß, sein Irrtum, wenn ihm ein solcher nachzuweisen war, hatte furchtbare Folgen. Doch scheint es mir falsch, nun, mit einer Art Qualifikations-Verschiebung, jenen *Irrtum* furchtbar zu nennen.

Vom Subjekt aus gesehen, ist nämlich der Irrtum des Weichenstellers, der einen falschen Hebel drückt, nicht größer als etwa der des Klavierspielers, der eine falsche Taste greift. Doch die Materie so verantwortungsschweren Berufs wie des Eisenbahners erfordert eben, heißt es, zehnfach verstärkte Sorgfalt und Aufmerksamkeit. Versteht sich. Wird aber die Forderung zehnfacher Sorgfalt bei so wichtiger Arbeit auch durch zehnfachen Lohn dieser Arbeit legitimiert? Ist die tägliche Dienstzeit – um den Mann zu zehnfacher Aufmerksamkeit fähig zu halten – zehnmal kleiner als in anderen Berufen? Wachen zehnmal zwei Augen, wo zehnfach gesteigerte Aufmerksamkeit nottut? Der Mensch ist keine Maschine. Und wenn er eine wäre? Wir haben, im erzählten Fall, gesehen, wie durch ein Winziges, durch einen versagenden Buchstaben, der Morse-Apparat zum Mors-Apparat wurde.

In jenem Bruchteil der Sekunde, da er die Letter «n» ausließ, war das Unheil auch schon (fataler Doppelsinn des Wortes): im Zuge, war es unabwendbar beschlossen und besiegelt, waren die Opfer schon in Todes Hand. Sie fuhren zur Vollstreckung ihres Urteils, gefällt über sie von einer Macht, die mit vielen Namen genannt, mit keinem Begriff begriffen wird. Sie hatten noch soviel Leben in sich, soviel Anspruch an die Zeit, ihr Herz schlug regelrecht, ihr Atem ging ruhig, gastfreundlich empfingen Aug' und Ohr die wahrnehmbare Welt, das Hirn spann sein Netz um Nahes und Fernes . . ., aber all das war in jener Sekunde schon gänzlich sinnlos und überflüssig. Was für ein schmaler und doch wie die Ewigkeit breiter Grenzstrich zwischen dem Augenblick, der dem Fall des Morse-Tasters auf die widerspenstige Letter voranging, und dem Augenblick, der folgte! Um jenen noch übersehbares Licht, um diesen schon absolute Finsternis. Jener noch gesegnet von tausend Möglichkeiten, dieser schon getroffen von unentrinnbarer Gewißheit. Jener noch inmitten grenzenloser Erscheinung . . ., dieser schon dort, wo nichts mehr ist als nichts.

Sommerhotel

Wir sind, es ist noch nicht Hochbetrieb, kaum zwei Dutzend Gäste in dem freundlichen Hotel, das eine Terrasse auf den See hinaus hat, eine Halle, ein Lesezimmer mit erregenden Reklameheften von Badeorten und Sommerfrischen und leider auch ein Musikzimmer. Wir werden an kleinen Tischen abgespeist, die Servietten befinden sich in Hüllen aus geripptem Papier, auf denen, falsch geschrieben, der Name des Benützers steht. Es gibt, o wunderliches Spiel der Fügung, zwei Rosenberger unter den Gästen; hoffentlich erleben sie nicht Ärger infolge Postverwechslung. Der Hoteldirektor geht mittags und abends je zweimal hin und zurück durch den Speisesaal, das Ganze überschauend und umfassend. Von fünf bis sieben und von acht bis zehn Uhr spielt die Hauskapelle, drei Mann mit Hornbrillen, zum Essen auf, obgleich doch nicht alle Menschen nach dem gleichen Rhythmus kauen und schlucken wollen. Nach zehn Uhr abends übersiedelt die Kapelle in die kellertief gelegene Bar, deren Musikgeräusche aber, vermengt mit den dunklen Atemzügen des Sees und den hellen Lachtrillern erotisch bedrängter Park-Nachtwandlerinnen, mühelos auch in Zimmer der höchsten Etage dringen, ablenkend die Genien des Schlafes von ihrer feinen Arbeit, die so viel Stille braucht und Sammlung.

Tagsüber schwärmen die Gäste aus, in den Wald, an den Strand, auf die nahen Hügel; aber zu den Mahlzeiten sind sie alle da, jeder an dem Tisch, wo er hingehört. Daß alle das gleiche zu essen bekommen, schlingt ein zartes Band um die Speisenden, schafft zwischen ihnen eine Gaumen-Schicksalsgemeinschaft, ein Gefühl wahrhaft innerer Zusammengehörigkeit, die sich beim schwarzen Kaffee bis zu Annäherungswünschen steigert. Diesen wird in der warmen Jahreszeit leichter stattgegeben als im übrigen Jahr, in der so beliebten Natur leichter als in der steinernen Künstlichkeit der Städte; auch ist der Mensch, fern von Geschäft und Beruf, sowohl nachsichtiger gegen den Nebenmenschen als auch neugieriger auf ihn, fühlt sich zudem, als Erholer unter Erholern, Mitglied einer sanften Brüderschaft, deren Satzungen zu Güte und Unstrenge wider einander verpflichten. Kurz, die Gäste im Sommerhotel sind ein richtiges sogenanntes Kollektiv, eng verbunden durch die Kost, das gleiche Nichtstun und, was die Männer anlangt, durch die gleiche Passion am Weibe des Nächsten, eben weil es dies ist und nicht das eigene.

All die guten Menschen da, versammelt, um sich körperlich zu erneuern, sind redlich bemüht, auch von ihrer Seele die Winterhaut abzustreifen. Der Jugend glückt das ziemlich leicht, die Älteren sehen mit Bekümmernis, daß es für sie nichts mehr zu häuten gibt, daß ihr Geist und ihr Gemüt eine endgültige Fasson angenommen haben, an der Wasser, Freiheit, Luft nichts zu ändern vermögen. Sie glauben, daß sie jetzt ein Weilchen den Draht gelockert oder gelöst haben, der sie an Bureau, Amt, Arbeitstisch bindet, aber, au contraire, sie haben ihn durch die Entfernung vom Zuhause ihrer Interessen und Mühen nur noch straffer gespannt. Wenn sie ihre Post lesen, in ihre Zeitung schauen: sofort platzt die friedevolle Maske, und die Mienen der Beschäftigung, des Kampfes, des Müssens und Wollens werden Herren im Gesicht. Kommt aber die Post einmal nicht, bleibt die Zeitung aus, dann geht es den Gästen im Sommerhotel wie den seligen Göttern im Rheingold (ich meine die Oper, nicht das Berliner Restaurant), wenn sie lange nicht von Freyas goldenen Äpfeln genascht haben: greis und grau siechen sie grämlich dahin.

Wir wissen, auch wenn es nicht einmal bis zum Gruß zwischen uns gekommen ist, schon viel voneinander. Das Netz von Beziehungen, das sich unmerklich spinnt, ist schon recht merklich geworden, wir wissen, wer mit wem, in vielen Fällen sogar wo, wann und wie, die Frauen haben am Strande schon alle Vorzüge und Defekte ihrer Figur kundgegeben, abends schon alle ihre Kleider sehen lassen, es gibt keine Überraschungen mehr in diesen Punkten; wir haben unsere Sympathien und Antipathien aufgeteilt und den Leuten homerische oder Indianer-Namen gegeben, die mehr von ihnen aussagen als die Namen, die wirklich die ihren sind, etwa: «die Breithüftige», «der rote Wiedehopf», «Alma, das Mädchen mit der Matratze», «die Kurzhaxete», «der Riesenzwerg» und so ähnlich. Abreise von Gästen stimmt uns, auch wenn wir von ihnen gar nichts zu rühmen wüßten, als daß sie da waren, allemal ein bißchen traurig, die dann leeren Plätze im Speisesaal haben etwas Quälend-Verlassenes, und um Koffer auf dem Hotelauto, das zur Bahn fährt, schwebt Wehmütiges, «la mélancholie de bagage», wie ein französischer Autor das genannt hat.

Wir sind ein vom Sommerwind zusammengewehtes Menschenhäufchen, das der nächste Hauch wieder weithin zerstreuen wird. Aber obschon wir wissen, daß uns nur ein paar kurze Wochen Beisammenseins beschieden sind, organisieren wir doch Freundschaften und Feindschaften, bilden Parteien und Gruppen, verteilen Würden und Unwürden, schwitzen Gefühle aus und Urteile wie die Bienen, das ist ihr Bienen-Muß, wächserne Substanz. Mit einem Wort, der Schriftsteller hat es auch hier, obgleich er nur von einer solchen Bagatelle wie vom Sommerhotel erzählt, er hat es auch hier schwer, nicht zu sagen: So ist das Leben!

Ein Wort

Im Zimmer oben wurde Musik gemacht. Sie fiel, gereinigt und gedämpft durch dicke Mauern, auf den Leser im Zimmer unten. Die Töne kamen herab wie Flocken, weich und gewichtlos. In der Erzählung aber stand: «. . . Sie übernahm die Habseligkeiten des Toten.»

Vor diesem Wort «Habseligkeiten» blieb der Leser stehen, oder eigentlich liegen, gebannt wie Parsifal von den drei Blutstropfen im Schnee. Was für ein inhaltsschweres, bedeutendes Wort! Es fällt ins Gemüt und zieht dort Kreise, weithin verfließende.

Habe: das ist also etwas, an dem die Seele so hängt, daß sie gleich für immer bei dem Wort hängen blieb. Was sagt hierzu die Lehre von der Abstammung der Wörter? Sie würde, soviel ich sie kenne, ganz gewiß behaupten, das «selig» in «Habseligkeiten» habe gar nichts mit Seele zu tun; wer weiß, als was für ein langweiliges mittelhochdeutsches Suffix oder dergleichen es sich entpuppte. Fragen wir also lieber gar nicht. Etymologie ist eine furchtbare Wissenschaft, die holdesten Sinn- und Klangtäuschungen zerstört sie, blühende Wörter, von ihren kalten Fingern angefaßt, welken hin im Nu. Etymologie oder: die Unrichtigkeit des Wahrscheinlichen.

Woher also das Wort «Habseligkeiten» stammt, das

müßte man wissen, um es sagen zu können. Woher es nicht stammt, das kann auch der Ungebildete, wenn er nur einige bittere Erfahrung im Etymologischen hat, aus dem Stegreif sagen: nicht von «Habe» plus «Seligkeit». Schade. Wie schön, wenn das Wort bedeutete, was es zu bedeuten scheint. So echo-stark ist es, so fein übt es Kritik am Begriff, den es ausdrückt, strahlend rundum von Sinn und Beziehung. Zwiefache Ironie steckt in ihm: eine Haupt-Ironie darüber, daß Habe selig mache; und eine kleine Neben-Ironie, daß solche Habe, nämlich so geringe, dies vermag. Denn Habseligkeiten hat nur der Arme, die Sachen von andern heißen «Besitz», niemand wird sagen oder schreiben: «O. H. Kahn stand im großen Saal der Gemäldegalerie und besah friedevoll seine Habseligkeiten, insbesondere die echten Rembrandts.»

Habseligkeiten sind ein rührendes Um und Auf, ihr Vorhandensein erzählt von dem, was fehlt, sie sind, was die Ränder für das Loch sind, das Etwas, durch das ein Nichts erst deutlich konturiert, erst recht sichtbar wird. Sie werden gewöhnlich in den Kleidertaschen getragen und waren niemals neu. Portefeuilles mit Geld zählen nicht zu ihnen, hingegen tun das: Federmesser, Bleistiftstümpchen, Scheidemünze, Speisepulver in lädierter Pillenschachtel, Zigaretten, Taschentücher aus Baumwolle, Brille. Monokel ist ein Grenzfall. Wenn es in der Inflation erworben und dann aus lieber Gewohnheit ins Elend mitgenommen wurde, kann es als Habseligkeit angesprochen werden. Habseligkeiten bekommen leicht das Persönliche, nehmen an von dem Menschen, dem sie zugehören, riechen nach dem Schweiß seiner Seele wie seiner Finger. Der Leser, als er las: «Sie übernahm die Habseligkeiten des Toten», dachte: wenn einer stirbt, bleiben seine Habseligkeiten ganz verwaist zurück. Besitz findet rasch neue Eltern, aber um Habseligkeiten schert sich niemand mehr. Der, den sie selig machten, ist fort, und deshalb gehen sie auch bald ein, wie der treue Hund, der nach des Herrchens Tod sich hinlegt und verhungert.

Es gibt, dachte er, seine Trauer überwindend, weiter, noch andere Wörter, die auf «selig» enden, etwa leutselig, saumselig, glückselig. Alle ließen sich schön erklären, wenn die Etymologie nicht wäre. Und gar erst: glückselig, oder das von biblischem Hauch umwitterte: armselig! Hier wurde der Leser, infolge doch leider übermäßigen Bildungstriebs, schwach, so daß er in Kluges «Etymologisches Wörterbuch der deutschen Sprache» fiel. Ach, die schlimmsten Befürchtungen erwiesen sich als gerechtfertigt. Gar nichts hat jenes «selig» mit Seele zu tun. Es rührt her von der althochdeutschen Endsilbe «sal», heute noch lebendig in Wörtern wie Labsal, Drangsal, Scheusal.

Der ganze Aufenthalt bei den Habseligkeiten wäre vermieden worden ohne das gedämpfte Klavier im Zimmer oben. Aber so ferne, halb abgeschiedene Musik, tönend wie Stimme aus einem diesseitigen Jenseits, füllt die Luft zauberisch mit Weichem, lockert das Herz und macht auch harte Leser geneigt zu Traum, Meditation und Liebe.

Tiere, von uns angesehen

Von den Tieren wissen wir vermutlich so viel, wie die Tiere von uns. Nur haben wir die Fähigkeit und die Mittel, unsere Unwissenheit so herzurichten, daß sie wie

Erkenntnis aussieht, indes die armen Tiere mit ihrer Meinung vom Menschen nichts anzufangen wissen, als bestenfalls sie zu haben. Ihnen, selbst wenn sie etwas von unserer göttlichen Vernunft besäßen, würde es immer schwerer fallen, uns, als es scheinbar uns fällt, sie zu durchschauen. Denn das Menschengeschlecht lebt nicht in jenem großartigen, unwandelbaren, seelischen Konservatismus dahin, in dem (zumindest seit Beginn geschichtlicher Zeitrechnung) die Tiergeschlechter verharren, die sich als einzige Abweichung von ihrer Norm höchstens die eine erlauben: auszusterben. Aber so lange sie da sind, sind sie das, Generation auf Generation, in nie erschütterter Gleichheit der Bräuche, Sitten, Gewohnheiten, der Sympathien und Antipathien, des Geschmacks, der Sprache, der Tänze, Spiele und besonderen Begabungen. Eine moderne Gans unterscheidet sich in nichts von einer zu Homers Zeiten, trägt sich wie diese, nimmt und verschmäht das gleiche Futter und würde sich mit jeder Gans von ein paar Jahrtausenden früher oder später sofort glänzend verstehen. Es könnte ihr, im Gänsernen, gar kein Anachronismus unterlaufen. Das Rindvieh jeder Epoche hat die gleichen Anschauungen von Welt und Leben, die Zugvögel kommen mit ihrer Muttersprache bequem durch fremdeste Länder. In kurzem: alle Tiere derselben Gattung wären, dächte man das Hintereinander der Generationen als ein Nebeneinander, Zeitgenossen. Ein Querschnitt durch ihre Jahrtausende ergäbe beruhigend-unendliche Wiederholung des Gleichen.

Hingegen das Menschengeschlecht! Wie vielen Entwicklungen wurde es in den gleichen Jahrtausenden unterworfen, in wie vielen Mühlen umgemahlen, von wie vielen Bildnern umgeformt, von wie vielen Magiern verwandelt! Deshalb braucht auch der Mensch, der etwa das Esel-Geschlecht schildern wollte, seine Esel nicht zu datieren, denn sie sind zeitlos, indes der Esel, der seine Beobachtungen des Menschengeschlechts niederzuschreiben unternähme, das Wann dieser Beobachtungen genau fixieren müßte. Wie häßlich sticht der ewige Verrat, den die Menschen an Brauch, Meinung, Weltbild derer vor ihnen begehen, von der erhabenen Treue ab, mit der das Tier über die Zeiten hin den Ahn der Gattung wiederholt, beharrend bei dem Gesetz, nach dem jener angetreten ist. Unsere Anschauung der Tiere anthropofiziert sie. In diesem Sinn treiben wir Tier-Psychologie, leisten uns sogar etwas wie Tier-Moral. Wir nennen den Pfau eitel. Will heißen: wenn der Mensch so etwas zum Prunken hätte wie der Pfau an seinen Federn, und er breitete diesen Prunk vor den Leuten aus und spreizte sich wie der Pfau es tut, dann würden wir von solchem Menschen sagen, er sei eitel. Daß der Pfau es aus Eitelkeit so mache, ist eine Annahme per analogiam, zu der die Analogie fehlt. Wenn die Vierfüßler urteilten: «Der Mensch ist affektiert, er geht immer auf zwei Beinen», würde solche Mensch-Beobachtung von unserer Art Tier-Beobachtung sich nicht viel unterscheiden. In das Dunkel der Tierseele leuchtet der Mensch mit dem Licht, das ihm sein Wissen um die Mensch-Seele angezündet hat. Was beiläufig so ist, als wollte sich einer an der Hand des Stadtplans von Paris in London zurechtfinden.

Wir lieben es, Gedanken und Gefühle aus unserem Bezirk in den der Tiere hinüber zu schmuggeln. Es ist fraglich, ob der Eisbär im Zoo von der Arktis träumt und der Schakal Heimweh nach der Wüste hat. Vielleicht ist es dem Alligator ganz gleich, ob er in seinem geheizten Appartement im Zoo faulenzt oder am Ufer des Amazonenstroms, vielleicht zieht sogar der Tiger das regelmäßige Futter und den gesicherten Schlaf einem schweren Erwerbsleben im Dschungel vor. (Die Wahrscheinlichkeit besteht allerdings, daß auch den Tieren der Verzicht auf die Urpostulate aller Kreatur: Freiheit und Möglichkeit zu den eigenen Möglichkeiten, schwerfällt.)

Unter allen Vierfüßlern ist der Hund jener, mit dem wir uns am besten verständigen. Diese Beziehung zum Hunde gründet sich nicht allein darauf, daß er uns gefällt, Spaß macht, beschützt, Gesellschaft leistet oder sonst welche Dienste. Es kommt noch etwas hinzu: eine kuriose Hunde-Eigenart, der das gute Verhältnis zwischen ihm und uns zum Großteil zu danken ist. *Von allen Tieren nämlich scheint der Hund dasjenige, das den Menschen am ehesten erträgt.* Schwer zu entscheiden, ob das für oder gegen den Hund spricht.

Ich für mein Teil schätze an ihm besonders die freimütige Art, mit der er, wie hoch immer der Grad seiner Anhänglichkeit sein mag, unsere Neigung, ihn zu humanisieren, durchkreuzt und sich zur Realistik seines unverfälschten Hundetums bekennt. Gerade etwa, wenn wir so recht auf Anschmiegsamkeit, Wedeln, zärtlichen Aufblick und dergleichen eingestellt wären, setzt er sich auf die Hinterbeine und beginnt, das Auge ins Leere gewandt, sich mit unverhohlener Hingabe an dieses Geschäft das Fell zu kratzen. So weit geht seine Sympathie für den Menschen doch nicht, daß er sich zur Heuchelei erniedrigt, nicht zu kratzen, wenn ihm zum Kratzen ist.

Anhang

Editorische Notiz

DIE Alfred Polgar-Werkausgabe, «Kleine Schriften», soll die wesentlichen Texte des Wiener Essayisten, Kritikers und Erzählers vereinigen. Sie kann und will nicht den Anspruch einer historisch-kritischen Ausgabe erheben, allein schon deshalb nicht, weil keine Manuskripte erhalten sind. Auch sind dies keine «Sämtlichen Werke», denn wollte man das Gesamtschaffen des Theaterkritikers, insbesondere die vielen hundert Kurzrezensionen aus Polgars frühen Jahren, wiederauflegen, würde allzuviel journalistische Routinearbeit mit reinem Informationscharakter und ohne literarischen Anspruch den Blick auf seine eigentliche Leistung verstellen. Die «Kleinen Schriften» sind vielmehr als möglichst exakte und übersichtliche Leseausgabe gedacht, für heute und für die Zukunft.

Polgar selbst hat seine Kurzprosa, seine Erzählungen, Skizzen und Betrachtungen, seine Glossen und Theaterkritiken, in 27 Bänden veröffentlicht. Daneben liegen eine dreiaktige Komödie («Die Defraudanten», 1931) und drei – gemeinsam mit Egon Friedell verfaßte Kabarettstücke (1908/1910) im Druck vor. Die Zahl 27 mag falsche Vorstellungen über die Größe des Polgarschen Werkes erwecken, da die Buchausgaben, vor allem die aus der Zeit nach 1933, oft Texte enthalten, die bereits in seinen vorangegangenen Bänden erschienen waren. Überdies sind die Originalausgaben, zumal die frühen, meist dünn und auch großzügig gesetzt. Daher ist sein

Œuvre insgesamt kleiner, als es die umfangreiche Bibliographie vermuten läßt.

Zudem war Polgar Tagesschriftsteller im doppelten Verständnis: Er ließ sich nicht nur durch die Chronik der großen und kleinen Ereignisse anregen, sondern veröffentlichte auch, aus finanziellen Gründen, fast jeden Text zuerst in Tageszeitungen oder Zeitschriften. In den Bänden von «Der Quell des Übels» (1908) bis zu «Im Lauf der Zeit» (1954) hat Polgar dann zumeist bloß geerntet, was er zuvor in den Zeitungsspalten und «unter dem Strich» gesät hatte.

Gewiß, als Perfektionist im Sprachlichen feilte er von Mal zu Mal an Formulierungen, straffte und verdichtete, ließ zeit- und anlaßbedingte Details weg. Diese Konzentrationstechnik führte bisweilen zu aphoristischer Kürze, wie im Fall seines «Handbuchs des Kritikers» (1938). Andererseits, war ihm einmal eine seiner Ansicht nach exemplarische Pointe oder modellhafte Geschichte gelungen, scheute er sich nicht, sie in anderem Zusammenhang neuerlich zu verwenden. Bei der Zusammenstellung der «Kleinen Schriften» wurde darauf geachtet, Überschneidungen und Wiederholungen zu vermeiden, wo immer das möglich war.

Die Erstveröffentlichung in Zeitungen gestattet eine relativ genaue Datierung, so daß eine verläßliche chronologische Anordnung der Texte erfolgen konnte. Freilich bietet die Werkausgabe beinahe immer die von Polgar meistens überarbeitete Buchfassung. Wo sich keine Vorlagen eruieren ließen, wurde der Text an den Beginn des Erscheinungsjahres des jeweiligen Buches gestellt.

Da in Polgars Werk die Grenzen zwischen Formen wie Glosse, Skizze und Erzählung fließend sind und eine strenge Trennung somit oft nicht möglich ist, können sich die Kriterien der Zuordnung bisweilen als problematisch erweisen. Jedenfalls erschien eine Gliederung sowohl nach formalen als auch nach thematischen Gesichtspunkten zweckvoll.

Waren in den ersten Band der Werkausgabe, «Musterung», pazifistische, antifaschistische und justizkritische Glossen aufgenommen worden, bietet die vorliegende Sammlung erzählende Texte und Feuilletons. Das heißt nun keineswegs, daß nicht auch hier hin und wieder Themen wie Krieg, Recht und Unrecht berührt würden, doch dominiert eben das erzählende Moment, präsentiert sich die Kritik gleichsam indirekt und ist in die einzelnen Geschichten eingewoben.

Da es nicht ratsam war, den durch «Musterung» vorgegebenen Umfang zu überschreiten, wurden Polgars erzählende Schriften auf zwei Bände verteilt. «Kreislauf» enthält Arbeiten aus den Jahren 1907 bis einschließlich 1929; im Frühjahr 1984 wird der Folgeband «Irrlicht» erscheinen, der zwischen 1930 und 1954 entstandene Erzählungen bringt.

Die übrigen Bände der «Kleinen Schriften» sind Aufsätzen über Literatur und literarisches Leben, Kabarettszenen und Dialogen, Filmbesprechungen sowie einer Auswahl von Theaterkritiken gewidmet. «Kreislauf» – so hieß eine von Polgars melancholischen Betrachtungen aus dem Jahr 1922. Von einem Musikapparat und seiner abgedroschenen Melodie ist darin die Rede und zugleich – unaufdringlich und mit Grazie formuliert – von des Lebens Vergänglichkeit. Dieselbe Doppelbödigkeit zeichnet alle 129 Texte dieses Buches aus. Sie stammen vor allem aus den Bänden «An den

Rand geschrieben» (1926), «Orchester von oben» (1926), «Ich bin Zeuge» (1927), «Schwarz auf Weiß» (1929) und «Bei dieser Gelegenheit» (1930).

Von Polgars früher, vor dem Ersten Weltkrieg publizierter Prosa – der Autor selbst bezeichnete sie später einmal als «kriminelle Vergangenheit» – schien es angebracht, in «Kreislauf» nur wenige Proben abzudrucken. Hingegen wurden auch Feuilletons aus Zeitungen wie dem «Berliner Tageblatt» berücksichtigt, die bisher noch in keinem Polgar-Band zu lesen waren. In der Textgestaltung wurde eine behutsame Modernisierung von Orthographie und Interpunktion versucht, im übrigen folgt sie getreu den Vorlagen. Über die Herkunft der Texte und verschiedene Fassungen informiert ein Quellennachweis.

Quellennachweis

Der abgeschiedene Freund

Aus: Orchester von oben, S. 57 ff. Viel ausführlichere Urfassung unter dem Titel DER TOTE FREUND in: Der Quell des Übels, S. 109–120. Erstdruck dieser Fassung in: Simplicissimus, XII(24), 9. 9. 1907, S. 374 f.

Leonhard hat ein Erlebnis

Aus: Orchester von oben, S. 71–74. Erste Buchveröffentlichung (viel umfangreichere Fassung) in: Bewegung ist alles, S. 53–63. Erstveröffentlichung in: Simplicissimus, XII(40), 30. 12. 1907, S. 656 f.

Der Andere

Aus: Schwarz auf Weiß, S. 163–168. Erste Buchveröffentlichung in: Hiob, S. 115–125. Erstveröffentlichung in: Simplicissimus, XIII(27), 5. 10. 1908, S. 440.

Der verlogene Heurige

Aus: Bewegung ist alles, S. 67–75.

Die Dinge

Aus: Orchester von oben, S. 63–67. Erste Buchveröffentlichung (viel ausführlichere Fassung) in: Bewegung ist alles, S. 95–105.

Drei unnütze Dinge

Aus: Orchester von oben, S. 223 ff. Erste Buchveröffentlichung (ausführlichere Fassung) in: Hiob, S. 89–96. Erstveröffentlichung in: Der Strom. Organ der Wiener Freien Volksbühne, I(12), März 1912, S. 360–363.

Einsamkeit

Aus: Orchester von oben, S. 113–121. Erste Buchveröffentlichung (in Einzelheiten abweichend) in: Hiob, S. 100–112. Erstveröffentlichung in: Simplicissimus, XVII(5), 29. 4. 1912, S. 72 ff.

Feinde

Aus: Hinterland, S. 13–19. Erste Buchveröffentlichung in: Kleine Zeit, S. 121–126. Erstveröffentlichung in: Simplicissimus, XIX(8), 25. 5. 1914, S. 120 f.

Missa

Aus: Ich bin Zeuge, S. 23 ff. Erste Buchveröffentlichung (etwas ausführlicher) unter dem Titel MISSA SOLEMNIS in: Kleine Zeit, S. 9 ff. Erstveröffentlichung in: Prager Tagblatt, 31. 3. 1918, S. 2.

Kleine Welt

Aus: Schwarz auf Weiß, S. 15–18. Erste Buchveröffentlichung (in Details abweichend) in: Kleine Zeit, S. 12 ff. Erstveröffentlichung in: Prager Tagblatt, 17. 4. 1918, S. 2.

Der Dienstmann

Aus: Ich bin Zeuge, S. 79 ff. Erste Buchveröffentlichung in: Kleine Zeit, S. 70 ff. Erstveröffentlichung in: Der Friede, I(17), 17. 5. 1918, S. 410 f.

Die lila Wiese

Aus: An den Rand geschrieben, S. 199–202. Erstveröffentlichung unter diesem Titel in: Der Tag, 4. 5. 1924, S. 3. Vorfassungen erschienen unter den Titeln DER DICHTER in: Der Neue Tag, 4. 4. 1920, S. 7 und DIE BERGWIESE in: Prager Tagblatt, 24. 5. 1918, S. 2.

Rothschild-Gärten

Aus: Kleine Zeit, S. 66–69. Erstveröffentlichung in: Der Friede, I(21), 14. 6. 1918, S. 505 f. Unter dem Titel DER GARTEN DES KRÖSUS erschien eine bearbeitete Fassung dieses Textes (keine Namensnennung und Lokalisierung) in: Orchester von oben, S. 51–53.

Landwirtschaft

Aus: Orchester von oben, S. 37–40. Erste Buchveröffentlichung (etwas abweichend) in: Kleine Zeit, S. 114–117. Erstveröffentlichung in: Der Friede, II(34), 13. 9. 1918, S. 191 f. Unter dem Titel LANDWIRT veröffentlicht in: Geschichten ohne Moral, S. 97 ff.

Gespräch

Aus: Schwarz auf Weiß, S. 9–12. Erste Buchveröffentlichung (ausführlichere Fassung) unter dem Titel GESPRÄCH ÜBER KUNST in: Gestern und heute, S. 7–14. Unter demselben Titel erschienen in: Prager Tagblatt, 6. 10. 1918, S. 3 f.

Des Feldherrn Traum

Aus: Hinterland, S. 117–122. Erstveröffentlichung in: Der Friede, II(42), 8. 11. 1918, S. 382 f.

Simmeringer Hauptstraße

Aus: Schwarz auf Weiß, S. 100–103. Erste Buchveröffentlichung in: Kleine Zeit, S. 60 ff.

Die Leni

Aus: Orchester von oben, S. 165 ff. Erste Buchveröffentlichung (ohne den letzten Satz) in: Kleine Zeit, S. 91 ff.

Fabriksmädel

Aus: Ich bin Zeuge, S. 115 ff. Erste Buchveröffentlichung (an einigen Stellen stilistisch abweichend) in: Kleine Zeit, S. 97 ff.

Die Ringer

Aus: Der Neue Tag, 6. 4. 1919, S. 5.

Der Hase

Aus: Ich bin Zeuge, S. 185–188. Erste Buchveröffentlichung in: Gestern und heute, S. 128–133. Erstveröffentlichung in: Der Neue Tag, 1. 1. 1920, S. 3.

Verzaubertes Haus

Aus: Ich bin Zeuge, S. 253 f. Erste Buchveröffentlichung in: Gestern und heute, S. 62–65. Erstveröffentlichung in: Das Tage-Buch, I(10), 13. 3. 1920, S. 372 f.

Gefahren der Presse

Aus: Sekundenzeiger, S. 147–151. Erstveröffentlichung unter dem Titel EIN SELBSTMORD ODER VOM NUTZEN DER PRESSE in: Das Tage-Buch, I(27), 17. 7. 1920, S. 897 f.

Prag zum ersten Mal

Aus: Taschenspiegel, S. 103 ff. Erstveröffentlichung in: Die Weltbühne, XVI(38), 16. 9. 1920, S. 313 f.

Himmelfahrt

Aus: Ich bin Zeuge, S. 29–32. Erste Buchveröffentlichung in: Gestern und heute, S. 88–93. Erstveröffentlichung in: Das Tage-Buch, I(49), 18. 12. 1920, S. 1566 ff.

Klarinette

Aus: In der Zwischenzeit, S. 87 ff. Erste Buchveröffentlichung (vor allem am Anfang und Ende abweichend) in: Gestern und heute, S. 84–87. Erstveröffentlichung in: Die Weltbühne, XVII(11), 17. 3. 1921, S. 311 f.

Orchester von oben

Aus: Orchester von oben, S. 31–34. Erste Buchveröffentlichung in: Gestern und heute, S. 158–163. Erstveröffentlichung in: Prager Tagblatt, 20. 3. 1921, S. 1.

Ich bin Zeuge

Aus: Anderseits, S. 181–184. Erste Buchveröffentlichung in: Gestern und heute, S. 46–55. Diese Fassung ist etwas ausführlicher, so am Beginn: «Ich bin Zeuge im Ehrenbeleidigungsprozeß, den der berühmte Schriftsteller gegen einen Schmäher angestrengt hat. Ich kann und werde es bekräftigen, daß der Schriftsteller zu Unrecht geschmäht worden ist.» Erstveröffentlichung dieser Fassung in: Prager Tagblatt, 8. 5. 1921, S. 2 f.

Der Herr mit der Aktentasche

Aus: Ich bin Zeuge, S. 139–142. Erste Buchveröffentlichung in: Gestern und heute, S. 177–181. Erstveröffentlichung in: Prager Tagblatt, 19. 6. 1921, S. 4.

Denkmal

Aus: Standpunkte, S. 98 ff. Erste Buchveröffentlichung in: Gestern und heute, S. 186–191. Erstveröffentlichung in: Prager Tagblatt, 10. 7. 1921, S. 3.

Botanik und Zoologie

Aus: Orchester von oben, S. 285–291. Erste Buchveröffentlichung (enthält außerdem DIE MAUS und DIE BREMSE) in: Gestern und heute, S. 30–45. Erstveröffentlichung des Textes DAS GESCHLACHTETE KALB in: Prager Tagblatt, 14. 8. 1921, S. 3.

Zoologie

Aus: Ich bin Zeuge, S. 107–111. Erstveröffentlichung des Textes DIE BREMSE in: Prager Tagblatt, 14. 8. 1921, S. 3. Erstveröffentlichung des Textes DIE MAUS in: Prager Tagblatt, 2. 10. 1921, S. 3.

Tod eines Leibfriseurs

Aus: Standpunkte, S. 186–189. Erste Buchveröffentlichung (in Details abweichend) unter dem Titel PLÖTZLICHER TOD EINES LEIBFRISEURS in: Gestern und heute, S. 197–202. Erstveröffentlichung in: Prager Tagblatt, 11. 9. 1921, S. 4.

Der Sandwichmann

Aus: Ich bin Zeuge, S. 121 ff. Erste Buchveröffentlichung in: Gestern und heute, S. 120–124. Erstveröffentlichung in: Prager Tagblatt, 23. 10. 1921, S. 4.

Gesang mit Komödie

Aus: An den Rand geschrieben, S. 241–244. Erstveröffentlichung in: Prager Tagblatt, 11. 12. 1921, S. 3. Etwas gekürzt und stilistisch abweichend abgedruckt in: Im Lauf der Zeit, S. 131 f.

Sprung ins Freie

Aus: Orchester von oben, S. 91 ff. Erste Buchveröffentlichung (ohne die letzten Absätze) in: Gestern und heute, S. 77 ff.

Teich

Aus: Standpunkte, S. 184 f. Erste Buchveröffentlichung in: Gestern und heute, S. 125 ff.

Lob der Mansarde

Aus: Standpunkte, S. 33–36. Unter dem Titel LOB DER SECHSTEN ETAGE in: Schwarz auf Weiß, S. 3–6. Eine Urfassung dieses Textes (kürzer, nur wenige Formulierungen identisch) erschienen in: Gestern und heute, S. 140 ff.

Luftballon

Aus: Bei dieser Gelegenheit, S. 219 ff. Erste Buchveröffentlichung (etwas abweichend) in: Gestern und heute, S. 182–185.

Jedermann

Aus: Ich bin Zeuge, S. 93 ff. Erste Buchveröffentlichung in: Gestern und heute, S. 192–196.

Onkel Philipp

Aus: An den Rand geschrieben, S. 287–291. Am 31. 5. 1925, S. 3, in Der Tag veröffentlicht. Eine Vorfassung erschien unter dem Titel ONKEL THEODOR in: Prager Tagblatt, 5. 2. 1922, S. 3.

Empörung im Stall

Aus: Im Lauf der Zeit, S. 161 ff. Erste Buchveröffentlichung unter dem Titel DER OCHS IN TODESANGST (etwas abweichend und ausführlicher) in: An den Rand geschrieben, S. 163–166. Modifizierte und gekürzte Fassung dieses Textes unter dem Titel DIE REBELLISCHE KUH in: Sekundenzeiger, S. 255 ff. Erstveröffentlichung (DER OCHS IN TODESANGST) in: Prager Tagblatt, 26. 2. 1922, S. 4.

Die Riesen

Aus: Anderseits, S. 185 f. Erste Buchveröffentlichung in: Gestern und heute, S. 81 ff. Erstveröffentlichung in: Die Weltbühne, XVIII (18), 4. 5. 1922, S. 457.

Die Gebenden

Aus: An den Rand geschrieben, S. 257 ff. Erstveröffentlichung in: Prager Tagblatt, 9. 5. 1922, S. 3.

Kreislauf

Aus: Schwarz auf Weiß, S. 241–244. Erste Buchveröffentlichung (abweichend) unter dem Titel LEBENSLAUF in: Gestern und heute, S. 134–139. Erstveröffentlichung in: Das Tage-Buch, III(21), 27. 5. 1922, S. 791 ff. Unter dem Titel AUFERSTEHUNG wurde eine etwas amerikanisierte Fassung dieses Textes abgedruckt in: Anderseits, S. 160–163.

Frühlingsrauschen

Aus: An den Rand geschrieben, S. 269 ff. Erstveröffentlichung in: Prager Tagblatt, 25. 6. 1922, S. 6.

Der Eremit

Aus: Begegnung im Zwielicht, S. 208–211. Erste Buchveröffentlichung (etwas ausführlicher) unter dem Titel BESUCH BEIM EREMITEN in: Orchester von oben, S. 17–21. Erstveröffentlichung in: Prager Tagblatt, 28. 12. 1922, S. 2. Erschienen auch in: Das Tage-Buch, IV(1), 6. 1. 1923, S. 11 ff.

Semmering

Aus: An den Rand geschrieben, S. 223–226. Erstveröffentlichung in: Prager Tagblatt, 18. 3. 1923, S. 3.

Die Orangenschale

Aus: An den Rand geschrieben, S. 37–40. Erstveröffentlichung in: Der Tag, 22. 4. 1923, S. 3.

Tiere

Aus: An den Rand geschrieben, S. 155–159. Erstveröffentlichung (viel umfangreicher) unter dem Titel SCHÖNBRUNN in: Der Tag, 6. 5. 1923, S. 3.

Verkehrte Welt

Aus: An den Rand geschrieben, S. 229–232. Erstveröffentlichung unter dem Titel VERKEHRTE WELT (EINE FILMIDEE) in: Der Tag, 20. 5. 1923, S. 4.

Der Kapitän

Aus: An den Rand geschrieben, S. 211–214. Am 27. 6. 1923, S. 4, in Der Tag erschienen.

Das gute Essen

Aus: An den Rand geschrieben, S. 263 ff. Erstveröffentlichung in: Der Tag, 19. 8. 1923, S. 3.

Vor Weihnachten

Aus: Bei dieser Gelegenheit, S. 85–89. Erstveröffentlichung in: Die Weltbühne, XIX(52), 27. 12. 1923, S. 663 f.

Synkope

Aus: An den Rand geschrieben, S. 31 ff. Erstveröffentlichung in: Der Tag, 24. 2. 1924, S. 3.

Dampfbad

Aus: An den Rand geschrieben, S. 217 ff. Am 1. 6. 1924, S. 3, in Der Tag erschienen.

Im Vorüberfahren

Aus: An den Rand geschrieben, S. 15–19. Am 29. 6. 1924, S. 3, in Der Tag erschienen.

Der närrische Knecht

Aus: Begegnung im Zwielicht, S. 66 ff. Erste Buchveröffentlichung (etwas abweichend) in: An den Rand geschrieben, S. 281 ff. Erstveröffentlichung in: Der Tag, 10. 8. 1924, S. 3.

Die Tauben von San Marco

Aus: An den Rand geschrieben, S. 193–196. Leicht verändert abgedruckt in: Im Lauf der Zeit, S. 119–122. Erstveröffentlichung in: Der Tag, 14. 9. 1924, S. 3.

Die großen Boulevards

Aus: An den Rand geschrieben, S. 111–115. Am 12. 10. 1924, S. 3, in Der Tag erschienen.

Ludwig XIV.

Aus: Anderseits, S. 196 f. Erste Buchveröffentlichung unter dem

Titel HISTORISCHE GEGENSTÄNDE in: An den Rand geschrieben, S. 119–123. Am 19. 10. 1924, S. 3, in Der Tag erschienen.

Friedhof

Aus: Anderseits, S. 108 ff. Erste Buchveröffentlichung (etwas abweichend) in: An den Rand geschrieben, S. 127–131. Erstveröffentlichung in: Der Tag, 1. 11. 1924, S. 3. Unter dem Titel PÈRE LACHAISE in: Das Tage-Buch, VI(5), 31. 1. 1925, S. 170 ff. Unter demselben Titel auch abgedruckt in: Im Lauf der Zeit, S. 146 ff.

Das Gesicht der Autorität

Aus: In der Zwischenzeit, S. 207–210. Erstveröffentlichung in: Das Tage-Buch, V(46), 15. 11. 1924, S. 1651 ff.

Die Handschuhe

Aus: An den Rand geschrieben, S. 77–81. Am 1. 3. 1925 in Der Tag erschienen.

Ereignis

Aus: An den Rand geschrieben, S. 95–99. Am 28. 6. 1925, S. 3, in Der Tag erschienen.

Natur

Aus: Orchester von oben, S. 201 f. Unter dem Titel LÄNDLICHE BETRACHTUNG: NATUR am 28. 8. 1925, S. 3, in Der Tag erschienen.

Italisches Seebad

Aus: Standpunkte, S. 193–196. Erste Buchveröffentlichung in: Orchester von oben, S. 187–190. Unter dem Titel SEEBAD am 20. 9. 1925, S. 3, in Der Tag erschienen.

Führer durch einen Führer

Aus: In der Zwischenzeit, S. 235–238. Am 28. 9. 1925, S. 7, in Der Morgen erschienen.

Der Herr aus dem Publikum

Aus: Orchester von oben, S. 193–197. Unter dem Titel EIN

HERR AUS DEM PUBLIKUM am 15. 11. 1925, S. 3, in Der Tag erschienen.

Geschenke

Aus: Anderseits, S. 170 ff. Erste Buchveröffentlichung (abweichende Fassung) in: Orchester von oben, S. 253 ff. Am 25. 12. 1925, S. 5, in Der Tag erschienen.

Das Kind

Aus: An den Rand geschrieben, S. 9–12.

Muz

Aus: An den Rand geschrieben, S. 57 ff.

Flocke

Aus: An den Rand geschrieben, S. 69–73.

Schnick

Aus: An den Rand geschrieben, S. 169 ff.

Dreißig Grad im Februar (Etüde in C-Dur)

Aus: Begegnung im Zwielicht, S. 103 ff. Erste Buchveröffentlichung (ohne Untertitel) in: An den Rand geschrieben, S. 205 ff.

Ein Antlitz

Aus: Anderseits, S. 59 f. Erste Buchveröffentlichung (etwas abweichend) unter dem Titel DAS ANTLITZ in: An den Rand geschrieben, S. 295 ff.

Der Sternenhimmel (Ein Schulaufsatz)

Aus: Orchester von oben, S. 205–208.

Amoralisches

Aus: Orchester von oben, S. 237 ff. Unter dem Titel GUT UND BÖSE (ZUR WELTPOLITISCHEN SITUATION) veröffentlicht in: Pariser Tageszeitung, IV(966), 9./10. 4. 1939, S. 3. Unter demselben Titel (ohne Untertitel) in: Geschichten ohne Moral, S. 168 f.

Liebe und dennoch

Aus: Im Lauf der Zeit, S. 98 ff. Erste Buchveröffentlichung

(abweichend) unter dem Titel WAHRE LIEBE UND DENNOCH in: Orchester von oben, S. 313–317.

Nekrologie

Aus: Orchester von oben, S. 229–232. Erstveröffentlichung unter dem Titel «MOHNKUCHEN ASS ER GERNE» in: Berliner Tageblatt, Nr. 1, Morgenausgabe, 1. 1. 1926, S. 2.

Rigoletto

Aus: Standpunkte, S. 121–124. Erste Buchveröffentlichung in: Orchester von oben, S. 181–184. Erstveröffentlichung in: Prager Tagblatt, 4. 4. 1926, Beilage Ostern, S. 1.

Girls

Aus: Orchester von oben, S. 259–262. Am 11. 4. 1926, S. 3, im Prager Tagblatt erschienen.

Verschiebung der Jubiläen nach vorn

Aus: Orchester von oben, S. 125 ff. Erstveröffentlichung in: Berliner Tageblatt, Nr. 186, Morgenausgabe, 21. 4. 1926, S. 2.

Anfang vom Ende

Aus: Orchester von oben, S. 143 ff. Am 27. 6. 1926, S. 3, in Der Tag erschienen.

Der Gegendienst

Aus: Der Tag, 3. 10. 1926, S. 3.

Unterhalte dich gut!

Aus: Ich bin Zeuge, S. 197 ff. Erstveröffentlichung in: Berliner Tageblatt, Nr. 507, Morgenausgabe, 27. 10. 1926, S. 2.

Liebe im Herbst

Aus: Standpunkte, S. 45 ff. Erste Buchveröffentlichung (in Kleinigkeiten abweichend) in: Ich bin Zeuge, S. 269 ff. Am 14. 11. 1926, S. 3, in Der Tag erschienen.

Großkampftag

Aus: Schwarz auf Weiß, S. 131–134. Am 30. 1. 1927, S. 3, in Der Tag erschienen.

Der Zirkus

Aus: Stichproben, S. 255 ff. Erstveröffentlichung unter dem Titel DER ZIRKUS ADOLFI (Obertitel: WIENER THEATER) in: Die Weltbühne, XXIII(10), 8. 3. 1927, S. 386 f.

Zwei Uhr sechsunddreißig

Aus: Im Lauf der Zeit, S. 93 f. Erste Buchveröffentlichung (abweichend und etwas ausführlicher) unter dem Titel DIE STEHENGEBLIEBENE UHR in: Ich bin Zeuge, S. 17 ff. Erstveröffentlichung in: Berliner Tageblatt, Nr. 124, Morgenausgabe, 15. 3. 1927, S. 2.

Städte, die ich nicht erreichte

Aus: Im Lauf der Zeit, S. 101–105. Erste Buchveröffentlichung (enthält nur LINZ und KARLSBAD) in: Ich bin Zeuge, S. 211–215. Erstveröffentlichung dieser Fassung in: Berliner Tageblatt, Nr. 149, Abendausgabe, 29. 3. 1927, S. 2. Eine Urfassung von KARLSBAD erschien unter dem Titel ERINNERUNGEN AN KARLSBAD in: Die Weltbühne, XX(41), 9. 10. 1924, S. 557 f.

Begegnung

Aus: Ich bin Zeuge, S. 127 ff. Am 8. 5. 1927, S. 3, in Der Tag erschienen.

Reise

Aus: Ich bin Zeuge, S. 263–266. Erstveröffentlichung in: Berliner Tageblatt, Nr. 291, Abendausgabe, 22. 6. 1927, S. 2.

Die Capanna

Aus: Der Tag, 7. 8. 1927, S. 3.

Traktat vom Herzen

Aus: Im Lauf der Zeit, S. 34 f. Erste Buchveröffentlichung (etwas abweichend) in: Ich bin Zeuge, S. 283 ff. Erstveröffentlichung in: Berliner Tageblatt, Nr. 424, Morgenausgabe, 8. 9. 1927.

Der Schwimmer

Aus: Schwarz auf Weiß, S. 171–174. Erstveröffentlichung in: Berliner Tageblatt, Nr. 480, Morgenausgabe, 11. 10. 1927, S. 2.

Doppelgänger, du bleicher Geselle

Aus: Standpunkte, S. 62–65. Erste Buchveröffentlichung (mit kleinen stilistischen Abweichungen) in: Bei dieser Gelegenheit, S. 281–284. Erstveröffentlichung in: Berliner Tageblatt, Nr. 512, Morgenausgabe, 29. 10. 1927; am folgenden Tag erschienen in: Der Tag, S. 3.

Meeresstille und glückliche Fahrt

Aus: Schwarz auf Weiß, S. 137–141. Am 20. 11. 1927, S. 3, in Der Tag erschienen.

Beruf

Aus: Schwarz auf Weiß, S. 177–180. Erstveröffentlichung in: Berliner Tageblatt, Nr. 567, Morgenausgabe, 1. 12. 1927, S. 2.

«Der Mensch»

Aus: Anderseits, S. 18 ff. Erste Buchveröffentlichung unter dem Titel AUSSTELLUNG: «DER MENSCH» in: Schwarz auf Weiß, S. 29–32.

Zum Beispiel ein Hotelportier

Aus: Schwarz auf Weiß, S. 209 ff. Unter dem Titel PORTIER am 4. 3. 1928, S. 3, in Der Tag erschienen.

Die Gescheiten

Aus: Anderseits, S. 167 ff. Erste Buchveröffentlichung (ausführlichere Fassung: «Man muß unterscheiden zwischen: intelligent, klug und gescheit.») in: Schwarz auf Weiß, S. 197–200. Erstveröffentlichung in: Berliner Tageblatt, Nr. 158, Abendausgabe, 2. 4. 1928, S. 2.

Buch für Alle

Aus: Schwarz auf Weiß, S. 21–25. Erstveröffentlichung unter dem Titel ZUM BEISPIEL MISCHKA in: Berliner Tageblatt, Nr. 231, Morgenausgabe, 17. 5. 1928, S. 2. Veränderte Fassung dieses Textes unter dem Titel GRABMAL DES UNBEKANNTEN MENSCHEN in: Sekundenzeiger, S. 23–30. Davon abweichende Fassung unter dem Titel BUCH FÜR ALLE (Zur Erinnerung an

Mischka Marton) erschienen in: Anderseits, S. 143–146. Letzte, wieder veränderte Fassung unter dem Titel DENKMAL DES UNBEKANNTEN MENSCHEN in: Im Lauf der Zeit, S. 90 ff.

Die herrliche Natur und anderes

Aus: Schwarz auf Weiß, S. 43–46. In Nr. 315, Morgenausgabe, 6. 7. 1928, S. 2, des Berliner Tageblattes erschienen.

Fensterplatz

Aus: Schwarz auf Weiß, S. 203–206. Am 8. 7. 1928, S. 13, in Der Tag erschienen.

Stilleben

Aus: Schwarz auf Weiß, S. 157 ff. Erstveröffentlichung in: Berliner Tageblatt, Nr. 355, Morgenausgabe, 29. 7. 1928, S. 3.

Bucolica

Aus: Bei dieser Gelegenheit, S. 347–350. Erstveröffentlichung in: Das Tage-Buch, x(32), 10. 8. 1928, S. 1328 f.

Fremde Stadt

Aus: Schwarz auf Weiß, S. 83–87. Erstveröffentlichung in: Berliner Tageblatt, Nr. 387, Morgenausgabe, 17. 8. 1928, S. 2. Eine leicht veränderte Fassung erschien in: Im Lauf der Zeit, S. 123–125.

Am Strande

Aus: Schwarz auf Weiß, S. 189–193. Erstveröffentlichung in: Berliner Tageblatt, Nr. 399, Morgenausgabe, 24. 8. 1928, S. 2.

Standpunkte

Aus: Standpunkte, S. 42 ff. Erste Buchveröffentlichung (leicht abweichend) in: Schwarz auf Weiß, S. 35–39. Erstveröffentlichung in: Berliner Tageblatt, Nr. 428, Abendausgabe, 10. 9. 1928, S. 2.

Der vollkommene Freund

Aus: Standpunkte, S. 48 ff. Erste Buchveröffentlichung unter dem Titel AN DEN FREUND (QUASI EIN VORWORT) in:

Schwarz auf Weiß, S. VII–X. Erstveröffentlichung in: Berliner Tageblatt, Nr. 479, Morgenausgabe, 10. 10. 1928, S. 2.

Unterricht in Schadenfreude

Aus: Bei dieser Gelegenheit, S. 41–44. Erstveröffentlichung in: Berliner Tageblatt, Nr. 522, Abendausgabe, 3. 11. 1928, S. 2.

Automobile sehen dich an (Ausstellung in Berlin)

Aus: Bei dieser Gelegenheit, S. 300–303. Erstveröffentlichung in: Das Tage-Buch, IX(46), 17. 11. 1928, S. 1943 f.

Biologie

Aus: Anderseits, S. 65 ff. Erste Buchveröffentlichung (abweichende Fassung) unter dem Titel HERBST UND BIOLOGIE in: Bei dieser Gelegenheit, S. 99–103. Erstveröffentlichung unter demselben Titel in: Berliner Tageblatt, Nr. 556, Morgenausgabe, 24. 11. 1928, S. 2.

Anderseits

Aus: Anderseits, S. 25 ff. Erste Buchveröffentlichung (stilistisch etwas abweichend, auch Modernisierungen wie «Whisky» fehlen) in: Bei dieser Gelegenheit, S. 225–228. Erstveröffentlichung in: Berliner Tageblatt, Nr. 582, Morgenausgabe, 9. 12. 1928, S. 3.

Kurfürstendamm

Aus: Berliner Tageblatt, Nr. 1, 1. 1. 1929, 4. Beiblatt (unter dem Titel DICHTERSTAFETTE AUF DEM AUTOBUS mit Beiträgen u. a. von Alfred Döblin, Arnolt Bronnen, Arnold Zweig, Oskar Loerke).

Vorstadtmärchen

Aus: Hinterland, S. 44 f.

Wie macht der Winter froh!

Aus: Im Lauf der Zeit, S. 157–160. Erste Buchveröffentlichung (stark abweichend) unter dem Titel WINTER in: Bei dieser Gelegenheit, S. 237–240. Erstveröffentlichung in: Das Tage-Buch, X(7), 16. 2. 1929, S. 277 f.

Ein entfernter Verwandter

Aus: Begegnung im Zwielicht, S. 35–39. Erste Buchveröffentlichung (stilistisch etwas abweichend, u.a. am Beginn: «Onkel Rudolf ist mir nachts erschienen. Er sah aus . . .») in: Bei dieser Gelegenheit, S. 15–19. Erstveröffentlichung in: Berliner Tageblatt, Nr. 118, 10. 3. 1929, 1. Beiblatt.

Sentimentales Gespräch

Aus: Bei dieser Gelegenheit, S. 257 ff. Am 17. 3. 1929, S. 3, in Der Tag erschienen. Unter dem Titel ALTE SCHULE abgedruckt (verändert) in: Begegnung im Zwielicht, S. 197 ff.

Lotte bei den Löwen

Aus: Bei dieser Gelegenheit, S. 23–26. Erstveröffentlichung in: Berliner Tageblatt, Nr. 148, Morgenausgabe, 28. 3. 1929, S. 3. Unter dem Titel LOTTE UND DIE LÖWEN in leicht gekürzter Fassung aufgenommen in: Standpunkte, S. 71 ff.

Variété

Aus: Bei dieser Gelegenheit, S. 107–110. Am 14. 4. 1929, S. 17, in Der Tag erschienen.

Auf Holz gemalt

Aus: Standpunkte, S. 101–104. Erste Buchveröffentlichung unter dem Titel IM ATELIER in: Bei dieser Gelegenheit, S. 155–158. Erstveröffentlichung unter demselben Titel in: Berliner Tageblatt, Nr. 210, Morgenausgabe, 5. 5. 1929, 1. Beiblatt.

Die Zehn Gebote (Antwort auf eine Rundfrage)

Aus: Bei dieser Gelegenheit, S. 313 ff. Erstveröffentlichung in: Die literarische Welt, 1929(27), S. 7. Antwort auf eine Rundfrage mit dem Titel «WAS SOLL MIT DEN ZEHN GEBOTEN GESCHEHEN?»

Das Reh

Aus: Standpunkte, S. 190 ff. Erste Buchveröffentlichung unter dem Titel GESPRÄCH ÜBER DAS REH (etwas abweichend) in: Bei dieser Gelegenheit, S. 59 ff. Am 8. 9. 1929, S. 17, in Der Tag veröffentlicht. Erstveröffentlichung in: Berliner Tageblatt, Nr. 375, Abendausgabe, 10. 8. 1929, S. 2.

Wer war schuld?

Aus: Anderseits, S. 101 ff. Erste Buchveröffentlichung (abweichend) unter dem Titel DER TÖDLICHE BUCHSTABE in: Bei dieser Gelegenheit, S. 71 ff. Erstveröffentlichung in: Das Tage-Buch, x(34), 31. 8. 1929, S. 1442 f.

Sommerhotel

Aus: Bei dieser Gelegenheit, S. 327–331. Am 29. 9. 1929, S. 17, in Der Tag erschienen.

Ein Wort

Aus: Bei dieser Gelegenheit, S. 29–32. Erstveröffentlichung in: Berliner Tageblatt, Nr. 480, Morgenausgabe, 11. 10. 1929, S. 2.

Tiere, von uns angesehen

Aus: Standpunkte, S. 29–32. Erste Buchveröffentlichung (vor allem gegen Schluß abweichend) in: Bei dieser Gelegenheit, S. 141–145. Erstveröffentlichung in: Das Tage-Buch, x(48), 30. 11. 1929, S. 2056 ff. (Diese Fassung nimmt auch Bezug auf Tierbücher von Paul Eipper und Stephan Ehrenzweig.)

Verzeichnis der Buchausgaben Alfred Polgars

Der Quell des Übels und andere Geschichten. (= Kleine Bibliothek Langen, Bd. 90). München (Albert Langen Verlag für Litteratur und Kunst) 1908.

EGON FRIEDELL und ALFRED POLGAR: *Goethe*. Eine Szene. Wien (C. W. Stern) 1908.

ALFRED POLGAR und EGON FRIEDELL: *Der Petroleumkönig oder Donauzauber*. Musteroperette in vier Bildern. Text nach einer Idee des Dante Alighieri mit teilweiser Benützung eines Motivs aus Bjoern Nils Hlawatscheks Novellenband «Müdes Obst» (Verfasser der «Herbsttropfen»). Der Wortwitz im zweiten Bild ist von Alfred Polgar und Egon Friedell (Verfasser des «Goethe»). Musik von Sch.(erber) Konrad. Wien (Eigenverlag des Theater und Kabarett «Fledermaus») 1908.

Bewegung ist alles. Novellen und Skizzen. Frankfurt a. Main (Literarische Anstalt Rütten & Loening) 1909.

ALFRED POLGAR und EGON FRIEDELL: *Soldatenleben im Frieden*. Ein zensurgerechtes Militärstück, in das jede Offizierstochter ihren Vater ohne Bedenken führen kann. Wien (Hugo Heller & Cie.) 1910.

Brahms Ibsen. Berlin-Westend (Erich Reiß Verlag) o. J. (1910).

Hiob. Ein Novellenband. München (Albert Langen) 1912.

Kleine Zeit. Berlin (Fritz Gurlitt Verlag) 1919.

Max Pallenberg (= Der Schauspieler. Eine Monographiensammlung. Hg. von Herbert Ihering, Bd. 9). Berlin (Erich Reiß Verlag) o. J. (1921).

Gestern und heute. Dresden (Rudolf Kaemmerer Verlag) 1922.

An den Rand geschrieben. Berlin (Ernst Rowohlt Verlag) 1926.

Orchester von oben. Berlin (Ernst Rowohlt Verlag) 1926.

Kritisches Lesebuch (= *Ja und Nein.* Schriften des Kritikers, Bd. I). Berlin (Ernst Rowohlt Verlag) 1926.

Stücke und Spieler (= *Ja und Nein,* Bd. II). Berlin (Ernst Rowohlt Verlag) 1926.

Noch allerlei Theater (= *Ja und Nein,* Bd. III). Berlin (Ernst Rowohlt Verlag) 1926.

Stichproben (= *Ja und Nein,* Bd. IV). Berlin (Ernst Rowohlt Verlag) 1927.

Ich bin Zeuge. Berlin (Ernst Rowohlt Verlag) 1927.

Schwarz auf Weiß. Berlin (Ernst Rowohlt Verlag) 1929 (Cop. 1928).

Hinterland. Berlin (Ernst Rowohlt Verlag) 1929.

Bei dieser Gelegenheit. Berlin (Ernst Rowohlt Verlag) 1930.

Auswahlband. Aus neun Bänden erzählender und kritischer Schriften. Berlin (Ernst Rowohlt Verlag) 1930.

Der unsterbliche Kaspar. Kleine Kasparspiele. Mit Erlaubnis des Verfassers für die Handpuppenbühne bearbeitet von Hugo Schmidtverbeek (= Radirullala, Kaspar ist wieder da, Heft 14). Leipzig (A. Strauch) o. J. (1930).

Die Defraudanten. (Nach Motiven aus dem gleichnamigen Roman V. Katajews). Komödie in drei Akten. Berlin (Ernst Rowohlt Verlag) 1931.

Ansichten. Berlin (Rowohlt) 1933.

In der Zwischenzeit. Amsterdam (Allert de Lange) 1935 (Cop. 1934).

Sekundenzeiger. Zürich (Humanitas Verlag) 1937.

Handbuch des Kritikers. Zürich (Verlag Oprecht) 1938. Neudruck dieser Ausgabe: Wien–Hamburg (Paul Zsolnay Verlag) 1980.

Geschichten ohne Moral. Zürich–New York (Verlag Oprecht) 1943.

Im Vorübergehen. Aus zehn Bänden erzählender und kritischer Schriften. Auswahl: H. M. Ledig. Stuttgart–Hamburg (Rowohlt) 1947.

Anderseits. Erzählungen und Erwägungen. Amsterdam (Querido Verlag N. V.) 1948.

Begegnung im Zwielicht. Berlin (Lothar Blanvalet Verlag) 1951.

Standpunkte. Hamburg (Rowohlt Verlag) 1953.

Im Lauf der Zeit (= rororo Taschenbuch 107). Hamburg (Rowohlt) 1954.

Ja und Nein. Darstellungen von Darstellungen. Hg. (und mit einem Nachwort) von Wolfgang Drews. Hamburg (Rowohlt Verlag) 1956.

Fensterplatz. Hg. von Wolfgang Drews. Hamburg (Rowohlt Verlag) 1959.

Im Vorüberfahren. Hg. von Friedrich Luft. Frankfurt a. Main (Büchergilde Gutenberg) o. J. (1960).

OSWIN (d. i. Oswald Meichsner) – ALFRED POLGAR: *Fremde Stadt*. Berlin (Colloquium-Verlag) o. J. (1962).

Auswahl. Prosa aus vier Jahrzehnten. Hg. von Bernt Richter. Mit einem Vorwort von Siegfried Melchinger. Reinbek bei Hamburg (Rowohlt) 1968.

Bei Lichte betrachtet. Texte aus vier Jahrzehnten. Zusammengestellt von Bernt Richter (= rororo Taschenbuch 1326/1327). Reinbek bei Hamburg (Rowohlt) 1970.

Die Mission des Luftballons. Skizzen und Erwägungen. Hg. und mit einem Nachwort versehen von Fritz Hofmann. Berlin (Verlag Volk und Welt) 1975.

Die lila Wiese. Skizzen und Feuilletons. Hg. von Wilhelm Lüderitz. Illustriert von Marianne Schäfer. Berlin (Eulenspiegel-Verlag) 1977.

Taschenspiegel. Hg. und mit einem Nachwort «Alfred Polgar im Exil» von Ulrich Weinzierl. Wien (Löcker Verlag) 1979.

Sperrsitz. Hg. und mit einem Nachwort «Wien, Jahrhundertwende. Der junge Alfred Polgar» von Ulrich Weinzierl. Wien (Löcker Verlag) 1980.

Lieber Freund! Lebenszeichen aus der Fremde. Hg. und eingeleitet von Erich Thanner. Wien–Hamburg (Paul Zsolnay Verlag) 1981.

Musterung/Kleine Schriften/Band 1. Herausgegeben von Marcel Reich-Ranicki in Zusammenarbeit mit Ulrich Weinzierl. Reinbek (Rowohlt-Verlag) 1982.

Zeittafel

1873 17. Oktober: Alfred Polgar wird als drittes Kind des «Claviermeisters» (späteren Klavierschulinhabers) Josef Polak und seiner Frau Henriette, geb. Steiner, in Wien Leopoldstadt (II. Bezirk) geboren.

1879–1883 Volksschule in Wien Leopoldstadt, Holzhausergasse.

1884–1888 Unterstufe des Leopoldstädter Communal-Real- und Obergymnasiums, Wien II, Kleine Sperlgasse, repetiert die 4. Klasse.

1889 Handelsschule Karl Porges in Wien.

1895 Eintritt in die Redaktion der «Wiener Allgemeinen Zeitung», arbeitet im Feuilleton, Theater- und gelegentlicher Musikreferent. Patient bei Dr. Arthur Schnitzler, der ihn später als einen seiner kritischen Hauptfeinde betrachten wird.
2. August: In der «Zukunft – Organ der unabhängigen Socialisten» erscheint unter Pseudonym (Alfred von der Waz) Polgars erstes Originalfeuilleton: die Skizze «Hunger».

1896 7. Mai: Zum k. k. Landwehr Inftr. Reg. Wien No. 1 assentiert, gehört zum Kreis der Peter Altenberg-Jünger.

1897 1. Mai–15. Juni: Ausbildung im Sanitätsdienst. Theaterkritische Tätigkeit, schließt sich in der Folge an Emma Rudolf («Ea») an, die von zahlreichen Literaten wie Altenberg, Friedell und später vor allem Hermann Broch umschwärmt wird.

1902 Beginn der Mitarbeit am «Simplicissimus» (München).

Die erste Skizze, «Charles und Dorothy», erscheint in Nr. 34. Polgar übernimmt, anfangs unter dem Pseudonym seines Vorgängers Robert Hirschfeld (L. A. Terne), die Burgtheater-Berichterstattung für die «Wiener Sonn- und Montagszeitung».

1903 3. Juli: Durch positive Zitierung seiner «Erdgeist»-Kritik in der «Fackel» wird Polgar von Karl Kraus «in die Literatur eingereicht».

1905 Beginn der Zusammenarbeit mit Siegfried Jacobsohns «Die Schaubühne».
21. Dezember: Polgars erster Beitrag, «Oscar Wildes Lustspiele», erscheint.

1908 Bei Albert Langen (München) erste Buchpublikation: «Der Quell des Übels – und andere Geschichten». Zusammenarbeit mit Egon Friedell für das Kabarett «Fledermaus», die Szene «Goethe» und die «Musteroperette in vier Bildern»: «Der Petroleumkönig oder Donauzauber» werden gedruckt.

1909 Polgars Novellen- und Skizzenband «Bewegung ist alles» wird bei Rütten und Loening (Frankfurt) veröffentlicht.

1910 Im Januar erscheint auf Anregung Siegfried Jacobsohns Polgars Kritikenserie über exemplarische Ibsen-Aufführungen unter Otto Brahm: «Brahms Ibsen» als eigenes Bändchen im Erich Reiß Verlag (Berlin). Polgars und Friedells «zensurgerechtes Militärstück, in das jede Offizierstochter ihren Vater ohne Bedenken führen kann»: «Soldatenleben im Frieden» wird in der «Fledermaus» gespielt und im Verlag von Hugo Heller (Wien) gedruckt.

1911 Bearbeitung von Nestroys Posse «Kampl» für die Berliner Freie Volksbühne.

1912 Polgars und Armin Friedmanns Einakter «Talmas Tod» wird im Dezember in Altona mit mäßigem Erfolg aufgeführt. Polgars deutsche Fassung von Franz Molnárs dramatischer Vorstadtlegende «Liliom» leitet mit der Erstaufführung im Berliner Lessingtheater den Welterfolg des Stückes ein. Bei Albert Langen (München) erscheint der Novellenband «Hiob».

1914 Polgar zieht in eine Mansardenwohnung im «Bräunerhof», Wien 1, Stallburggasse 2.
23. September: Legalisierung des Pseudonyms, offizielle Namensänderung Polak – Polgar.

1915 13. April: Infolge «allgemeiner Mobilisierung» eingezogen.
1. Mai: Der «literarischen Gruppe» des Kriegsarchivs in Wien zugeteilt (gemeinsam mit Stefan Zweig, Franz Theodor Csokor und anderen), dort am 20. September zum Feldwebel befördert.

1917 10. April: Polgar wird zu seinem «Standeskörper» befohlen.
1. August: Als Parlamentsberichterstatter der «Wiener Allgemeinen Zeitung» «auf unbestimmte Zeit» vom Dienst enthoben.

1918 Seit Jahresbeginn Mitarbeit an der pazifistischen Zeitschrift «Der Friede» (Wien 1918/19), für deren literarischen Teil Polgar verantwortlich ist.

1919 Im März erscheint bei Fritz Gurlitt (Berlin) der Prosaband «Kleine Zeit» mit pazifistischen und sozialkritischen Texten, die u. a. in der «Schaubühne» (ab April 1918 «Die Weltbühne») und im «Prager Tagblatt» publiziert wurden.
Polgar verläßt die Redaktion der «Wiener Allgemeinen Zeitung», leitet den Literaturteil der aus dem «Frieden» hervorgegangenen Tageszeitung «Der Neue Tag», an der Joseph Roth als Polgars «Schüler» mitarbeitet.

1920 Beginn der Mitarbeit am eben gegründeten «Tage-Buch», das von Polgars Jugendfreund Stefan Großmann herausgegeben wird.

1921 Der Erich Reiß Verlag bringt Polgars Monographie «Max Pallenberg» heraus.
29. Januar: Die erste der insgesamt fünf Zeitungsparodien Polgars und Friedells, «Böses Buben Journal», erscheint in Wien (1922: «Böse Buben Presse»; 1923: «Böse Buben Reichspost»; 1924: «Die böse Buben Stunde»; 1925: «Die aufrichtige Zeitung der bösen Buben»).
Im Winter Abschluß der Editionsarbeit an Peter Altenbergs Nachlaß.

1922 Im Frühjahr erscheint bei Kaemmerer (Dresden) der Skizzenband «Gestern und heute». Polgar wird vom «Tag», der besten liberalen Wiener Tageszeitung, als Theaterkritiker engagiert, in der Folge auch Mitarbeit am Montagsblatt «Der Morgen».
1. August: Premiere von «Talmas Tod» in den Berliner Kammerspielen. Regie: Bernhard Reich, Bühnenbild: John Heartfield.

1923 Für Max Reinhardt und die Salzburger Festspiele bearbeitet Polgar Karl Vollmoellers «Turandot».

1925 Polgar verlegt seinen Arbeitsschwerpunkt nach Berlin, bereits vorher verstärkte Mitarbeit am «Berliner Tageblatt». Da sich Polgar um zwei Jahre jünger macht, wird im Oktober sein «50.» Geburtstag von der Presse gefeiert.

1926 Die ersten beiden Rowohlt-Bände «An den Rand geschrieben» und «Orchester von oben» erscheinen, ebenso die ersten drei Bände gesammelter Theaterkritiken «Ja und Nein»: «Kritisches Lesebuch», «Stücke und Spieler» und «Noch allerlei Theater».
Robert Musil schreibt für die «Literarische Welt» sein «Interview mit Alfred Polgar».

1927 Neben Band IV der «Schriften des Kritikers», «Stichproben», erscheint das Skizzenbuch «Ich bin Zeuge». Polgar unterzeichnet, gemeinsam mit Sigmund Freud, Robert Musil, Alfred Adler, Franz Werfel und anderen, eine «Kundgebung des geistigen Wien» zugunsten der Sozialdemokratie, diese wird am 20. April in der «Arbeiter-Zeitung» veröffentlicht.

1928 «Schwarz auf Weiß» erscheint bei Rowohlt (Berlin), unter dem Titel «Das Gedächtnis zu stärken» enthält diese Auswahl Antikriegstexte.

1929 «Hinterland», Polgars pazifistische Sammlung, die viel aus «Kleine Zeit» (1919) übernimmt, erscheint bei Rowohlt.
23. Oktober: Heirat mit Elise Loewy, geb. Müller, in Wien. Polgar wird in den Vorstand des «Schutzverbands deutscher Schriftsteller in Österreich» (S. d. S. Oe.) gewählt.

1930 Mit Franz Theodor Csokor Arbeit an der Dramatisierung von Valentin Katajews Roman «Die Defraudanten». Bei Rowohlt erscheinen die Sammlung «Bei dieser Gelegenheit» und ein «Auswahlband. Aus neun Bänden erzählender und kritischer Schriften».

1931 Uraufführung der «Defraudanten» an der Berliner Volksbühne, bei Rowohlt erscheint die Komödie als Buch, es entsteht eine umgearbeitete Filmfassung (Drehbuch: Alfred Polgar und Fritz Kortner): «Der brave Sünder» (Regie: Fritz Kortner, Hauptdarsteller: Max Pallenberg und Heinz Rühmann).
Polgar beteiligt sich an einer Solidaritätsaktion gegen den geplanten Ausschluß der Linksopposition aus dem «Schutzverband deutscher Schriftsteller» (Mitunterzeichner u. a.: Leonhard Frank, George Grosz, Erich Kästner, Walter Mehring und Ernst Toller).

1933 Der letzte Rowohlt-Sammelband der Weimarer Republik, «Ansichten», erscheint. Unmittelbar nach dem Reichstagsbrand verläßt Polgar mit seiner Frau Berlin Richtung Prag. Bis 1938 Hauptwohnsitz Wien. Häufige Reisen nach Zürich und Paris. Hilfsaktionen des Zürcher Literaten Carl Seelig für Polgar. Sehr eingeschränkte Publikationsmöglichkeiten – Veröffentlichungen fast nur im «Prager Tagblatt» und in Exilzeitschriften wie Leopold Schwarzschilds «Neuem Tage-Buch» (Paris), dort unter dem Pseudonym Archibald Douglas.
Im Winter: Mit Friedrich Kohner Drehbucharbeit für die Verfilmung von Knut Hamsuns «Victoria». In dem 1935 fertiggestellten Film mit Luise Ullrich und Mathias Wieman werden die Drehbuchautoren nicht genannt.

1934 Arbeit an einem Homer-Roman, von dem nur das Anfangskapitel erhalten ist.

1935 Im Frühjahr erscheint bei Allert de Lange (Amsterdam) Polgars Skizzenband «In der Zwischenzeit».
16. Oktober: Anläßlich von Polgars «60.» Geburtstag erscheint in der «National-Zeitung», Basel, «Dank an Alfred Polgar» mit Glückwünschen von Thomas und Heinrich Mann, Joseph Roth, Albert Bassermann und Paula Wessely. Beginn der regelmäßigen Mitarbeit an der in Bern herausgegebenen antifaschistischen Wochenschrift «Die Nation» (eigene Rubrik: «Streiflichter»).

1936 März: Paris-Reise in Filmsachen.
Arbeit an einem Filmexposé «Es war einmal ...» (über ein altösterreichisches Thema, die Affäre Alexander Girardi – Helene Odilon).

1937 Januar: «Sekundenzeiger», Skizzenband mit zahlreichen politischen Glossen, wird im Humanitas Verlag (Zürich) veröffentlicht. Mit Hilfe Carl Seeligs Planung weiterer zwei Bände (Theaterkritiken und Skizzen; geplanter Titel für das Skizzenbuch: «Taschenspiegel»). Im Herbst in Paris: Verhandlungen mit Marlene Dietrich über ihre von Polgar zu verfassende Biographie.

1938 Arbeit am Dietrich-Buch, Polgars «Handbuch des Kritikers» erscheint im Oprecht Verlag (Zürich).
11. März: «Anschluß» Österreichs ans Deutsche Reich, Polgar ist durch Zufall bereits in Zürich, seine Frau kommt nach – Beginn der Flüchtlingsexistenz, Verweigerung der Aufenthaltsbewilligung in der Schweiz.
April: Weiterfahrt nach Paris, dort Arbeit u. a. als Inserattexter für eine Schweizer Zigarettenfabrik.

1939 Im Beirat der «Zentralvereinigung österreichischer Emigranten» (mit Sigmund Freud, Franz Werfel und Berta Zuckerkandl).
11. Mai: Aberkennung der deutschen Staatsbürgerschaft.

1940 Mitte Juni: Lisl und Alfred Polgar fliehen vor den einmarschierenden deutschen Truppen aus Paris nach Süden, Manuskripte und Bücher bleiben in der Wohnung am Bois de Boulogne zurück.
Juli: Das Ehepaar Polgar sitzt mit zahllosen Flüchtlingen in Montauban fest.
August: Polgar erhält in Marseille Vertrag als Drehbuchautor bei Metro-Goldwyn-Mayer.
Ende August: Illegaler Grenzübertritt, zu Fuß über die Pyrenäen, nach Spanien.
ca. 10. September: Ankunft in Lissabon.
4. Oktober: Einschiffung auf der «Nea Hellas» Richtung New York (auf dem Schiff außerdem Heinrich und Golo Mann, Alma und Franz Werfel).
13. Oktober: Ankunft in New York, nach einwöchigem Aufenthalt Weiterreise nach Hollywood.
Anfang November: Beginn der Arbeit im Studio (mit Polgar zusammen sind Alfred Döblin und Walter Mehring).

1941 Anfang Februar: Herzattacke. Der auslaufende Filmvertrag wird u. a. auf Intervention Thomas Manns verlängert. Beginn der Mitarbeit am «Aufbau» (New York).

1943 Betreut von Carl Seelig erscheint bei Oprecht (Zürich) der noch von Polgar in Paris vorbereitete Auswahlband «Geschichten ohne Moral». Übersiedlung nach New York, Plan der Gründung einer Zeitschrift für ein befreites Österreich: «Der Friede», Polgar arbeitet ein Grundsatzprogramm aus.

1944 Auf Vermittlung Willi Schlamms Mitarbeit am Projekt einer deutschen Ausgabe von «Time» (u. a. mit Friedrich Torberg und Leopold Schwarzschild).

1945 Das deutsche «Time»-Projekt wird nach der Null-Nummer fallengelassen. Polgar wird Bürger der Vereinigten Staaten.

1946 Polgar übersetzt amerikanische Theaterstücke ins Deutsche.

1947 Zusammengestellt von Heinrich Maria Ledig-Rowohlt erscheint der Polgar-Auswahlband («aus zehn Bänden erzählender und kritischer Schriften»): «Im Vorübergehen».

1948 Der Querido Verlag (Amsterdam) bringt Polgars Band «Anderseits» heraus, der auch eine Glossenreihe «Der Emigrant und die Heimat» enthält.

1949 Mai: Erste Europa-Reise seit der Emigration: Paris–Zürich.
30. Juni: Eintreffen in Wien, nach kurzem Aufenthalt Sommerfrische in Salzburg.
Oktober: Erster Deutschland-Besuch: München. Berichtet für den «Aufbau»: «Notizbuch von einer Europa-Reise».

1950 18. Oktober: Rückfahrt nach New York.

1951 Mai: Neuerlicher Europa-Aufenthalt. Zuerkennung des erstmals verliehenen Preises der Stadt Wien für Publizistik.
Ende Oktober: In Berlin zur Präsentation seines Bandes «Begegnung im Zwielicht», der bei Lothar Blanvalet verlegt wird. In Berlin zahlreiche Ehrungen durch Presse und Öffentlichkeit.

1952 Aufenthalt in Zürich, wo Polgar immer im Hotel Urban wohnt. Im Sommer in Tirol Arbeit an einer gekürzten Fassung des «Schwejk».
Dezember: Auf Einladung von Lili Darvas Flug nach New York.

1953 30. Januar: Rückflug nach Europa. Im Rowohlt Verlag (Hamburg) erscheint «Standpunkte».

1954 Im April erscheint bei Rowohlt Polgars erstes Taschenbuch: «Im Lauf der Zeit».
Mai: Romreise des Ehepaars Polgar mit Lili Darvas. Reiseleben zwischen Österreich, Deutschland und der Schweiz, Premierenbesuche, Theaterkritiken.
August: Polgar wird zum literarischen Beirat des Theaters in der Josefstadt bestellt.

1955 Vorbereitung eines Bandes von Theaterkritiken.
23. April: Fertigstellung der Kritik «Drei Theaterabende in Deutschland» für Friedrich Torbergs «FORVM».
24. April: Alfred Polgar stirbt in seinem Zürcher Hotelzimmer.